LE CAFÉ DE CAMILLE

Daniel Crozes est né en 1985. Journaliste, historien et romancier, il vit et écrit en Aveyron. Passionné par l'histoire de son département qu'il a sillonné pendant dix ans de journalisme à *La Dépêche du Midi*, il lui a consacré une vingtaine d'ouvrages parmi lesquels *Les Aveyronnais, l'esprit des conquérants* (avec Danielle Magne, 1993). Son intérêt pour les traditions et le patrimoine l'a conduit à consacrer trois ouvrages aux objets familiers ou emblématiques de ce siècle : *De corne et d'acier, l'épopée du couteau de Laguiole* (1990), *Le Lagiole, une lame de légende* (1996) et *Ces objets qui nous habitent* (1999). Daniel Crozes a publié plusieurs romans de société salués par le public, dont *Ces gens du beau monde*, paru en 2002 aux éditions du Rouergue.

Ancienne journaliste et productrice de radio et de télévision, Danielle Magne est actuellement conseil en relations presse.

Paru dans Le Livre de Poche :

LA FILLE DE LA RAMIÈRE

LA GANTIÈRE

JULIE

LA MONTAGNE SACRÉE

DANIEL CROZES et DANIELLE MAGNE

Le Café de Camille

ROMAN

ÉDITIONS DU ROUERGUE

I

Des traînées roses dans le ciel promettaient une belle journée. Un coq s'égosilla, perché sur le tas de fumier. De la cour voisine, un autre lui répondit avec entrain. À l'étable, une vache meugla et remua ses chaînes, déclenchant les aboiements des chiens.

Comme chaque matin, en cette aube printanière, la ferme des Soulages s'éveillait. Dans le grenier, une paillasse craqua.

— C'est l'heure ! chuchota Pierre-Jean.

D'un bras vigoureux, il secoua son frère qui veillait depuis un long moment dans un silence de reclus. Lorsque Adrien se leva, crissèrent les ballots de paille qui gonflaient la toile de chanvre et servaient de rembourrage au matelas posé à même le sol sur les planches disjointes. Habillé à la hâte, il descendit l'escalier pieds nus pour ne pas réveiller ses sœurs qui dormaient au fond de la pièce derrière le rideau, et le petit qui reposait au-dessous dans la chambre des parents. La veille, il les avait embrassés. Félix avait pleuré, ne comprenant pas pourquoi il repartait alors qu'il rentrait à peine du régiment. Entrées dans l'adolescence, Clémence et Alice n'avaient que trop compris, conscientes que leur tour viendrait un jour, plus tôt peut-être qu'elles ne le pensaient. Au début du repas, lorsqu'il coupait les croûtons de pain dans la soupière, le père lançait de temps à autre avant de réciter le bénédicité : « Vivement que tout le monde gagne sa soupe sinon nous n'y arriverons plus... »

Trop de bouches à nourrir sur une terre rude, ingrate, soumise plus qu'ailleurs aux caprices du ciel. Aussi, les exigences de la vie chassaient-elles les enfants de la maison, les uns après les autres, tandis que le fils aîné succédait de droit au père. Chacun acceptait son sort, ne souhaitant pas contrarier un destin que l'Église aurait voulu désormais infléchir, contrôler.

— Dieu qui a béni vos familles nombreuses, trouvera du pain à vos enfants ! tonnait en chaire le curé de Bonnefon-d'Aubrac. Ne perdez pas confiance et ne cédez pas aux sirènes de la perdition !

Chaque dimanche, l'abbé Espinasse tançait ses paroissiens, et dès le lundi, s'en allait sur les chemins à l'heure où les hommes travaillaient aux champs ou dans les bois, entrait dans les maisons pour essayer de convaincre les mères :

— Ne le laissez pas partir à Paris ! Il ne reviendra pas... Quand je pense que les filles y vont aussi... Elles ne savent pas ce qui les y attend... Ils se damneront tous... Là-haut, c'est l'enfer éternel, il n'y a pas de place pour Dieu... Ceux que l'on n'a jamais revus, y ont brûlé... L'air n'y est pas pur comme sur nos montagnes : on s'y épuise vite, on y tombe malade, on y meurt pour quelques sous loin des siens, dans la misère...

Aussi virulent que dans ses prêches, le curé tempêtait contre la ville en levant les bras au ciel. Ses cris de colère déclenchaient les pleurs des petits qui se réfugiaient dans les jupes des femmes : les mères sanglotaient, les aïeules égrenaient le chapelet. Une fois l'orage passé, l'ecclésiastique au teint rougeaud acceptait un verre de goutte et disparaissait.

Au moment de Pâques, l'abbé Espinasse avait ainsi sermonné Eugénie à trois reprises, sans résultat.

— Il a vingt-cinq ans ! avait-elle rétorqué, effarée par son attitude.

— Et alors ? s'était-il emporté en lui postillonnant dans la figure. À cet âge-là, on peut encore recevoir de son père un coup de pied au cul si on ne marche pas droit.

— Adrien sait ce qu'il fait, avait-elle repris. Il s'est toujours bien conduit.

— Peut-être. Mais dès que vous aurez le dos tourné et qu'il sera loin d'ici, votre Adrien finira mal comme les autres...

— Vous ne voudriez pas, tout de même, qu'il aille mendier son pain sur les routes ? Nous ne sommes pas de ces gens-là.

— Je le pense aussi, avait-il marmonné, surpris par la répartie. Et Augustin ? Et Raymond ? Qu'ont-ils l'intention de faire après leur régiment ?

— Ils ont le temps d'y réfléchir. Tant qu'on ne les a pas libérés... Augustin en a pour deux ans et Raymond vient juste de rentrer à la caserne...

— Méfiez-vous : ils vous reviendront changés ! Dès qu'ils sortent de la paroisse, on ne les tient plus : ils vont à l'auberge, ils rendent visite aux filles, ils gaspillent le peu qu'ils ont...

Excédée, Eugénie avait fini par éclater :

— Vous n'en avez pas assez avec Jean-Baptiste que vous avez pris au séminaire et Clarisse que vous avez envoyée au couvent ?

— Ma parole, vous blasphémez ! avait-il répondu. Regrettez-vous de les avoir donnés à Dieu ?

— Bien sûr que non, avait-elle balbutié en se mouchant.

— Ils prieront pour vous et leur frère.

Dans la pénombre de la cuisine, Eugénie ranimait le feu pour réchauffer la soupe du matin pendant que Pierre-Jean et son père s'occupaient du troupeau. Sur la table, Adrien ouvrit le baluchon dont il compléta le contenu avec un chanteau de pain, un oignon cru, une tranche de lard, un bidon cabossé qu'il avait emporté de la caserne et qu'il remplit d'eau. Sa mère voulut y ajouter une part de fourme :

— Tu auras faim avant d'arriver à la ville ! Ton père s'est souvent plaint que le chemin était long.

Il refusa :

— Garde-le. À midi ou ce soir, vous aurez faim vous aussi.

Sur ces entrefaites, revint son père. Un homme trapu, dur à la tâche, avare de paroles. Tandis qu'il s'attablait devant une assiette de soupe fumante, il ordonna à son fils de s'asseoir en face de lui. Avant de le servir pour la dernière fois, il le regarda droit dans les yeux :

— Je suis monté à Paris avant toi, et j'y suis allé à pied. Le jour où j'ai quitté la maison à Aunac, mon pauvre père m'a donné deux conseils : ne te mêle pas de politique et sois honnête. Je m'en suis toujours bien trouvé. Tu t'en trouveras bien.

— Oui, père, répondit Adrien.

— Maintenant, mange.

On n'entendit plus que le bruit des cuillères et les sanglots de la mère réfugiée près de l'âtre. Un chien se faufila sous la table et se frotta contre les jambes d'Adrien, quémanda des miettes comme à l'ordinaire. Adrien ne le caressa pas, Louis le rembarra.

Une lame de couteau claqua d'un bruit sec. Le père se leva.

— Tu es prêt ?

— Je voudrais passer à l'étable.

— Dépêche-toi. Ton train n'attendra pas.

À son tour, Adrien sortit du banc, noua les quatre coins de son baluchon qu'il suspendit à un *drelhier,* solide bâton taillé dans l'alisier et plongé dans la chaux vive.

— Mère, il me faut partir...

— Que Dieu te protège !

Il la serra fort dans ses bras.

— Tu as l'adresse ? bégaya-t-elle.

— Je l'ai apprise par cœur...

Adrien retrouva son père à l'étable où il enlevait le fumier des bêtes avant de les mener à l'abreuvoir puis au pré. Il se glissa le long du râtelier et caressa la tête de chaque vache, l'appelant par son nom, lui parlant, lui donnant un peu de sel à lécher dans le creux de la main comme les buronniers des montagnes avant de traire le matin.

— Il est temps ! tempêta le père. Tu as du chemin.

Louis Soulages n'embrassa pas son fils. Une bourrade amicale suffit à leurs adieux. Elle noua l'estomac d'Adrien qui sentit les larmes monter en lui puis refluer dans la gorge, le front se plisser, le cœur taper fort dans sa poitrine. Jusqu'aux jambes qui fléchirent sous le poids de la tristesse, de la séparation.

Adrien traversa la cour où le rejoignit Pierre-Jean.

— Tu n'oublieras pas de donner des nouvelles, fit-il promettre à son frère en l'embrassant.

Ils se quittèrent sans plus de cérémonie.

Le voyageur ne se retourna pas et prit la direction du levant. Le soleil pointait à l'horizon, ses lueurs rouges incendiaient peu à peu les lointains. Derrière les fenêtres ou sur le seuil des étables, on le regarda passer puis chacun retourna à son travail. Qui serait le prochain ?

À la sortie du village, sur la route de Bonnefon, Adrien s'arrêta pour contempler une dernière fois le paysage. Au-delà du plateau sur lequel se groupaient les maisons des Enfruts [1], au fond de la vallée mas-

1. *En fin d'ouvrage, une carte situe les principaux lieux de l'Aubrac évoqués dans ce livre.*

quée par des lambeaux de brume, coulait la boralde de Saint-Chély où il pêchait enfant lorsqu'il barbotait dans l'eau fraîche au cœur de l'été. Des cabots et des truites saisies à pleines mains, des écrevisses dénichées sous une pierre plate... Plus loin, les bois, les croupes et les pâturages dénudés d'où s'échappait le tintement des cloches, couraient jusqu'aux sommets de l'Aubrac. Son regard s'attarda sur le village, les rangées de frênes, les murets de pierre grise qui séparent les prés verts, les cheminées, les toits de lauzes. C'était son monde, le pré carré de l'enfance et de l'apprentissage de la vie d'homme. Quand pourrait-il le revoir? Le reverrait-il un jour?

L'angélus de sept heures qui sonnait au clocher de l'église de Bonnefon, le rappela à la réalité. Alors, il s'engagea sur le chemin bordé de genêts et de fougères d'où montait une forte odeur de terre mouillée. Toute la matinée, il marcha à bonne allure. Absorbé dans ses pensées, ressassant ce qu'il laissait derrière lui, la route lui parut courte. Trois ans plus tôt, elle l'avait mené à la caserne de Béziers. Au contact de la ville, il s'était dégrossi.

Aussi, en ce matin lumineux du printemps 1889, Adrien se sentait-il moins désarmé que d'autres pour affronter Paris. Pendant l'hiver, il avait écrit à un voisin du village de Belvézet, petit-cousin du côté de sa mère, parti comme porteur d'eau et garçon de bains. Dans sa dernière lettre reçue à Pâques, Casimir promettait de l'attendre à la gare et de lui trouver une place. Son père avait été moins chanceux.

À Prades, la place grouillait de monde et les auberges ne désemplissaient pas. C'était la loue des domestiques. Dix ans plus tôt, son père l'y avait conduit : le *cantalès* [1] des Moussous, l'une des plus belles et vastes montagnes de l'Aubrac avec ses cent

1. *Chef du buron sur une montagne.*

dix vaches, avait accepté de le prendre comme *roul* [1] pour la durée de l'estive du 25 mai au 13 octobre. C'était un colosse, capable de briser un poignet avec l'étau de ses doigts, dont l'œil noir épouvantait. Sa méchanceté se transformait en bestialité les soirs de foire et de beuverie. Les cent quarante-deux jours passés au buron des Moussous cette année-là n'avaient été qu'un cauchemar.

La tête haute, Adrien traversa la place au pas de charge, prenant soin d'éviter les sacs à vin. Mais l'homme l'interpella dès qu'il le reconnut :

— Dis donc, Soulages, tu ne dis plus bonjour ?

— Je suis pressé, dit Adrien qui vit aussitôt le passage s'obstruer devant lui.

— Tu voudrais pas te louer ? reprit-il d'un rire gras. La soupe est bonne aux Moussous, on se plaisait tous les deux.

— Les burons, c'est fini ! ricana Adrien. Je m'en vais à Paris.

— Un de plus ! siffla-t-il. Mais qu'est-ce que vous y trouvez tous ? On est pourtant bien sur les montagnes. Pas vrai ?

Les rustres qui l'entouraient en demi-cercle et martelaient le sol avec leur *drelhier,* l'approuvèrent bruyamment.

— Laisse-moi passer, supplia Adrien.

— Paye-nous ta tournée et nous te laisserons aller, décida l'un d'eux.

D'un signe de tête, il refusa.

— Prends garde à toi ! s'écria un matamore. Si on te presse le nez, il en sortira des sous mais tu le regretteras.

Adrien craignit le pire. La loi du nombre ne plaidait pas en sa faveur. Malgré sa stature, que pouvait-il contre tous ?

1. *Homme à tout faire dans un buron.*

Soudain, un homme se fraya un passage parmi les badauds, et menaça le *cantalès.* C'était le forgeron du village, un homme à la forte carrure que connaissait son père. Grâce à lui, il put quitter Prades sans encombre. Les autres levèrent les poings, jurant de le retrouver. Il s'en voulut de ne pas avoir pensé à la foire du 4 mai, et continua sa route, disposé à se servir de son *drelhier* si on lui cherchait noise.

Après plusieurs ruisseaux, les dernières pentes de l'Aubrac et des sentiers de mulets, Saint-Geniez apparut enfin dans la vallée inondée de soleil. Sur la place de la Halle, un roulier qui chargeait son attelage, lui proposa de l'emmener à Campagnac.

— Je vais prendre le train à Saint-Laurent, protesta Adrien.

— Il y a aussi une gare à Campagnac, insista le voiturier, au nez écrasé. Comme ça, je t'avancerai et tu me paieras une bouteille à l'auberge...

— Je préfère y aller à pied! lança-t-il.

— Les *montagnols,* vous êtes tous les mêmes : vous ne voulez pas sortir un sou de votre bourse! Bande de rapiats!

Adrien s'arrêta à la sortie du bourg. Le long du Lot, il choisit une berge ombragée, chuta sur l'herbe tendre, enleva ses sabots crottés. Ce matin, il avait enfilé des chaussures usagées pensant qu'il souffrirait moins de la route. Or, ses pieds imploraient grâce et ses talons saignaient. S'il avait pu ramener de Béziers ces souliers que le magasinier distribuait pour les manœuvres et qu'il appelait *croquenots,* il n'aurait pas tant souffert. Comment ferait-il dans les rues de Paris, chargé de ses seaux? Il n'osait y penser.

Adrien quitta ses chaussettes de laine, mouillées de sueur, qui montaient jusqu'à mi-mollet, et trempa ses pieds dans l'eau fraîche du Lot. Au bout d'un moment, il se sentit mieux, déballa son casse-croûte, garda une partie de ses provisions pour le souper, mais y goûta à peine. Alors que les kilomètres couverts depuis le matin auraient dû lui ouvrir l'appétit, son estomac refusait le lard dont la graisse suintait sous l'effet de la chaleur, et l'oignon trop piquant. Une vive douleur le comprimait comme s'il eût reçu un coup de poing. Adrien se força à manger mais n'y parvint pas. Ce soir, peut-être, dans le wagon...

Le ventre presque creux, il chemina à nouveau en direction de Saint-Laurent. Alors qu'il entrait dans le bourg, un sifflet strident déchira l'air, suivi du ronflement d'une machine et d'un panache de fumée. Aussitôt, Adrien courut vers la gare bâtie assez loin du Lot, en rase campagne.

La station était déserte lorsqu'il poussa la porte. Pas de train, pas de voyageurs. Derrière son guichet grillagé, large visière sur le front et bésicles pincées sur le nez, l'employé de la Compagnie classait des papiers. La respiration coupée par la course, Adrien ne pouvait articuler un mot. L'employé, qui finit par comprendre la méprise, le rassura :

— Ce n'était qu'un convoi de marchandises ! Le train de Paris n'arrivera qu'à 5 h 18, mais il vous faudra changer à Neussargues et à Clermont-Ferrand.

Il marqua un temps d'étonnement : les deux villes n'évoquaient rien pour lui. C'était sûrement une autre France. Celle du Nord.

Sur le banc de bois, vaincu par la fatigue, le sommeil le prit.

Un bruit assourdissant le réveilla. À quai, la machine noire suait et soufflait. Pestant contre le guichetier qui ne l'avait pas prévenu, il se hâta de gagner un wagon de troisième classe pendant que le chauffeur remplissait sa réserve d'eau. Adrien s'installa près de la fenêtre, dans le sens de la marche.

Avant d'agiter son fanal, le chef de gare jeta un œil à la pendule fixée sur la façade du bâtiment. Son coup de sifflet, sec et bruyant, perça le cœur d'Adrien qui sursauta.

Son pays s'éloignait, riant et vert...

Le voyage lui parut interminable, aussi épuisant qu'une journée de fenaison. Des heures passées à s'arrêter dans la moindre gare, à attendre. Sur les quais de Clermont-Ferrand, Adrien essuya les premiers quolibets. Près de lui, des bourgeois ne se gênèrent pas pour se moquer de sa tenue, reluquant ses sabots usés et colorés de rouge par la terre des chemins de la vallée du Lot malgré ses efforts pour les nettoyer à Saint-Laurent, le bas de son pantalon froissé, sa blouse élimée, son feutre aux bords dentelés, et surtout son *drelhier* qui les intrigua.

— Regarde ce paysan ! gloussa la bourgeoise d'un air hautain. Il n'est jamais sorti de sa cambrousse. Qu'est-ce qu'il est mal accoutré ! On dirait qu'il part garder les vaches.

Comme son mari ne répondait pas, occupé à lire le journal, elle ajouta :

— Tu ne sens rien ?

Tout en parcourant la double feuille du Petit Parisien, l'homme confirma :

— C'est l'odeur du fumier.

— Ils ne se lavent jamais à la campagne ? rétorqua sa femme. Heureusement, nous voyageons en première classe !

Adrien devint cramoisi mais ne se déplaça pas au grand dam de ces bourgeois qui continuèrent à lui décocher des remarques peu aimables. De rage, ses doigts serrèrent fort le *drelhier.*

Après Vichy, tenaillé par la faim, il croqua l'oignon au sel et mangea la moitié de la tranche de lard. Aussi, les ouvriers qui montèrent à Nevers et s'assirent près de lui, s'exclamèrent-ils :

— Tiens, voilà le marchand d'oignons !

Le ton plaisant plut à Adrien qui sourit pour la première fois de la journée. Enfin des visages sympathiques ! À plusieurs reprises, il éprouva l'envie de nouer conversation avec eux mais se ravisa à chaque fois.

Sous ses pieds, les essieux produisaient un bruit épouvantable et l'empêchèrent de dormir. Le petit matin le surprit dans une demi-somnolence, le visage défait, la tête lourde, la bouche pâteuse et l'estomac encore douloureux, les reins cassés. Avec soulagement, il accueillit l'arrivée du train sous la verrière de la gare de Lyon. En descendant du marchepied, il essaya de reconnaître Casimir parmi la foule qui envahissait les quais en ce dimanche 5 mai 1889. Comment le repérer parmi ces gens qui criaient à tue-tête dans le bruit des machines, se bousculaient, se marchaient sur les pieds sans s'excuser ?

Perdu au milieu des voyageurs et du vacarme, Adrien ne savait pas quelle direction suivre pour retrouver son voisin, et perdait son calme. Quelqu'un finit par tirer la manche de sa blouse.

— Casimir ! s'écria-t-il en se retournant.

Une lueur d'espoir illumina son regard.

— Enfin tu es là ! soupira-t-il, soulagé.

— Je croyais que tu ne venais plus ou que tu avais manqué ton train !

Puis plus discrètement :

— Fais attention à ton argent : les coupe-bourses sont postés à chaque coin de rue.

Avant de quitter Les Enfruts, Adrien avait cousu ses économies dans la doublure épaisse de la blouse, ne gardant à la poche que l'argent du voyage. La mise en garde de Casimir l'incita à vérifier la cachette d'une main fébrile : elles s'y trouvaient toujours.

Devant l'entrée de la gare, les voyageurs chargés de bagages et de malles s'engouffraient dans les fiacres. Les deux hommes remontèrent la file des attelages pour se diriger à pied vers la place de la Bastille puis s'enfoncer dans les ruelles du faubourg Saint-Antoine. À chaque pas, Adrien écarquillait les yeux, effrayé par la circulation des voitures et le flot des passants. Les cochers juraient, s'époumonaient du haut de leur siège, pestaient contre les imprudents qui traversaient en courant devant les chevaux, au risque de périr piétinés. À tout instant, Adrien tâtait ses poches par crainte d'être volé.

— C'est chaque jour la foire? balbutia-t-il.

— Pire parfois!

— Je m'y ferai jamais...

Casimir devina son désarroi.

— D'ici quelques mois, tu seras un vrai Parisien! le rassura-t-il.

Une question brûlait les lèvres d'Adrien qui finit par demander :

— Tu penses qu'il y a de l'ouvrage?

— Tu as de la chance d'arriver au moment de l'Exposition!

Ce mot l'abasourdit.

— C'est une grande foire, expliqua son petit cousin.

— Comme la Saint-André de Rodez avec beaucoup de bétail et des camelots?

Casimir éclata de rire :

— Plus grande encore! On a construit des maisons, une tour de fer vingt fois plus haute que le clocher de l'église de Bonnefon.

— Vingt fois! coupa Adrien.

— D'après ce qu'on dit. Les journaux et les gens ne parlent que de ça depuis plusieurs semaines. Mais quand on trime du matin au soir, on n'a pas le temps d'aller jusqu'au Champ-de-Mars pour se rendre compte sur place. C'est réservé aux riches.

— Il y a de l'ouvrage? répéta-t-il.

— Oui. Grâce aux messieurs qui ont de l'argent et qui visiteront l'Exposition. Pendant six mois, il doit en venir de toute la France et d'ailleurs. Je suis persuadé qu'il y aura des rentiers de Rodez ou d'Aurillac... Les hôtels sont pleins depuis deux ou trois semaines. Comme ils n'ont plus de place, les hôteliers essaient d'en trouver où ils peuvent pour ne pas décevoir les clients. Ils les logent dans les immeubles voisins sous les toits, en promettant le confort alors que les chambres ne sont pas reluisantes. Chaque jour, nous leur montons le bain... Heureusement que je n'habite pas un quartier chic sinon on m'aurait mis à la porte jusqu'à l'automne...

Un dédale de carrefours et de culs-de-sac les mena à la rue de Charonne. Passage Saint-Antoine, près de l'entrée d'une maison à la façade lépreuse, des chiens fouillaient dans les immondices d'une poubelle renversée. Pointant le doigt vers les combles, au-dessus du quatrième étage, Casimir s'écria :

— Tu nicheras là-haut.

Après avoir poussé une porte branlante, tous deux grimpèrent à la chambrée. Une odeur de moisi empestait la cage d'escalier aux murs humides. Dérangé, un rat détala du palier du second étage et dévala lourdement les marches. Avant qu'il ne passe entre ses jambes, Adrien remarqua ses yeux rouges, brillants. Il frissonna de dégoût.

Sous les poutres du grenier, le logeur avait dressé six lits ou ce qui en tenait lieu : un mauvais matelas coincé dans un châlit plus ou moins bien ajusté. Une lucarne éclairait la pièce dans laquelle ronflaient deux hommes.

— Ce sont des gars du Cantal qui besognent chez un ferrailleur de La Bastille, chuchota Casimir. Le samedi soir, ils vont danser au bal-musette, et le dimanche, ils dorment toute la journée. Parfois, ils y reviennent après souper.

Les autres lits étaient vides, à cette heure. D'un geste, Casimir lui désigna le sien ainsi que l'armoire poussiéreuse dans laquelle chacun rangeait ses effets.

Adrien déposa son baluchon au milieu du désordre avant de redescendre, ses chaussures à la main.

Au premier étage, sur le pas de sa porte, le propriétaire guettait leur passage. Son visage de grigou, terreux et ridé, n'inspirait guère confiance.

— Encore un qui marche en sabots ! grommela-t-il.

Adrien serra une main moite, ce qu'il détestait.

— C'est vous l'Auvergnat ?

— Je viens de l'Aveyron, rectifia Adrien.

— Pour moi, c'est du pareil au même, jubila-t-il. Tous des crève-la-faim.

Adrien voulut riposter. Du regard, Casimir l'en dissuada.

Puis d'une voix forte pour être entendu de ses voisins, le logeur débita :

— Vous n'êtes plus dans les étables de votre pays de misère : pas de sabots sinon les locataires se plaindront du bruit... Le loyer se paie d'avance le premier jour du mois. Pas de feu pendant l'hiver : la baraque flamberait !

Le grippe-sou les escorta vers une minuscule arrière-cour où s'élevaient les commodités près d'un tas de bois et de la pompe qui servait à la toilette du matin.

— En hiver, tout est gelé, déplora Casimir.

— Taratata ! La crasse protège du froid !

Alors qu'ils disparaissaient dans la rue, il courut après eux pour leur crier :

— Pas de femme chez moi !

Des passants ricanèrent. Furieux, l'homme claqua la porte.

— Pas commode ! marmonna Adrien, déçu par l'accueil. Il n'y a aucun pays chez qui on loge ?

— Ce n'est pas mieux, reconnut Casimir. Certains cherchent à profiter de nous... Du moment que ça rapporte, ils se moquent pas mal qu'on soit des pays...

Casimir l'entraîna jusqu'à une placette ombragée, avenante, où se rejoignaient les passages Josset et Saint-Antoine. Près d'une boutique de vins-bois-charbon, se trouvait une gargote.

— J'y prends pension, expliqua-t-il. C'est une veuve qui la tient. Elle est d'Entraygues. Son pauvre mari était d'Espeyrac. La ville et le charbon l'ont tué : il est mort de la tuberculose. Rien n'a pu le guérir. Sa femme a dû se débrouiller seule. Ils avaient un bougnat en gérance : elle l'a lâché pour ce bouillon. Elle fait le bonheur des pays du quartier et des ouvriers qui travaillent dans les ateliers de menuiserie du Faubourg.

Des éclats de voix s'échappaient de la porte ouverte.

— Vous êtes nombreux?

— Entre, et tu verras!

Adrien descendit trois marches et se retrouva dans une salle un peu sombre, enfumée, au milieu d'une joyeuse tablée.

Une clameur salua son arrivée.

— Plus on est, plus on rit, lui avoua un garçon laitier près de qui il s'attabla. On n'est pas toujours à la fête chez les patrons... On en profite le dimanche...

Sur ces entrefaites, la gargotière quitta la cuisine avec une soupière qu'elle déposa sur la table. Les malheurs se devinaient sur le visage de cette femme à la taille forte, aux yeux cernés, au teint cireux, aux cheveux grisonnants. Elle devait avoir une quarantaine d'années alors qu'elle en paraissait vingt de plus.

— C'est vous le nouveau? dit-elle d'un ton bourru. Ici on mange comme au pays. De la vraie soupe avec des pommes de terre, du chou, des navets, des poireaux, des carottes, de la ventrèche. La cuillère y tient dedans. Ce n'est pas du bouillon des villes comme chez les bourgeois...

Les hommes éclatèrent de rire et tendirent l'assiette. La plupart se léchèrent les babines après le chabrot.

— Qu'est-ce que vous avalez ! siffla-t-elle lorsqu'elle remplit à nouveau la soupière. Il faudra bientôt que j'augmente le prix de la pension.

Elle déclencha un tollé général.

— On se sent bien chez Louise, convint le garçon laitier, un gringalet qui n'aurait pu charrier l'eau.

Adrien lia conversation avec lui, curieux de savoir où il menait paître ses vaches.

— Les bêtes ne sortent jamais !

— ...

— Où tu veux les emmener ? Tu as vu beaucoup de prés dans Paris ?

Adrien crut qu'il plaisantait mais le nourricier continua :

— Tu as raison de penser que c'est un drôle de métier. On trait deux fois par jour : à trois heures du matin et à quatre heures de l'après-midi. Le lait des Parisiens n'attend pas. À cinq heures, les livreurs partent pour le distribuer dans les crémeries. Pendant ce temps, on se coltine le soin des vaches.

— Et qu'est-ce que tu leur donnes ?

— Du foin, de la paille, du tourteau qui arrive dans les gares ou qu'on achète dans les brasseries.

— À ce régime, les bêtes ne doivent pas devenir vieilles.

— C'est comme les hommes. À Paris, ceux qui triment trop sont vite fichus...

Constatant qu'il demeurait songeur, son voisin de droite le secoua :

— Tu as déjà le mal du pays ?

— Non, non.

— Bois un verre, ça te remettra du voyage.

Cocher de fiacre, son voisin était habitué à trinquer.

— Tel que tu es bâti, tu es sûrement venu comme porteur d'eau, reprit-il.

Adrien confirma. Le cocher hocha la tête, vida un autre verre.

— C'est dur mais tu y gagneras ta vie. Nous, c'est différent : on dépend des compagnies. Au dépôt, avant de prendre la voiture le matin, le directeur nous demande vingt francs. Sinon tu ne pars pas. Pour le rembourser et mettre de côté quelques sous, il faut en faire des courses dans la journée. L'hiver, on dépense beaucoup pour se réchauffer en attendant les clients...

Après le plat de pommes de terre et de *ventrèche* fumée cuites à la marmite de la soupe, la tablée chanta en l'honneur d'Adrien. Elle commença par *Alfon de la prada* comme dans les banquets et les repas de fête à la campagne. Adrien en eut les larmes aux yeux, incapable de reprendre le refrain. La voix des cochers, des porteurs d'eau, des laitiers-nourrisseurs fit trembler les vitres !

Puis, une horloge égrena quatre coups ; les hommes quittèrent la salle. Il ne resta plus que Casimir et Adrien, accoudés face à face sur la table grasse. Louise les rejoignit, visiblement exténuée.

— Il faut recommencer la cuisine pour ce soir, soupira-t-elle d'un ton las.

— Vous aurez un nouveau pensionnaire ! glissa Casimir.

— Tant mieux ! répondit-elle. Avec tout ce que j'ai comme dettes sur le dos...

— Elle s'occupe aussi de notre linge, poursuivit-il à l'adresse de son compagnon.

— Une fois par mois, sur le grand fourneau de la cour, je mets à bouillir tous vos microbes ! En profite qui veut. Le prix est honnête.

— C'est que...

— Qu'est-ce qui te gêne ? demanda Casimir.

— Je ne force personne, ajouta Louise. Si vous souhaitez laver à la pompe...

— Non, non...

— Alors? rétorqua son compagnon.

— Je n'ai que deux chemises et deux pantalons dont un qui est usé, finit-il par avouer en tortillant son mouchoir entre les doigts. Je ne sais pas si ce sera suffisant pour tenir le mois...

— Si ce n'est que ça, je t'en prêterai! proposa-t-il. Dans mes affaires, je te trouverai quelque chose à ta taille. Avant de monter à Paris, j'étais loué dans une grosse ferme où la patronne ne faisait la lessive qu'une fois par an. Son mari qui avait ma corpulence, se vantait d'avoir cinquante-trois chemises, une de plus que les semaines de l'année. Je me suis arrangé pour lui en faucher quelques-unes le jour de mon départ...

Adrien s'esclaffa.

Louise disparut pour revenir avec un carnet à la couverture crasseuse et un crayon mal taillé.

— Vous vous êtes décidé? demanda-t-elle tout en humectant la pointe de son crayon.

— Vous me compterez parmi votre pratique, dit-il.

Elle inscrivit son nom sur une page blanche.

— On paye la semaine d'avance, précisa-t-elle.

Ne voulant pas découdre devant elle la doublure de sa blouse, Adrien promit de régler son premier terme au souper, mais Louise sourcilla.

— Il ne vous fera pas perdre, la rassura Casimir.

Une fois dans la rue, Adrien murmura :

— Heureusement que j'ai des économies... Avec ce que j'ai à débourser... Dire qu'il faut payer pour travailler...

Tout en marchant, tandis qu'ils se promenaient dans l'avenue, il essaya de calculer ce qu'il pourrait mettre de côté après s'être acquitté du loyer et de la pension.

— Tu touches combien chez ton patron?

— Ça dépend des mois, répondit Casimir. Et des pourboires des clients.

— Tu ne veux pas me le dire ?

— En commençant de bonne heure le matin et en terminant à sept heures du soir, tu dois te faire un mois correct.

Adrien n'insista pas. Il avait cru qu'entre cousins...

Après souper, les deux hommes ne traînèrent pas chez Louise et se couchèrent tôt alors que les Cantalous se préparaient pour le bal-musette. Adrien tombait de fatigue, les idées brouillées par son nouveau monde. À peine allongé sous une mauvaise couverture de laine, il sombra dans le sommeil, indifférent aux punaises, aux souris, aux puces qui peuplaient la mansarde, à l'odeur fétide du tabac et de la sueur. Ses rêves le ramenèrent vers la Montagne, au buron des Moussous où il avait passé sa première nuit de *roul* dans le creux d'une meule de foin. Loin de la maison. Seul.

II

L'établissement de bains à domicile d'Étienne Rigal occupait le fond de l'impasse de La Poissonnerie, non loin de la place des Vosges. C'était une grande maison à en juger par le nombre d'attelages qui patientaient dans la cour. Autour des charrettes, les garçons-livreurs s'affairaient, astiquant les robinets, charriant de l'eau chaude pour remplir la réserve, tirant les chevaux de la quiétude des écuries. Quant aux porteurs d'eau, tout à la fois bêtes de somme et charretiers, ils se harnachaient aussi, chargeant leurs épaules d'un petit joug, fixant à ses extrémités l'anse des seaux de cuivre grâce auxquels ils puiseraient l'eau aux fontaines de quartier. Dans la précipitation du départ fusaient les ordres, les coups de gueule, les coups de sabot, les hennissements, les claquements de fouet. Tapi dans un recoin de la cour, le cœur battant, Adrien observait et n'osait pas bouger par crainte de s'attirer les foudres du patron.

À six heures, lorsque retentit l'horloge, les porteurs d'eau et les garçons de bains disparurent aussi vite qu'une volée de moineaux. Le silence retomba puis des fenêtres s'ouvrirent sur la fraîcheur du matin. La rue de Turenne s'anima ; Paris s'éveillait.

Le chapeau à la main, Adrien resta un moment debout près des écuries. Comme personne ne se préoccupait de lui, il se décida à entrer par une porte entrebâillée dans la seule pièce éclairée du rez-de-chaussée. Près d'une lampe, entre des piles de papiers, un homme bedonnant et vêtu à la mode bourgeoise écrivait sur un livre de comptes. Adrien se racla la gorge.

— C'est pour quoi ? ronchonna-t-il sans s'interrompre.

— Je suis le cousin de Casimir.

— Ah ! fit-il, levant enfin les yeux vers lui. Et alors ?

— Mon cousin m'a dit que vous auriez de l'ouvrage pour moi.

— Sûrement.

Alors, Étienne Rigal posa sa plume.

— D'où viens-tu ?

— Des Enfruts de Saint-Chély.

— Je suis de Nasbinals. Nous sommes voisins. *Sèms totes dos montanhòls*[1] !

Le visage d'Adrien s'éclaira. Il se sentit en confiance.

— Qu'est-ce que je ferai ?

Le patron le toisa des pieds à la tête, comme un marchand juge une bête sur un champ de foire. Le dur labeur de la ferme avait sculpté son corps : les muscles saillaient sous les vêtements.

— Tu es grand et costaud comme les gars de la Montagne : tu porteras la baignoire.

— Vous me prenez ? insista Adrien, incrédule.

— Pour six mois, le temps de l'Exposition, répondit-il. Trouve-toi vite de bons souliers sinon tu tomberas sur les pavés. Si tu te tords une cheville, tu perdras ta place...

Adrien le remercia sans songer à la dépense, trop heureux de pouvoir travailler. Ce serait le diable si

1. *Nous sommes tous les deux montagnols !*

Casimir ne connaissait pas un cordonnier capable de lui dénicher une paire de souliers bas montés sur une semelle de bois, semblables à ceux que portaient les maîtres valets le dimanche.

— D'ici là, tu aideras aux écuries. Mais c'est bien parce que tu es de chez nous et que tu n'as pas l'air d'un fainéant... Si mon oncle Chassan revenait, il ne me pardonnerait pas de jeter à la rue un de ses pays.

Cette révélation stupéfia Adrien.

— Votre oncle? répéta-t-il.

— C'était un frère de ma mère, affirma fièrement le patron.

— Ça alors...

— J'ai de qui tenir, se rengorgea-t-il en triturant la chaîne en or de sa montre. Il serait content de moi, mes affaires marchent bien...

Aux veillées, Adrien avait entendu maintes fois le récit de la vie de ce porteur d'eau de Saint-Chély-d'Aubrac devenu riche en six ans. François Chassan était rentré au pays avec cinq mille francs or dans ses poches. De quoi couler une paisible existence de rentier jusqu'à la fin de ses jours! Désormais, ceux qui partaient pour la capitale se lançaient un défi : « Je ferai comme Chassan! » Adrien ferait comme Chassan.

Pendant trois jours, il besogna aux écuries, ne ménageant pas sa peine pour racler le fumier sur le sol des stalles et étriller les bêtes, profitant du retour des garçons de bains pour apprendre les rudiments du métier pendant qu'ils dételaient ou poussaient sous la remise la charrette à bricole. Adrien exécuta les tâches les plus rebutantes sans se soucier de l'heure, sans renâcler. Au matin du quatrième jour, il se présenta devant le patron chaussé de souliers bas mais monsieur Rigal décida de le garder aux écuries, sous prétexte qu'il n'avait pas suffisamment de voitures à bras et que l'étameur n'avait toujours pas réparé la baignoire. Adrien douta de sa sincérité lorsque le vieux roublard glissa d'un air désolé, les deux pouces enfoncés dans les goussets du gilet :

— Il y a bien un charreton sous le foin de la grange mais il n'a pas servi depuis longtemps. Si tu te débrouilles pour l'arranger, ce sera le tien !

Ses manières déplurent à Adrien qui le prit au mot. L'attente et la plaisanterie avaient assez duré : le parvenu méritait une leçon. En quelques jours, sans bourse délier, la carriole fatiguée retrouva un licol, des brancards et un plancher neufs.

Un ouvrier menuisier rencontré chez Louise au repas de midi, lui fournit des chutes de bois et des clous ; le bourrelier qui entretenait les harnais de la maison, accepta de confectionner une bricole avec des courroies usagées qui gisaient dans un coin de la sellerie. Un soir, après le retour des derniers garçons, Adrien poussa son charreton devant le bureau de monsieur Rigal.

— Je peux aller livrer maintenant.

Monsieur Rigal enleva ses bésicles et contempla son œuvre :

— Je ne te croyais pas si habile et si acharné ! Tu iras chez ton premier client demain matin à sept heures.

— Et la baignoire ?

— Elle sera prête : l'étameur doit venir ce soir.

La baignoire qu'il chargea le lendemain sur la voiture à bras, ne portait aucune trace d'étain...

Une autre épreuve le guettait.

Sur un bout de papier, le patron griffonna l'adresse.

— C'est où la rue Pastourelle ? s'inquiéta Adrien.

— Tu demanderas... Au suivant !

Attelé à sa charge qu'il tirait de tous ses muscles, il se perdit dans un enchevêtrement de rues, contourna trois fois la cathédrale Sainte-Croix, s'arrêta pour interpeller les passants.

— Je ne comprends rien à ton charabia ! maugréa l'un.

— Encore un Auverpin qui ne connaît pas les quartiers de Paris ! soupira l'autre. Mais que diable viennent-ils faire ici s'ils ne parlent pas notre français ?

« Notre français ? Notre français ? Mais qu'est-ce qu'il a mon français ? Il vaut leur patois ! » s'insurgea Adrien en plein effort. Pourquoi s'acharnait-on sur lui ? À Béziers, quelques badernes l'avaient raillé pour son accent montagnard, ses maladresses de langage, traité de *gavatch* [1] parce qu'il venait du haut pays comme les moissonneurs et les vendangeurs descendus de la Lozère ou de l'Aveyron pour louer leurs bras dans les plaines du Languedoc. Pendant trois ans, il avait courbé l'échine sous les gouailleries, ne s'imaginant pas que le jeu cynique se poursuivrait à Paris dès sa première sortie dans les rues.

Beaucoup ne daignèrent pas regarder le papier, haussèrent les épaules et continuèrent leur chemin. Aux sourires ironiques, aux plaisanteries à peine voilées, Adrien comprit qu'on se moquait de lui, qu'il ne pouvait compter sur personne. La bricole déchirait sa chemise et blessait sa chair ; les mollets devenaient lourds à force de monter et de descendre des rues en pente aux pavés disjoints ; son front ruisselait. Les larmes mouillèrent ses yeux, l'aveuglèrent. Trouverait-il la maison de son premier client ?

Rue Vieille-du-Temple, un ramoneur savoyard lui indiqua enfin la bonne direction.

Essoufflé, Adrien tendit l'adresse à la concierge qui balayait le devant de porte.

1. *Nom injurieux donné aux journaliers de l'Aveyron et de la Lozère qui allaient travailler dans le Bas-Languedoc.*

— Au second ! jeta le cerbère qui empestait l'oignon frit.

Elle s'empressa d'ajouter :

— Par l'escalier de service !

Adrien revint vers la charrette, noua d'une main tremblante le tablier blanc à bavette, hissa la baignoire sur son dos, essaya de la maintenir en équilibre et grimpa à l'étage. Dès les premières marches, il sentit sur ses reins le poids de la cuve. Depuis l'entrée de sa loge, la matrone qui surveillait la manœuvre, le guida d'une voix criarde afin qu'il n'accrochât pas les murs en tournant sur le palier du premier, jura comme un homme lorsqu'il cogna contre la porte.

Une domestique ouvrit.

— Madame est furieuse ! Elle attend depuis un bon moment.

Le parquet grinça. Madame arrivait. Rouge de colère. La jeune fille s'effaça.

— Quand je commande un bain pour sept heures, je veux que vous soyez là à sept heures. Vous vous passerez de pourboire.

Madame réalisa soudain qu'elle venait de quitter sa chambre en déshabillé de Chantilly noir. Horrifiée, elle couvrit la poitrine de ses mains, et tourna les talons.

— Dire que j'étais presque nue face à cet homme en sueur... Un fouchtra sans foi ni loi...

Puis à sa domestique :

— Jeanne ! Qu'il s'installe au plus vite ! Et surveillez-le !

En un rien de temps, il déposa la baignoire dans le cabinet de toilette, remplit deux seaux à la réserve d'eau chaude, les remonta au second, puisa l'eau froide dans la belle fontaine en cuivre de la cuisine, prépara le bain selon les recommandations de Jeanne qui connaissait les exigences de Madame. Elle y trempa les doigts à cinq reprises.

— Ça ira, dit-elle après qu'Adrien eut versé un ultime verre d'eau froide. Madame a une peau délicate... Madame part tout à l'heure à l'Exposition... Maintenant, allez rejoindre l'escalier de service : je vous ferai signe lorsqu'elle aura terminé...

À pas de loup, Adrien fila sur le palier puis s'effondra sur la première marche. Portant ses mains au visage, il secoua la tête de dépit. Dans quel monde, s'était-il fourré ?

Quand elle revint, la jeune fille au tablier blanc avait les joues en feu mais Adrien ne le remarqua pas.

— Dépêchez-vous de tout enlever !

Le cabinet de toilette embaumait la lavande. Il se hâta de vider la baignoire dans des seaux et de jeter l'eau sale dans la venelle qui traversait le fond de la cour. La concierge déboula à nouveau de sa loge pour vociférer :

— Ne salissez pas l'escalier !

À l'aide d'une serpillière, il essuya l'eau qui avait rejailli autour de la cuve en cuivre, chargea la baignoire sur son échine et prit congé en soulevant poliment son feutre. Madame ironisa :

— Un bon livreur de bains ne tombe pas d'eau sur les parquets ! Jeanne sera obligé de les astiquer pendant que je serai en ville... La prochaine fois, si vous faites attention et si vous êtes à l'heure, vous aurez un pourboire.

Adrien se sentit humilié par cette pimbêche aux mains fines et soignées. Toute la journée, il subit les caprices des clients, surtout des femmes que l'ouverture de l'Exposition excitait. Cent fois, il dut demander son chemin ; cent fois, il ne reçut qu'indifférence et mépris. Le soir, au souper, il s'en ouvrit à Casimir. Le cœur gros, blessé dans sa dignité.

— Au début, j'étais comme toi, avoua son compagnon. Je me faisais remballer par les gens de la rue quand je les arrêtais. J'ai appris à connaître les quartiers. Heureusement que tu commences aux beaux jours... L'hiver, c'est pire avec la nuit qui vient de bonne heure, et le mauvais temps...

— Il me tarde, comme toi, d'avoir un attelage. Ce doit être moins pénible...

— Ça ira mieux lorsque tu parleras le patois parisien, continua Casimir.

Le garçon laitier se mêla à la conversation, voulut le rassurer et badina :

— Nous sommes tous logés à la même enseigne : quand nous parlons le *françois* [1], le patois nous *descape* [2] !

La tablée partit d'un éclat de rire. Son voisin lui tapa dans le dos pour le forcer à les imiter.

— Dis-toi que les Parisiens ont besoin de nous pour vivre ! reprit Casimir. Personne ne veut monter leur bois, leur charbon, leur eau, leur bain. Des sales besognes ! Ils crèveraient dans la crasse et le froid si nous n'étions pas là ! Les *moussus* [3] qui se pavanent sur les avenues, feraient bien de ne pas nous regarder de si haut...

Ces mots déclenchèrent les vivats de la salle et ragaillardirent Adrien.

Les journées s'écoulèrent ainsi au rythme des nuits chaudes et courtes sous les toits de la chambrée, des ordres secs du patron, des livraisons harassantes au cœur d'un Paris si mystérieux, de l'ingratitude des clients, des retrouvailles régénératrices autour de la table de Louise dans lesquelles Adrien puisait chaque soir la force nécessaire pour repartir dès l'aube. Une semaine après ses débuts laborieux, il retourna chez sa première cliente qui le gratifia de deux sous de

1. *Français.*
2. *Échappe.*
3. *Messieurs.*

pourboire et dont la bonne lui offrit en cachette un numéro du supplément illustré du *Petit Journal.*

— J'avais honte le jour où Madame vous a si mal accueilli... Je suis bretonne. Il y a deux ans, quand je suis arrivée chez Madame, on se moquait de ma coiffe au marché, on essayait de me vendre des poissons pourris... Vous lirez le feuilleton : je le trouve bien...

Pendant que Madame chantonnait dans son bain, il lui monta de la cave un seau de charbon.

Le journal valait un sou. Pour cinq centimes qu'il ne déboursa pas, Adrien découvrit une foule de choses sur l'Exposition dont les flonflons lui paraissaient inaccessibles. La lecture des huit pages meubla l'après-midi de ses dimanches de mai. Du fond du cœur, il remercia l'instituteur de Bonnefon pour les leçons données avant son départ au régiment, pendant les longues soirées d'hiver. Dans sa petite enfance, l'école n'était pas obligatoire et le travail comptait plus que tout. Aussi, son esprit curieux en avait-il souffert. Mais grâce à monsieur Valette, il savait lire et écrire.

Dans la journée, le moindre répit le ramenait en pensée vers la maison, le pays, la terre. Loin du tintamarre parisien, une foule de questions l'assaillaient sur les siens, les travaux des champs, les cours du bétail, le troupeau, les promesses de la saison. Son âme errait à travers les drailles et les pâturages à l'herbe tendre ; l'air des montagnes lui manquait. Aux Enfruts, la famille attendait des nouvelles.

Un dimanche après-midi, Adrien emprunta à Louise une feuille, une plume et un encrier. Tournant et retournant les mots dans sa tête, il bâtit les phrases avant de les coucher proprement sur le papier, assis sur le rebord du lit, une chute de planche en guise d'écritoire. Bientôt, le doute s'empara de lui. Devait-il dire la vérité sur sa condition de *gavatch* ?

reconnaître que les locataires de la soupente ne pouvaient pas « se culotter tout droit » ainsi que l'avait prédit l'abbé Espinasse, se cognaient le crâne aux poutres en se levant ? admettre qu'il se sentait étranger dans la capitale de son propre pays ? Son père qui avait enduré pire, le traiterait de mauviette.

Comme il n'était pas dans sa nature de se plaindre, Adrien se contenta de rédiger quelques phrases anodines, persuadé que le curé insisterait pour lire la lettre lors de sa prochaine visite.

« Mes chers parents,

« Me voilà à Paris en bonne santé et avec du travail. Grâce au cousin Casimir, j'ai trouvé une place, un lit et une pension. Sans lui, j'aurais été perdu dans cette ville où tout est grand. On voit des clochers partout et on entend des cloches sonner du matin au soir. Les églises sont plus jolies que celle de Bonnefon. C'est sûrement parce que les gens sont plus riches que nous. Beaucoup achètent des journaux comme notre instituteur, habitent dans des maisons aussi hautes que la pointe du clocher de Bonnefon, et se lavent dans une cuve de cuivre que je leur monte chez eux. Ils me payent pour ça et me donnent souvent la pièce. J'espère qu'au pays, tout va bien. Les vaches iront bientôt à l'estive. Est-ce qu'il y aura de l'herbe cette année ?

« Votre Adrien qui vous embrasse très fort. »

L'encre sécha à la chaleur du rayon de soleil qui baignait son lit d'une lumière vive. Adrien s'épongea le front : l'exercice avait été aussi laborieux qu'une tournée de livreur. Ce soir-là, il se coucha, la conscience en paix, imaginant la joie de ses parents lorsque le facteur franchirait le seuil de la cuisine.

Au fur et à mesure qu'il s'habitua à la ville et à sa

nouvelle vie, Adrien songea aux lendemains de l'Exposition. La fête terminée, trouver de l'ouvrage deviendrait d'autant plus difficile que monsieur Rigal lui refuserait toute recommandation après leur différend survenu au moment de la première paie. À la fin mai, le patron avait refusé de régler ses journées d'écurie au prix convenu, chicanant sur le temps passé à arranger le charreton :

— Pendant que tu jouais au charron, tu ne t'occupais pas des chevaux !

— *As manquat a ta paraula !* s'était insurgé Adrien qui avait osé le tutoyer dans sa langue. *Al païs diraï que lo nebot de Chassan lo ric es un volur* [1].

Monsieur Rigal n'avait pas cédé.

Depuis, une idée obsédait Adrien : se mettre à son compte pour ne plus avoir à subir un patron. D'autres réussissaient. Son heure viendrait aussi.

En attendant, il devait se préoccuper de trouver une place afin de ne pas chômer pendant l'hiver. Casimir le dissuada de proposer ses services à un autre établissement de bains :

— Ce n'est pas un métier sûr. Bientôt, nous serons de trop. Le progrès est en train de nous tuer : les propriétaires installent l'eau courante dans les maisons et les immeubles... Il y a de moins en moins de porteurs d'eau...

— Tu n'as pas peur ?

— Je suis le plus ancien. Ça me laisse du temps : je ne serai pas le premier à partir... Tu pourrais voir du côté du charbon. Il y a de l'ouvrage. Surtout l'hiver. Mais dépêche-toi avant que les places soient prises.

— Tu connais quelqu'un ?

— Parles-en au bougnat !

1. *Tu as manqué à ta parole ! Au pays, je dirai que le neveu de Chassan le riche est un voleur.*

Des Cantalous de Saint-Urcize tenaient la boutique qui jouxtait la gargote. Entraînés par les deux ferrailleurs de Chaudes-Aigues, les locataires de la soupente s'y retrouvaient parfois le soir autour d'un verre de chanturge ou de saint-pourçain, ces vins d'Auvergne que leur vantaient tant les patrons. Édouard et Ginette qui savaient s'attirer la sympathie des clients, offraient une tournée de temps à autre. Une ambiance chaleureuse y régnait : Adrien n'hésita pas à leur demander conseil.

Fier d'être consulté, le bougnat sourit, lissa ses moustaches et cala son bedon contre le comptoir.

— Tu veux te noircir les mains? dit-il, les coudes plantés entre les verres.

— Je serai libre à Toussaint.

— Mon affaire est trop petite pour prendre un commis... Mais tu devrais te présenter chez les grossistes. Ils ont toujours besoin de bras à la mauvaise saison... J'en toucherai deux mots au patron du chantier où je me sers... Ils aiment bien travailler avec des gars du pays : s'il y a de l'ouvrage, tu auras la préférence...

Insupportable, l'attente commença. En été, la consommation de charbon chutait; Édouard se ravitaillait moins souvent. Un soir de juillet, il lui annonça enfin :

— Je l'ai vu : il n'a rien pour toi. Mais il te conseille d'écrire de sa part au cousin de sa femme qui est grossiste à la gare de l'Est. Il est de l'Aveyron. N'oublie pas de lui dire d'où tu viens, que tu étais paysan, que tu as l'habitude des bêtes et des longues journées.

Aussitôt, Adrien lui envoya sa demande, indiquant l'adresse de Louise car il craignait que l'enveloppe ne se perdît dans l'escalier humide de leur taudis. Deux semaines passèrent. Pas de lettre... L'impatience virait à l'exaspération. Édouard le rassura :

— C'est la morte-saison chez les charbonniers. Ton gars en a sûrement profité pour partir au pays pendant quelques jours. Il a une belle affaire, il gagne bien sa vie. On ne peut lui en vouloir de se payer du bon temps...

La réponse arriva la veille du 15 août. Adrien déplia avec soin la feuille grise qui portait l'en-tête : « Maison Melchior Combettes. Gros et demi-gros. Bois, charbons et cokes de toutes provenances. Anthracites, briquettes, boulets, etc. 42, rue des Vinaigriers, Paris (10e) »

Sautant de joie, il s'écria :

— Il me donne rendez-vous dimanche prochain à dix heures !

Puis à Casimir :

— Tu me remplaceras ? C'était mon tour pour le matin.

— On s'arrangera ! promit son compagnon.

— C'est où la gare de l'Est ? Comment je vais y aller ?

— Tu prendras un fiacre sinon tu te perdras à tous les coins de rue.

— C'est cher ?

— Il y a beaucoup de cochers aveyronnais au dépôt de la place de La Bastille. Si tu leur expliques, ils ne te voleront pas.

Adrien revint satisfait. Melchior Combettes l'embauchait à la Toussaint.

— Il me gardera au moins jusqu'au mois d'avril. Peut-être plus, tout dépendra du temps. Je gagnerai davantage qu'à monter les bains chez les richards !

— Alors, il faut fêter ça ! s'exclamèrent ses compagnons.

— Quelque chose me disait que ça marcherait pour toi, plaisanta Casimir. Ce patron a le même prénom qu'un des Rois mages dont le curé nous parlait au catéchisme. Ce doit être un bon gars...

Les bougnats les accueillirent à bras ouverts. Le saint-pourçain coula dans les verres au fond épais.

— Maintenant que tu n'as plus de soucis, décréta Casimir, on ira visiter l'Exposition un de ces dimanches.

— Visiter l'Exposition ? répéta Adrien. Ce n'est pas pour nous...

— Je n'attendrai pas dix ans et la prochaine !

— Si tu penses qu'on nous laissera entrer...

— Pourquoi on refuserait d'honnêtes gens comme nous ?

Cette journée au Champ-de-Mars resta longtemps gravée dans leur mémoire. Dans la poche de sa blouse, Adrien avait emporté le supplément illustré du *Petit Journal* pour le consulter dans les allées. Quel émerveillement ! Quel sentiment de frustration ! Comment tout voir en quelques heures alors que les enfilades de pavillons et de galeries occupaient plusieurs dizaines d'hectares ?

La douceur de l'air qui entraînait les amoureux vers les guinguettes des bords de la Seine, les incita à partir tôt. Place de l'Hôtel-de-Ville, Oscar, le cocher de fiacre, discuta le prix de la course et ils s'entassèrent à cinq dans une voiture de quatre places : les ferrailleurs avaient consenti à écourter leur sommeil et à les rejoindre. À l'entrée principale, devant l'École militaire, la galerie des Machines les happa dans une immense verrière qui ne tarda pas à se transformer en serre sous l'effet du soleil. Elle les propulsa dans un monde étrange de fer et de verre où chaque invention suscitait l'étonnement. Comme tant d'autres au milieu de cette foule compacte et bruyante, ils s'extasièrent devant le pont roulant, les fontaines lumineuses, les horloges électriques, tout ce qui changerait la vie de Paris d'ici la fin du siècle. L'œil avisé des Cantalous se posa sur les savants mécanismes des machines de fer tandis qu'Adrien persuadait Casimir et Oscar de passer devant le stand de Thomas Edison, un Américain farfelu, dont le journal recommandait la visite.

Là, une surprise les attendait. Un fil de fer fixé sur des pieux en bois tenait lieu de clôture, encerclant le pavillon et le parterre. Un bonimenteur, coiffé d'un canotier, les interpella puis les invita à toucher le fil métallique.

— Avancez ! N'ayez pas peur ! Est-ce que vous sentez quelque chose ?

— Ça pique ! s'écrièrent-ils en chœur, reculant d'un pas.

— C'est le courant électrique qui circule dans votre corps.

Tous restèrent cois. Que fallait-il en penser ?

— D'ici quelques années, l'électricité éclairera les rues et les maisons de Paris ! compléta-t-il.

— On n'aura plus besoin d'allumer chaque soir les becs de gaz ? s'inquiéta Oscar.

— Plus de becs de gaz !

Cette annonce produisit sur Oscar l'effet d'un coup de tonnerre :

— Il faut que j'en parle à mon frère. Il ne doit pas savoir que l'on n'aura bientôt plus besoin de lui. Il est allumeur de réverbères sur l'avenue de Villiers...

Adrien tempéra ses craintes :

— Pas si vite ! Ça ne marchera peut-être que dans vingt ou trente ans. Ou jamais ! Il ne faut pas écouter les camelots.

Pendant plusieurs soirs, chez le bougnat et chez Louise, « le fil qui pique » alimenta les discussions. Au point qu'ils en oublièrent la fatigue du jour.

Adrien qui supportait de moins en moins l'air vicié du grenier, prit goût aux sorties. Un samedi soir, les Cantalous le décidèrent à les accompagner au bal-musette malgré la défection de Casimir qui conservait le mauvais souvenir d'une dispute avec un frotteur de parquet de Chaudes-Aigues. Lorsque le temps virait à la pluie, le livreur ressentait une violente douleur à l'épaule, là où le bâton d'alisier avait frappé.

— Méfie-toi aussi des Italiens : ils cherchent à nous prendre nos filles, ils se battent au couteau mais pas toujours à la loyale... Je t'aurai prévenu...

Un instant, Adrien pensa renoncer.

Les ferrailleurs promirent d'une seule voix :

— Il ne t'arrivera rien. Ce n'est pas un bastringue mal famé. Il n'y a que des gens du pays...

Alors, il se lava à la pompe de la cour, se changea comme si on était dimanche et les suivit dans un estaminet de la rue de Lappe, à quelques centaines de mètres du Passage. Délaissant l'entrée principale, ils pénétrèrent par une petite porte dans l'arrière-salle où le vielleux et le *cabrettaïre,* perchés sur une loge suspendue au mur dans un coin de la pièce, accordaient leurs instruments.

Les ferrailleurs y avaient leurs habitudes alors que les gens du Cantal se réunissaient d'ordinaire dans les bals-musettes de la rue de La Roquette ou du passage Thiéré. Ils s'attablèrent face aux musiciens et commandèrent une bouteille de vin.

Aux premières notes aigrelettes d'une bourrée, Adrien offrit sa tournée.

— C'est bien cher ! s'étonna-t-il en comptant sa monnaie. C'est du vin de *bartas* [1] au prix du bordeaux !

— Comme il ne fait pas payer l'entrée, le patron se rattrape sur les bouteilles, expliqua l'un des ferrailleurs. À sa place, on en ferait autant... Si tu as envie de tourner une bourrée, ne rentre pas ton argent : c'est deux sous la danse.

1. *Haie.*

Bientôt, la salle se remplit. Autour d'une chopine de vin, d'une demi-bouteille de bière ou de limonade, tandis que passaient de main en main les paquets de gris et les cahiers de papier gommé, les nouvelles du village circulèrent. On n'entendait plus un mot de français ! Adrien se crut transporté dans un café d'Aubrac, de Saint-Chély ou de Nasbinals un soir de foire car il retrouva un gars de Bonnefon avec qui il parla de sa jeunesse dans les burons, de leurs frasques au conseil de révision, de leur exil à Paris. Cette ambiance lui chauffa le cœur, lui tira des larmes de bonheur. Il frissonna de joie. C'était la fête inattendue.

Le plancher vibrait au rythme des danseurs qui le martelaient de leurs chaussures ferrées ou de leurs sabots, parfois même de leurs *drelhiers.* Cheveux défaits, les joues en feu, une main tenant le jupon, les filles mettaient un point d'honneur à donner une belle réplique aux garçons dans les figures tournantes. Droites, les poings sur les hanches, elles aimaient terminer les danses par des *yous* sauvages.

Lorsque les musiciens s'accordèrent une pause pour boire, quelques hommes poussèrent des *ahucs* retentissants pareils aux cris gaulois qu'Adrien et les buronniers lâchaient les nuits de la Saint-Jean du haut des montagnes. Dès le premier *ahuc,* Adrien renforça ce chœur improvisé qui fut longuement ovationné par la salle.

— Tu as de la voix ! le félicitèrent les Cantalous.

— Mon père est chantre à la paroisse...

— Mais, toi, tu préfères l'*ahuc* au kyrie ! s'esclaffèrent-ils.

— Et vous le bal-musette à l'église, persifla Adrien.

— Oh là ! Ne nous cherche pas. Tu n'y vas pas davantage. Si ton curé le savait...

Respirant un air sec et poussiéreux, les danseurs reprirent leurs bourrées au milieu des volutes de fumée. Adrien versa deux sous au patron, rejoignit deux hommes et une femme pour exécuter une figure à quatre. Cette musique le ramena cinq ans plus tôt à la fête de Bonnefon. Sur la place du village, il avait dansé avec une fille de Prades. Tard dans la nuit douce, ils s'étaient quittés après s'être embrassés. Il n'avait pas revu Olga...

Le samedi suivant, une fille attira son regard. Vêtue de couleurs claires alors que les femmes de l'Aubrac s'affublaient de corsages et de robes noires, un châle bleu jeté sur des épaules rondes, elle dansait en marchant. Bientôt, Adrien n'écouta plus ses voisins, ne vit plus qu'elle, ses cheveux bruns retenus en chignon par des peignes de corne blonde, ses yeux rieurs, son corps agile entre les bras des hommes qui l'entraînaient dans une bourrée, son pas léger. Quelle vivacité ! Elle prenait à peine le temps de souffler entre deux danses, éclipsant toutes les filles de la salle, plus nonchalantes et empâtées.

Une partie de la soirée, Adrien hésita à l'inviter puis finit par s'y risquer. Aussitôt, elle accepta. Souple comme une anguille, elle lui glissa des doigts pendant la première bourrée tandis qu'il s'efforçait d'imiter son aisance. Son cœur cognait fort ; le sien palpitait aussi, soulevant son corsage lorsqu'elle reprenait son souffle. Au cours de la deuxième danse, il remarqua une médaille autour de son cou sur laquelle se dessinait un C entrelacé. Cécile, Clémence, Catherine, Clotilde, Candie... Lequel de ces prénoms portait-elle ? Adrien n'eut guère le loisir d'y songer car les musiciens s'écriaient déjà :

— Et maintenant, le *poutou* !

Elle l'embrassa sur les joues comme une cavalière embrasse son cavalier un soir de noce. Ce baiser, sonore et franc, le chavira.

Puis, elle disparut happée par une joyeuse cohorte de garçons. Le bal-musette allait fermer.

Jusqu'au samedi, Adrien ne cessa de penser à elle. Dès qu'il la vit entrer dans la salle, les battements de son cœur s'accélérèrent. Il se leva et insista pour qu'elle prenne place à sa table. Mais un des gars qui l'accompagnaient, l'écarta d'un geste brutal, le menaça du poing, haussa le ton :

— Laisse-la tranquille ! Elle sort avec nous.

Adrien comprit qu'il valait mieux ne pas riposter, et retomba sur le banc. Avec les gens de la Montagne, au sang chaud, il en faut si peu pour déclencher une bagarre...

Alors, rompant le cercle, la jolie danseuse de bourrée s'avança et vint s'asseoir à ses côtés.

— Ce sont des garçons de mon village. Ils ont promis à mes parents de veiller sur moi comme des frères... Il ne faut pas leur en vouloir même s'ils vous ont un peu malmené...

— Tu aurais dû nous dire que c'était ton amoureux ! protesta l'un d'eux d'un air égrillard.

— Ce n'est pas mon amoureux, riposta-t-elle sèchement. Je ne suis plus une gamine. Fichez-moi la paix...

Ils s'attablèrent à l'autre bout de la salle.

Adrien commanda du vin chaud.

— Ils vous ont pris pour quelque marlou de Ménilmontant ou de Montmartre, continua-t-elle. Certains passent leurs soirées dans les bals-musettes à repérer les filles.

— N'en parlons plus, dit Adrien.

— J'ai l'habitude de me défendre : je suis fille de comptoir dans un café-billard du boulevard Beaumarchais...

— Si jeune ?

— J'aurai vingt ans au mois de janvier. Je suis montée à dix-sept ans.

— Vous dansez si bien que j'aimerais connaître votre prénom...

— Camille...

Et elle l'entraîna vers le milieu de la salle dans une bourrée à deux.

Adrien apprit qu'elle venait de Montézic, village de la Viadène, qu'elle logeait dans une chambre de bonne de la rue de Turenne à quelques pas de l'établissement de bains où il travaillait chaque jour. Au cours de la soirée, il observa ses mèches de cheveux et ses yeux noisette qui pétillaient d'impatience, rit aux éclats quand elle lui rapporta des scènes de comptoir, ouvrant les portes d'un nouveau monde. Elle le charma, il la complimenta pour sa coquetterie.

Pendant la fin de l'été et le début de l'automne, Adrien baigna dans le bonheur : le nom de Camille résonnait en lui, son visage ne le quittait pas, elle était son soleil. Tout au long de la semaine, il ne vivait que pour leurs retrouvailles du samedi dans cette arrière-salle de la rue de Lappe. Ainsi, le temps lui paraissait-il plus court et l'exil moins difficile à supporter.

Dès la première bourrée, Adrien abandonnait ses compagnons de chambrée, s'installait toujours à la même table, dans un coin de la salle, et guettait son arrivée, nerveux lorsqu'elle tardait, le cœur battant la chamade quand elle le rejoignait. Avant de se dégourdir les jambes au son de la *Crouzade* ou de la *Montagnarde,* ils se racontaient leurs journées et se confiaient leurs soucis, soulageant leur fardeau, chassant les idées noires, reprenant espoir.

Après avoir dansé, ils dévoraient une soupe aux choux, une vraie soupe que préparait le patron avec une bonne tranche de lard fumé.

Un soir, alors qu'ils se quittaient et que les garçons de Montézic l'attendaient, elle se pendit à son cou et murmura :

— Maintenant qu'on se connaît, on pourrait se fréquenter. Tu veux bien ?

Pour toute réponse, Adrien la serra fort dans ses bras.

[illegible]

[illegible]

[illegible] sur Adria[illegible]

[illegible] nécessité que [illegible]

[illegible]

[illegible] de [illegible]

Les lumineux [illegible]

passé, le [illegible] dans les [illegible]

Amené [illegible]

[illegible] dans les [illegible]

[illegible]

III

Melchior Combettes n'employait que des Aveyronnais dans son entrepôt de la rue des Vinaigriers.

— Nous sommes tous de la Viadène, tu es le premier à venir de l'Aubrac ! s'exclama-t-il en accueillant Adrien.

Par sa jovialité, il lui parut plus accessible que monsieur Rigal, moins imbu de sa personne.

Dans la cour, sous un ciel gris, les hommes préparaient les attelages, commençaient à charger les sacs. Chacun d'eux le salua d'une chaleureuse poignée de main.

— Tu t'habitueras vite, promit le patron. Tu as passé le plus dur. Ici, personne ne grimpe dans les étages...

Arraché dans les mines du Nord ou de l'Est, le charbon arrivait en gare où les commis le réceptionnaient, remplissant des sacs de 50 kg stockés au chantier dans l'attente des commandes ou livrés immédiatement aux détaillants. Menant le cheval qui tirait le plateau, le charretier faisait équipe avec le garçon charbonnier. Cinq équipes besognaient ainsi sans relâche du lundi au samedi ; Adrien forma la sixième avec Armand, un jeune buronnier monté de Saint-Symphorien-de-Thénières la veille de la Toussaint.

Les charretiers logeaient aux écuries, les garçons

charbonniers sous les combles de la maison voisine, enfoncée dans le passage Dubail. Adrien, à qui le patron confia un beau percheron, s'installa dans l'une des chambres aménagées en enfilade le long du mur face aux stalles. Une palissade le séparait des bêtes, une cloison de ses voisins. Il rangea ses affaires dans un coffre de bois qui servait de siège. Le lit était meilleur qu'au passage Saint-Antoine. Pas de punaises ni de cafards. Pas de voisins grincheux.

Très vite, Adrien aima cette nouvelle vie même si les journées l'épuisaient autant que ses tournées de livreur de bains. Au réveil, rasséréné par la présence des chevaux, renouant avec les gestes familiers du paysan, il ne ressentait plus cette angoisse qui pesait jusqu'alors sur sa poitrine. Dès le sifflet des premiers trains, Adrien pansait et étrillait sa jument Bichette puis, fredonnant une chanson, se lavait à l'abreuvoir dans la douce chaleur de l'écurie.

À six heures et demie, lorsque l'express de Strasbourg entrait en gare, les charretiers rejoignaient les garçons autour de la table de la salle commune où la cuisinière servait la soupe avant que le patron ne distribue le travail. Au claquement sec de la lame de son laguiole, chacun se levait. Le même cérémonial se déroulait dans les fermes de l'Aveyron, à Montagnac où Adrien s'était loué pendant plusieurs hivers...

En sortant, les hommes emportaient leur capuchon de toile de jute dont ils se protégeaient la tête et la nuque pour transporter les sacs, resserraient autour des reins la ceinture de flanelle — geste des faucheurs avant de lancer la faux dans le talon des herbes mûres. Puis, les équipes s'égaillaient à travers Paris. Adrien se laissait guider par Armand qui commençait son troisième hiver au chantier. Sous une écorce rude et des airs bougons, le *cantalès* de la montagne de Puech-Crémat cachait un cœur généreux : il ne se jouait pas de sa méconnaissance de la ville alors que d'autres auraient pris plaisir à multiplier les farces. Il lui apprenait à se diriger dans le quartier, rue de Belleville et boulevard de La Villette, où la maison livrait la plupart des petits bougnats. Partout où ils déchargeaient les sacs de charleroi, de tête de moineau ou de braisette, la patronne proposait à boire. Pendant qu'ils vidaient un verre de blanc, au comptoir, elle demandait à Armand :

— Quelles sont les nouvelles au pays ?

Le *cantalès* racontait ce qu'il savait sur les fêtes, les foires, les mariages, les naissances, les enterrements.

La patronne écoutait en hochant la tête. Grâce à Armand, elle partait au pays sans se déplacer de sa boutique.

— C'est quand même mieux que de verser de l'eau dans une baignoire à une vieille serre-piastre du sixième étage ! disait-il en sortant. Pas vrai ?

Adrien en convenait.

— Il y a plus malheureux que nous, continuait-il en se hissant sur le plateau. Le patron nous fournit un lit et la pitance ; la bonne s'occupe de notre *buée* [1]. On boit un coup chez les clients. Qu'est-ce que tu veux de plus ? À moins d'aller à l'hôtel...

Adrien l'approuvait aussi.

Un matin, Armand le taquina :

— Heureusement que tu ne pousses plus ta carriole de livreur de bains : tu ferais fuir les clientes ! Tu pues autant qu'un bouc !

Adrien renifla ses vêtements, reconnut qu'ils sentaient le crottin en dépit des précautions qu'il prenait pour soigner et nettoyer les chevaux, n'enfilant sa blouse qu'en dehors de l'écurie. En pensant à Camille, habituée au beau monde sur le boulevard, il rougit de honte.

1. *Lessive.*

Lorsqu'ils venaient danser dans les bals-musettes de la rue de Lappe, les charbonniers portaient alors un pantalon de velours, un gilet noir et un veston ras de cou. Seuls, les cochers rivalisaient d'élégance. Aussi, Adrien, conseillé par Angélina, la cuisinière de la maison, commanda-t-il le même costume auprès d'un tailleur de la cité Saint-Martin qui exigea l'équivalent d'un mois de salaire chez monsieur Rigal. La note lui parut élevée mais il l'accepta pour plaire à Camille et refusa de retourner au bal tant que ses nouveaux habits ne seraient pas achevés. Ils le furent un jeudi. Le costume tombait bien. Adrien le remisa dans l'armoire d'Angélina.

Camille faillit ne pas le reconnaître. Elle en oublia ses griefs alors qu'elle l'avait attendu en vain pendant deux semaines.

— Comment tu me trouves ? glissa Adrien, fier de sa tenue.

— Depuis quand les charbonniers roulent sur l'or ? fit-elle.

— Je n'avais plus grand-chose à me mettre...

Puis, à voix basse :

— Ne regarde pas mes mains... Je n'ose plus te faire danser...

Avec un bout de savon et une brosse au crin dur prêtée par la bonne, Adrien les avait frottées jusqu'au sang. Malgré tout, des traînées noires maculaient ses doigts et les callosités de ses paumes. De la pointe du laguiole, il avait raclé ses ongles qui conservaient des poussières de charbon. C'était à désespérer.

Elle sourit :

— Tu ne dois pas avoir honte de ton métier.

Elle lui montra ses mains crevassées :

— Les miennes s'abîment aussi à force de tripoter l'eau derrière le comptoir. Ceux qui ont les mains fines et blanches ne gagnent pas toujours leur vie honnêtement...

Leurs doigts se joignirent.

Quelques jours après la Saint-André, au moment du repas de midi, monsieur Combettes remit à Adrien une lettre qui portait le tampon du bureau de poste de Saint-Chély-d'Aubrac. Toute la matinée, sur une plate-forme de wagon, il avait rempli des sacs de charbon. Maintenant, épuisé, les reins endoloris, il goûtait un repos mérité sur un banc de la salle commune et plaisantait avec les commis en attendant qu'Angélina amène la soupière. Il ouvrit l'enveloppe.

« Très cher frère,

« J'ai une mauvaise nouvelle à t'annoncer. Nous avons du mal à y croire : le père est mort d'une attaque, nous l'enterrions hier. Mardi après-midi, vers quatre heures, il était parti à la grange donner le foin aux vaches. À six heures, comme il n'était pas revenu, je suis allé voir. Je l'ai trouvé étendu sur le plancher à côté d'une *trapelle* [1]. Il ne bougeait presque pas. Avec ta pauvre mère, nous l'avons traîné jusqu'à la maison. Je suis allé chercher le docteur à Saint-Chély : il y avait un bon pan de neige sur les routes. Quand nous sommes revenus, vers minuit, il ne parlait toujours pas. Le docteur nous a dit que c'était trop tard. Il pensait que le cœur ne tiendrait pas. Nous avons veillé et prié toute la nuit.

« Le 3 octobre, j'étais monté avec lui à Aubrac pour la foire. Ce jour-là, il m'avait dit : "Quand tu t'apercevras que je serai prêt à partir au Ciel, tu sortiras le troupeau dans la cour même si c'est l'hiver. Il faut que je voie les bêtes une dernière fois avant de mourir." Il m'avait fait promettre. Heureusement que le vent du midi avait soufflé pendant la nuit et que la neige avait fondu sinon j'aurais hésité à détacher les

1. *Petite trappe.*

vaches. Je les ai poussées vers l'abreuvoir de la cour. Avec l'aide de ta mère, j'ai amené le père à la fenêtre. Il les a sûrement vues parce qu'il a pleuré et s'est agité. Il est mort le soir même. Le curé n'a pas voulu attendre que tu arrives pour l'enterrer parce qu'il craignait que la tempête reprenne et qu'on ne puisse pas sortir de plusieurs jours avec les chars. Tes frères ont pu venir de la caserne de Rodez. C'était moins loin.

« Nous sommes très tristes, surtout les filles et le petit Félix qui avaient bien besoin de lui. C'est arrivé tellement vite... Nous sommes désarmés. Je serai seul pour le travail mais je ferai tout pour que notre mère tienne bon. Ne nous oublie pas même si c'est dur pour toi.

« Ton frère Pierre-Jean qui t'embrasse. »

Les larmes coulaient sur son visage; ses lèvres et ses mains tremblaient. La tablée cessa de rire, de manger, suspendue à ses réactions.

Ému comme ses employés, Melchior Combettes l'interrogea du regard tandis que la main d'Armand se posait sur son épaule.

— Le père est mort, dit-il, des sanglots dans la voix.

— Prends deux jours, ou trois s'il te les faut, et descends chez toi pour l'enterrement, proposa monsieur Combettes.

— C'est trop tard...

— On s'arrangera pour le travail, reprit le patron.

D'un vague murmure, les hommes l'approuvèrent.

— Partir là-bas en plein hiver... Ça ne changera rien : la mère n'est pas seule. Je leur écrirai.

— Comme tu voudras...

L'après-midi, contre l'avis du patron, Adrien retourna à la gare en compagnie d'Armand. Le wagon devait être déchargé avant la nuit; il le serait. Depuis le Ciel, son père l'aurait traité de fainéant s'il était resté au chantier ou à traîner dans la salle commune.

Le ciel se mit à l'unisson de sa peine et crachina jusqu'au soir.

Après le souper lorsque les hommes regagnèrent les écuries ou leur chambre, Adrien s'installa au bout de la table pour écrire à sa mère. Angélina avait rangé la vaisselle qu'il raturait encore la première phrase, paralysé par le chagrin et la fatigue ; les pleurs brouillaient ses yeux, inondaient le papier à en-tête de la maison qu'il avait emprunté au patron. Après avoir gâché cinq ou six feuilles, il trouva enfin les mots.

« Très chère mère, chers tous,

« Depuis que j'ai reçu votre lettre, je pense à vous et au père qui me manque beaucoup. Il aurait été content d'apprendre que je m'habitue bien au charbon, que je trime moins qu'à porter de l'eau et que je mets quelques sous de côté. Ce soir, en rentrant de la gare, je suis allé voir le curé de l'église Saint-Laurent qui est la plus proche du chantier et je lui ai remis vingt francs pour une neuvaine. Le patron m'en a avancé une partie sur la paye du mois. Le curé m'a promis de dire les messes le dimanche à 8 heures pour me permettre d'y venir. Je suis sûr que là-haut, le père continuera de veiller sur nous comme avant. J'espère que vous êtes en bonne santé malgré notre malheur, que vous aurez assez de courage pour mener la ferme sans lui et sans moi.

« Votre Adrien qui ne vous oublie pas. »

Adrien décida que personne ne devait savoir, et n'acheta pas le brassard que les hommes de la campagne portaient au cours de la première année de deuil. Quelques jours plus tard, il confia son chagrin à Camille. Elle comprit qu'il voulait échapper à la cabrette, aux cris des danseurs et au brouhaha de la salle. Sans l'ombre d'une hésitation, elle insista pour qu'il vienne la voir le lendemain dans sa chambre de bonne.

— On sera plus tranquilles, murmura-t-elle. Pour toi, ce sera moins loin. Le café ferme le dimanche après-midi.

— Ta concierge me fichera à la porte ! Elle t'accusera d'être une roulure.

— Ne crains rien : ce n'est pas une pipelette. Je dirai que tu es un cousin.

— Elle te croira ?

— À midi, elle a déjà son compte...

Pâle et froid, le soleil daigna briller le lendemain. Adrien flâna sur les boulevards avant de rejoindre la place des Vosges et la rue de Turenne. Poussant sa carriole de livreur de bains, il était passé maintes fois devant la maison où habitait Camille, au numéro 14 entre les rues du Foin et des Minimes, levant les yeux jusqu'aux fenêtres du sixième étage. Impatient, il grimpa l'escalier quatre à quatre. Elle ouvrit. Il se jeta dans ses bras, et pleura...

Désormais, Adrien et Camille se retrouvèrent chaque dimanche dans cette chambre de jeune fille, modeste mais propre, meublée chichement et sans confort, protégeant leur intimité. Certains jours, le gel dessinait des arabesques sur les carreaux givrés, Adrien n'enlevait pas son veston et soufflait sur ses doigts gourds, Camille grelottait malgré sa lourde pèlerine et son châle brodé. Que n'auraient-ils pas enduré pour être enfin seuls ?

Camille l'aida à surmonter l'épreuve, elle savait choisir les mots pour apaiser ses tourments. Adrien admira sa force, son mordant, sa patience aussi. Tous deux apprirent à mieux se connaître, se parler, s'aimer. Aux beaux jours, ils partirent en promenade vers les quais de la Seine et le Jardin des plantes, encouragés par le soleil à pousser de plus en plus loin au fil des semaines. Sur le fleuve, passaient les bateaux. Du haut du pont d'Austerlitz, les enfants jetaient des cailloux dans l'eau, aussitôt grondés par leurs mères. Adrien et Camille en riaient puis continuaient leur chemin, main dans la main. La rue appartenait aux enfants et aux amoureux.

Un dimanche de juin, ils rentrèrent tard. L'énorme boule rouge du soleil n'en finissait pas de se mirer sur la Seine. Accoudés au pont de Sully dans la douceur du soir, ils voulurent guetter l'instant où elle disparaîtrait derrière les tours de Notre-Dame. Le moment tarda trop, ils renoncèrent.

La nuit tombait lentement lorsqu'ils revinrent rue de Turenne. La concierge qui titubait sur le pas de sa porte, les regarda monter l'escalier : ils ne se tenaient plus par la main.

Les beignets achetés à un marchand ambulant, rencontré sur le chemin du retour, furent vite engloutis.

Adrien songea à repartir mais Camille le retint :

— Reste. On est si bien ensemble...

Blottie contre son corps, une main sur son cœur pour en sentir les battements, Camille chuchota :

— On devrait se marier...

— Si vite? s'étonna Adrien.

— C'est de notre âge.

Il l'approuva d'un hochement de tête.

— On se mariera au pays! dit-il en la serrant plus fort.

— À Montézic!

— C'est trop tard pour cet été, fit-il, déçu.

— Tant pis, on attendra un an. Ça arrangera tout le monde : ma famille aura le temps de préparer la noce, et la tienne ne portera plus le deuil de ton pauvre père.

— Ce sera une belle fête! promit Adrien, un large sourire aux lèvres. Même s'il nous manque trois sous pour faire un franc! Entre mes économies et les tiennes, ce serait le diable si on n'arrivait pas à se monter en ménage...

Camille aimait l'entendre parler ainsi. Sa tête et ses cheveux défaits glissèrent sur sa poitrine.

— Tu ne vas pas rester charbonnier toute ta vie !

— Ni toi serveuse !

— Nous avons assez trimé derrière le cul d'un patron, nous nous mettrons à notre compte dès que nous serons mariés. Nous n'avons peut-être pas beaucoup d'argent mais nous connaissons tous les deux notre métier. Nous commencerons par une gérance de bougnat : tu livreras le charbon et le bois, je m'occuperai des commandes des clients et du comptoir. Si nous tenons bien la boutique, ça marchera !

Adrien qui caressait ses longs cheveux, demeura silencieux un instant, soufflé par son aplomb. Camille savait ce qu'elle voulait.

— Comment tu fais pour penser à tout ?

Rien n'échappait à la curiosité de Camille. Le café où elle servait, recevait chaque semaine *L'Auvergnat de Paris*. Dès que le journal arrivait, son patron l'ouvrait à la page de Thérondels et lisait les nouvelles de son village avant de l'abandonner sur le comptoir. *L'Auvergnat* traînait pendant quelques jours près de la bouteille d'eau de Seltz, passait entre les mains des clients puis de Camille qui cherchait à son tour la rubrique de Montézic. Souvent, elle l'emportait afin d'en poursuivre la lecture, friande du moindre événement survenu dans les hameaux de la Viadène que rapportaient en détail les correspondants du journal. Il lui semblait n'avoir jamais quitté Montézic. Elle apprenait un « grand arrivage de fromages de Laguiole et du Cantal » chez madame Monier aux Halles centrales ou la mise en nourrice au pays du dernier-né d'un marchand de vins de Saint-Ouen.

Depuis ce délicieux dimanche d'été, Camille épluchait aussi les annonces de *L'Auvergnat* qui proposaient des fonds à vendre ou à louer. Peut-être, y trouveraient-ils leur bonheur pour s'installer. Elle pesta durant des semaines parce que rien ne correspondait à leur attente. La vacherie « à céder au centre de Paris avec huit vaches et un cheval, vente journalière de 90 litres de lait à 40 centimes, loyer de 1 000 francs » ne les intéressait pas plus que le « vins-liqueurs, 20 pièces par mois, 120 francs d'affaires par jour » mis en vente à 8 000 francs. Certes, l'offre était très alléchante « Convient à gens travailleurs. On se retire après fortune. » mais hors de portée d'un jeune couple sans argent. Ils voulaient une gérance de bougnat !

Adrien en parla à monsieur Combettes, convaincu que son patron les tirerait de l'embarras. N'entretenait-il pas des liens étroits avec des dizaines de bougnats à travers Paris ?

— Ça peut se trouver, dit-il d'un air évasif tandis qu'il boutonnait son gilet.

Il ouvrit la tabatière d'or posée sur son bureau près de l'encrier, en aspira longuement les parfums, prit quelques brins entre ses doigts qu'il fourra dans son nez.

— Ça chasse la poussière de charbon !

Puis, il le regarda dans les yeux :

— Il faut être deux.

— Je me marie au mois d'août prochain.

— Avec une payse, j'espère ?

— Elle est de la Viadène, confirma-t-il, persuadé que le détail ne lui échapperait pas.

— On ne réussit en affaires qu'avec des femmes de chez nous... Tu préfères une gérance appointée ou une gérance libre ?

Adrien ne sut que répondre.

— Tu préfères toucher un fixe et reverser les recettes, ou payer un loyer tous les mois et empocher les bénéfices ? reprit le patron après avoir éternué dans un mouchoir jaune.

— Une gérance libre, s'exclama Adrien. Nous gagnerons plus !

Monsieur Combettes sourit, se leva et lui tapa sur l'épaule :

— Nous sommes bien de la même trempe !

Pour Adrien, ces paroles prouvaient qu'ils s'étaient compris : la confiance du grossiste leur était acquise. Dans quelques mois, ils iraient visiter les boutiques disponibles. Une formalité...

Camille s'en félicita :

— D'ici là, nous avons le temps de songer à notre mariage...

Tous deux ignoraient que Melchior Combettes n'aidait pas le premier venu sans s'entourer de précautions. Il écrivit au maire et au curé de Montézic, au notaire de Saint-Chély, au maître d'école de Bonnefon, afin d'obtenir quelques renseignements sur Adrien et Camille. Nul ne se plaignit de leur moralité ni de leur vaillance mais le grossiste surveilla quand même le comportement de son charretier. Sa conduite lui parut irréprochable : Adrien se montrait compétent dans le classement des différentes qualités de charbon et soulevait les sacs comme des fétus de paille. Il ferait un bon bougnat s'il était bien marié. Comment savoir ? Monsieur Combettes se rendit à trois reprises dans le café du boulevard Beaumarchais.

Assis à une table du fond de la salle, il observa comment Camille recevait et servait les clients. Très vite, il remarqua sa pétulance, sa gaieté. Au moment des coups de feu, elle voltigeait sans cesse d'un bout à l'autre du comptoir, s'empressant de distribuer avec le même sourire une « verte » Terminus, un clacquesin, un Pernod, un blanc sec. Son numéro l'épata.

« Elle ira loin ! » pensa-t-il, époustouflé par son service.

Le patron qu'il fit appeler sous le prétexte de lui présenter ses tarifs de charbon, ne tarit pas d'éloges sur elle.

— Je la regretterai, avoua-t-il. D'autant plus que je lui ai appris le métier.

— Elle ne joue pas les entraîneuses? s'inquiéta monsieur Combettes.

— Non, non! protesta-t-il, surpris par cette supposition. Lorsque j'embauche une serveuse, je me garde bien de l'obliger à consommer avec les hommes comme dans certaines brasseries... Mon personnel sait être familier avec les habitués mais reste décent avec les clients, surtout les filles de comptoir... Camille pourrait servir en salle : elle en est capable. Mais le premier qui s'amuserait à frôler sa robe, prendrait sûrement une *mornifle*!

Tous deux éclatèrent de rire.

— Et la caisse? demanda-t-il encore.

— Depuis le début de l'été, je la lui confie certains jours. Elle se débrouille.

Satisfait des résultats de son enquête, monsieur Combettes profita de la visite annuelle qu'il effectuait auprès de ses clients un peu avant les fêtes de Noël pour se mettre en quête d'un vin-bois-charbon. Il apprit ainsi qu'un fonds se libérait dans le quartier de la Chaussée-d'Antin. C'était une aubaine car les intentions ne se déclaraient en général qu'après Pâques! Les gérants débordèrent d'amabilité à son égard alors qu'ils étaient plutôt réservés.

Le mari, véritable paquet de nerfs et de muscles qui ne cessait de s'agiter au comptoir, lui servit son meilleur vin.

— Vous tombez bien! fit-il. Nous pensions déménager à la fin de l'été...

— Vous ne vous plaisez plus ici?

Sa femme, rondelette malgré son jeune âge, posa son torchon et se rapprocha de lui :

— Ce n'est pas ça... Nous voulons prendre plus grand...

— Nous avons fait nos classes! reprit l'homme, la mine réjouie. Mais ici c'est une bonne affaire.

Il fouilla dans un tiroir et en sortit un carnet graisseux :

— Le mois dernier, nous avons débité huit pièces de vin...

— Le charbon? coupa le grossiste qui venait d'ouvrir un calepin aux feuilles jaunies. Ça m'intéresse autant que le vin.

— Au moins trois wagons! affirma le bougnat.

— Ça m'étonne.

— C'est bien trois wagons, Marinette? demanda-t-il à sa femme qui continuait d'essuyer ses verres.

— Oh! oui. Tu n'as pas arrêté de livrer : tu avais même envie de prendre un commis pour t'aider.

— Ah, bon? fit monsieur Combettes, sceptique. Je vous donnerai des nouvelles dans quelque temps...

Le propriétaire du fonds, un rentier, lozérien lui aussi, s'appuya sur les affirmations de ses gérants pour exiger un loyer qui se montait à la moitié du chiffre d'affaires.

— Vous rêvez! lui rétorqua monsieur Combettes. La rue de la Victoire n'est pas le boulevard des Capucines!

Le vieil homme aux mains décharnées, qui chiquait et crachait de temps à autre dans un mouchoir à carreaux rouges, était sûr de lui :

— Vous oubliez les recettes...

— Parlons-en! s'insurgea le marchand de charbon. Diminuez-les de moitié et vous aurez un chiffre plus proche de la réalité. Vos gérants sont des filous : ils prétendent avoir reçu trois wagons de charbon en novembre et ils ne m'en ont pris qu'un et demi...

— Je ne suis pas obligé de vous croire!

— Baissez de moitié et nous pourrons discuter...

— Vous n'êtes pas Aveyronnais pour rien, dit-il, sarcastique. À vouloir placer aux meilleures conditions vos cousins, vos voisins et les cousins de vos voisins, vous vous comportez comme des maquereaux!

Le grossiste ne s'inclina pas, trop heureux de croiser le fer avec un Lozérien.

Pendant ce temps, Camille s'impatienta, menaça de s'adresser ailleurs, mit en doute sa bonne foi ; Adrien tenta de la raisonner.

Après d'âpres discussions, le propriétaire finit par rabaisser ses prétentions. L'affaire se régla enfin.

Un dimanche après-midi de mars, monsieur Combettes les emmena rue de La Victoire. La boutique bénéficiait d'un bel emplacement, à l'angle de la rue de Mogador, près des magasins du Printemps. Il les assura qu'ils y feraient de bonnes affaires. Adrien balbutia des remerciements.

Ce jour-là, il pleuvait ; le vent rabattait des paquets de pluie sur les rares passants qui s'aventuraient dans la rue. La salle, exiguë, assombrie par une lumière blafarde qui coulait à travers des vitres sales, déplut à Camille. Tandis que la bougnate leur offrait à boire, son imagination essayait de rendre la pièce plus coquette. Quant à Adrien, depuis le seuil de la porte d'entrée du charbon, il évaluait combien de sacs il stockerait dans le couloir et le chantier.

Les bougnats n'avaient accepté que du bout des lèvres de les recevoir un dimanche. La mauvaise humeur les poussa à leur interdire l'accès du logement situé juste au-dessus.

— Vous le verrez quand nous aurons déménagé, jeta la femme. Ce sera libre au 1er septembre, comme convenu.

— C'est sûrement un taudis ! chuchota Camille à Adrien pendant qu'elle partait servir un client.

— Ce ne sera pas pire que l'écurie, soupira Adrien.

Au retour, monsieur Combettes les accabla de questions auxquelles ils répondirent sans enthousiasme, quelque peu déçus.

— J'ai arrangé les choses au mieux, expliqua-t-il.

Si je n'avais pas ferraillé, ils vous auraient escroqué... En échange, vous serez tenus de prendre le charbon chez moi.

— Bien sûr, monsieur Combettes, répondit Adrien.

— On est d'accord! Tope là.

Comme sur un champ de foire, les deux mains claquèrent.

Les premiers jours d'août les ramenèrent au pays. Après une nuit passée dans le train, Adrien et Camille prirent à pied la route de la Montagne. Adrien riait, sautait comme un cabri, heureux de refaire le chemin à l'envers. Camille écarquillait les yeux, découvrait un paysage inconnu. Bientôt, la chaleur les incita à se réfugier à l'ombre et à s'accorder du repos avant de continuer la montée vers Les Enfruts. La faim les tenaillait mais ils n'avaient rien à se mettre sous la dent.

La maisonnée les attendait depuis le début de l'après-midi. Le petit Félix qui les guettait sur la crête, courut vers eux.

— *Que sias polida* [1] *!* dit-il à l'oreille de Camille en se pendant à son cou.

Eugénie, vêtue de noir, marchait légèrement courbée : le deuil pesait sur ses épaules.

— Quand même! Tu es revenu...

Son visage crispé ruisselait de sueur et de larmes mêlées.

— Voilà Camille, dit simplement Adrien.

Elle l'embrassa aussi.

— Il aurait été si content...

Pierre-Jean apparut à son tour, la chemise trempée, une faux sur l'épaule :

— On s'apprêtait à faire quatre heures.

1. *Que tu es belle!*

Adrien avait connu la maison plus animée.

Elle lui sembla vide, sans âme. Ses deux sœurs étaient parties : Clémence servait dans une auberge de Saint-Chély, Alice à Bonnefon chez le notaire.

— Elles viendront au mariage, l'assura Pierre-Jean.

— Et les soldats?

— Augustin a été libéré...

Pierre-Jean se tourna alors vers sa mère qui sanglotait près de l'âtre en coupant quelques fines tranches de jambon sec.

— Il prend le bateau pour l'Argentine à la fin du mois, maugréa-t-il la tête basse.

— L'Argentine? fit Adrien, abasourdi.

— Il s'en va chez les colons dont on a tant parlé dans le pays il y a quelques années. Ce sont les gars de Clément Cabanettes, de Saint-Côme. Ils ont construit un village, ils cultivent des terres et ils élèvent des bœufs. D'après ce que nous a dit ton frère...

— Et Raymond?

— Il sera libéré l'été prochain.

Puis claquant la lame de son laguiole d'un geste rageur :

— Il a envie de s'installer en Algérie.

— Vous me donnez tous des soucis, ajouta Eugénie qui se moucha pour cacher sa peine.

Adrien qui comprenait son désarroi, essaya de la réconforter :

— Même loin, nous ne t'oublions pas...

— Je sais, je sais. Mais tu m'empêcheras pas d'y penser la nuit...

S'adressant à Camille placée en pleine lumière de la fenêtre et qu'elle observait de la pénombre, Eugénie demanda :

— Ça se passe comment chez vous?

— Mon frère travaille la ferme, ma sœur est

mariée à Rives. Moi, je suis à Paris... Les premiers temps, ma mère n'a pas dû dormir plus que vous...

Pierre-Jean céda sa chambre à Camille et rejoignit Adrien sur les paillasses du grenier. Les deux frères qui avaient tant à se dire, bavardèrent tard comme au temps de leur enfance. À peine un an les séparait.

Après la soupe du matin, les Parisiens repartirent.

— Déjà ! s'écria Eugénie. La maison te tombe dessus ? On t'a pas vu depuis deux ans !

— Le mariage est dans trois semaines et nous sommes le 5, se fâcha Adrien. On a tellement de choses à préparer !

— Oh ! fit-elle. Un jour de plus ou de moins. On aurait été content de vous garder.

Il crut bon d'ajouter :

— Hier, en venant, nous sommes entrés au cimetière...

— C'est bien, dit-elle. Tu t'achèteras un brassard pour le jour de la noce. Souviens-toi qu'on est encore dans le demi-deuil de ton pauvre père...

— Dépêchons-nous, coupa-t-il en emportant des provisions pour midi.

Ils marchèrent toute la journée sous un soleil de plomb qui les épuisa, délaissant les montagnes de l'Aubrac si agréables en été pour les plateaux et les vallées encaissées de la Viadène, plus sauvages, des villages moins austères quoique étouffés par un air sec et chaud.

Croyant emprunter des raccourcis, ils manquèrent se perdre sur les sentes des versants abrupts. Heureusement, des bergers leur indiquèrent la bonne direction.

Le père de Camille aidait son fils, Édouard, à rentrer les bêtes lorsqu'ils arrivèrent à Montézic.

— Tiens, voilà la Parisienne ! s'exclama-t-il en agitant son bâton depuis le haut de la côte.

Fier de sa moustache à la gauloise qu'il lissait souvent de ses doigts rugueux, cet homme respirait la jovialité.

— L'air vous a estourbi ? On dirait que vous soufflez comme des *aucons* [1] !

Camille s'esclaffa : son père n'avait pas changé malgré les ans. Même teint rougeaud, même pas mesuré dans ses sabots, même penchant pour les calembredaines.

Une femme boulotte, aux cheveux gris et au visage rond, surgit du fond de la cuisine quand elle entendit leurs voix dans la cour. C'était sa mère.

Camille la serra dans ses bras.

— Presque cinq ans que tu nous avais quittés ! gronda-t-elle en essuyant une larme du coin de son tablier. Tu fais la demoiselle maintenant !

Le père revenait déjà de la cave, une bouteille à la main.

— C'est du blanc du Fel, précisa-t-il à Adrien. J'ai été le prendre, hier, chez l'aubergiste. C'est du bon. Ça vous remettra de la route.

Après un souper joyeux, Camille retrouva la chambre d'enfant qu'elle partageait avec sa sœur Antonine. Le lit était un peu court : elle se coucha en chien de fusil. Sa main caressa longuement le drap roux et rêche. Le lendemain matin, ronronnant à ses pieds, la vieille chatte Pompon la regarda s'éveiller.

Les préparatifs les accaparèrent jusqu'au grand jour. Adrien commanda auprès du tailleur de Saint-Amans un costume noir dont le gilet s'orna devant, à gauche, de deux poches imitant le gousset.

— Ce sera pour la monnaie de la salle quand je remplacerai ma femme le dimanche après-midi au bougnat, expliqua-t-il au tailleur qui s'interrogeait sur leur utilité.

1. *Oisons.*

L'excentricité d'Adrien fit le tour des auberges du bourg.

Camille confia à la couturière du village, leur voisine, le soin de confectionner une robe longue en fil de lin, bleu pâle. Au moment des essayages, des commères pointèrent leur nez de fouine à la porte de la chambre de ses parents. Elles souhaitaient découvrir avant tout le monde la robe de mariée.

Sa mère s'arracha les cheveux à l'idée que sa fille emporterait un trousseau incomplet.

— Une année, je n'avais pas le temps de m'en occuper ; l'année d'après, une vache crevait ; il y a eu les noces de ta sœur et, toi, je me demandais si tu te marierais un jour... Aucune douzaine n'est entière et rien n'a été brodé : tu auras huit mouchoirs, cinq torchons, trois taies d'oreiller, une seule paire de draps de lit, quatre chemises, un peu de linge de toilette... Ce ne sera pas suffisant.

Elle craignait le déshonneur si on l'apprenait.

— Les voisines veulent voir, se lamenta-t-elle.

— Tu leur diras qu'Antonine a brodé ce qui manque, répondit Camille.

Deux jours avant le mariage, Antonine leur prêta main-forte pour préparer un coin de la grange où les hommes dressèrent une grande table en L après avoir emprunté planches et tréteaux chez les voisins. Adrien crut que les deux sœurs étaient de vraies jumelles. Tout concordait : la taille, la coiffure, les yeux, le balancement des hanches. Seuls, les goûts vestimentaires permettaient de distinguer Antonine de sa cadette : elle s'habillait en gris foncé, Camille préférait le bleu et le vert clairs.

Adrien l'aida à tendre de vieux draps sur les murs de la grange où ils piquèrent des fleurs des champs, la veille de la noce, tandis que le père nettoyait une ribambelle de bouteilles destinées à être remplies au robinet d'un *barricou* de vin d'Estaing. Puis, Antonine et sa mère saignèrent, plumèrent, vidèrent des poules grasses dont on tirerait le bouillon, et quelques poulets dodus qui rôtiraient dans la cheminée.

Les Soulages arrivèrent le vendredi après-midi, deux heures avant la cérémonie à la mairie. Eugénie, Augustin, Raymond et le petit Félix descendirent du break mené par Pierre-Jean et prêté par un propriétaire des Enfruts chez qui l'aîné des Soulages allait parfois à la journée; Alice et Clémence ne se joindraient à eux que le lendemain, à l'église. Du coffre, Eugénie sortit des fouaces, cuites deux jours plus tôt dans le four à pain du village, et un quart de fourme acheté par Augustin au buron de la Sistre.

— Ma pauvre femme! s'écria le père de Camille. Vous vous êtes mise en frais.

— Il fallait bien. Nous n'avons pas fait les fiançailles.

Les deux familles se rencontraient pour la première fois. Adrien sentit chez les siens une gêne que le père de Camille se chargea de dissiper avec sa bonhomie.

Les hommes couchèrent sur les meules de foin près de la table fleurie. Adrien respecta les usages et dormit dans la grange du voisin. Il veilla jusqu'à l'aube...

À dix heures, les cloches sonnaient à toute volée, les fillettes de la paroisse formaient une haie d'honneur devant l'église sous la bannière des Enfants de Marie, le curé attendait près de la grande porte, le cortège quittait la maison.

L'abbé Turlan, un brave homme qu'aimait bien Camille, prêcha sur les dangers de la ville et les cita en exemple :

— Ils ont échappé aux tentations mais beaucoup succombent...

L'obstination du prêtre les amusa.

La journée fila à vive allure : repas de midi autour de la proche famille, valses et bourrées pour se dégourdir les jambes au son de la cabrette, repas du soir accommodé avec les restes pour une tablée élargie à quelques cousins. Gagnée par l'émotion, étourdie par la chaleur sèche qui flottait dans la grange, Eugénie s'évanouit à la fin du souper. Augustin et Raymond la transportèrent sur le lit de Camille, où elle reprit doucement ses esprits.

Les mariés s'échappèrent peu après minuit pour se réfugier chez la vieille tante Noémie qui vivait seule au hameau voisin des Bories. Une fois refermée la porte de la chambre, Adrien souleva Camille dans ses bras, la couvrit de baisers et s'écria :

— Enfin tu es ma femme !

Elle éclata de rire :

— Et ta bougnate pour toujours !

IV

Camille en pleurait de rage. Pourquoi tant de crasse et tant de casse ? La boutique ressemblait à un assommoir des bas-fonds de Paris avec ses verres ébréchés, ses bouteilles poisseuses, ses chaises bancales, ses trois tables et son parquet gluant. Depuis deux jours, elle lessivait les murs aux cristaux de soude, frottait le plancher et se débarrassait des vieilleries qui encombraient les étagères sous l'œil curieux des passants, le nez collé aux vitres poussiéreuses. Déjà, la salle ne rebutait plus. Après un badigeon, elle finirait par devenir attrayante : le lait de chaux chasserait cette affreuse couleur de lavasse.

De l'aube au crépuscule, ils s'échinèrent à tout remettre en état. Les tables rassemblées en U le long des murs, ceinturant le poêle placé au milieu de la salle, permirent à Adrien de supprimer les chaises boiteuses et de les remplacer par des bancs qu'il confectionna lui-même à l'atelier de ses anciens compagnons menuisiers du quartier Saint-Antoine. Camille acheta de la percale au mètre chez une mercière de la rue de Provence, y tailla des rideaux qu'elle festonna le soir, à la lueur de la lampe. Ainsi, la pièce lui parut-elle accueillante.

À la cave, les barriques ne contenaient que du vin aigre. Adrien les vida et les soufra, bien embarrassé pour les remplir à nouveau. Au comptoir, le client ne buvait pas nécessairement le même vin que celui qu'il emportait chez lui.

L'ancien patron de Camille leur recommanda un marchand de vins, installé à Bercy.

— C'est mon fournisseur et c'est un pays.

Il s'appelait Enjalbert.

Une fin d'après-midi, un camion tiré par deux chevaux s'arrêta devant la boutique. Coiffé d'une casquette grise, le mégot logé à la commissure des lèvres, un homme en descendit au pas de course. À peine entré, il fouilla dans la poche de son tablier bleu noué à la taille, exhuma un calepin et un crayon puis jeta d'un ton sec :

— Je suis pressé, je suis en tournée. Qu'est-ce que je vous mets en blanc ?

Adrien et Camille se regardèrent. Le marchand trépignait.

— Vous n'êtes pas du métier ? grommela-t-il.

— J'étais serveuse boulevard Beaumarchais, débita-t-elle.

— Et moi charretier dans un chantier.

— Ah ! quand même...

Après un moment de réflexion :

— Bon ! Je pense qu'il vous faut pour commencer un demi-sec à servir au comptoir ; dans quelque temps, vous commanderez peut-être du gaillac. En rouge, prenez du chanturge : c'est un petit vin d'Auvergne que les gens des quartiers aiment bien. Les liqueurs ? Voyons, voyons...

Un coup d'œil sur les étagères vides l'éclaira sur l'état du stock. Il enfonça la pointe de son crayon dans ses cheveux et commença l'énumération sans enlever son mégot de la bouche :

— Une bouteille de rhum, une de « verte », deux d'armagnac, deux de cognac, deux de Pernod, un bocal de prunes...

— De l'anisette pour la « verte », ajouta Camille. Et du vermouth.

— Je vois que madame a de la pratique au comptoir. Nous nous entendrons ! Quand vous voudrez acheter...

Camille ouvrit la boutique cinq jours après leur arrivée pendant qu'Adrien aménageait le logement qui luisait de saleté et de misère, vidé de ses meubles. Au rez-de-chaussée, la cuisine s'adossait à la réserve de bois au fond du couloir de l'entrée du charbon. Un escalier en colimaçon bouchait un angle de la pièce et menait à l'étage ; un vieux fourneau occupait l'angle opposé, à droite de la pierre d'évier et de la seule fenêtre. Ce qui tenait lieu de chambre, n'était qu'une pièce sombre aux allures de débarras, sans lit ni armoire. Ainsi s'étaient confirmés les pressentiments de Camille.

Adrien nettoya murs et planchers au racloir et à la brosse puis courut le quartier pour trouver le strict nécessaire : un sommier et un matelas, un coffre à linge, une batterie de cuisine, des couverts. Camille le pressa de tout installer au plus vite : elle supportait mal la séparation que leur imposait chaque nuit la logeuse du garni de la rue Geoffroy-Marie où ils vivaient depuis le premier jour. Rien, pas même le certificat de mariage, n'avait infléchi sa décision. La tenancière appliquait à la lettre les ordonnances de la préfecture de Police, affichées au mur de chaque palier de la maison : « Il est défendu d'admettre dans les chambrées des personnes de sexes différents. » Camille y endurait l'ennui et la promiscuité, les odeurs repoussantes des cabinets, les regards malsains.

Un soir enfin, elle savoura l'instant tant attendu :

— Nous sommes chez nous !

Le mois de septembre s'écoula tristement : la douceur de l'air prolongeait la morte-saison du charbon ; les habitués du comptoir tardaient à revenir. Beaucoup ralentissaient le pas en passant devant la boutique, reluquaient Camille, chuchotaient entre eux et n'entraient pas sauf de rares poivrots qui s'incrustaient des heures durant. La vente d'une « verte », de quelques verres de vin, d'un fagot de bois ne gonflait guère la caisse de la journée.

— À ce train-là, on mangera toutes nos économies dans ce foutu caboulot ! pesta Camille.

Adrien l'exhortait à la patience :

— Au premier coup de froid...

Chaque soir, un réflexe de paysan le poussait à guetter dans le ciel les signes d'un prochain changement de temps.

L'équinoxe amena une pluie glaciale qui perdura une semaine et provoqua le retour des clients. Dès le premier matin, la boutique ne désemplit pas. Prises au dépourvu, les ménagères se ruèrent au bougnat pour s'approvisionner. Les unes achetèrent un paquet de ligots ; les autres commandèrent des margotins, du charbon, ou de grosses bûches qu'Adrien tira du fond de la resserre, hissa sur son échine au moyen d'un crochet et monta en haut des immeubles. Imperturbable derrière son comptoir, Camille inscrivait sur un carnet aux feuilles quadrillées le nombre de sacs de grains, de tête de moineau, de braisette, de gailletins, d'anthracite ou de boulets, additionnait et multipliait sur une ardoise d'écolier, promettait une livraison pour le soir ou le lendemain avant midi.

— Vous avez des maries ! s'extasia une cliente.

— Bien sûr.

— Les autres n'en avaient jamais, ils me disaient que ce charbon n'existait plus...

Adrien allait et venait avec son charreton à bras qu'il chargeait au fond de la cour, ne s'accordait aucun répit sous les averses de grésil qui traversait ses caleçons longs et le trempait jusqu'aux os, remerciait le ciel d'arranger ses affaires.

En fin d'après-midi, après leur travail, les maris se déplacèrent à leur tour, reprirent des paquets de ligots, s'inquiétèrent de savoir s'il y aurait toujours du charbon pour les anciens clients. Tous apprécièrent le chanturge de Camille.

— C'est quand même autre chose que le *tachou* qu'on nous servait avant, s'exclama l'un d'eux.

— C'était du vinaigre qui te tordait l'estomac ! ajouta son voisin en tapant sur le comptoir pour offrir sa tournée.

Camille partageait leur bonheur.

L'horloge de l'église de la Sainte-Trinité sonnait neuf heures lorsque Adrien, exténué, replia son charreton et le remisa dans le couloir. De ses poches, il sortit de l'argent qu'il laissa couler sur la table de la cuisine.

— Je ne me suis pas mouillé pour rien !

Elle embrassa à pleines lèvres son visage noir.

Chacun prit ses habitudes. Avant l'aube, Adrien allumait le poêle de la salle, avalait une assiettée de soupe et partait livrer à six heures. Sur le pavé humide, givré ou enneigé, s'engageait une périlleuse course de vitesse imposée par les concierges des immeubles dépourvus d'escalier de service qui exigeaient son passage avant dix heures. Combien de fois manqua-t-il renverser ses cinq cents kilos de charbon, tomber sur la chaussée, se tordre une cheville dans les ornières ?

Au début, révolté, Adrien décria ce règlement injuste. Exerçait-il un métier si dégradant pour qu'on cherchât à l'éviter ?

— Je ferais honte à ces messieurs-dames si je les croisais sur le palier, ironisa-t-il devant l'une d'elles. Je suis tellement sale !

À la longue, il s'y fit.

Camille commençait sa journée à six heures et demie avec les livreurs des magasins du Printemps qui venaient boire un coup de blanc pour se donner du courage. Pendant les moments creux de la matinée, elle s'éclipsait à la cuisine afin de préparer le repas de midi. Adrien revenait vers onze heures, se débarbouillait en hâte à la pompe de la cour, s'attablait, l'aidait au comptoir à l'heure de midi et dépliait à nouveau le charreton qu'il poussait à travers les rues jusqu'au soir.

Des clients grincheux, appuyés par les concierges, réclamèrent des bons de livraison.

— On ne peut pas lire vos gribouillis ! se plaignirent-ils.

Bien qu'il jugeât la dépense inutile, Adrien s'inclina pour ne pas les perdre. Dans son portefeuille, rangée avec les adresses de ses frères et sœurs, il retrouva la lettre de monsieur Combettes et demanda à un imprimeur de la rue des Mathurins de s'en inspirer pour l'en-tête de la maison. Un soir neigeux de décembre alors que Camille fermait la boutique, Adrien ramena de l'atelier le précieux carton.

Sur chaque bon, à l'encre grasse, le nom de Soulages s'étalait en lettres capitales.

— Tout le monde saura que notre maison existe ! dit-il, fièrement.

Ornant l'en-tête, un dessin représentait deux sacs de charbon devant une pile de bûches rondes.

— C'est joli, reconnut Camille.

— Ce sera mieux pour les commandes et les factures.

Puis, retournant la feuille :

— Tu n'auras plus besoin d'acheter du papier pour écrire.

Camille trouvait le temps de donner des nouvelles aux deux familles, de répondre à Augustin qui s'extasiait devant la fertilité des terres de la pampa argentine et les suppliait de venir le rejoindre à Pigüé, à Jean-Baptiste qui leur envoyait sa première lettre de Chine depuis son départ en mission. Elle prenait la plume le dimanche matin après le ménage, la lessive et les comptes de la semaine. Telles de précieuses reliques, les enveloppes reçues d'Aveyron et d'ailleurs s'entassaient avec l'argent de la maison dans une boîte en fer cachée sous les piles de linge.

Le dimanche, sauf pendant les fortes intempéries, Adrien ne livrait pas et tenait le comptoir. Il mettait un point d'honneur à s'y préparer la veille, conscient qu'il changeait de rôle. Au milieu de la cuisine, il installait une comporte récupérée chez le marchand de vins, y versait l'eau chaude qui chantonnait sur le fourneau, et se lavait énergiquement.

Le lendemain, propre et neuf, dès que les cloches de la Sainte-Trinité appelaient les paroissiens du quartier à la première messe, il descendait à la cave tirer le vin blanc pour les joueurs de cartes de l'après-midi puis montait un bol de lait à sa femme.

— Reste encore au chaud ! chuchotait-il.

Camille s'étirait comme un chat, pendait ses bras à son cou.

— Les clients vont arriver, soupirait-elle en bâillant.

— Repose-toi : tu as assez travaillé cette semaine, insistait-il.

Elle se rendormait jusqu'à l'ouverture, à huit heures, titubait de sommeil lorsqu'elle se levait. Les têtes de linotte, à la recherche de ligots pour allumer leur feu, frappaient déjà à la vitre.

La boutique les accaparait du matin au soir, rivait Camille au comptoir et l'empêchait de s'aventurer au-delà du devant de porte, expédiait Adrien dans les étages. Le client se moquait des heures, menaçait de s'adresser ailleurs si on ne le servait pas sur-le-champ. Des journées harassantes rognaient les rares moments d'intimité. Plus de bal-musette ni de promenade. Cette vie laissait peu de temps pour se parler, se comprendre, s'aimer.

Les semaines et les mois filèrent à cette cadence. Les visites de Casimir rompaient la monotonie tout comme la venue d'Armand, le commis charbonnier de la rue des Vinaigriers. Pendant quelques heures, leur pays devenait le cœur du monde et rien d'autre autour n'existait. Surtout pas la scandaleuse affaire de Panama dont les journaux parlaient tant !

Avant de partir, Casimir et Armand aidaient Adrien à préparer ses livraisons du lendemain. Sur le pas de la porte, impressionnés par la résistance et la bonne humeur du ménage, l'un et l'autre l'enviaient :

— Tu as choisi celle qu'il te fallait. Dans ce métier, si on n'est pas bien apparié, on est fichu...

Un dimanche, après la vaisselle du soir, Camille sortit un livre épais à couverture grise.

— Nous sommes là depuis un an, dit-elle.

Adrien frissonna jusqu'à la racine des cheveux.

— Tu as fait les comptes ?

Elle hocha la tête.

— On joint les deux bouts ?

— Mieux ! s'exclama-t-elle. Mille vingt-sept francs de bénéfice !

L'annonce stupéfia Adrien qui ferma les yeux. Soulagé. Ébahi. Puis il se reprit.

— Avec cet argent, si j'étais au pays, j'aurais une paire de bœufs et une vache. On pourra bientôt acheter notre bougnat !

Cette perspective effaça l'amertume des mauvais jours, atténua les souffrances quotidiennes, renforça leur acharnement à réussir.

Camille demanda conseil au marchand de vins, à l'occasion de son passage annuel. Monsieur Enjalbert rejeta sa casquette en arrière, ralluma son mégot, se retrancha derrière les volutes bleues de sa cigarette. Triomphant.

— J'étais persuadé qu'on s'entendrait !

Jouant avec son crayon, il lâcha :

— Comptez au moins huit mille ou dix mille francs...

Ce chiffre tempéra les ardeurs de Camille :

— On verra plus tard.

— D'ici là, confiez-moi vos économies, je les placerai et je vous donnerai un intérêt, proposa le marchand de vins.

Elle hésita.

— Il faut que j'en parle à Adrien.

— À 3 % par an, c'est autant que la rente d'État.

Elle demeura dubitative. Le monde de l'argent lui était inconnu : leur bas de laine recevait ses premiers francs. « Tu n'es pas née coiffée ! » répétait sa mère.

— Si chaque année vous me versez un peu de vos bénéfices, vous achèterez un bougnat d'ici quatre ou cinq ans avec ce que je vous rendrai et ce que je vous prêterai, promit-il.

Camille flaira un piège.

— Pourquoi vous feriez ça pour nous ?

— Parce que vous n'êtes pas des clients comme les autres. Vous êtes jeunes, sérieux, travailleurs, et nous sommes du même pays. Si on s'arrange, vous mettrez deux fois moins de temps à trouver l'argent pour saisir une affaire intéressante... Les gars de la Montagne sont de la même étoffe : ils sont taillés pour être patrons...

Intrigué par ses manières, Adrien en causa à monsieur Combettes qui l'encouragea :

— Tu peux avoir confiance : il n'aura qu'une parole. Enjalbert a remarqué que vous étiez capables de tenir une maison. C'est une bonne chose pour vous : les marchands de vins n'aiment pas les fainéants, les souillons, les gagneuses ni les soûlots. Avant de te chercher un bougnat, il voudra voir tes comptes. C'est normal, ne lui refuse pas...

Le grossiste le prit par l'épaule et glissa :

— Faudra pas me laisser tomber pour le charbon...

Au printemps 1894, Pierre-Jean annonça son prochain mariage avec Éléonore, fille de paysans du village de Born près de Prades-d'Aubrac, et les invita à la noce par une courte lettre. « Nous nous marierons le deuxième samedi d'août. J'espère que vous viendrez tous les deux. J'aimerais tant qu'Adrien soit mon témoin. On vous logera chez des cousins d'Éléonore à Lunet. Vous serez plus près de Saint-Laurent pour reprendre le train... »

— Vas-y, insista Camille. Je resterai seule au bougnat... Tant pis si on ne livre pas le charbon pendant quelques jours. En plein été, il y a moins de presse...

Adrien hésita :

— Je ne dis pas si nous avions un commis... Mais, au comptoir, tu trouveras les journées longues... Je ne serai pas tranquille de te savoir seule... S'il t'arrivait quelque chose...

— Mais il ne m'arrivera rien ! protesta-t-elle.

— Et la dépense ? s'inquiéta-t-il.

— Ton costume de noces fera l'affaire : tu as si peu porté la veste qu'on la prendrait pour neuve...

— S'il n'y a que le train à payer...

— Tu dois y aller, répéta-t-elle. Un billet de troisième classe ne nous ruinera pas ! Ton frère ne comprendrait pas... Ta mère non plus...

Adrien voyagea en compagnie d'un frère cadet d'Éléonore, qui était caviste à Charenton. Grâce à lui, lorsqu'ils arrivèrent à Born le samedi à l'heure du repas de midi, il connaissait mieux la famille de sa belle-sœur, aux origines modestes comme les Soulages, tiraillée entre l'Aubrac et Paris. Pierre-Jean pleura en le voyant :

— Comme je suis content que tu sois venu...

Éléonore partageait sa joie :

— Il m'a tellement parlé de toi que j'aurais été déçue si tu n'étais pas descendu...

C'était une fille menue et pétulante, à la belle chevelure brune, que Pierre-Jean dépassait d'une tête.

— C'est dommage que Camille ne soit pas là, regretta-t-elle.

— On ne pouvait pas fermer, expliqua Adrien.

— Il me tarde de la rencontrer...

— Montez quelques jours à Paris en voyage de noces ! proposa-t-il. On s'arrangera pour vous faire dormir...

— Tu n'y penses pas ! répondit Pierre-Jean. Comment tu veux qu'on parte avec les bêtes ?

— Et comme tous les jeunes mariés du pays, nous ne sommes pas très « bardés » ! ajouta Éléonore avec le sourire. Plus tard...

Le temps fila tellement vite qu'Adrien profita peu des siens. Sur la place de l'église, à la sortie de la messe, pendant les premières bourrées, il retrouva les Soulages. Sa mère lui reprocha de ne pas passer aux Enfruts ; il promit de revenir.

— Dans trois ans ? fit-elle.

— Quand nous serons chez nous...

Le marchand les poussa à débiter plus de vin, à vendre plus de liqueurs, à mettre plus d'argent de côté pour grossir leur capital. Adrien et Camille se piquèrent au jeu, portés par une ambition savamment entretenue. Les petites annonces de *L'Auvergnat de Paris* alimentaient les discussions du dimanche soir et nourrissaient les envies. Adrien commentait le prix, le chiffre d'affaires et l'emplacement de chaque fonds, égrenait un chapelet de noms de quartiers ou de villes de banlieue :

— Saint-Ouen ? Tu penses que ce serait mieux que Montmartre, Clichy, Vincennes ou Les Halles ?

— Je ne connais pas plus que toi, répondait-elle. Demande à monsieur Enjalbert...

Le souci de trouver la belle affaire vira à l'obsession, à tel point qu'au début de l'année 1896, Camille modéra la frénésie d'Adrien en apprenant qu'elle attendait son premier enfant.

— Nous ne déménagerons que quand le petit sera né, décida-t-elle.

Cette nouvelle produisit l'effet d'une bombe. Passé l'instant de surprise, il la serra à l'étouffer.

— Un petit Soulages...

Joue contre joue, ils ne songèrent plus qu'à l'enfant à naître.

— Comment tu feras pour l'élever? s'inquiéta Adrien.

— Nous le mettrons en nourrice à Rives, chez ma sœur.

— Mais nous en serons privés!

— Tu vois bien qu'ici, je ne pourrai pas m'en occuper. Là-bas, il ne manquera de rien, il grandira avec ses cousins.

— Pourquoi pas chez Pierre-Jean? Éléonore en prendrait soin comme de son propre enfant, et il serait près de sa grand-mère.

— Le jour de mon mariage, j'ai promis à Antonine. Depuis cinq ans, elle rêve de monter à Paris et de ramener notre enfant au pays... On s'entend si bien que je ne pouvais pas lui refuser...

— Je ne voudrais pas qu'Éléonore se fâche...

— Quand Clémence et Alice auront à leur tour des enfants, ta mère et ta belle-sœur trouveront sans doute qu'elles ont assez de marmaille à garder!

Il en convint, raisonné par ses sœurs.

Clémence et Alice vivaient à Paris depuis deux hivers. Adrien n'avait eu aucune difficulté à les convaincre :

— Si vous montez, on vous aidera à vous établir.

Elles avaient accepté mais à condition de travailler dans la même maison. Adrien avait sollicité de nombreux patrons avant de rencontrer un pays compréhensif grâce à l'ancien employeur de Camille. Depuis, Clémence et Alice servaient dans les quartiers des boulevards chez Eugène Mathieu, de Thérondels, un ancien restaurateur aux abattoirs qui tenait rue Montmartre un beau café éclairé à l'électricité. Adrien avait craint qu'il ne dirigeât un de ces beuglants dont les scènes exhibaient des « poseuses » à la robe échancrée : ses sœurs méritaient une meilleure compagnie que celle des pierreuses. Eugène Mathieu lui avait juré que son café recevait des clients chic et honorables ; Clémence et Alice le confirmèrent.

Un jour de fermeture et de libéralité, Eugène Mathieu les avait emmenées à Montmartre. Adrien et Camille aimaient les entendre raconter pêle-mêle les poules du sommet de la Butte, les fermes, les chaumières, les vergers, les cabarets, les peintres, les noceurs, la basilique du Sacré-Cœur. À côté d'eux qui ne sortaient jamais, elles étaient de vraies Parisiennes à l'affût de la nouveauté et de la mode. Elles portaient de jolies robes et des chapeaux penchés vers l'avant ou à l'horizontale dont le diamètre frisait celui d'une paillasse à pain, fréquentaient les salons de coiffure, s'habillaient de rouge.

— Heureusement que notre mère ne vous voit pas attifées de la sorte ! plaisantait Adrien.

Lorsque le patron leur accordait congé le même jour, Clémence entraînait Camille vers les grands magasins tandis que sa sœur tenait la boutique. Adrien fermait les yeux : il pouvait offrir si peu de distractions à sa femme. Quel bonheur de fouiller en toute liberté dans les étages et les rayons ! Camille ne se lassait pas d'essayer des chapeaux et des gants, de comparer les tissus des chemises et les coloris des robes sous l'œil avisé de Clémence.

— Quelle belle limonadière tu ferais ! soupirait-elle.

Comment résister à l'envie ? Camille repoussait la tentation, se contentait du plaisir de toucher, de voir et de rêver. Un jour peut-être, les garçons du Printemps, de La Samaritaine ou de La Belle Jardinière la livreraient à domicile...

Les deux sœurs ramenaient souvent des journaux oubliés par les clients sur une table. Adrien et Camille se délectaient à les lire, découvraient les événements de Paris et du monde dans les vieux numéros chiffonnés et tachés du *Petit Parisien,* du *Petit Journal* ou du *Matin.* Ils se moquaient du peu de fraîcheur des nouvelles : leur esprit curieux les poussait à traquer l'extravagant et le pittoresque à l'instar du projet de percement d'un tunnel sous la Manche. À Pâques, *Le Petit Parisien* leur apprit ainsi que le salon indien du sous-sol du Grand Café avait accueilli trois mois plus tôt la première projection cinématographique des frères Lumière.

— Des images animées ! s'extasia Adrien. Ce devait être beau ! C'était boulevard des Capucines, c'était près de chez nous mais nous avons raté le spectacle.

— Un franc la place pour une demi-heure : c'était cher, estima Camille. Presque le prix d'un repas !

Grâce à ses belles-sœurs, elle se sentit moins seule pendant sa grossesse. Cet été-là, Clémence et Alice qui disposaient d'un après-midi par semaine — jamais le dimanche ! — s'obligèrent à ne pas venir ensemble afin d'alléger son travail. Elles lui imposaient le repos dans sa chambre, amenaient leur tablier noir et passaient derrière le comptoir.

— N'ayez pas la main trop lourde ! leur recommandait Camille.

— Sois tranquille ! clamaient-elles. Monsieur Eugène nous le serine du matin au soir !

Pendant qu'elles rinçaient les verres ou frottaient les tables, elles fredonnaient d'une voix douce les chansons apprises sur les feuilles à un sou vendues aux coins des rues. Ravis, les clients applaudissaient et consommaient plus qu'à l'habitude. L'un d'eux prédit même à Clémence qu'elle ne tarderait pas à être engagée à La Scala ! Elle pouffa de rire.

Elles s'occupaient également de la lessive et de la cuisine.

Le reste du temps, Camille se traînait comme elle pouvait entre la salle et l'étage. Lasse, écrasée de fatigue et de chaleur.

Adrien lui évitait les charges, tenait le comptoir le plus clair de la semaine et ne s'absentait que deux heures chaque matin pour assurer les livraisons, peu nombreuses à cette saison.

— Dieu merci, nous sommes en été ! disait-elle. Comment tu aurais fait en hiver pour le charbon ?

— J'aurais pris un commis.

— Tu l'aurais logé où ?

— On se serait arrangé avec un matelas dans la salle...

Candie naquit un soir pluvieux de septembre, une heure avant la fermeture du bougnat, grâce à l'aide précieuse d'une cliente de la rue Richer, infirmière à l'hôpital Saint-Lazare, qu'Adrien courut chercher dès la fin de l'après-midi. Le soir même, il écrivit à Rives et envoya l'argent du voyage. Huit jours plus tard, Antonine arrivait en gare d'Austerlitz au train de Saint-Flour.

Dans l'omnibus, entre La Bastille et la place de l'Opéra, les regards se posèrent sur Antonine. Elle s'agitait beaucoup, parlait à Adrien, s'arrêtait soudain pour pointer un doigt sur ce qui lui paraissait curieux aux carrefours ou le long des avenues, reprenait sa conversation. En une heure, Adrien n'ignora rien des potins du village, des frasques de son frère Édouard les jours de foire, des mariages du mois d'août, du retour estival des Parisiens, des mises en nourrice de l'année, des derniers départs pour Paris à Rives et à Montézic.

— J'en connais qui seront contents de me voir revenir avec une petite fille ! susurra-t-elle. Les garçons croient que je leur ramène une sœur.

Tassé sur son siège, Adrien l'écoutait d'une oreille distraite et dissimulait mal son inquiétude. Infliger à Candie quinze heures de train et quatre heures de diligence lui semblait risqué : elle pouvait prendre froid dans les courants d'air d'un wagon ou du courrier de Sainte-Geneviève. Adrien préféra se taire plutôt que d'accabler sa belle-sœur de recommandations.

Bien qu'elle s'y fût préparée et résolue, Camille redoutait aussi le moment de la séparation. Depuis le soir de la naissance, elle s'était habituée au petit corps gigotant, à ses pleurs, à son robuste appétit, à ses menottes de poupée. Quand la reverrait-elle ?

Antonine tira de son sac quelques douceurs du pays : un pot de confiture de mûres, des pommes, un morceau de fourme. Puis une layette bleue, tricotée pendant la sieste des garçons.

— J'espère qu'elle te plaît et qu'elle lui ira bien.

Camille remercia en l'embrassant.

Sa fille ne lui appartenait plus. Déjà, Antonine la pressait contre sa poitrine, la couvrait de baisers, la levait haut dans ses bras.

— Tu boiras du lait de chèvre ! s'exclama-t-elle. Perline qui nous a fait deux chevreaux, a un pis aussi gros que celui d'une vache.

La tenant toujours au creux de ses bras, elle commença à lui raconter la vie qui l'attendait à Rives...

À la fin du souper, Adrien les abandonna à leurs papotages, descendit une paillasse et s'allongea sur le parquet de la salle. À peine éteignit-il la lampe qu'Antonine harcelait sa sœur :

— Tu as réfléchi pour la pension ?

La question lui brûlait les lèvres : elle n'avait pas osé la poser dans l'une de ses lettres, craignant un malentendu et préférant l'aborder de vive voix. Camille y songeait aussi : elle s'était renseignée auprès d'un bureau de placement du boulevard Haussmann, spécialisé dans la mise en nourrice chez des familles de la couronne parisienne ou de la proche campagne. Les chiffres avancés par la directrice lui avaient paru exorbitants. « À ce prix-là, on élève les enfants comme des fils de roi ! » Sa sœur se montrerait-elle aussi gourmande ?

Ses doigts roulaient en boule de la mie de pain. Comment lui dire sans se fâcher ? Sa voix se fit hésitante :

— Il nous sera difficile de te verser une grosse somme tous les mois... Nous ne sommes que gérants...

Nullement surprise par sa réponse, Antonine rétorqua :

— On pourrait s'arranger avec l'héritage. Édouard se mariera bien un jour, il faudra qu'il se mette chez lui et que le notaire fasse le partage si le père en est d'accord. Pour les frais de la pension, tu me céderas ce qui te revient...

— Tout ? s'indigna Camille, fronçant les sourcils.

Une bougie fumante, posée sur la table au milieu des reliefs du repas, les séparait et créait une curieuse atmosphère.

— Peut-être pas tout, rectifia-t-elle. Ça dépendra surtout de vous. Je ne dépenserai pas le même argent pour élever ta fille si tu me la laisses jusqu'à huit ou dix ans que si tu la reprends dans quatre ans. Il faut prévoir aussi que vous risquez d'avoir d'autres enfants. Passe encore si je ne garde que Candie mais si tu m'en envoies d'autres, il faudra voir... Puisque tu me dis que vous êtes un peu serrés, ça vous empêchera d'aller au fossé. Ta fille ne te coûtera rien, alors qu'ici...

Puis, d'un large sourire, agrippant sa main à celle de sa sœur :

— Nous serons contents de vous avoir à la maison quand vous viendrez au pays...

— Certainement, répondit Camille d'un air absent.

Les calculs de sa sœur la troublaient. Antonine n'avait jamais agi par intérêt à son égard.

— Nous n'avons pas le choix, convint Adrien, le lendemain. Si tu la places à Levallois ou à Clichy, nous irons la voir plus souvent mais elle sera chez des étrangers et nous n'achèterons pas notre bougnat avant cinq ans...

Cloîtrée dans la cuisine et la chambre, Antonine se trouva vite à l'étroit.

— Que c'est petit ! Comment vous arrivez à vous retourner dans ces cagibis ? L'air n'est pas fameux... Vous n'étouffez pas ? Comment vous supportez ce couloir noir de poussière ? Et cette suie, ce bois mal rangé ?... Ta fille sera quand même mieux chez nous...

Camille se retint de la gifler. Pourquoi parlait-elle ainsi ? Que s'était-elle imaginée ? Que rapporterait-elle au retour ?

Antonine les soûla de ragots :

— Il y a des gens du pays qui se débrouillent bien à Paris... Je ne dis pas que vous ne sachiez pas mener vos affaires mais, enfin, il y en a qui gagnent beaucoup d'argent, qui reviennent avec de belles toilettes et de beaux chapeaux qu'on voit le dimanche à la messe, qui construisent des maisons neuves. Pas des cabanons ! Figurez-vous qu'à Sainte-Geneviève, les Parisiens sont en train de bâtir une dizaine de maisons. Ils habitent les premières depuis cet été : on dit même que des voitures spéciales leur ont amené des meubles de Paris. Vous vous rendez compte : des meubles de Paris ! Comme dans les châteaux...

Supporter ce moulin à paroles pendant trois jours constitua une épreuve. Camille était à bout.

Au moment du départ, elle la laissa emmailloter Candie qu'elle roula ensuite dans son premier tablier de fille de comptoir.

Toute la nuit, Camille pleura...

Le lendemain, à six heures et demie, elle ouvrit le bougnat. Le cœur gros, les yeux cernés, elle refoula ses larmes pour accueillir les clients pendant qu'Adrien chargeait le charreton. Elle retrouvait le monde.

Jusqu'à onze heures, on se bouscula devant le comptoir, on se marcha sur les pieds. Cherchant à savoir à qui elle confiait sa fille, les femmes s'apitoyèrent sur le sort de Candie. Les plus bavardes s'attirèrent les foudres de la plupart des clientes à qui il tardait de rentrer et d'allumer le fourneau afin de chasser l'humidité des pièces. Hésitant depuis quelques jours, l'automne s'installait. Le bonheur du bougnat !

Le soir même, Camille pressa Adrien de relancer le marchand de vins.

— On peut acheter maintenant. Dis-lui qu'on veut être chez nous au plus tard l'été prochain.

Ses yeux rougis ne coulaient plus.

Adrien lut dans son regard une farouche détermination, hocha la tête, continua à manger, ne pensa même pas à lui demander de quel capital ils disposaient. Il s'en remettait à son intuition.

Monsieur Enjalbert leur rendit visite à plusieurs reprises au cours de l'hiver. Il arrivait aux heures creuses, s'attablait dans un recoin sombre de la pièce, commandait un verre de blanc dans le seul but de vérifier que ses clients ne s'approvisionnaient pas ailleurs, écrasait son mégot et roulait une cigarette.

Tantôt, il glissait :

— J'ai quelque chose en vue dans le quartier des Halles mais ce n'est pas une clientèle que vous aimerez.

Tantôt, il expliquait :

— Je suis sur une bonne affaire à la gare du Nord mais j'hésite parce que c'est trop près de l'hôpital. Vous ne débiterez pas grand-chose au comptoir.

Enfin, un soir de mars :

— J'ai trouvé ce qu'il vous faut !

Leurs yeux s'allumèrent.

— Sers-nous un autre blanc, chuchota Adrien à Camille.

Le marchand de vins observa le vin couler dans les verres, la goutte qui perlait au goulot de la bouteille et que Camille rattrapa d'un geste expert.

— C'est près de la place Clichy et du boulevard des Batignolles ! Dans la rue Lécluse. Un bel emplacement...

— Combien ?

— Quinze mille !

Adrien et Camille se regardèrent : il avait promis à moins.

— C'est à saisir ! dit-il d'un air détaché en haussant les épaules. Vous ne perdrez pas votre temps ni votre argent : sept pièces de vin par mois, soixante francs d'alcools par semaine, trois sacs de charbon de bois par jour, un chantier qui a trois commis à la saison. Vous en causerez à votre grossiste... Ça vous changera du petit bougnat car c'est un café-charbon avec un « perco » et un bon rayon de liqueurs. Les clients n'y boivent pas que du rouquin ! Avec quatre tables, la petite dame ne chômera pas : Montmartre n'est pas loin.

— C'est qu'on sera un peu juste...

Monsieur Enjalbert gribouilla des chiffres sur son calepin.

— Vous avez à peu près cinq mille francs placés chez moi, capital et intérêts compris. D'autres en ont moins. D'autant que le vendeur...

— Pourquoi vend-il ? coupa Adrien.

— Il prend une « maison ». Un café de la place Clichy. Si c'est un pays qui achète, il accepte deux mille francs en billets de fonds. Dans ce cas, je vous assure le reste.

Au fur et à mesure qu'il parlait, Adrien et Camille se livraient à quelques calculs.

— Pour vous rembourser en combien d'années ? lança Camille.

— En six ou sept ans.

Camille restait sceptique.

— Moins de dix ans en tout cas, reprit-il afin de la rassurer.

— Et l'intérêt ? demanda Adrien.

— Aucun fournisseur ne vous prêtera à moins de huit pour cent. Certains seraient plutôt à dix. Pour vous, ce sera huit.

Tous deux dodelinèrent de la tête. Indécis. Le marchand de vins se leva :

— On m'attend au dépôt. Je repasserai dans huit jours.

Jusqu'à son retour, ils en discutèrent dans le moindre détail, le soir, autour de la table. Camille nota ce qu'elle souhaitait savoir du logement et de la salle ; Adrien sollicita l'avis de monsieur Combettes.

— Nous n'avons jamais eu de commis ! s'affola Camille.

— Ce n'est pas ce qui manque.

— Quand on les paie, il vaut mieux qu'ils soient sérieux.

— Mais c'est le client qui les paie !

— Ne dis pas de bêtises. Ce serait trop beau...

Camille écrivait au dos d'un bon de livraison. Adrien le retourna et désigna du doigt la dernière ligne imprimée : « Rétribution due au livreur par sac et par étage. »

— C'est le salaire des commis avec les pourboires. Le bougnat ne leur verse pas un sou !

— Il faudra quand même les nourrir et les loger...

— Et les blanchir ! ajouta Adrien. Ce n'est pas rien...

— Mais nous serons de vrais patrons !

V

Le Paris des plaisirs s'étalait au pied de Montmartre, depuis le boulevard de Rochechouart jusqu'à la place de Clichy. À la nuit tombée, cabarets, brasseries, théâtres et bals s'animaient. La foule des fêtards envahissait le quartier à tel point que le premier soir, Adrien et Camille ne purent fermer vers huit heures comme ils en avaient l'habitude à la Chaussée-d'Antin. Quelques rupins, jouant les bohèmes, s'offraient une tournée des bistrots, entourés d'une nuée de parasites et il ne leur déplaisait pas d'entrer dans un café-charbon siroter une « verte » avant de s'encanailler au Moulin-Rouge ou dans les hôtels de passe de la rue Coustou, à trois francs le « moment ». Ce soir-là, après le coup de l'étrier que leur servit Adrien, les derniers clients quittèrent la salle vers minuit.

Une autre vie commença, rythmée par cette agitation nocturne qui, loin de les rebuter, les fascinait. Camille ouvrait à six heures lorsque les bambocheurs à l'haleine repoussante, chemise tachée et cheveux en bataille, réclamaient un café en dépliant un journal de la veille tandis que les hommes de peine buvaient le premier blanc sans desserrer les dents. Adrien fermait à une heure de la nuit suivante, avant les cafés de la place de Clichy et de la place Blanche animés jusqu'à deux ou trois heures. Il partageait ses journées entre le comptoir, la cave et le chantier. Le commis, coiffé d'un béret noir qui se terminait en pointe, assurait les livraisons; Adrien s'occupait des commandes et des stocks; tous deux ensachaient le charbon au fond de l'arrière-cour. Au service de la maison depuis cinq ans, connaissant les ruelles et les clients du quartier, Joseph exécutait sans discuter, parlait et buvait peu.

Ses manies d'automate intriguèrent Adrien. Son ancien patron, monté du même pays, l'éclaira :

— C'est un *coustoubi* !

Il comprit mieux son attitude : depuis toujours, les *montagnols* raillaient les *coustoubis,* gens des vallées proches d'Entraygues, qui s'échinaient à piocher les pentes abruptes dont ils tiraient du vin et quelques primeurs. Les *coustoubis* se sentaient injustement brimés par leurs voisins de l'Aubrac qu'ils haïssaient.

— À Paris, il continue à vivre en *coustoubi* comme s'il n'avait pas quitté sa ferme! le prévint-il. Quoi que vous fassiez, souvenez-vous que vous êtes *montagnol...*

Adrien n'oublia pas ces recommandations, céda même à ses exigences lorsqu'il demanda de la charcuterie et du fromage au repas du matin. À la Chaussée-d'Antin, Camille cuisait une épaisse soupe de campagne selon la recette de sa mère. En toute saison, c'était le plat de résistance, complété par de la *ventrèche* fumée qui avait mijoté avec les légumes dans la marmite où elle puisait ses réserves pendant deux jours.

Désormais, Camille passa ses fins de journée à cuisiner pour le lendemain. À défaut de trouver les fromages de chèvre du pays *coustoubi,* les fameux *cabécous,* elle se procura de la fourme de Laguiole grâce à ses belles-sœurs. Dans la rue Montmartre, celle du café de leur patron, les frères Carabosse de Laguiole venaient d'ouvrir un restaurant où ils proposaient les produits de l'Aveyron : ils acceptèrent de leur céder de la fourme, parfois de la saucisse, un fond de jambon.

Camille acheta aussi des pieds de porc, des demi-têtes de veau, et confectionna du friton de tête. Les soirs où elle plongeait les abats dans un bouillon avec du thym, du laurier, du persil et des oignons, un bon fumet s'échappait de la cuisine et envahissait la salle. À l'heure de l'apéritif, les clients salivaient :

— Qu'est-ce qu'elle doit bien cuisiner, la patronne ! disaient-ils à Adrien, flatté du compliment.

Joseph s'en régalait et dévorait d'énormes parts.

Le commis logeait sous les toits de l'immeuble. Vers le milieu de l'après-midi, lorsqu'il finissait de tirer le vin, Camille remplissait d'eau brûlante une bouillotte qu'il emportait dans sa mansarde pour se débarbouiller. Bientôt, constatant qu'on le traitait avec égard, Joseph devint moins taciturne.

Pour l'hiver, Adrien embaucha deux garçons charbonniers que son frère Pierre-Jean recruta parmi les buronniers de Calméjane et de Canuc. Il fallut se mettre en quête d'une chambre, payer des loyers d'avance, cuisiner davantage, chauffer la lessiveuse chaque semaine.

— C'est beaucoup de travail mais tu es patron ! plaisanta monsieur Combettes un jour où Adrien énumérait ses charges.

Un matin de novembre, à l'heure où s'attablaient les commis et où se garnissait la salle, un inspecteur du laboratoire municipal d'hygiène se présenta. Dès qu'il le vit, Adrien pensa à un agent de la Secrète en tournée. Le regard ne trompait pas, aiguisé, fureteur, soupçonneux. L'homme portait une jaquette et un melon, tenant sous le bras une serviette de cuir au ventre rebondi. Il avança vers le comptoir mais Adrien ne s'alarma pas : le quartier recevait une clientèle hétéroclite, mêlant les artistes aux gens du monde, les pochards aux mauvais garçons, qui pouvait justifier la visite de la police. L'homme sortit une carte ; Adrien sentit sa gorge se nouer et resta muet.

— Je viens prélever des échantillons de vins. Accompagnez-moi à la cave.

Adrien ne chercha pas à tergiverser, appela Camille, alluma deux lampes et souleva la trappe du fond du couloir.

— Les marches sont glissantes, prévint-il.

En grosses lettres écrites à la craie blanche, juste au-dessus du robinet des tonneaux, s'inscrivait le nom des crus : chablis, gaillac, chanturge, châteaugay.

— Voilà, dit-il simplement.

De sa serviette, l'inspecteur exhuma des fioles qu'il étiqueta et remplit à chaque barrique.

— Qu'est-ce qu'ils ont mes vins ? Ils ne vous plaisent pas ?

L'homme le regarda d'un air narquois.

— Le laboratoire les analysera. On saura si vous les trafiquez.

— Moi ? Les trafiquer ? s'emporta Adrien.

— On vérifie chaque détaillant, répondit-il.

— Je suis honnête. Mon marchand de vins aussi.

— Vous dites tous la même chose, ironisa-t-il. On ne demande qu'à vous croire...

Après son départ, Adrien mangea rapidement et partit à Bercy où il attendit monsieur Enjalbert jusqu'à cinq heures. Le négociant rentrait du commissariat de police du 3e arrondissement, furieux de perdre son temps en palabres avec des fonctionnaires pointilleux.

— Un client de la rue du Poitou était convoqué. On l'avait accusé de couper le vin que je lui fournis. Heureusement que l'agent lui avait laissé un échantillon cacheté, cela nous a permis d'exiger une contre-expertise. Il ne reste plus qu'à obtenir le résultat... Ils ont déjà vérifié sept clients en une semaine... Tu es le huitième... Quelqu'un veut sûrement ma peau... Tu m'amènes les flacons ?

— L'inspecteur ne m'a rien donné.

— Il t'a eu, le salaud ! éructa-t-il en crachant son mégot.

— C'est la première fois... Je ne connais pas le règlement...

— Tu es sûr de ton commis ?

— C'est un gars de chez nous. Il ne ferait pas ça...

— Dans trois jours, je reviens au commissariat du 3e avec notre avocat.

Puis, joignant le geste à la parole :

— C'est un pays, maître Puech ! Il a le bras long, il nous défend, il s'occupera de toi...

Les propos du marchand de vins ne le rassurèrent qu'à moitié. Un doute subsistait dans son esprit. Peut-être cherchait-on aussi à lui nuire. Mais qui ? Adrien se rongea les sangs jusqu'à l'arrivée de la lettre. Huit jours après la visite de l'inspecteur, le facteur lui remit une enveloppe à en-tête du commissariat du 17e. Adrien crut défaillir en lisant les motifs de la poursuite : « Chablis : vin frelaté et coupé avec des crus du Midi, goût de vinaigre ; châteaugay : vin mouillé, additionné de sirop et de fruits secs ; chanturge : vin coloré à la fuchsine ; gaillac : vin coupé avec du cidre et de l'eau. »

— Qui a mis ces saloperies dans les barriques ? tempêta-t-il en brandissant la lettre.

Il se servit du chablis qu'il garda un moment en bouche avant de s'exclamer :

— Ce n'est pas du vinaigre ! Je m'y connais autant que ce rond-de-cuir.

Adrien sermonna les commis. Les deux saisonniers avouèrent que, de temps à autre, ils buvaient un verre à la cave mais jurèrent qu'ils ne se permettraient jamais de trafiquer.

Camille déploya énergie et tact pour modérer sa colère.

— C'est un malentendu. Ils ont mélangé les échantillons...

Le jour de la convocation, le négociant et l'avocat le rejoignirent dans un café proche du poste de police. Maître Puech, ôtant son chapeau, le salua d'une poignée de main chaleureuse :

— Je suis de Bozouls !

De fines moustaches noires, un col carré et blanc qu'ornait un gros nœud de cravate, un costume gris perle donnaient de la prestance à cet homme d'une quarantaine d'années.

Dans le bureau du commissaire-adjoint, confronté à l'agent du laboratoire municipal, l'avocat s'enflamma :

— Depuis quinze ans, le laboratoire s'acharne sur les gens de l'Aveyron, du Cantal, de la Lozère et de l'Auvergne qui s'établissent à Paris et qui y réussissent. Il s'est attaqué aux laitiers nourrisseurs, les accusant de mouiller le lait dans leurs vacheries, de l'écrémer, de l'allonger avec de la cervelle, du plâtre ou je ne sais quelle mixture, les accusant aussi d'être des foyers de la tuberculose dans leurs étables. Il voulait leur perte au profit des grandes laiteries mais ils résistent. Ces montagnards ont la peau dure...

Le commissaire-adjoint tapotait sa main à l'aide d'une règle de bois. Agacé, impatient.

— Dépêchez-vous, maître : nous ne sommes pas au prétoire.

Désignant du doigt l'agent du laboratoire qui se tassait sur sa chaise, maître Puech poursuivit avec la même passion :

— Depuis que ces travailleurs honnêtes ont décidé d'investir les bougnats et les cafés, son ignoble directeur...

— Je vous en prie, maître. Un peu de décence...

— Je siège au conseil municipal, reprit maître Puech d'un ton acide. J'en suis même l'un des vice-présidents depuis cette année. Monsieur Girard n'y est guère aimé. Nous connaissons ses agissements auprès des petits commerçants. Chez moi, dans le 3e, ils se plaignent de lui chaque jour, sonnent à ma maison le soir pour me supplier d'intervenir. Monsieur Girard harcèle les débitants dans leurs caves, les soupçonne de mouiller le vin, de tromper le client, de servir du poison au comptoir. Il les trouve gênants parce que leurs établissements font recette, parce qu'ils sont appréciés dans leurs quartiers...

— Venons-en à monsieur Soulages, coupa-t-il.

— L'inspecteur, réjoui à l'idée de berner monsieur Soulages qui n'avait pas encore eu maille à partir avec le laboratoire, n'a pas respecté la loi et n'a pas prélevé en double les échantillons. Nous exigeons une application stricte des dispositions prévues. En l'absence de contre-expertise, il est si facile d'accabler des innocents et de détruire une réputation...

Le commissaire-adjoint promit une nouvelle inspection sous le regard défait de l'agent.

L'intervention de l'avocat suffoqua Adrien qui n'aurait jamais pu se défendre avec autant de talent. Après un verre, au moment de se séparer, Adrien sortit son portefeuille.

— Pas d'argent ! dit maître Puech, repoussant son billet. Je me fais un devoir d'aider mes compatriotes même s'ils ne sont pas de mon arrondissement. Je suis aussi mandaté par la chambre syndicale des débitants de vins qui me paie pour protéger les intérêts de ses adhérents. Vous ne me devez rien...

Deux semaines plus tard, l'agent se montra moins arrogant. Les résultats, transmis quelques jours avant la Noël, ne relevèrent aucun défaut dans les vins de la cave d'Adrien.

— Quand on est honnête, la vérité finit par éclater ! triompha-t-il.

— Pas toujours ! remarqua Camille. Tu dois une fière chandelle à monsieur Enjalbert et à l'avocat.

— Là-haut, mon père est heureux : un Soulages n'a jamais été condamné par la justice...

L'année s'acheva dans le bonheur. La famille s'agrandissait : Pierre-Jean et Éléonore annonçaient la naissance de leur premier fils, Augustin épousait une Indienne, Clémence et Alice prévenaient à leur tour qu'elles se marieraient le même jour au pays, en août prochain. Pour le souper de Noël, Adrien invita ses sœurs ainsi que ses futurs beaux-frères ; tous deux avaient hâte de les connaître. Le rideau resta baissé le jour de Noël et la veille au soir.

— C'est la première fois que tu consens à fermer depuis que nous sommes mariés ! nota Camille d'un air espiègle.

— Les affaires ne vont pas si mal ! répondit-il, en souriant. Tu le sais mieux que moi. Même si nous n'avons pas encore les moyens d'aller au Wepler, nous pouvons fêter Noël.

Camille prépara un repas simple mais copieux comme au pays les jours de *soulenque* [1]. Adrien l'aida à confectionner les *picaucels* [2] dont ils se délectèrent en silence : les pruneaux n'étaient point trop gonflés, la pâte était moelleuse.

— Maman en cuisait pour la fête d'Aubrac, le 15 août, se rappela Clémence en se léchant les doigts.

Un verre de gaillac blanc les mit de bonne humeur puis Camille amena la soupe aux choux, le jambon sec, l'andouillette, le chou farci aux carottes, la fourme et une tarte aux pruneaux qu'arrosa un bon cru de Bourgogne. Bientôt, dans la cuisine surchauf-

1. *Fête qui terminait autrefois, dans les fermes, les gros travaux de l'été.*

2. *Farce aux pruneaux cuite au four.*

fée, les hommes enlevèrent les gilets, surtout les fiancés, coincés près du fourneau, qui ne tardèrent pas à mouiller la chemise. Le visage couperosé, le mot cru au bout de la langue, Germain et Gabriel plaisantèrent sans retenue. Adrien les adopta d'entrée.

Gabriel et Germain, deux frères au physique de bûcheron et à la moustache joviale, s'entendaient comme deux larrons en foire.

— Quand nous sommes partis de Saint-Côme pour Paris, nous avons cherché du travail dans le même chantier de charbon. Nous ne nous sommes jamais séparés, sauf pendant le régiment !

— Il faudra bien maintenant, lança Adrien.

— Nous avons encore quelques mois devant nous, soupirèrent-ils, déclenchant les rires de la tablée.

— Tout le monde vous regrettera le jour du mariage, glissèrent les deux sœurs à Adrien et à Camille.

— Ce n'est pas le moment de fermer, expliqua Adrien. Il y a les billets de fonds à rembourser, le commis descend chez lui... Nous serons seuls une partie du mois d'août.

— Nous aurions tant aimé venir, continua Camille d'une voix triste. Candie nous manque beaucoup. Elle doit avoir changé. Je me demande si elle nous reconnaîtra le jour où nous la reverrons... La vie est injuste : nous serions si heureux de l'avoir avec nous...

Adrien serra sa femme contre lui.

— Ne pleure pas un soir de Noël, chuchota-t-il.

Un verre de calvados réchauffa les cœurs...

Les invités prirent congé tôt dans la soirée, bien avant minuit, et se retrouvèrent le lendemain à la messe de onze heures à Saint-Pierre parmi le peuple de Montmartre, les vignerons, les paysans, les maraîchers, les ouvriers, les lingères, les brodeuses. Perdu dans le chœur, un chanoine à la voix fluette célébra l'office sous les voûtes de la vieille église paroissiale. Nul ne comprit son sermon. À midi, au son grave de la Savoyarde du Sacré-Cœur, la foule s'égailla à travers les rues sous un timide soleil tandis qu'un groupe de pèlerins sortait de la basilique.

Clémence savait qu'Adrien aimerait Montmartre. Avec sa place du Tertre plantée d'arbres, son calvaire, ses maisons à la façade blanche et au toit d'ardoise, ses vignes, ses jardins soignés, ses pentes couvertes d'herbes folles, Montmartre ressemblait à une bourgade.

— Je n'aurais pas cru qu'il y ait un village dans Paris, murmura-t-il, aspirant l'air vif à grandes goulées. Si près de notre café...

Place du Tertre où erraient quelques passants, les restaurants et les bistrots avaient poussé comme des champignons autour des arbres. L'une des enseignes, Le Consulat d'Auvergne, déclencha l'hilarité générale.

Des ardoises d'écolier, entourées de réclames d'apéritifs et de liqueurs, affichaient le prix des menus : merlan : 0,30 franc ; gigot-flageolets : 0,50 franc ; fromage : 0,10 franc.

— C'est deux sous le café ! remarqua Adrien.

— Tu veux dire dix centimes, l'interrompit Alice, habituée à tenir la caisse.

— Comme chez nous ! confirma-t-il. Mais le vin est moins cher. Pour huit sous, ils ne doivent pas servir du chablis ni du gaillac !

— C'est peut-être le vin dont on a parlé dans les journaux, lança Clémence. Celui qui attaque le dessus des comptoirs...

— Ne dis pas de bêtises, répliqua Adrien. Si elle t'entendait, la tenancière serait furieuse... Les savants racontent n'importe quoi pour détourner les gens du bistrot.

Ils entrèrent chez La Mère Catherine, l'une des

plus anciennes maisons de la place, ornée comme ses voisines de rideaux à carreaux rouges, qu'Eugène Mathieu avait recommandée à ses deux employées :

— Tous les écrivains et les peintres y vont, leur avait-il assuré. On y mange bien pour un franc !

Dans la salle enfumée, déjà bruyante et envahie par la bohème de la Butte, il ne restait que deux tables libres. Germain et Gabriel s'empressèrent de commander du bon vin :

— C'est nous qui régalons !

Autour d'un pâté de volaille et d'un bœuf au gros sel, imitant les autres clients, ils s'attardèrent jusqu'à deux heures. Puis, profitant du ciel bleu, ils flânèrent dans les ruelles comme des amoureux et dévalèrent les pentes au milieu des vergers, des pâturages, des moulins de la rue Lepic que l'on visitait pour vingt-cinq centimes. Joues rouges et fraîches, Camille sautillait ; son visage rayonnait. Adrien se rappela les promenades du début de leur amour. Ses doigts s'entremêlèrent aux siens, engourdis par le froid...

Camille accommoda les restes ; ils soupèrent de bonne heure, se séparèrent à regret, promirent de se retrouver aux beaux jours.

À la mi-juillet, Clémence et Alice revinrent les voir une dernière fois avant de descendre au pays. Elles offrirent à Camille une série d'anciens numéros de *La Veillée des Chaumières* qui publiait des romans en feuilletons hebdomadaires :

— Tu t'ennuieras moins, cet été.

Elle remercia et sourit, une main posée sur son ventre rebondi.

— Vous serez mariées et installées quand il sera né, soupira-t-elle. Pourvu qu'il ne fasse pas trop chaud... J'étouffe déjà...

— Pourquoi tu te fatigues tant ? lui reprochèrent-elles.

— Adrien ne peut pas faire seul l'ouverture et la fermeture. C'est trop.

— Il a plus de résistance que toi ! protesta Clémence, roulant des yeux furibonds. C'est un homme !

En dépit des suppliques d'Adrien, Camille continuait à ouvrir la salle le matin et ne consentait à se reposer que vers le milieu de la matinée, une fois réglées les commandes de bois et de charbon. Après le repas de midi, elle s'allongeait sur le lit dans la pénombre de la chambre, cherchant la fraîcheur et le calme ; du plomb lestait ses jambes lourdes et gonflées, ses pieds enflés n'entraient plus dans les chaussures. La fin de la journée la tirait de cette quiétude car à l'heure de l'apéritif, le brouhaha montait de la salle et crevait le plancher. Elle se levait alors pour préparer le souper et restait au comptoir jusqu'à dix heures.

— Bientôt, je ne pourrai plus l'aider...

Puis, blessée dans son honneur de mère :

— Comme Candie, celui-là m'échappera aussi... Pourtant, je le garderais bien...

D'un geste possessif, elle croisa les mains sur son ventre.

Clémence et Alice ne surent que répondre. La même frustration et la même déchirure les guettaient.

Elles lui parurent soucieuses. À l'inverse de leurs futurs maris qui l'avouaient sans fausse honte, elles redoutaient le moment où elles devraient se séparer au retour du pays. Les hasards de la vie voulaient que Clémence et Germain s'installent à Asnières, Alice et Gabriel à Vincennes. Les deux couples prenaient une gérance de bougnat : le métier, qu'elles connaissaient trop par le menu détail, leur laisserait peu de loisirs pour se visiter. Aussi, s'étaient-elles juré de s'écrire chaque semaine...

Camille les chargea de cadeaux pour Antonine : un paquet de dattes sèches et du chocolat Menier pour les garçons, des moufles en laine et un bonnet d'hiver pour Candie, un almanach. Adrien y joignit un peu de café.

La grosse chaleur de l'été diminua les activités du chantier, ce qui n'empêcha pas les habitués de se précipiter au comptoir dès le 1er août. L'année précédente, fidèle à la tradition instaurée par la maison, Adrien avait proposé des rabais sur le charbon livré en août à ceux qui souhaitaient stocker avant l'hiver. En dépit des circonstances et pour ne pas les mécontenter, il s'évertua à les satisfaire huit jours durant jusqu'au départ de Joseph, puis assura les autres clients qu'il maintiendrait ses conditions pendant quinze jours après le retour du commis.

Jusqu'à la naissance de Pascaline à la fin septembre, Adrien s'épuisa à diriger la maison. Il ne dormait que cinq heures chaque nuit et se réveillait au moindre bruit suspect, il marchait comme un automate, les nerfs à vif, et ne se contrôlait pas toujours quand se terminaient les journées. Camille, qui s'en inquiétait, demanda au commis de s'occuper davantage de la cave l'après-midi ; elle alla, elle aussi, jusqu'au bout de ses forces.

Antonine, venue chercher Pascaline, les trouva amaigris, pâles, les traits tirés.

— L'air du pays te ferait du bien ! dit-elle à sa sœur. Vous vous usez la santé dans cette boutique : ce n'est pas une vie. Avec l'argent que vous gagnez, vous pourriez vous payer des gérants et descendre pour un mois...

Camille ferma les yeux et, de rage, serra les poings. De quoi se mêlait-elle ? Pourquoi ne se comprenaient-elles plus ?

Ils traînèrent cette fatigue une partie de l'hiver malgré le vin et les infusions de quinquina que leur prescrivit le docteur Duvillard, un médecin du quartier et client du chantier. Certains soirs, titubant de sommeil, ils fermaient tôt et laissaient les noceurs de la place de Clichy secouer le rideau de fer.

— La prochaine fois, nous prendrons un garçon pour deux mois, décida Adrien, un soir de grippe où il ressentait des picotements derrière la nuque et au creux des épaules. Tant pis si nous mettons plus de temps à rembourser...

En janvier 1900, six mois avant la naissance d'Aurélien, il en toucha deux mots au marchand de vins :

— Je passerais bien une annonce dans *L'Auvergnat* mais je ne sais pas sur qui je tomberai. Si le lascar a le poignet un peu lourd ou se remplit les poches, ça n'arrangera pas mes affaires...

— Je vois, grogna monsieur Enjalbert en enfonçant son crayon sur le coin de l'oreille. Il faudra être leste parce qu'avec l'Exposition, les bons garçons ne vont pas courir les rues.

Adrien se frappa le front du plat de la main : comment avait-il pu oublier l'Exposition de 1900 ?

— Les journaux prévoient deux fois plus de monde qu'il y a dix ans, continua-t-il. Ce seront des clients pour les cafés. Tu auras le trop-plein de la place de Clichy, surtout s'il fait chaud...

Adrien sourit de contentement mais le négociant le mit en garde :

— Ton garçon n'acceptera que si tu l'embauches pour les sept mois de l'Exposition.

— Ça change tout, convint Adrien. C'est long, sept mois...

— Je suis sûr que tu te débrouilleras !

Puis, d'une voix paternelle, il lâcha un conseil :

— Ne lui fais pas payer le tablier : c'est bon pour les bureaux de placement. Ne t'amuse pas à ce jeu sinon le garçon se vengera et te volera...

À la mi-février, deux mois avant l'inauguration de

l'Exposition, le marchand de vins lui présenta un garçon d'Espalion qui rentrait du service militaire et qui cherchait une place pour quelque temps. Propre, bien mis, éveillé. Adrien remarqua ses cheveux rouquins.

— À la caserne, j'étais cuistot mais j'ai perdu la main, reconnut-il. Avant de m'établir, je veux reprendre du service au comptoir. Ça me plairait dans un café-charbon, surtout chez un pays...

Élie sortit du portefeuille un mot de son ancien patron, cafetier à la Porte Saint-Martin.

Adrien parcourut la lettre, hocha la tête.

— C'est petit chez moi, le prévint-il. Tu coucheras sur un matelas dans la salle : je n'ai pas de chambre à te proposer. Tu mangeras à notre table avec les commis charbonniers. C'est la patronne qui cuisine : tu n'auras pas le ventre creux. Je ne te demanderai rien sur tes pourboires sauf si tu me casses trop de vaisselle !

— C'est tout ?

— Ça ne te suffit pas ?

— J'avais un fixe à la Porte Saint-Martin.

— Mais ce que le patron te donnait d'une main, il te le reprenait de l'autre, supposa Adrien. Vous étiez combien de garçons ?

— Quatre.

— Le patron prélevait combien sur le tronc des pourboires ?

Élie tarda à répondre, rougit, baissa les yeux.

— 5 %.

Le marchand de vins se mêla de la conversation :

— Un garçon empoche aujourd'hui cent cinquante francs de pourboire par mois. C'est autant qu'un maître d'hôtel... Pendant l'Exposition, il y aura plus de rupins que d'habitude...

Élie se gratta la tête, esquissa une moue boudeuse puis céda et tendit sa paume. Une poignée de main scella l'engagement.

Monsieur Enjalbert déboucha du bourgogne.

— Amène ta veste le 13 avril !

Au retour, l'esprit plus léger, Adrien commença à réfléchir à une nouvelle disposition de la salle. Le soir-même, il dessina plusieurs plans au dos d'un bon de livraison puis les déchira parce qu'aucun ne lui permettait de gagner des places assises pour les clients. Le lendemain, avant l'ouverture, empruntant un ruban de couturière à Camille, il mesura au centimètre près les dimensions de la pièce et des tables, s'enferma dans la cuisine, et ne rejoignit Camille qu'une fois le problème définitivement résolu, juste avant le repas de midi.

— Une table près de la porte, une autre près du comptoir, et le tour est joué ! jubila-t-il. Il ne reste plus qu'à les fabriquer sur mesure et à commander des chaises. S'il n'y avait pas le poêle au milieu de la salle...

— Si tu osais, tu caserais les clients dans le couloir du charbon ou dans le placard à balais ! le taquina Camille. Tu as le métier dans la peau !

L'Exposition enregistra cinquante millions d'entrées. Aux beaux jours, une foule bigarrée refluait lentement des Champs-Élysées vers Montmartre, attirée par les bals de L'Élysée-Montmartre et du Moulin-Rouge, le cirque Médrano et la légende de la Butte. Dès le mois de mai, Adrien regretta de ne pas disposer d'une terrasse comme les cafés de la Place. Un moment, il pensa installer des tables devant chez lui, sur le trottoir. Une matinée durant, appuyé par un agent de ville, un employé de la mairie du 17e se livra à de savantes mesures pour finalement lui signifier un refus, arguant du fait que sa terrasse gênerait le passage des piétons et obstruerait la rue.

Adrien dut se contenter des quelques mètres carrés de la salle où s'entassaient les clients, enrageant lorsqu'ils étouffaient malgré la porte ouverte. En revanche, il ne se plaignit pas du loufiat : le marchand de vins avait eu la main heureuse. Bien que le bougnat de la rue Lécluse fût moins chic que les maisons de la Place, Élie respectait les usages et servait en tenue : veste sombre, gilet, chemise blanche, pantalon noir, et tablier bleu pour le comptoir. Adrien, resté fidèle au costume de velours des charbonniers, lui demanda l'adresse du fournisseur, et s'offrit pour dix-huit francs un pantalon semblable au sien que le magasin *À Saint-Joseph* de la rue Montmartre lui garantit « indéchirable ». Il le porta avec son gilet noir mais sans veston.

— Tu ressembleras bientôt à un ministre ! le complimenta Camille.

Élie courait partout à la fois, prenait les commandes de charbon lorsqu'Adrien ou Camille s'absentaient, aidait Joseph à tirer le vin, ne s'éternisait pas à bavarder avec les clients. Auprès des loufiats du boulevard de Clichy, il se renseigna sur les goûts des visiteurs de l'Exposition et conseilla à Adrien de proposer du kirsch.

Soulagée de constater qu'Élie tenait sa place au café, Camille déserta le comptoir au début du mois de mai et ne quitta plus ses fourneaux. Comme Adrien achetait *Le Petit Parisien* pour le comptoir, elle lisait chaque après-midi le journal de la veille puis les revues de Clémence.

Aurélien vint au monde le 19 juillet 1900, peu après l'ouverture de la première ligne de métro de Vincennes à Neuilly. Camille se souvint longtemps de cet événement car, ce jour-là, Alice qui se réjouissait à l'idée de lui réserver une surprise, surgit à l'improviste au café et s'écria d'un geste théâtral, imitant les bourgeoises de l'avenue Victor-Hugo :

— J'ai pris le métropolitain !

Le loufiat qui servait au comptoir et ne la connaissait pas, la prit pour une folle avec son air pincé et ses manières de rombière. Il appela aussitôt le patron : Adrien tomba dans les bras de sa sœur. À l'étage, ruisselante de sueur, se tordant de douleur sur les draps humides et rouges de sang, Camille accouchait d'un garçon qui poussa ses premiers cris entre les mains d'Alice. Combien de fois Adrien raconta-t-il la scène !

Alice proposa d'emmener le bébé à Rives lorsqu'ils iraient au pays à la fin du mois.

— Vous partez ? s'étonna Adrien.

— Nous quittons le bougnat le 31 pour prendre le 1er septembre la gérance d'un hôtel près de l'esplanade du Château. Ce sera à deux pas de la station du métropolitain !

— Un hôtel ?

— Ce sera moins salissant et moins pénible.

— Tu as peut-être raison...

La première année du nouveau siècle apporta aussi le chagrin. Le jour des Morts, au retour des étables, Pierre-Jean découvrit sa mère paisiblement endormie dans son lit, le visage serein et lisse, les doigts noués autour d'un long chapelet. Adrien reçut sa lettre le surlendemain et descendit aussitôt au pays avec ses sœurs.

Il rentra bouleversé, comme poignardé par la mort, en proie au remords.

— Ces dernières années, elle n'aura pas beaucoup vu ses enfants, sanglota-t-il. Jean-Baptiste, Augustin et Raymond sont au diable, ils ne pouvaient pas revenir. Mais nous ? Nous étions plus près, nous aurions dû... Elle ne disait rien, mais elle nous attendait...

Camille pensa à ses parents qui désespéraient aussi de recevoir leur visite. Ses yeux se mouillèrent, sa gorge se serra, sa main se posa sur la nuque d'Adrien...

— Et nos enfants ?

À ces mots, il s'effondra, passa un bras autour de son cou pour chercher du réconfort.

— Ils sont malades ?

Il se jeta contre elle et confessa d'une voix étouffée :

— Camille... Je ne sais plus si ce sont nos enfants... Quand je suis allé à Rives, Antonine a dit à Candie que j'étais son père : elle est partie en pleurant dans ses jupes. Je ne suis rien pour elle ni pour sa sœur...

Adrien répéta d'un cri déchirant :

— Tu entends, rien...

À son tour, Camille ressentit une profonde douleur.

— Pour eux, nous sommes des étrangers, sanglota-t-il.

Camille mêla ses larmes aux siennes. Ils pleurèrent en silence.

VI

La machine patinait, soufflait, crachait, s'impatientait. De temps à autre, le chauffeur lâchait la pression, actionnait le sifflet, hélait le chef de train, lui désignait du doigt la grosse pendule fixée aux poutres de fer de la marquise : les aiguilles marquaient dix heures. Il était plus que temps d'agiter le fanal et de lancer la locomotive. Mais en cette chaude soirée du 5 août 1904, sur les quais de la gare d'Austerlitz, des voyageurs cherchaient toujours leur wagon, couraient d'un bout à l'autre du convoi, s'époumonaient après les agents. Pourtant, depuis le départ du premier train Bonnet en juin, *L'Auvergnat de Paris* multipliait les mises en garde : « Attention : le train part de Paris à l'heure. Beaucoup de voyageurs le manquent. Nos compatriotes, en raison de leurs métiers, agriculture au pays, petit commerce à Paris, n'ont visiblement pas le sens de l'heure et ne savent pas ce qu'est un horaire précis. »

Cet avertissement avait amusé Adrien qui l'avait lu à haute voix, pouffant de rire, avant d'affirmer à Camille :

— Ça ne nous arrivera pas le jour où nous le prendrons : il nous tarde trop de descendre...

Sans sa vigilance, il serait resté à quai. Au moment du départ, il vérifiait une dernière fois le bon fonctionnement du percolateur, abreuvait son beau-frère Germain de recommandations sous le regard exaspéré de Camille.

— Comprends-le, avait chuchoté Clémence à sa belle-sœur. Il n'a jamais lâché les rênes...

Pendant deux semaines, Clémence et Germain veilleraient sur la maison. Ils venaient d'échanger la gérance de leur bougnat contre celle d'un café-tabac à la Porte d'Asnières où ils ne s'installeraient qu'en septembre après un court séjour au pays. Adrien ne trouverait pas meilleurs gérants d'été.

Quatre ans avaient passé depuis la mort d'Eugénie, qui avaient exacerbé l'envie de partir à Rives pour profiter des enfants. Diverses circonstances avaient sans cesse repoussé le voyage. Aussi, en février, dès l'annonce des trains spéciaux, Camille avait-elle décrété :

— Cet été, nous irons à Rives !

Grâce aux accords obtenus avec les compagnies de chemin de fer, le directeur de *L'Auvergnat de Paris*, Louis Bonnet, proposait aux Auvergnats de la capitale une réduction de 40 % sur les billets de 2e et 3e classe des lignes Paris-Aurillac et Paris-Rodez.

— Nous économiserons vingt à vingt-cinq francs sur le plein tarif, avait-elle ajouté.

Maintenant, dans un wagon surchauffé, ils pestaient contre les retardataires, collaient leur nez à la vitre pour apercevoir le signal du chef de train. Autour d'eux, s'entassaient des garçons de café, des commis charbonniers ou marchands de vins, des bonnes et des filles de salle qui se rendaient à Mur-de-Barrez et à Sainte-Geneviève. Assis près de la porte, entourés de paquets ficelés à la hâte, deux *cabrettaïres* jouaient une bourrée qui donnait envie de se dégourdir les jambes. Enfin, le train s'éloigna.

La nuit durant, les musiciens égrenèrent le riche répertoire des danses de la Montagne. Nul ne se plaignit du bruit pourtant digne d'une salle d'auberge un jour de foire : l'excitation du départ était telle qu'elle empêchait les voyageurs de dormir sur les banquettes des voitures cahoteuses. Après minuit, chacun déballa le casse-croûte, mangea et but avant de s'assoupir, vaincu par la fatigue du jour. Lorsque le train s'arrêta brusquement en gare de Limoges et n'en bougea plus, les *cabrettaïres* entraînèrent hommes et femmes sur les quais déserts pour tourner la bourrée. Il était quatre heures. Camille bâilla à s'en décrocher les mâchoires, fourbue, sans force pour rejoindre Adrien qui dansait.

À Aurillac, le train accusait une heure de retard. Les courriers attendaient dans la cour de la gare : les services avaient été triplés en direction de Sainte-Geneviève. Mais il fallut subir tout au long de la matinée les caprices des chevaux, les humeurs du cocher, la rudesse des sièges, la poussière et les ornières de la route.

À midi, la diligence stoppa sur la place de l'Église devant une maison neuve et cossue.

— C'est celle de madame Debès ! jeta le voisin de Camille.

— Comment tu le sais ? répliqua son vis-à-vis.

— J'ai lu dans le journal que c'est la plus belle du village et des maisons des Parisiens.

Une foule de curieux encercla vite la voiture.

— Les Parisiens sont là ! s'écrièrent les enfants qui surgirent du fond de la place en agitant leur mouchoir.

Déjà, on s'embrassait, on s'interpellait, on se réfugiait à l'ombre des tilleuls pendant le déchargement des bagages. Les mots de bienvenue claquaient comme les bannières au vent le dimanche de la Fête-Dieu.

Camille se dressa sur la pointe des pieds et chercha

du regard le mari d'Antonine, reconnaissable à sa forte corpulence de forgeron. D'un pas lent, Fernand quittait l'auberge et s'avançait vers eux. Son haleine empestait le vin.

— Rien ne presse, dit-il en repoussant son chapeau lorsque sa belle-sœur l'embrassa. Tant que le cocher est sur l'impériale...

Adrien se tenait au pied de la diligence, prêt à saisir la malle à pleines mains.

— Ma parole ! s'exclama Fernand quand son beau-frère la cala sur l'épaule. Vous êtes chargés comme des bourricots...

— On avait droit à trente kilos.

— Avec ça, vous iriez à Rome !

Camille haussa les épaules. Éreintée par le voyage, elle n'avait pas le cœur à plaisanter. Alors qu'elle retrouvait son pays après une si longue absence, elle n'éprouvait aucun bonheur dans l'instant, l'esprit absorbé par l'accueil que lui réserveraient ses enfants. Elle ne les avait pas revus depuis leur naissance et, le mois prochain, Candie soufflerait ses huit bougies. Comment avait-elle accepté de vivre aussi longtemps sans eux, de ne pas les avoir près d'elle à Noël et le jour de la fête des Mères ? Une fois parvenus à l'âge adulte, le lui reprocheraient-ils ou comprendraient-ils les exigences de la vie, ses souffrances de mère ? Elle se demanda si elle ne se débattait pas dans un mauvais rêve...

Le soleil tapait fort, la campagne somnolait : Fernand lâcha la bride à la jument qui connaissait la route de Rives. Elle les mena droit à la forge.

Les enfants finissaient de dîner et avalaient gloutonnement de la tarte aux prunes. Du revers de son tablier gris, Antonine essuya les lèvres des plus petits, Pascaline et Aurélien :

— Courez vite embrasser vos parents !

Ils ne sortirent pas du banc et ne bougèrent plus.

— C'est votre maman! répéta doucement Antonine.

Sur le seuil de la cuisine, pétrifiés par la scène, gauches dans leurs habits neufs de parents, Adrien et Camille n'osaient se porter à leur devant.

— *Afana-vos d'anar far un poton a vostres parents* [1] *!* reprit-elle dans la langue de tous les jours.

À ces mots, les filles se levèrent et détalèrent aussi vite que le leur permirent les sabots, suivis des deux garçons de la maison. Tous passèrent en trombe devant eux.

Les larmes garrottèrent la gorge de Camille. Ainsi, Adrien avait-il vu juste mais jusqu'à cet instant, elle avait refusé de croire à leur indifférence.

Seul, Aurélien resta assis sur son banc : le remue-ménage ne semblait pas le préoccuper. Cherchant à cacher sa déception, sa mère s'installa à ses côtés, découpa une part de tarte et l'aida à manger. Puis, elle le prit sur les genoux sans se soucier de ses chaussures sales et le berça comme un bébé. Elle le tendit ensuite à Adrien qui caressa ses cheveux drus et l'amusa avec les mots qu'enfant il aimait entendre de sa mère. Nullement impressionné par une présence qui ne lui était pas familière, Aurélien souriait, accrochait ses petits bras à son cou, rendait les baisers.

Camille étouffa son émotion dans les plis d'un mouchoir.

— Il a toujours été *calinou* ! glissa Antonine.

L'irruption de Fernand qui rentrait de l'écurie, rompit le charme.

— Où sont ces sauvageons? tonna-t-il.

— Pas si fort, répondit Antonine. Ils sont sûrement à la grange à s'amuser avec les chats.

Fernand maugréa dans sa moustache, s'attabla et se versa une rasade.

1. *Dépêchez-vous d'aller embrasser vos parents !*

Antonine avait préparé une salade de cresson et du poulet rôti mais Camille y toucha à peine tandis qu'Adrien se força à manger pour ne pas contrarier son beau-frère.

— Ne vous faites pas de souci, les rassura Antonine. Les filles vous reviendront quand elles verront que leur frère s'est donné...

À l'heure du goûter, seuls les garçons retournèrent à la cuisine, dévorèrent une tranche de pain et un morceau de saucisse avant de rafler un quignon.

Au moment du souper, ramenées par leurs cousins, Candie et Pascaline réapparurent, toujours aussi silencieuses et craintives. Mordant à pleines dents le mouchoir blanc, usé, avec lequel elles s'endormaient le soir, elles observèrent Aurélien s'asseoir entre ses parents. Lorsque Antonine déposa la soupière sur la table et récita le bénédicité, elles se réfugièrent près d'elle.

À la fin du repas, Camille s'éclipsa pour fouiller dans leur malle et revint les bras chargés de jouets. Au cours des soirées d'hiver, à l'aide de chiffons donnés par la couturière du quartier et d'un peu de laine bouclette pour la chevelure, elle avait confectionné deux poupées. En les apercevant, les filles refoulèrent leur timidité et se précipitèrent vers elle, pensant bien que ces cadeaux leur étaient destinés : Candie choisit la rousse, Pascaline la brune. La poupée dans les bras, leur regard s'adoucit et leur visage s'éclaira.

Sur la table, Aurélien s'amusait avec une charrette assemblée par son père grâce à trois bouts de bois et à des bobines de fil qui servaient de roues. Ses cousins avaient reçu le même cadeau.

À l'instant du coucher, les filles ne tremblaient plus lorsqu'elles embrassèrent la maisonnée. Le lendemain, au saut du lit, Candie réclama à sa mère un peigne et des rubans.

— Pour ma poupée, dit-elle.

Camille sacrifia un bout de tissu rouge, trouvé dans la boîte à ouvrage d'Antonine, qu'elle découpa selon ses indications. À midi, Candie descendit du grenier avec deux rubans dans ses cheveux.

Au fil des jours, à force de patience et d'obstination, les filles s'apprivoisèrent grâce aux câlineries d'Aurélien, coquin en diable. Leur méfiance disparut peu à peu. La famille se souda.

Un dimanche, à l'aube, la jument de Fernand les conduisit à Montézic où les parents de Camille les reçurent à bras ouverts.

— C'est bien la première fois! se réjouit le père, l'œil pétillant. Depuis le temps...

— On aura au moins cette joie avant de mourir! hoqueta la mère, au bord des larmes.

Édouard en profita pour présenter sa fiancée Étiennette, de dix ans sa cadette, une fille rougeaude à la silhouette hommasse et au langage de charretier.

— Méfie-toi : elle se chargera de te mettre au pli! lança Fernand qui connaissait sa réputation de noceur. Tu as intérêt à rentrer tôt les jours de foire de Saint-Amans et à ne pas trop lever le coude...

Étiennette le foudroya du regard. Elle ordonna à Édouard de tirer le vin comme si elle tenait les rênes de la maison, tourna les talons et rejoignit la mère à la souillarde...

Le repas s'éternisa, les enfants s'esquivèrent avant le dessert. Vers trois heures, pendant que les hommes partaient disputer une partie de quilles sur la place, que sa mère et la fiancée d'Édouard s'employaient à laver la vaisselle, Antonine prit Camille par le bras et l'emmena sous les arbres près de la grange.

— Édouard voudrait savoir ce que tu décides pour le partage, dit-elle. D'ici la fin du mois, le notaire doit préparer les papiers de l'arrangement et le contrat de mariage...

Camille la regarda, étonnée.
— Tu as changé d'avis pour ma part ?
— Non, non.
Antonine se détacha d'elle. Soudain cramoisie.
— Ça ne te suffit pas ? fit Camille, abasourdie, les poings sur les hanches.
— C'est rapport aux enfants : tu penses les reprendre quand ?
Camille marcha sous les frênes, s'éloigna pour réfléchir et finit par répondre :
— Pour Candie, c'est vraiment trop tôt. Il faut qu'elle s'habitue à nous. Après deux ou trois étés, ce sera différent.
La réplique d'Antonine fusa :
— Je serai juste si tu me laisses les autres aussi longtemps... C'est de l'argent converti que je mets sur la table chaque jour : tu devrais le savoir toi qui tient les comptes de la maison. Il y a des semaines où mon homme trouve qu'on est assez nombreux. Les tiens mangent pour leur part...
— J'espère que tu ne leur plains pas la nourriture !
Camille regretta aussitôt ses paroles, se mordit les lèvres pour ne pas en rajouter.
— Si Fernand t'avait entendue, il te sortait de la maison ! Après tout, vous avez de l'argent !
— Peut-être pas autant que tu te l'imagines.
— Vous pouvez payer !
Alors que Camille avait radouci la voix, Antonine vida son sac :
— Les Parisiens sont riches : tout le monde le sait. Vous n'êtes que des cure-*toupines* [1]. Quand vous descendez au pays, vous ne pensez qu'à vous remplir les poches : il faut qu'on vous torche les enfants, qu'on vous remplisse bien la panse, qu'on vous serve

1. *Récipient en grès qui servait à conserver les confits d'oie ou de canard dans la graisse.*

les meilleurs morceaux, qu'on vous garnisse le panier avant de repartir, qu'on vous envoie des colis à Noël après avoir tué le cochon et plumé les canards... Vous vous donnez tous les droits parce que vous pissez à Paris... Un jour, tu seras comme les autres ! Avec tes chapeaux et tes belles robes, tu te *couffleras* [1] ! Quand tu auras la lessiveuse pleine de billets, tu construiras un château sous notre fenêtre et tu nous laisseras croupir dans notre masure...

Camille perdait patience, déçue par ses réactions qui paraissaient lui avoir été soufflées.

— Qui t'a mis ça dans la tête ?

Elle s'en tira avec des marmonnements car Aurélien arrivait en courant pour se jeter dans les bras de sa mère.

— Pourquoi tu es triste ? demanda-t-il.

Il l'embrassa et repartit aussi vite :

— Je vais te couper des fleurs !

Pendant qu'il dévalait le pré, elle lâcha à sa sœur :

— J'ai horreur des dettes : tu auras ta pension. Mais ne t'amuse plus à me reparler d'argent.

Aurélien revint avec un bouquet de marguerites.

Antonine avait disparu ; elle savourait sa revanche. Enfant, elle cédait si souvent...

Camille poussa Adrien à avancer leur départ pour Les Enfruts : elle voulait échapper aux griffes de sa sœur. Fernand renâcla à prêter sa jardinière pendant une semaine mais se plia à la décision d'Antonine. Au pas tranquille et pesant de La Grise, ils quittèrent la Viadène, longèrent l'Argence et filèrent vers Laguiole. Vers midi, à l'entrée du bourg, rejoignant la route de Saint-Flour, ils tombèrent dans un encombrement digne des boulevards. De l'embranchement de la route de Cassuéjouls jusqu'au foirail,

1. *Tu te pavaneras !*

une file d'attelages bordait la grande rue de part et d'autre. Descendus des breaks et des tilburys qu'ils cherchaient à remiser, messieurs distingués et dames élégantes jacassaient au milieu de la chaussée, gênant le passage des voitures.

L'un de ces insouciants héla Adrien :

— Tu ne reconnais plus ton marchand de vins ?

C'était monsieur Enjalbert, en costume de ville et canotier, au bras de son épouse en robe d'été et chapeau blanc à voilette.

— Vous venez au banquet dans cette tenue ?

Adrien avait passé une blouse aux fronces repassées de frais, coiffé le feutre pour se protéger du soleil et chaussé des sabots bas, vernis ; Camille portait une robe bleue et un chapeau de paille.

— Quel banquet ? demanda Adrien.

— Celui de L'Aveyronnaise de Paris, parbleu ! On se retrouve à trois cents ou quatre cents chaque année au mois d'août, chez Régis, autour d'un bon repas. Pour trois francs, on mange mieux qu'à Paris pour six ! On passe la journée ensemble, on chante, on danse. Tu ne savais pas ?

Adrien marqua son étonnement.

— C'était annoncé dans *L'Auvergnat,* reprit le négociant. Louis Bonnet et le maire présideront ; on aura au moins douze ou treize *cabrettaïres* ! Vous manquez quelque chose... Pensez-y l'année prochaine...

Devant l'hôtel Régis, les convives admiraient trois automobiles rutilantes, rangées côte à côte. Les chauffeurs se tenaient près du moteur dont ils expliquaient le fonctionnement à grand renfort de gestes. Du panier d'osier logé derrière le siège de la Panhard, une dame sortit une ombrelle...

— Je commence à comprendre la mauvaise humeur d'Antonine, murmura Camille à la vue de ce spectacle.

Les estomacs criaient famine et les enfants ronchonnaient : ils s'arrêtèrent à la lisière d'un bois proche de la route. Pendant que Camille étalait les provisions sur une toile, Adrien s'occupa de La Grise qui fourra son museau dans un sac d'avoine et but à une source avant de s'endormir sur trois pattes à l'ombre d'un hêtre. Après le casse-croûte, Adrien et Aurélien succombèrent aux délices de la sieste, les filles se chamaillèrent puis aidèrent leur mère à cueillir des myrtilles. Quel bonheur de se retrouver en famille !

La Grise, plus lente que les percherons des omnibus parisiens, permit à Adrien d'égrener à loisir ses souvenirs d'adolescent dans les burons. L'immensité de l'Aubrac se déroulait devant eux avec ses drailles infinies qui basculaient derrière l'horizon, ses vaches qui formaient de minuscules points à travers les pâturages brûlés par la sécheresse, ses *masucs* [1] posés ici et là comme des châteaux de sable sur une plage. Adrien entrait dans son monde.

Un air frais soufflait sur les montagnes ce qui n'empêchait pas les voyageurs de ressentir les effets du soleil. Au buron de Canuc, Adrien proposa une nouvelle pause.

— On ne peut passer devant Canuc sans saluer notre commis ! dit-il à Camille.

Il s'engagea sur le chemin qui dévale la pente en contrebas de la croix des Trois-Évêques, attacha La Grise à une branche basse d'un arbre.

Au cliquètement des sabots ferrés sur les pierres, apparut l'un des buronniers qui s'essuya la bouche du revers de la manche de la chemise et les mains au tablier à bavette noué à la taille comme les marchands de vin. L'œil noir, les sourcils froncés.

1. *Autre nom du buron.*

— Vous venez boire la *gaspe*[1] ? lança-t-il d'une voix rugueuse.

En entendant rire Camille, leur commis — le *pastre* de l'équipe — sortit à son tour :

— On vous a pris pour des curistes ! Ils viennent à n'importe quel moment de la journée. Ils n'ont pas d'heure comme s'ils étaient devenus de vrais Parisiens ! Il faut avoir un estomac de fer pour avaler de la *gaspe*. Il paraît que certains s'en trouvent bien...

Sceptique, il haussa les épaules et les invita à le suivre.

Les buronniers terminaient leur repas près de la cheminée de la salle commune. Le *cantalès* marmonna quelques mots mais ne leva pas les yeux de son assiette remplie à ras bord de pommes de terre ; le *bédélier*[2] continua à mastiquer après un hochement de tête.

Camille s'approcha d'un seau de bois qui paraissait contenir un curieux breuvage.

— C'est de la *gaspe* ! s'exclama leur commis en lui tendant une louche. Elle a la couleur de la « verte » ! À Paris, dans votre café, les clients n'en voudraient pas même si on la leur donnait !

Camille goûta et recracha aussitôt.

Le commis insista pour leur offrir de la liqueur de gentiane.

— C'est tout ce qu'on nous avons, dit-il à regret. Et encore parce que j'en ai amené quelques bouteilles. On n'a pas droit au vin...

La gentiane râpa les gosiers. Le *cantalès* en vida deux verres.

Au fur et à mesure qu'ils se rapprochaient des Enfruts, Adrien nota les transformations du pays : un sanatorium pour les buveurs de petit-lait et des hôtels au village d'Aubrac, des maisons neuves à Bonnefon.

1. *Le petit-lait.*
2. *Vacher qui s'occupait des veaux dans un buron.*

L'angélus du soir tintait au loin lorsque la jardinière parvint à la ferme. Les hennissements de La Grise qui répondait aux chevaux voisins, tira de ses méditations un homme grand et maigre, barbu, flottant dans une ample soutane blanche, qui arpentait la cour en sandales, le bréviaire entre les mains. C'était Jean-Baptiste.

— Tu n'as pas engraissé chez les Chinois ! tonna Adrien qui ne l'avait pas revu depuis quinze ans.

À l'inverse de ses sœurs, Aurélien recula lorsqu'il voulut le soulever de terre, effrayé par sa longue barbe noire. Sa peur ne se dissipa que juste avant le coucher, au moment où le missionnaire distribua à chaque enfant un chapelet de grains de riz orné d'une jolie croix de bois. Alors, il s'émerveilla, grimpa sur ses genoux, demanda comment vivaient les enfants des rizières, le supplia de raconter une histoire de son pays.

La maison résonnait à nouveau de cris joyeux qui chassaient l'ombre du deuil. Les enfants d'Adrien ne connaissaient pas leurs cousins : Louis qui allait sur ses six ans et Marie qui était née deux mois avant Aurélien. Le lendemain, quelques heures suffirent pour les transformer en compagnons de jeu, soulageant ainsi Éléonore qui ne quittait pas d'une semelle les jumeaux de Clémence, deux diablotins de trois ans. Camille admirait cette femme fluette, posée, qui élevait rarement la voix mais savait se faire respecter de ces polissons, y compris d'Aurélien dont l'une des joues porta dès le deuxième jour la marque de sa main leste, intéresser les filles à la vie de la basse-cour.

Adrien aidait son frère aux champs, heureux de se rendre utile et d'accomplir les gestes d'autrefois. Alors que Camille sommeillait encore, il croisait dans la cour Jean-Baptiste qui partait célébrer sa messe à

Bonnefon puis retrouvait Pierre-Jean près des bêtes, trayait une vache ou deux pour le déjeuner des enfants, maniait la fourche et le *raspet* [1], montait à la grange. Comme avant, tous deux bavardaient sans se lasser : du troupeau, des champs, des foires et des cours du bétail, des voisins, des Parisiens.

Un soir, au retour des prés, Adrien emmena son fils à l'étable, lui apprit le nom de chaque vache attachée à la crèche d'un bout à l'autre de la rangée même celui des bêtes envoyées à l'estive avec la vacherie d'un voisin. Étonné par sa mémoire, Pierre-Jean l'observa, les deux mains appuyées au manche de la fourche.

— La doyenne s'appelle Froumento. Elle avait trois ans quand je suis parti à Paris. C'était celle que je préférais atteler...

Adrien passa près de Froumento, prit Aurélien dans ses bras et lui permit de toucher du bout des doigts la pointe des cornes. Un frisson parcourut le corps de l'enfant...

Les journées s'écoulèrent trop vite car le bonheur fuyait comme l'eau dans un tamis. Bientôt, il faudrait songer au retour, se séparer à nouveau des enfants alors que des liens commençaient à se tisser. Trois jours avant le départ, il y eut la foire de Nasbinals. Les Soulages ne manquaient jamais le marché du 17 août même les étés où ils reportaient en octobre la vente des veaux de l'année, les *bourruts*. Adrien réussit à convaincre Camille de les accompagner : Félix, le dernier de la famille, s'esquiverait de la montagne des Places où il était buronnier, pour les rejoindre à l'auberge.

Pendant que Pierre-Jean et Adrien se fondaient à la masse des paysans, sur le foirail envahi par des centaines de bêtes, Camille flâna le long des étals qui

1. *Raclette à manche.*

— *Putas de filhas!* criait-elle les jours de colère. *Avezt encara de meca al nas coma las piotas* [1]...

Aussi, se retrouva-t-elle punie presque tous les soirs. Camille exigea des explications : les brimades s'estompèrent au bout de quelques semaines après une entrevue avec la directrice de l'école, une Normande pincée et aigre-douce.

Quand elle retourna à Rives, aux vacances d'été, les voisines formèrent une ronde et chantèrent d'un ton vengeur :

— Parisien, tête de chien! Parisienne, tête de chienne!

Jalouses, elles l'appelèrent *Candèle* [2].

Candie se défendit et griffa les joues de quelques filles puis le jeu cruel s'arrêta.

Cet été-là, l'arrivée impromptue de l'oncle d'Argentine éclipsa tout. Alors que la famille le croyait à jamais établi à l'autre bout du monde, voilà qu'il débarquait avec femme et enfants. Dès qu'il posa le pied sur les quais de Bordeaux, Augustin télégraphia ces six mots : « Suis en France depuis ce matin. » Le facteur de Saint-Chély grimpa aux Enfruts en pleine chaleur de l'après-midi afin de remettre à Pierre-Jean le précieux papier. Il accepta un verre, curieux de savoir ce que contenait le mystérieux télégramme, puis redescendit au chef-lieu colporter la nouvelle.

L'annonce d'une tempête n'aurait pas causé plus d'émoi. Dans aucune des lettres adressées à ses frères et sœurs au moment du Nouvel An, il n'avait évoqué un possible retour. Aussitôt, Adrien et Camille proposèrent de s'installer à Montézic ou à Rives :

— La maison sera trop petite.

1. *P... de filles! Vous avez encore de la mèche au nez comme les dindes...*

2. *Chandelle.*

Pierre-Jean refusa :

— On y a vécu à onze avec les parents. On se serrera...

Éléonore et Camille procédèrent au grand nettoyage de l'étage, aménagèrent des chambres de fortune dans le grenier à grains, se démenèrent pour que tout soit prêt le lendemain à midi. Adrien prit sur le manteau de la cheminée l'almanach de la maison Carrère que les Soulages achetaient fidèlement depuis un demi-siècle, et consulta les fiches horaires des compagnies de chemin de fer.

— S'ils sont partis de Bordeaux après l'envoi du télégramme, ils sont arrivés hier soir à Rodez par le dernier train, calcula-t-il. Le tortillard les amènera ce matin à Espalion, la diligence devrait les déposer chez nous avant ce soir...

Éléonore saigna l'un des plus gros coqs de la basse-cour que Camille pluma et découpa au « poignard ». Elle le prépara sauté à la poêle avec des oignons et des tomates, puis entreprit de frire une provision de beignets à l'huile de noix qu'elle eut grand peine à préserver des envies gourmandes.

À la tombée de la nuit, les enfants ne tenaient plus en place : le repas était prêt, la table était mise, leur estomac criait famine et les invités n'étaient toujours pas là. Enfin, un attelage pénétra dans la cour avec fracas et manqua écraser les jumeaux de Clémence qui s'amusaient avec un chien. Installé sur le siège avant, aux côtés du voiturier de Saint-Chély, Augustin menait les chevaux, fouet en main.

Était-ce bien leur frère? Pierre-Jean et Adrien se regardèrent, n'osant y croire. L'homme aux bottes de cavalier qui époussetait maintenant sa veste, rajustait sa ceinture cloutée et son pantalon bouffant comme sur les gravures en couleur du *Petit Journal,* ne lui ressemblait pas. Protégeant ses yeux de la lumière, un chapeau à bords larges noyait dans l'ombre une partie de son visage bruni par le soleil.

Avant d'embrasser la maisonnée, Augustin aida sa femme et ses deux garçons à mettre pied à terre. Lorsque Chochola ôta son chapeau rouge et s'approcha d'eux, ce fut une nouvelle surprise. Cette femme aux pommettes saillantes avait du chic quoiqu'elle fût moins élancée que Camille et Éléonore ne l'avaient imaginé. Ses vêtements clairs et légers qui provenaient certainement d'un magasin de Bordeaux, soulignaient son teint mat et ses cheveux noirs tressés en nattes.

Augustin ne s'attendait pas à voir Adrien. Il en fut tout retourné.

— Ça alors ! s'exclama-t-il. Je ne pensais pas que tu serais là ! Ça me fait sacrément plaisir. Il y a si longtemps...

Le temps de papoter au bas de l'escalier, et les deux fils d'Augustin avaient déjà disparu. Ernesto et Miguel s'étaient trouvé deux compagnons de jeu, les jumeaux de Clémence qui les entraînèrent à la grange. À l'instant de passer à table, ils revinrent les pantalons maculés de bouse de vache et les cheveux constellés de paille.

— Il me semble te revoir dans le même état quand tu avais leur âge ! s'écria Pierre-Jean à l'adresse de son frère. L'été, notre mère te plongeait dans un baquet tous les deux jours !

Ils continuèrent à bavarder autour de la table, grandie des deux rallonges et qui occupait toute la cuisine. Augustin se régala avec la soupe d'Éléonore et fit chabrot deux fois ; Chochola toucha à peine à son assiette.

— Tu n'aimes pas ? s'inquiéta Pierre-Jean.

— Elle préfère le potage de notre cuisinière, expliqua-t-il.

— Du potage comme à la ville ? demanda Camille.

— Mais avec des tomates et des piments, confirma Chochola qui s'épongeait le front, en nage après trois cuillerées de soupe. En été, elle nous le sert froid.

— Nous engraissons un cochon mais Guillermina ne veut pas préparer la saumure comme chez nous, reprit Augustin. Son lard et son jambon ne valent pas ceux de notre mère...

— Tu en profiteras ces jours-ci, l'assura Pierre-Jean. Si tu n'étais pas si loin, on t'en enverrait...

Quand les enfants déguerpirent au lit, il déboucha la bonbonne de vieille prune qui acheva de délier les langues. Bien qu'elle la jugeât plus raide que le cognac, alcool favori de leur cercle d'amis, Chochola apprécia cette eau-de-vie. D'entendre son mari évoquer leur rang à Pigüé, elle se dérida, les joues empourprées, buvant ses paroles. Avec une verve qui surprit ses frères, Augustin parla longuement de l'*estancia* qui s'étendait sur un millier d'hectares à six cents kilomètres de Buenos Aires, du *rancho,* de la maison coquette qu'ils possédaient en ville, des domestiques, des Aveyronnais et du curé de la colonie française, des Espagnols, des Italiens et des Indiens qui peuplaient la pampa. Elle se réjouit qu'il ne soufflât mot de la grêle, des sécheresses, de la voracité des lamas. Nul ne devait savoir qu'il y avait eu des années difficiles sur la terre promise...

Sans se soucier de l'heure, ils l'écoutèrent avec attention, tantôt captivés, tantôt déconcertés par le gigantisme de l'Argentine ou ébahis lorsque Augustin dressa l'inventaire de son cheptel.

— Sept cents vaches, veaux et bœufs, une centaine de moutons, une vingtaine de chevaux ! s'extasia Pierre-Jean. Je n'en reviens pas...

— Quand mes bouviers labourent les champs pour semer le blé, ils tracent un sillon d'un kilomètre en ligne droite, ajouta-t-il.

— Un kilomètre ! siffla-t-il.

Chochola hocha la tête :

— C'est difficile d'imaginer notre pays lorsqu'on ne l'a jamais vu. Ici, tout est beaucoup plus petit ! On dirait que les vaches mangent dans les jardins...

Adrien et Camille éclatèrent de rire.

— Ah! si vous pouviez venir à Pigüé, soupira Augustin, songeur.

Puis, l'idée jaillit comme une étincelle :

— Vous ouvririez un café ou un hôtel...

— Oh! oui, s'enflamma Chochola. Comme le grand Royal Hôtel de Bahía Blanca où se réunissent les Français...

Camille sourit. Elle rêvait toujours d'un café sur les boulevards.

VII

La tenue de *gaucho* de l'oncle d'Argentine alimenta longtemps les conversations tandis qu'à Paris, à l'occasion de rares moments où les Soulages se rassemblaient, Candie se complaisait à imiter sa tante Chochola :

— C'est pétit ! C'est pétit !

— Tu devrais jouer au théâtre ! lui dit un jour Clémence.

— Non ! répondit-elle. Je fabriquerai des chapeaux !

— Il lui tarde de quitter la classe mais elle n'apprendra le métier qu'à quatorze ans, décida sa mère.

Candie rongeait son frein. Chaque soir, en revenant de l'école, elle s'arrêtait devant la boutique d'une modiste au bout de la rue des Batignolles, et admirait les modèles exposés en devanture. Le nez collé à la vitrine, elle oubliait tout pour s'extasier devant leurs ornements : une couronne de roses, une étoile de mer, trois cerises rouges, une plume d'autruche...

Le café ne l'attirait pas. Le soir, elle désertait la salle à l'inverse de sa sœur qui découvrait un monde nouveau. Du haut de ses dix ans, tapant du pied si elle n'obtenait pas satisfaction, Pascaline refusait de se coucher tant qu'elle n'avait pas vu son père ou sa mère compter la recette.

— J'irai au lit quand tu auras empilé les sous.

Pour ne pas avoir à hausser la voix devant les derniers clients, sa mère laissait tomber des pièces dans une boîte en fer, ouvrait un carnet de bons de livraison, griffonnait quelques chiffres. Alors, elle consentait à monter.

Pascaline amusait son parrain, Félix, qui l'adorait.

— Elle est à bonne école ! s'écriait-il.

Félix ne regrettait pas d'avoir quitté les burons. Paris lui plaisait, surtout les grands cafés où il avait rêvé de voltiger en salle dès le premier hiver au chantier. Pendant ses deux années de régiment, en garnison chez les chasseurs alpins de Barcelonnette, il n'avait cessé d'y penser. Depuis sa sortie de la caserne, voici trois mois, le commis charbonnier devenu garçon de comptoir au Wepler puis garçon de salle au café du Croissant servait au café de la Paix près de l'Opéra. Ses moments de liberté, il les passait rue Lécluse où Camille le pressait de raconter la vie de ce lieu tant prisé du Tout-Paris. Pour elle et les clients qui ne perdaient pas une miette de ses confidences, Félix parlait de l'élégance de l'écrivain Paul Valéry, décrivait les manies de quelque souverain des Balkans dont l'ordonnance cassait les morceaux de sucre à l'aide d'un sabre.

La belle carrière de Félix ravivait les ambitions d'Adrien ; la réussite de ses sœurs l'incitait à viser plus haut mais le plongeait aussi dans le doute quant à son propre choix. Depuis peu, propriétaires d'un café-tabac sur le boulevard Berthier, Clémence et Germain s'étaient hissés jusqu'à la classe enviée des cafetiers-buralistes que choyaient les marchands de vins-liqueurs et la Régie. L'Administration des tabacs et des allumettes détenait les places recherchées dans les bons quartiers, elle leur avait trouvé un boulevard animé et une affaire bien située ; le marchand de vins et le fournisseur de café leur avaient avancé sans rechigner l'argent nécessaire pour l'acquérir. Devant tant de sollicitude, comment ne pas être tenté par ce métier prestigieux, d'évidence moins ingrat que celui de bougnat et de simple patron de bistrot ? Adrien y songea un instant, séduit par les apparences : une plus-value du fonds, des rentrées sûres, la considération de la clientèle, une tutelle vigilante mais point trop chicanière d'après son beau-frère.

— Il faut être blanc comme neige ! le prévint Germain.

— Je n'ai jamais été condamné. Comme tous les Soulages...

— Les gens de la Régie fouillent partout, ajouta-t-il. Ils ont même interrogé le maire et le curé de Saint-Côme... Ils ont su que j'avais fait quelques friquettes dans ma jeunesse... Oh ! pas grand-chose : une bagarre à l'auberge un dimanche après-midi avec des gars d'Espalion : les gendarmes nous avaient séparés. Heureusement sans procès-verbal ! Ils ont passé l'éponge alors qu'ils auraient été plus sévères pour une histoire de braconnage et ne m'auraient pas attribué le tabac... Ils sauront que tu as eu maille à partir avec le laboratoire...

Adrien en gardait un mauvais souvenir. À l'idée que des furets de la Secrète puissent fouiner dans leur vie, bien qu'ils n'eussent rien à se reprocher, il renonça avant même d'en parler à Camille. À défaut de vendre des tabatières, des paquets de bergerac, des havanes, des pipes ou des bonbons à la menthe, il fermerait sa maison quand bon lui semblerait sans avoir à consulter la Régie ni à respecter son règlement.

Le mari d'Alice, Gabriel, qui devina son hésitation, s'efforça de l'entraîner vers l'hôtellerie. À Vincennes, ses affaires prospéraient selon ses prévisions et il envisageait d'acheter prochainement un hôtel d'une cinquantaine de chambres dans le quartier des Halles. Roublard, moins scrupuleux que son frère, il exploitait les ficelles du métier et ne s'en cacha point auprès d'Adrien.

— Ce n'est pas avec des pensions de famille ou des garnis au mois que l'on fait fortune ! affirma-t-il, l'œil égrillard. Il y a mieux.

Comme Adrien ne réagissait pas, il continua :

— Si tu loues la même chambre une fois le jour et une fois la nuit, tu doubles les recettes. À la fin du mois, quand tu as retranché les gages des lingères et les frais de blanchisserie, il te reste tout de même quelque chose. Ce qui double ne perd pas...

Puis sur un ton plus grivois :

— J'aurais tort de refuser les gens qui retiennent une chambre pour un rendez-vous galant aux heures creuses de l'après-midi. Si je les renvoie, ils iront à l'hôtel voisin qui ne se gênera pas pour les accepter.

— Je n'aurais pas cru que tu fasses ça, s'étonna Adrien.

— Pourquoi je ne le ferais pas ? s'insurgea Gabriel. Un homme qui vient passer un bon moment chez moi avec sa maîtresse, est un client comme les autres.

Adrien esquissa une moue.

— Cet homme n'est pas un julot et la femme qui l'accompagne n'est pas une traînée ni une garce ! insista-t-il. Il y a des hôtels de passe pour les filles de rue, et ma maison est un honnête hôtel de voyageurs.

— J'espère bien ! sourit Adrien. Ma sœur n'apprécierait pas que tu joues les maquereaux... Je comprends maintenant comment tu te débrouilles pour avoir toujours les poches pleines, te payer les services d'une bonne et élever tes enfants à Paris.

— Personne ne t'empêche d'en faire autant, répliqua Gabriel. Je peux t'indiquer des hôtels où tu gagneras bien ta vie...

— Laisse tomber : je serai plus heureux dans un café.

Pas une seconde, Adrien n'imaginait Camille à une réception d'hôtel, farfouillant dans l'intimité des gens pour coucher sur un registre le nom, le domicile, la profession, les dates d'entrée et de sortie de chacun d'eux, le présenter ensuite aux réquisitions de la police.

Aux yeux d'Adrien, rien ne valait le comptoir. Autour d'un verre, devant le patron qu'il prenait parfois à témoin ou dont il sollicitait l'avis, le client reconstruisait cent fois le monde mais jamais de la même manière. Dans toute sa richesse, tantôt triste, tantôt gaie, la vie de la rue venait y choir.

Félix qui partageait son point de vue, lui rapportait des scènes survenues la veille ou les jours précédents au zinc du café de la Paix : une dispute cocasse entre le comédien Lucien Guitry et son fils Sacha devant un aréopage de journalistes qui la relateraient le lendemain, une chamaillerie entre un rupin en haut-de-forme et une demi-mondaine couverte de fourrure, ou plus étrange encore l'irruption de cette fillette à l'heure de l'apéritif...

— Un soir, vers sept heures, une petite fille qui devait avoir l'âge de Pascaline, est entrée seule au café. Elle a traversé la salle en courant. Arrivée au comptoir, elle a tiré par la manche de la veste un monsieur bien habillé qui sirotait un Pernod, le cinquième ou le sixième selon son habitude. C'était sa fille qui venait le chercher, envoyée par sa mère sûrement lasse de l'attendre pour le repas. Le monsieur regarda sa fille, posa une main sur son épaule et lui répondit : « Allez dire à votre mère que je suis ici par la volonté du bistrot et que je n'en sortirai que par la force du Pernod ! » Déçue qu'il ne la suive pas, la fillette prit un air triste et retraversa la salle sans se presser... J'étais malheureux pour elle... Tu sais, Adrien, le comptoir c'est vraiment l'école de la vie...

Adrien hocha la tête, troublé par son récit. Il songeait déjà à son café.

— Dépêche-toi de te marier avec une payse et on prendra une grande maison... Une belle affaire...

La vieille tante Noémie, chez qui ils avaient passé la nuit de noces, mourut au mois de novembre 1909 des suites d'une grippe. Elle leur légua sa maison des Bories, « à quatre pièces » avec deux chambres à l'étage et un *cambrou,* chambrette aménagée dans un coin du grenier. Le notaire de Saint-Amans insista pour régler la succession avant Noël. Bien que débordé au chantier, Adrien descendit quelques jours à Montézic, fraîchement accueilli par sa belle-sœur Étiennette, la femme revêche d'Édouard :

— T'as pas eu du temps pour l'enterrement mais tu en as trouvé pour venir toucher les picaillons ! Depuis deux mois, c'est moi qui soignais la tante et lui portais la soupe trois fois par jour. Si j'avais su qu'elle vous donne l'héritage, j'aurais pas pris tant de peine... Les Parisiens, les Parisiens ! Vous êtes pires que des loups... Vous accaparez tout !

— On aura bien un peu de terre, glissa Édouard. Mais il n'y a pas grand-chose : quelques prés à partager avec Antonine. C'est vous qui aurez la meilleure part.

Le notaire accompagna Adrien aux Bories par un après-midi de brouillard. La maison lui parut en piteux état : l'eau coulait goutte à goutte dans le grenier et formait de larges flaques sur le plancher ; des pierres se détachaient de la cheminée ; le mobilier était sale et bancal ; des pièces quasiment vides laissaient supposer que des meubles avaient disparu. Avec l'aide du notaire qui se proposa de les surveiller, Adrien évalua les travaux. Il fallait réparer le toit, recrépir certains murs, blanchir les pièces à la chaux, commander des lits, une armoire et un vaisselier au

menuisier afin de rendre le lieu habitable. Au cours de leurs premières années de mariage, faute d'argent pour couvrir de telles dépenses, ils auraient essayé de revendre la maison. Maintenant, ils pouvaient engager ces frais pour être enfin chez eux. Le tabellion promit que tout serait prêt au mois de juillet prochain.

Camille sursauta à l'annonce du coût des travaux et des droits de succession.

— C'est presque le bénéfice d'une année.

— Tant pis. Au moins, on descendra quand on voudra... Malgré tout ce qu'on leur achète ou qu'on leur amène, on a toujours peur de repartir avec des dettes.

La nouvelle se répandit comme une traînée de poudre dans la communauté parisienne de Montézic :

— La petite Camille a hérité...

On en parla, ainsi que des pique-niques d'été au Pic du Castel et à la cascade du Saut-du-Chien, le jour du banquet de l'amicale qui se déroula un dimanche glacial de janvier dans les salons de la maison Védrines, avenue de Clichy, près de leur café-charbon. L'un des organisateurs du repas, un bougnat de Saint-Ouen né la même année que Camille, avait insisté pour qu'ils se joignent aux Parisiens de Montézic, promettant une centaine de convives et une familiarité digne des jours de fête au village ; ils avaient cédé. Ce matin-là, le froid persistait. Comme les commis ne travaillaient pas le dimanche, Adrien charria le charbon dès sept heures afin d'avoir terminé assez tôt les livraisons. Mais aux bains-douches de la rue Legendre, il pesta contre la file d'attente et perdit une heure. De retour au café, il brossa ses ongles, aiguisa le couteau, savonna le blaireau et se rasa. À midi, il passait son costume tandis que Camille fermait la salle, montait s'habiller et préparer les filles.

— Nous serons les derniers, grommela-t-il. Allez ! Vite !

Les salons Védrines au velours rouge et aux lustres clinquants, dont ils connaissaient la réputation mais qu'ils n'avaient jamais fréquentés, occupaient le premier étage d'un immeuble cossu. À la réception du rez-de-chaussée lorsqu'ils déposèrent leurs vêtements chauds, ils perçurent des échos de l'ambiance qui régnait dans la salle du banquet. Les papotages s'en échappaient et ruisselaient en cascade jusqu'à la dernière marche d'escalier.

Camille reconnut la plupart des visages. Un souvenir s'attachait à chacun d'entre eux : elle se revit en procession avec les Enfants de Marie, jetant des fleurs à la Fête-Dieu en compagnie de Cécile, Colette, Augustine qui l'avaient enviée de partir si jeune à Paris avant de convaincre leurs parents ; elle se rappela aussi Firmin qui la courtisait à quinze ans lorsqu'elle gardait les vaches et à qui elle avait flanqué une gifle le jour où il l'avait serrée de trop près ; elle tomba dans les bras d'Anna, sa voisine, qui l'aidait à apprendre les leçons de catéchisme. Elle allait de l'un à l'autre, émue de les rencontrer à nouveau si loin du clocher après tant d'années. Candie et Pascaline bavardaient avec des filles de leur âge, couraient le long des tables ; Adrien s'égaillait parmi les invités, liait connaissance avec des cafetiers aperçus au pays à la sortie de la messe. Pas de tenues tapageuses ni de toilettes luxueuses. Caracos blancs, chemises et blouses plissées sentaient la lessive fraîche, le repassage du matin.

À une heure et demie, on s'attabla sans protocole. Le président de l'amicale... présidait le banquet, entouré du vice-président, du secrétaire et du trésorier, ayant finalement renoncé à convier une personnalité de la colonie aveyronnaise de Paris pour conserver à la journée son caractère villageois. Avant de lever son verre à la prospérité « des petits commerces méritants », il annonça que l'amicale ouvrirait dans le courant de l'année une souscription en vue de l'achat d'un corbillard pour la paroisse et d'un bureau télégraphique pour le chef-lieu de la commune. Une ovation salua cette initiative. Aussitôt, des convives généreux se manifestèrent, proposant leur obole.

Puis commença le défilé des marmitons chargés de victuailles. Le menu, orné d'une photo de l'église et d'une scène de bourrée, trônait devant chaque assiette. Tandis que les garçons passaient et repassaient tenant à bout de bras leurs grands plats, Adrien lut à voix basse : potage printanier royal, filets de soles Marguéry, filet de chevreuil sauce poivrade, vol-au-vent financière, filet de bœuf à la périgourdine, haricots verts au velouté, petits pois à la française, poulardes du Mans, chapons de la Bresse...

Sa voisine qui se livrait au même exercice, s'exclama :

— Nous en aurons pour notre argent !

En face, un homme à la trogne rouge abonda dans son sens :

— Ça vaut bien sept francs !

Camille porta attention aux vins.

— Tu as vu? dit-elle à Adrien, ébahie par les noms des crus que l'on s'apprêtait à servir. Du madère, du chablis, du beaujolais, du bordeaux, du champagne... On n'a pas tout ça dans notre cave !

— On aura mieux que ça quand on sera installé dans notre café, chuchota-t-il, d'un air confiant.

Elle sourit et prit sa main.

Un bruit confus neutralisait toute conversation au-delà du plus proche voisin et de son vis-à-vis, ponctué de temps à autre par le cliquetis des couverts. Adrien remarqua qu'on les observait, qu'on causait en les fixant d'un regard curieux.

Vers la fin du repas, les hommes desserrèrent la ceinture d'un cran. Certains, repus d'entrées et de viandes, ne purent goûter la fourme ni déguster le parfait praliné au café. S'ils avaient osé, ils auraient piqué du nez sur la table.

Après le champagne, les *cabrettaïres* se chargèrent de réveiller les convives assoupis et de satisfaire les habitués des bals de la rue de Lappe ou de la rue Aumaire. Jusqu'au soir, ils jouèrent des bourrées. Adrien et Camille en dansèrent quelques-unes, s'attirant les compliments de Candie :

— C'est mieux que l'été dernier à la fête du village !

— On ne se tord pas les pieds dans les nids de poule comme sur la place de Montézic, répondit Camille.

Tandis qu'ils reprenaient leur souffle, assis dans un coin de la salle, un homme au ventre rebondi s'approcha d'eux.

— C'est bien toi Soulages de la rue Lécluse ? fit-il.

L'homme prit une chaise et s'installa près d'Adrien. D'instinct, Camille recula son siège.

— Laurens, marchand de vins à Bercy.

Il parlait d'une voix rauque, les deux mains appuyées sur ses larges cuisses.

— Je me renseigne sur un gars de Saint-Amans, Girbal, que je dois établir dans un bougnat. Il a été deux hivers commis chez toi, ensuite chez Combettes. Tu crois que je peux compter sur lui ?

Adrien se tourna vers sa femme, haussa les épaules, essaya de se souvenir du garçon :

— Il faisait bien son travail... C'était un rude... Il était peut-être un peu vif lorsqu'il avait bu un ou deux verres de trop, il vous aurait collé une torgnole. Ceux qui portent le charbon ont la main plus lourde que les autres...

Le marchand de vins regarda ses ongles qu'il ne cherchait pas à cacher.

— Tu as encore les mains noires ? Pourtant, t'as dû ramasser de l'argent... Qu'est-ce que tu attends pour te débarrasser du chantier et prendre une maison ? Tu attends que les meilleures affaires te passent sous le nez ? À la place du père Enjalbert, je t'aurais fichu depuis longtemps un coup d'aiguillon aux fesses...

Ils ne s'en soucièrent pas avant la fin de l'été, préoccupés par les travaux de la maison de la tante Noémie. Mais au mois d'août, lorsqu'ils s'installèrent aux Bories, rassemblés au large et sous le toit familial pour la première fois, ils réalisèrent qu'à la rentrée des classes, Aurélien trouverait à grand-peine sa place dans leurs trois pièces minuscules. Les filles partageaient un lit étroit qui occupait un réduit sans fenêtre, débarras aménagé de façon sommaire. Aussi, un lit pliant s'imposerait-il dans la chambre des parents en attendant mieux. La petitesse du logement relança l'opportunité de vendre le café-charbon et de s'établir ailleurs.

Camille s'en convainquit peu après l'arrivée d'Aurélien qu'elle laissa agir quelques jours à sa guise, le temps de l'observer, avant de modérer ses ardeurs. Casse-cou habitué à grimper aux arbres, il se laissait glisser sur la rampe en bois de l'escalier qui menait à l'étage puis, à mi-chemin, chantant à tue-tête, se débarrassait soudain de ses sabots qui s'écrasaient en contrebas. À plusieurs reprises, Pascaline évita de justesse les dangereux projectiles. Les taloches de sa mère et la redoutable poigne de son père lui ôtèrent l'envie de continuer mais il reporta son humeur sur ses sœurs, empêchant Pascaline de faire ses devoirs, importunant Candie à son retour de l'atelier qui devait s'enfermer à double tour pour feuilleter les revues prêtées par sa patronne modiste.

Aurélien excéda la maisonnée pendant trois mois. Sur un coup de colère, Camille écrivit au marchand de vins qui accourut. Tirant sur son mégot, comme à son habitude, il jubilait :

— Vous vous décidez quand même !

C'était une fin d'après-midi d'hiver. Adrien répartissait entre les commis les livraisons de charbon du lendemain, Camille repassait le linge à la cuisine. Malgré la présence de quelques clients qui jouaient aux cartes à une table près du poêle, monsieur Enjalbert préféra rester au comptoir.

— On manque de place, insista Camille.

— Ma pauvre dame ! soupira le marchand de vins. Les logements ne sont pas toujours aussi grands que les cafés. C'est la loterie.

Adrien lui exposa leurs intentions : prendre une belle affaire en y associant son frère Félix.

— Il est jeune et il connaît bien le service des grandes maisons. Il saura nous épauler.

— C'est pour ça que vous avez tant tardé ?

Ils hochèrent la tête.

— Vous n'avez peut-être pas tort, dit-il froidement. Mais si ce garçon est seul, les fournisseurs ne marcheront pas : ils n'aiment pas les gars, même les plus vaillants, qui partent à la bataille sans leur cheval... À moins que vous ayez les reins assez solides pour tout prendre sur vous...

— Combien ?

— Au moins cent mille francs.

Le chiffre ne leur sembla pas exorbitant, cité fréquemment par Félix qui s'était renseigné auprès de son patron et du Syndicat des débitants de vins. Un café-tabac du boulevard Hausmann venait de se vendre cent vingt mille francs.

— Et notre bougnat ? demanda Adrien. Vous nous en donneriez combien ?

Le négociant jeta un œil autour de lui et sur les étagères, fouilla dans son carnet, se pencha vers eux et chuchota :

— Vous ferez la culbute. Vous l'avez payé quinze mille ; il doit en valoir maintenant trente mille.

— C'est correct, convint Adrien. On a doublé le chiffre d'affaires ; on ne le cédera pas à moins.

— En ajoutant ses économies et les nôtres, on aura un peu plus de la moitié de la somme, poursuivit Camille. Il faudra nous prêter le reste...

Monsieur Enjalbert comprit qu'ils n'en démordraient pas, et chercha à éclaircir la situation :

— Vous êtes sûrs qu'il ne fréquente pas une payse ?

Adrien et Camille se regardèrent, chagrinés de le décevoir.

— S'il avait une promise, il nous l'aurait présentée, dit Camille. Il n'est pas cachottier.

— C'est bien lui que j'ai vu un hiver chez vous ? reprit-il.

Puis avec plein d'allant ce qui fit sursauter les clients :

— Il devrait plaire aux filles !

Sans leur accorder un instant de répit :

— On va s'occuper de lui. Il est sûrement difficile mais ce serait le diable si parmi ses payses, il ne s'en trouvait pas une à Paris qui lui convienne. En février, je réserve une table au banquet de l'amicale de Saint-Chély...

— On vous croyait de Thérondels comme mon ancien patron ? s'étonna Camille.

— Par ma femme qui est d'Artigues, j'ai quelques intérêts avec des bougnats et des cafetiers de Saint-Chély, glissa-t-il d'un air mystérieux. Puisque vous êtes aussi de Saint-Chély, vous vous joindrez à nous ce jour-là. Avec Félix bien sûr ! J'aurai peut-être une surprise pour lui...

Monsieur Enjalbert osait tenter ce qu'Adrien et Camille se refusaient à faire : « arranger » le mariage de Félix comme cela se pratiquait souvent dans les campagnes aveyronnaises dans le but inavoué de réunir deux fermes, de donner sa chance à un vieux garçon ou à une fille délurée.

Par expérience, Camille savait que toutes les entremises ne procuraient pas le bonheur, et conservait beaucoup d'amertume des accordailles manquées de son frère Édouard. Elle plaignait ses parents d'avoir à subir sous leur propre toit les griffes d'une femme qui menait son monde à la baguette. Poussée par de louables intentions, la tante Noémie avait joué la marieuse mais l'avait regretté au lendemain des noces en la voyant agir comme un gendarme.

Ils acceptèrent du bout des lèvres afin de ne pas compromettre leurs relations avec le marchand de vins, redoutant les réactions de Félix. Camille crut bon de le prévenir avant qu'il n'en eût vent; il trépigna de colère.

— Ce sont des manières d'un autre temps! mugit-il, les poings serrés. J'ai horreur que l'on se mêle de mes affaires...

Un après-midi durant, Camille usa de patience et de persuasion pour l'amener à changer d'avis.

— Ça ne t'engage à rien : si la fille qu'on te présente ne te plaît pas, tu en resteras là.

— Et le marchand de vins nous laissera tomber...

— Tu peux lui faire confiance : il y regardera à deux fois avant de te proposer un parti. Ce sera quelqu'un de bien.

Félix finit par céder, se rangeant à l'avis de son frère comme s'il se fut agi de son père.

Adrien et Camille promirent de n'en parler à personne, surtout pas à la famille. Jusqu'au banquet, saisis par le doute, effrayés par les responsabilités dont ils se chargeaient, tous deux ressassèrent cette discussion.

Ils connaissaient de réputation l'ambiance un peu guindée qui régnait à l'amicale de Saint-Chély. Les réussites y apparaissaient moins discrètes qu'à Montézic, en raison peut-être de l'ancienneté et de l'importance de la colonie tandis que la générosité à l'égard du pays s'y manifestait de manière plus éclatante. Ne murmurait-on pas que les dons des Parisiens de Saint-Chély dépassaient un total de dix mille francs-or chaque année, répartis entre la paroisse, les écoles, les religieuses et les nécessiteux ? À l'idée de se frotter à un monde différent du sien, bien qu'il fût constitué de gens nés dans les villages voisins des Enfruts, Adrien craignit de se sentir mal à l'aise.

— Nous sommes des pouilleux à côté de certains qui seront au repas, soupirait-il. Ils étaient, paraît-il, trois cents ou quatre cents l'an dernier. C'est plus rupin que chez toi...

Camille qui ne nourrissait pas tant de scrupules, le sermonna :

— Tu n'as pas à avoir honte ! On nous invite, on y va. S'ils font trop de chichis, nous n'y reviendrons pas.

Quel banquet ! Ils se retrouvèrent douze à la table du marchand de vins qui plaça Félix aux côtés d'une gracieuse jeune fille.

— Ma nièce, Marguerite, dit-il.

De quatre ou cinq ans plus jeune que Félix, elle arborait une coiffure coquette, une robe jolie mais simple qui ne supportait pas la comparaison avec les tenues de quelques dames pomponnées comme des demoiselles pour un premier bal et assises à la table d'honneur. L'épouse de monsieur Enjalbert était aussi élégante qu'à la fête des Parisiens de Laguiole. Quant à Camille, elle avait sorti de l'armoire la même robe qu'au banquet de Montézic, confectionnée par une couturière de la rue Lemercier devenue son amie. Pour un prix dérisoire, Olga avait créé un modèle ravissant qui suscita des étonnements.

— Où l'avez-vous achetée ? demanda la femme d'un cafetier-buraliste de l'avenue de Wagram.

— Chez ma couturière ! triompha Camille, ravie de l'épater. Olga a bon goût : elle pourrait travailler dans les grandes maisons mais elle préfère la tranquillité de son atelier du sixième étage. Elle a côtoyé le beau monde lorsqu'elle tirait l'aiguille dans les grands hôtels de Biarritz. Un soir, elle a même dansé avec le roi d'Espagne...

L'étrange personnalité d'Olga alimenta tout au long du repas la conversation des femmes. Marguerite demeura réservée, glissant de temps à autre un mot à son voisin qu'elle paraissait intimider et vers qui se tournaient souvent les regards inquiets d'Adrien et de Camille. Lorsqu'elle lui parlait, Félix se montrait avenant, souriait, répondait des banalités sur le service qui traînait en longueur. Il avait hâte que le banquet se termine.

Après les intermèdes de cabrette, l'orchestre commença à jouer une valse à cinq heures de l'après-midi. Des couples se formèrent, Félix et Marguerite les suivirent sur la piste de bal. Le marchand de vins en profita pour entraîner Adrien vers le vestiaire, sous le prétexte de prendre une boîte de cigares dans son manteau. Adrien refusa le havane qu'il lui proposa : il ne fumait pas.

— C'est un beau couple ! dit monsieur Enjalbert.

— C'est vraiment votre nièce ? fit Adrien, intrigué.

— C'est la fille de ma cousine mais c'est la même chose, répondit-il en tirant sur son cigare. Je peux t'assurer qu'elle ne s'endort pas sur le rôti, même si elle a l'air un peu timide ; elle ne se laisse pas marcher sur les pieds... Sa famille est de Condom. Son père a une belle affaire place de la Madeleine qu'il a mis en gérance il y a deux ans quand il s'est retiré au pays. Ça m'étonnerait qu'il ne mette rien dans la corbeille pour acheter la maison car ton frère a de l'avenir, je l'ai vu travailler, on dirait qu'il est né dans un café... Dans le métier, il arrive souvent que 1 + 1 fasse 3. Il y a peu de gens qui le comprennent. Pourtant, ça rend bien service...

— S'ils s'entendent...

— Il n'y a pas de raison, affirma le marchand de vins. Mais qu'ils prennent leur temps...

Ils se dirigèrent vers le bar de la salle de bal ; Marguerite et Félix virevoltaient toujours au son d'une valse. Ils commandèrent un calvados ; entre ses doigts, monsieur Enjalbert chauffa longuement le verre épais comme s'il hésitait à aborder un sujet qui lui brûlait les lèvres.

— Parle-moi de ton beau-frère, dit-il soudain.

— Lequel ? rétorqua Adrien, surpris par sa demande.

— L'hôtelier.

— Je ne le vois pas beaucoup, on ne fait pas le même métier.

— Il est venu l'autre jour : ta sœur lui avait raconté que notre avocat t'avait tiré d'embarras lorsque tu avais eu le laboratoire sur le dos.

Adrien pâlit, posa son verre, tassa son épaule contre le rebord du comptoir. La musique couvrait leur conversation.

— Un après-midi, il a eu une descente de la Rousse : les gars des Mœurs ont pris le registre de police et ont fouillé toutes les chambres. Ils ont trouvé au dernier des clients qui n'avaient pas voulu s'inscrire et qui avaient glissé un gros billet à la réception. Ils ferment souvent les yeux sur les trois chambres du haut mais cette fois-ci, ça leur était difficile : la fille était fichée. Ton beau-frère ne pouvait pas le savoir... Ce genre de fille ne se risque pas dans les hôtels de voyageurs. Quelqu'un l'a sûrement payée pour faire pincer ton beau-frère : il ne manque pas de fripouilles aux Halles.

Adrien commanda deux autres calvados.

— Qu'est-ce qu'il risque ?

— D'être pris pour un maquereau, de mariner un moment à la Petite Roquette, d'avoir à payer une grosse amende et à fermer l'hôtel pendant quelque temps ! Rien que ça...

— Fallait me le dire plus tôt, s'énerva Adrien.

— Ça aurait changé quoi ? riposta le marchand de vins, d'un air rigolard. Tu penses bien qu'on s'en est occupé même si ça ne concernait pas notre syndicat.

— Avec maître Puech ?

— C'est un peu délicat depuis qu'il est ministre... On le lui a fait savoir, il doit appuyer notre avocat et celui de la Chambre des hôteliers. Heureusement qu'il n'est pas corse...

— J'étais loin de me douter de ça...

— Quand il était bougnat, ton beau-frère avait l'habitude chaque soir de plier le diable et de le rentrer dans le couloir ; aux Halles, c'est un drôle de diable qu'il a fourré dans sa maison. Avec ce diable-là, tu peux gagner gros ou te ruiner...

Sans le marchand de vins, Adrien aurait ignoré les ennuis de Gabriel qui n'y fit jamais allusion lors de ses rares visites, seul ou avec Alice. Son attitude le sidéra : les soucis n'avaient pas entamé d'un pouce sa jovialité. Adrien remarqua toutefois qu'il n'émaillait plus ses conversations de propos fanfarons, se doutant bien que son beau-frère connaissait sa situation. Les avocats finirent par le tirer de cette périlleuse position. Adrien garda le secret, se refusant à troubler les nuits de Camille...

À l'automne, cédant aux suppliques répétées de Félix et de la famille, Marguerite entra peu à peu dans la vie de la maison. Elle déploya un luxe de précautions pour ne pas produire l'impression de s'imposer. Camille qui appréciait sa modestie, rayonnait : elle se sentait rajeunir à son contact. Les deux femmes s'entendaient à merveille. Quelques semaines après leur première rencontre, elles discutaient de la décoration du futur café, crayonnaient la salle à grands traits au dos d'un bon de livraison. La jeune femme avait bon goût, débordait d'idées. Alors qu'elle aurait pu vivre chez ses parents dans l'attente du mariage, elle apprenait le métier dans les mêmes conditions que n'importe quelle fille arrivée de l'Aveyron, abîmant ses mains à nettoyer et gratter le sol, à laver les carreaux et les verres, à astiquer les cuivres.

— Il me tarde que le patron me confie la caisse, confessait-elle à Camille quand elles bavardaient au comptoir.

Ses réflexions confortaient Félix dans l'idée que le marchand de vins ne s'était pas trompé.

— Ce sera une vraie patronne ! prédit-il, comblé de bonheur.

Bientôt, elle prit l'habitude de venir à l'improviste, au gré de ses jours de congé, même si Félix ne pouvait l'accompagner. Il ne lui déplaisait pas d'essuyer les verres au comptoir, de servir les clients du bougnat, d'aider Camille à préparer le repas du soir tout en continuant à bâtir leurs projets.

— Elle n'est pas fière ! se félicitait Camille.

Ses penchants pour la mode séduisirent Candie, de cinq à six ans plus jeune qu'elle. L'adolescente dévorait *La Mode illustrée,* y découpait des patrons, dessinait aussi des modèles de chapeaux qu'elle soumettait à son avis puis à celui de sa mère avant de les emporter à l'atelier. Ayant vite dépassé les gestes enseignés aux apprenties de son âge, Candie manifestait une étonnante maturité d'esprit. Marguerite la regardait travailler sur la table de la cuisine, suivait du regard ses doigts qui dansaient au-dessus du papier. Jalouse de leur complicité, Pascaline prenait ces exercices pour de l'amusement.

« Quand nous aurons notre café... »

Bientôt, chacun commença ainsi toutes ses phrases, persuadé au fil des jours de se rapprocher de plus en plus du moment tant espéré. La maisonnée ne vivait que dans cette perspective, à en oublier l'inconfort de la rue Lécluse ou des chambres de bonne, les pieds gonflés des fins de journées, les courbatures du matin, les poussières de charbon. Elle s'y préparait avec la spontanéité et la candeur des enfants qui attendent Noël. Aboutissement d'une vie ou début d'une carrière, c'était un rêve lourd de promesses.

Aucun détail ne fut oublié. Ni la taille des verres à apéritif ni la qualité de la porcelaine des tasses à café. Adrien se préoccupa de l'accès à la cave par le comptoir, Pascaline de l'emplacement de la caisse, Aurélien des jetons aperçus au café de la Paix sur le plateau de son oncle et du numéro de téléphone qui leur serait attribué, Camille de la hauteur des étagères, Félix de la marque du percolateur, Marguerite du mobilier de la terrasse.

La fièvre était telle que Candie se piqua au jeu et dessina la tenue des garçons : Marguerite l'emmena flâner devant les vitrines des magasins spécialisés, dans le quartier des Halles. Candie hésita entre la tenue stricte de grande maison et celle de barman qu'elle admirait pour sa veste blanche. Après maints essais, jouant sur le plissé du tissu, elle choisit le tablier blanc et le costume noir pour lequel elle s'autorisa deux fantaisies : des manchettes brodées où la lettre S s'entrelaçait dans un rameau de lierre et des boutons de veste dorés portant aussi la lettre S.

— C'est la maison Soulages ! s'écria-t-elle une fois donné le dernier coup de crayon.

— Oh ! que c'est beau ! s'extasia Marguerite.

Puis ne cachant pas sa déception :

— Tu auras travaillé pour rien : nous n'aurons pas les moyens d'offrir l'habit à nos garçons.

— Qui sait ? répondit Candie sans aucun regret dans la voix. Un jour peut-être. En tout cas, on se sera bien amusé... Maintenant passons aux choses sérieuses : ton chapeau de mariée...

VIII

L'orage montait depuis plusieurs mois mais, chez les Soulages, nul ne s'était soucié des bruits de bottes qui martelaient les Balkans, absorbé par les préparatifs de la noce et l'installation prochaine au café de La Victoire sur le boulevard des Italiens. Depuis l'automne précédent, tout avait été minutieusement mis au point, discuté d'une façon âpre : la vente du café-charbon de la rue de Lécluse et les garanties qu'offraient les acheteurs, le prix du fonds et l'échelonnement des paiements, les apports des deux ménages et du père de Marguerite, les prêts du marchand de café et du négociant en vins. Épuisés par cette laborieuse négociation, Adrien, Camille, Félix et Marguerite éprouvaient la satisfaction d'avoir bien défendu leurs intérêts. Ils signeraient l'acte au 1er septembre. Après, ce serait une question de jours, au pire de deux ou trois semaines. Certains soirs, Adrien songeait à son père : il serait heureux de le savoir sur les boulevards...

À la gare d'Austerlitz, au matin du 1er août 1914, Adrien eut un mauvais pressentiment. Avant de grimper dans le train de Rodez, il voulut acheter un journal pour ne pas perdre l'habitude d'ouvrir les pages du *Petit Parisien* en buvant son café. Un vendeur à la criée lui tendit une édition spéciale, roulée sur les machines à la fin de la nuit tant l'encre collait aux doigts. Un titre en lettres capitales barrait la première page : « Jaurès a été assassiné ! » Bien qu'il ne partageât pas ses idées, Adrien frissonna de dégoût puis retrouva Camille sans boire son café. Premier éclair...

Dans le train, les voyageurs ne parlaient que de l'imminence de la guerre et des frasques d'un commis voyageur qui avait flanqué une leçon à sa maîtresse en plein boulevard de Strasbourg. Ces jours derniers au comptoir, Adrien et Camille avaient entendu les mêmes balourdises.

En fin d'après-midi, sur les quais de Rodez, au changement de train pour Espalion, la nouvelle de la mobilisation générale courait sur les lèvres aussi vite que les porteurs de bagages d'une voiture à l'autre : l'ordre avait été transmis par télégraphe une heure plus tôt. La main tremblante d'Adrien se posa sur l'épaule de Camille. La même angoisse qui l'étreignait en gare de Saint-Laurent, vingt-cinq ans plus tôt, le tenaillait à nouveau. La peur du lendemain.

À Espalion, le père de Marguerite les attendait au volant de son automobile. Un homme rond au visage défait, ruisselant de sueur, en tenue débraillée ce qui n'était pas dans ses manières.

— Le maire m'a prévenu, dit-il d'une voix chevrotante. C'est pour demain... J'ai des appuis à Paris : je voudrais bien qu'on les laisse se marier avant que Félix s'en aille...

Tandis que la Panhard s'engageait dans la rude côte du Cayrol, Adrien réalisa que tout s'écroulait comme un château de cartes : la noce qui devait être si belle et qui serait escamotée, leur séjour au pays auquel il faudrait sûrement renoncer après le départ du jeune gérant pour son régiment. Quant à leurs projets, la guerre risquait de les compromettre si les Français n'entraient pas à Berlin sous huit jours. Une larme perla à ses yeux. Être si près du but...

Après maintes péripéties provoquées par les cahots de la route et les caprices du moteur, ils arrivèrent enfin à Condom, fourbus et tristes. L'horloge de l'église égrenait les douze coups de minuit qui résonnaient gravement sur la place ; le village paraissait endormi alors que chaque maison veillait. Marguerite en pleurs s'effondra dans les bras de Camille ; les poings enfoncés dans les poches de son pantalon, Félix ne desserra pas les dents.

À six heures, les cloches annoncèrent la première messe puis sonnèrent le tocsin comme les jours d'orage. C'était dimanche. Le père de Marguerite insista auprès du maire pour qu'il fasse ouvrir le bureau de poste afin de permettre aux Parisiens de régler leurs affaires. En cours de matinée, malgré l'encombrement des lignes, Adrien réussit à télégraphier à Candie puis au gérant dont la réponse confirma ses pressentiments de la veille. À peine entamées, les vacances s'achevaient. Les événements imposaient leur retour à Paris qu'entraveraient les premiers mouvements de troupes.

Le père de Marguerite se démena comme un diable auprès des services du ministère. Son entregent impressionna la préposée de la « cabine », la mère Rouffiac, qui tenait aussi l'auberge et dont le mari assurait la distribution du courrier. Il finit par obtenir un sursis : Félix ne rejoindrait son unité que le 10 août, surlendemain de son mariage. D'ores et déjà, la fête était gâchée. Elle se réduirait à une simple cérémonie et à un repas sans musiciens. On comptait déjà les absents...

Les mauvaises nouvelles s'enchaînèrent.

— Mon gérant part aussi, avoua le père de Marguerite. Après le 15 août, je reprendrai du service si je veux que mon affaire tourne. Ça ne me fait pas peur... Ma fille m'aidera en attendant Félix et l'ouverture de votre café...

La guerre avec l'Allemagne n'était pas déclarée qu'elle prenait l'allure d'une déroute.

Ils rentrèrent à Paris soucieux du sort de Félix, tourmentés par ce qui se tramait à l'état-major, inquiets pour la santé des parents de Camille qu'ils avaient trouvés vieillis et fatigués, désorientés dans une ville qui avait tant changé en trois jours. Les affiches de la mobilisation placardaient les murs; dans la rue, des marchands vendaient des rubans et des drapeaux tricolores. Les clients ne cachaient pas leur désir de revanche :

— Ils nous ont fait bouffer du rat en 70 : on leur montrera de quel bois on se chauffe! Avant la fin du mois, on sera à Berlin...

Après plusieurs apéritifs, les esprits s'échauffaient :

— Tous à Berlin!

Camille glissait sans conviction quelques mots d'apaisement; Adrien se taisait. Ils ne reconnaissaient plus leur café : les paroles belliqueuses avaient remplacé la chaude ambiance, les rangs se clairsemaient au fur et à mesure que s'écoulait le mois d'août, que l'armée incorporait les soldats de l'active et les réservistes. À ce train-là, il ne resterait bientôt qu'une poignée de joueurs de cartes, de vieillards ou d'invalides.

Envoyé dans un régiment de l'est de la France, Félix passa les voir les bras chargés de cadeaux : deux boîtes de dragées portant les initiales des mariés, des fruits confits d'Auvergne, des biscuits de Rodez du confiseur François Guillon, le plus réputé de la ville.

— Mon beau-père voulait que tout soit parfait, soupira-t-il. Il avait commandé des dizaines de boîtes de dragées au pâtissier de Rodez! On en distribue à tout le monde. Les enfants du village sont contents... Vous remercierez encore Candie pour le chapeau : la mariée a eu les félicitations de plusieurs amies de sa mère qui sont clientes de grandes maisons... Marguerite s'occupera de nos affaires tant que je ne serai pas là. S'il le faut, elle signera à ma place pour le café...

Tout à l'heure, à bord de l'un des omnibus qui desservaient les boulevards et qui avait marqué l'arrêt devant le café de La Victoire, Félix s'était demandé s'ils ne devraient pas changer d'enseigne : elle paraissait trop présomptueuse en ces temps incertains. Il n'en parla pas, par peur de les plonger dans l'embarras pour le choix du nouveau nom.

C'eût été peine inutile car, en quelques jours, la guerre torpilla doublement leur projet. Peu après le passage de Félix, l'acheteur du café-charbon, un jeune bougnat qui venait lui aussi de recevoir sa feuille de route, renonça à son acquisition. Même si son dédit bouleversait leurs plans, Adrien et Camille se montrèrent compréhensifs : en pareille circonstance, ils auraient agi avec autant de prudence.

Conseillés par leur marchand de vins, ils se mettaient en quête d'un nouvel acheteur lorsque le propriétaire du café de La Victoire retira son établissement de la vente. Une lettre assez sèche les informa qu'il reprenait l'affaire à son compte et qu'il rembourserait sous huitaine les arrhes versées au printemps. Redoutait-il de ne pas être payé ? Y avait-il eu surenchère pour les empêcher de s'y installer ? Le ton de la lettre les irrita, la soudaineté de la décision les déconcerta.

— C'est un margoulin ! s'écria Camille, chiffonnant l'enveloppe. Chez nous, la parole donnée ne se retire pas. C'est louche pour un Aveyronnais !

Adrien flaira une machination contre le père de Marguerite qu'il connaissait mal ou contre les Soulages. Ressassant différentes hypothèses, son imagination alla jusqu'à établir une relation avec les ennuis passés de son beau-frère Gabriel. Le marchand de vins dissipa ses craintes :

— C'est un malin ! Dans les prochains jours ou d'ici l'automne, beaucoup de cafés vont fermer faute de personnel : on ne trouvera plus de garçons ou de gérants. Il pense que les autres travailleront davantage, et qu'à la fin de la guerre, il vendra son affaire plus cher.

Camille ne voulut pas en démordre :

— C'est malhonnête : on ne revient pas sur sa parole !

Le rêve s'évanouissait sans qu'ils puissent espérer le rebâtir de sitôt car la guerre renversait l'ordre normal des choses. Adrien en perdit l'appétit, désarmé par l'absence de son frère, furieux contre le père de Marguerite qui s'intéressait à son seul café et à l'argent avancé. Camille en pleura, vidée de son entrain. Désormais, ils se voyaient bougnats le restant de leur vie.

Candie essaya de les réconforter :

— Quand la guerre sera finie...

Marguerite partagea leur déception qui s'ajouta à son anxiété. Depuis le départ de Félix, elle n'avait pas de lettres. Elle hésitait à lui annoncer leur échec.

— Il faut le lui dire, la supplia Camille. On n'a pas le droit de le tromper.

— Je me demande si j'en aurai le courage, soupira-t-elle.

Marguerite avait perdu son allant ; Camille ne la reconnaissait plus. Ses airs tristes, son teint pâle et terne, des cernes noirs sous les yeux la vieillissaient. Depuis son mariage et son retour à Paris, elle les fréquentait moins, s'éreintant dans le travail pour oublier ses désillusions.

De ses deux mois de vacances aux Enfruts, Aurélien revint plus mûr, moins enclin aux enfantillages, les épaules larges et les bras puissants. À son âge, dans les fermes de l'Aveyron, les garçons se louaient pour la première fois chez un maître. Avant de quitter le toit familial, le père offrait à son fils un couteau de Laguiole pour marquer son passage de l'enfance à l'adolescence et au monde du travail. Cet été-là, Aurélien avait reçu son couteau des mains de son oncle Pierre-Jean. Il le fit admirer à son père : c'était un joli modèle au manche taillé dans la corne noire des vaches blondes de l'Aubrac, à l'acier ciselé par la maison Calmels de Laguiole. Ce soir-là, tous deux bavardèrent longtemps au comptoir et Aurélien lui confia ses inquiétudes à propos du chantier :

— Beaucoup de *pastres* [1] et de *bédéliers* sont partis à la guerre. Si les buronniers ne viennent plus à Paris, comment tu feras pour livrer le charbon?

Sa remarque était pétrie de bon sens. Adrien n'y avait pourtant pas songé.

— Nous aurons toujours Joseph. À son âge, ils ne le prendront pas.

— À tous les deux, vous n'y arriverez pas : je vous aiderai. À quatorze ans, je peux porter des sacs. À la ferme, j'ai travaillé comme un homme.

— Et l'école?

— J'ai déjà mon certificat d'études. Ça me suffira bien pour être commis. Je sais compter...

Aurélien avait deviné juste. Peu de buronniers gagnèrent Paris à la mi-octobre après la descente des troupeaux. Partout, la main-d'œuvre manquait. À la ville comme à la campagne, les femmes remplaçaient les hommes de leur mieux mais ne pouvaient tout assumer. Des cafés et des bougnats fermèrent dès les premières semaines de la guerre. En l'absence de leur mari, les épouses continuaient parfois à tenir les boutiques de bois-charbons si un commis assurait les livraisons. Le malheur ne les épargnait pas. Par

1. *Buronnier qui s'occupait des vaches et prêtait main-forte au cantalès.*

Gardes, son voisin et ami des Enfruts, président de la Chambre syndicale des marchands de charbon de la Seine, Adrien apprit les déboires du couple de bougnats qui avait acheté voici trois ans leur ancien commerce de la rue de la Chaussée-d'Antin : lui avait été tué à la bataille de la Marne, elle cherchait à vendre pour rembourser les billets de fonds et venait d'entrer comme épinceteuse dans une fabrique de draps de Clichy où elle arrachait des heures durant les nœuds d'un tissu qui n'en finissait pas de se dérouler. Une vie brisée... Adrien s'estimait chanceux : leur déconvenue ne pesait guère face à cette détresse humaine.

Cet automne-là, les clients commandèrent plus tôt et en plus grande quantité qu'à l'habitude. La progression des Allemands qui avancèrent jusqu'aux portes de Paris, laissa craindre une pénurie de charbon si d'aventure les mines de Belgique, du Nord et de l'Est passaient sous leur contrôle ou si les houillères du Midi ne recrutaient pas de main-d'œuvre étrangère. Déclenchée par une rumeur persistante, la ruée se produisit un matin de la fin du mois de septembre. Elle frôla l'émeute car chacun se trouvait de bonnes raisons pour se proclamer prioritaire et exiger d'être servi avant le voisin. Quelle bousculade ! Les premiers clients abusèrent de la crédulité de Camille ; les suivants déchantèrent, apostrophés sans ménagement lorsqu'elle découvrit la supercherie :

— Vous les logerez où vos quarante sacs d'anthracite ? Il n'y en rentre que dix dans votre cave...

L'un de ces malotrus la menaça et déversa sur elle un torrent d'injures.

— Vous tenez sûrement pour les Boches ! cracha-t-il.

Il le cria tellement fort qu'Adrien, affairé au chantier, entendit par la porte entrouverte et se précipita dans la salle :

— Pourquoi tu ne me demandes pas si je m'approvisionne chez un Prussien? Je pourrais te vendre du charbon empoisonné...

Il posa ses mains noires sur les épaules du client, les agrippa à son beau manteau, le souleva du sol et le flanqua hors de chez lui. La fièvre retomba.

Au chantier, Adrien n'eut qu'à se louer des bonnes dispositions d'Aurélien. Levé à six heures comme son père, l'adolescent prêtait main-forte pour remplir les sacs de cinquante kilos. Bientôt, à travers les rues, il tira lui aussi le diable, chargé de sacs de vingt-cinq kilos qu'il monta dans les étages; il empocha ses premiers pourboires.

— Je suis fier de toi, dit Adrien. Tu sauras au moins ce qu'est le travail.

Aurélien ne se plaignait ni des ampoules ni des crampes ni de la saleté. Les filles l'admiraient.

Pascaline secondait sa mère au comptoir. Elle aimait ce métier. En l'observant verser l'absinthe ou doser le Pernod sans gaspiller la moindre goutte, Camille se rappela ses débuts au café-billard du boulevard Beaumarchais. Elle avait alors un an de plus que sa fille, s'obstinait à apprendre le nom et le prix de tous les apéritifs. Pascaline la dépassait déjà, amusait les habitués du vermouth en prononçant « vermousse ». Elle comprenait vite, mimait les gestes et les manies de sa mère, insistait pour servir en tenue et nouait à la taille l'un de ses vieux tabliers.

Camille était comblée de la savoir à ses côtés car elle déridait les clients avec ses mimiques, son air mutin. Ne fréquentaient le café que des hommes de plus de quarante-cinq ou cinquante ans, ayant passé l'âge de la mobilisation dans les unités de réserve, des planqués sur qui se fixaient des regards suspicieux, des vieux qui s'installaient au chaud près du poêle pour l'après-midi. Ils feuilletaient avidement le journal, le reposaient en maugréant contre les bobards qui en encombraient les colonnes.

— Là-haut, c'est peut-être pire que ce qu'on a vécu au temps de la Commune, s'indignait un ancien fédéré. Mais risque pas qu'on nous le dise...

La guerre marquait la plupart des visages qui quémandaient un peu de réconfort et cédaient à la tentation de la griserie.

Les recettes avaient chuté de moitié en quelques semaines. On dépensait moins, on ne remettait plus sa tournée, on s'éternisait devant le même verre, on devenait taciturne derrière les volutes de fumée. Depuis que la préfecture de Police ordonnait la fermeture des cafés et des restaurants à huit heures du soir, la salle se vidait tôt, souvent vers six heures et demie ou sept heures. L'époque des noceurs de Montmartre semblait loin. Pourtant, c'était hier.

— Heureusement que nous avons le bois et le charbon ! soupirait parfois Camille quand elle alignait ses comptes.

Le couvre-feu souleva moins de protestations que l'interdiction de vendre de l'absinthe, décidée par le gouvernement après les fêtes de Noël. Débitée à vingt ou trente centimes le verre, c'était l'un des apéritifs les moins chers. Aussi, les fidèles de la « verte » tapèrent-ils du poing sur le comptoir :

— Qu'est-ce qu'on va boire maintenant si on nous prive de notre tisane de sulfate de cuivre ?

— Ils disent que c'est mieux pour la salubrité publique, expliqua Adrien qui avait lu et relu l'ordonnance du préfet de Police avant de l'agiter sous le nez des incrédules et de l'afficher au niveau de l'étagère des liqueurs.

— Ce sont des foutaises ! s'exclamaient-ils, le poing serré. Ces messieurs voudraient que les autres arrêtent d'en siffler pour en avoir plus pour eux ! C'est pas pour autant qu'on s'en passera : on finira bien par dénicher de la *farlabique* quelque part...

Ils se consolèrent avec des ballons de rouge.

Lorsque l'un d'entre eux se trouvait dans la salle à huit heures, Adrien éteignait les lampes, l'invitait à monter à la cuisine puis lui offrait deux doigts d'absinthe :

— Je n'ai plus que ce fond de bouteille. Mais profite-en : je n'y touche jamais. Les marchands n'ont pas le droit d'en fournir... Ne t'en vante surtout pas ! Je me ferais pincer et la police fermerait ma boutique.

Camille ne l'approuvait pas :

— Tu n'es pas mastroquet pour rien : tu ne prends du plaisir que quand tu roules les rats de cave. Ne viens pas te plaindre si tu as des ennuis...

— Une fois que la bouteille sera vide, il n'y aura plus une goutte de verte dans la maison, l'assura Adrien.

Le manège dura à peine une semaine puis l'ancien fédéré le débarrassa de la fiole encombrante.

Bien lui en prit car la Secrète et les Indirectes l'inspectèrent à trois reprises. Adrien repérait l'agent dès qu'il poussait la porte : l'homme au visage de croque-mort portait un chapeau mou. Il s'accoudait au comptoir et commandait une « verte ».

— Il n'y en a plus ! répondait-il d'un air catégorique. C'est la loi.

— Même avec un supplément en douce, chuchotait-il.

— Je n'en ai pas, articulait Adrien en haussant le ton.

Alors, l'homme exhibait une carte barrée de tricolore et exigeait de voir la cave dont il ressortait bredouille, grelottant de froid, les mains poussiéreuses.

— On vous aura quand même à l'œil, menaçait-il en coiffant son chapeau.

Au repas du soir qui traînait de plus en plus depuis le début de la guerre, Adrien rapportait ces scènes et chacun prenait le temps de raconter sa journée. Aurélien causait peu, les épaules croulant sous les tonnes de charbon, les paupières lourdes de sommeil. Candie parlait pour deux, s'esclaffait d'un rien, se moquait de ses compagnes d'atelier ce qui lui valait à la longue les remontrances de son père.

— Si maintenant on ne peut plus rire à la maison, se fâchait-elle. Ailleurs, on n'en a plus le droit. Regarde dans votre café : les gens sont tristes...

Le jour où la lettre de Félix arrivait, Adrien la lisait à haute voix avant de couper le pain. Son régiment se terrait quelque part en Champagne sous un déluge de feu, piétinant la boue au fond des tranchées. Affecté à la roulante, Félix décrivait son travail aux cuisines. Pascaline battait des mains :

— Quand il reviendra, on ouvrira un restaurant !

— Bien sûr ! ajoutait Adrien. S'il apprend à préparer autre chose que de la tambouille et du rata !

Derrière ses fourneaux, on le croyait à l'abri des obus...

À la fin de l'hiver, le facteur n'amena plus d'enveloppe oblitérée de la poste aux Armées. Le silence persista ; l'inquiétude grandit. Deux semaines s'écoulèrent. Au début de la troisième, Camille se promit de téléphoner à Marguerite qu'ils n'avaient pas vue depuis la Noël. Ce jour-là, elle n'obtint que son père.

— On ne sait rien, on ne sait rien, répéta-t-il, pressé, nerveux.

Elle rappela le lendemain, sans succès ; Marguerite demeurait introuvable. Plus aimable que le patron, le premier garçon nota le numéro du café de la place Clichy où Marguerite pouvait la joindre mais elle ne se manifesta pas au cours des jours qui suivirent.

Le matin d'avril où Camille la vit entrer dans la salle, un foulard noir autour du cou, courbant le dos sous les rafales de vent, les traits ravagés par les pleurs, elle se douta du pire. Marguerite lui tendit le « mortuaire » remis deux heures plus tôt par un employé de la mairie.

— C'est tout, sanglota-t-elle. On ne me le rendra pas... Ma vie est fichue et la vôtre est gâchée alors qu'on aurait pu être heureux...

Elle s'affala sur une chaise, brisée de chagrin.

— Tout est gâché, répéta-t-elle, séchant ses larmes. À cause de la folie des hommes...

Dans la cuisine, les yeux rougis, enfin soulagée d'épancher sa peine, elle parla avec Camille jusqu'à l'approche de midi.

— Mon père et les clients m'attendent, dit-elle alors.

— Reviens quand tu veux, insista Camille. Même sans prévenir comme avant. On te voit si peu...

À ces mots, son visage s'éclaira.

Un crêpe voila cette journée printanière. Jusqu'au bout, Adrien avait gardé la certitude que Félix échapperait aux obus et qu'après la guerre, ils achèteraient leur café. La mitraille avait anéanti le dernier espoir.

Le soir même, sur la table de la cuisine, quand la maisonnée s'endormit, Adrien sortit de son portefeuille la liste des prénoms de ses frères et sœurs. L'encre commençait à pâlir, le papier à s'user aux pliures. Camille n'avait pas rangé sa plume : il la trempa dans l'encrier, et au bas de la feuille, face au neuvième prénom de la famille, il dessina une croix. Sa main tremblante inscrivit encore la date de 1915. Une larme tomba sur le papier...

Marguerite s'éloigna d'eux. Peu à peu, ses visites s'espacèrent. Elle se recroquevilla sur le café et sa famille que dominait un père à l'autorité écrasante. De la journée, elle ne bougeait pas de la caisse, sauf pour avaler un casse-croûte. Désormais, le café ne fermant pas de la semaine, son père ne lui concédait qu'un après-midi par quinzaine. Candie qui se rendait souvent place de la Madeleine dans l'espoir de la rencontrer et de bavarder avec elle, ne put la décider à quitter le comptoir pour sortir sur les boulevards ou la suivre dans les magasins. Elle la regretta beaucoup.

— Son père lui fera vite oublier Félix, prédit Adrien. D'ici un an, il lui trouvera un nouveau mari et un café plus reluisant...

Aux beaux jours, cessa la grande activité du chantier. Aurélien retourna sur l'Aubrac, préférant la dure vie des burons à l'oisiveté dans une ville sinistre à la nuit tombée et en proie à la peur du bombardement lorsque les avions ennemis labouraient le ciel. Il n'eut aucune difficulté à trouver une place de *roul.*

— Comme on me paiera sûrement en fromage, je ramènerai une fourme de Laguiole pour l'hiver prochain ! proclama-t-il, content de son sort.

Pour la première fois depuis le lancement des Trains Bonnet, Adrien et Camille passèrent le mois d'août à Paris. Après le repas du soir, ils se promenaient vers la place Blanche, remontaient l'avenue de Clichy ou la rue Caulaincourt. Avec ses cafés et ses bals fermés, ses enseignes décrochées ou défraîchies, ses rues presque désertes où les premiers permissionnaires goûtaient à nouveau à la vie civile, déçus par la grisaille du Montmartre des plaisirs, le quartier était méconnaissable à l'image de Paris et des Parisiens. À quand la paix ?

Plus de banquets d'amicale ni de bals. Il aurait été indécent de ripailler et de danser pendant que d'autres se battaient au front. Les musiques de bourrées ne retentissaient plus dans les salons qui accueillaient dorénavant des ventes de charité patronnées par les familles fortunées de la communauté aveyronnaise. À Paris et au pays, il fallait beaucoup d'argent pour envoyer des colis aux soldats qui se comptaient par dizaines dans les villages, secourir les veuves et les orphelins, de plus en plus nombreux. À la veillée, Camille, Candie et Pascaline tricotèrent chandails et écharpes pour les poilus de Montézic. Dans le monde des « vins-bois-charbons », la solidarité joua comme un siècle plus tôt à l'arrivée des porteurs d'eau. Le voisin de Camille, le truculent bougnat de Saint-Ouen qui les avait invités au premier banquet de Montézic, prévint Adrien des ennuis de sa nièce qui tenait une boutique près de chez lui, rue Cardinet : son commis, cloué au lit par la grippe, ne pouvait livrer les clients. Pendant une semaine, Joseph le remplaça...

Au café, les contrôles s'accentuèrent lorsque la Préfecture limita la consommation des spiritueux et interdit les alcools jusqu'à onze heures du matin.

— Après l'heure du Pernod, il y aura l'heure du petit noir ou du rouge ! grommela Adrien, agacé par ces tracasseries.

Il se retenait de ne pas rembarrer les agents qui défilaient au comptoir vers dix heures et demie ou onze heures moins le quart, et ne se recommandaient jamais du même service, tantôt de la Préfecture, tantôt des Contributions indirectes, des fraudes, du commissariat d'arrondissement ou de l'Hygiène publique. Un inspecteur zélé lui souffla lors d'une visite :

— Vous pourriez servir du Pernod avant l'heure ou un coup de rincette au petit matin...

— Ah ! s'étonna Adrien qui se pencha pour mieux entendre.

— Vous avez bien des permissionnaires et des convalescents parmi vos clients ?

— Il y en a.

— Et des étrangers ?

— Quelques-uns mais ils sont rares.

— Si vous les entendez parler de politique, critiquer l'armée ou le gouvernement, il faut nous le dire. Nous fermerons les yeux sur le reste.

— Ça, jamais ! tempêta Adrien dont la voix fit trembler les vitres et sursauter la salle. Il n'y a jamais eu de mouchards chez nous, et ça ne commencera pas pour un verre de Pernod...

— Vous le regretterez peut-être, conclut l'inspecteur d'un sourire ironique. Nous serons plus regardants.

Ils le furent à partir de ce jour, fouillant régulièrement à la cave, pointilleux sur des détails comme le degré d'alcool des prunes à l'eau-de-vie. Un matin, à l'ouverture, Adrien ricana à la barbe de l'un d'eux :

— Ne vous gênez pas : vérifiez les verres, respirez l'haleine de ces braves gens. À cette heure-ci, on ne sert que du bouillon Kub ! Au moins, on est sûr que ça titre moins de dix-huit degrés et que ça ne tourne la tête de personne !

Ils ne réussirent pas à verbaliser.

Depuis le premier hiver de la guerre et malgré les calomnies de la presse à l'égard de la maison Kub, Camille achetait des cubes de bouillon pour les vieux qui en réclamaient l'après-midi : c'était leur unique souper. Accepter les pièces qu'ils tendaient d'une main tremblante devenait un crève-cœur. Camille s'y refusait : elle se souvenait du chemineau qui faisait halte à Montézic dans son enfance et s'asseyait à côté d'elle à la table familiale.

La vie renchérissait. À ce train-là, les restrictions viendraient bientôt. Chaque matin, Pascaline battait la semelle pendant deux heures devant la boulangerie pour ramener une miche fendue qui n'avait plus le goût du pain blanc. C'était le pain « boulot », tassé et brun. Puis, le charbon se raréfia et les bougnats se sentirent inutiles lorsque des centres de distribution s'ouvrirent à travers les quartiers. Le gouvernement qui cherchait à tout contrôler, voulait éviter les spéculations.

Adrien railla les fonctionnaires chargés de remettre à chaque foyer un sac de cinquante kilos de combustible :

— Ils se prennent pour des bougnats mais on n'en verra aucun se salir les mains ni se coltiner les sacs dans les cages d'escalier! Encore moins tirer quelqu'un de l'embarras un dimanche matin.

Les clients abondèrent dans son sens :

— Ça ne vaut pas votre anthracite ou votre tête de moineau. Ça ne brûle pas!

— Ça ne peut pas brûler comme des boulets, répondit Adrien. C'est du poussier mélangé à de la paille et de la tourbe.

Bourré de ce charbon de guerre, le poêle de la salle toussait et hoquetait.

— Tu nous enfumes comme les renards! s'écriait l'ancien fédéré lorsque le feu s'étouffait par vent d'ouest. On gèle!

Le mercure ne grimpait guère au thermomètre-baromètre fixé près de la porte, au bas duquel s'affichait la réclame de la maison Pernod. L'ancien fédéré le tapotait souvent.

— Avec ta saloperie de poussier, il ne risque pas de monter à quarante-cinq degrés comme le Pernod! disait-il pour faire bisquer le patron qui tombait dans son jeu.

Malgré ses relations avec monsieur Combettes, Adrien obtenait peu de bon charbon. L'État réservait le meilleur, qui arrivait maintenant des Cévennes ou d'Angleterre, aux administrations, aux hôpitaux, aux écoles, aux plus nécessiteux.

— Ça m'étonnerait que certains embusqués n'en profitent pas! maugréait Adrien. Si ça continue, je repars au pays et je me loue dans les fermes! Là-bas au moins, je n'aurai plus de contrôleurs sur le dos...

Face à sa mauvaise humeur, quasi-permanente, Camille garda son calme. Elle ne tentait plus de modérer sa grogne, seul moyen de crier son dégoût de la guerre et d'extérioriser sa peine; elle laissait éclater l'orage. Un moment, pendant le dur hiver de 1917, elle crut qu'il retournerait vivre à la terre dans leur maison des Bories. La mort de son frère l'avait dressé contre une partie de la société, les généraux et les fonctionnaires. Il aspirait au calme des montagnes. Elle espérait que la paix effacerait les aigreurs...

À son tour, elle perdit patience avec l'apparition des carnets de sucre pendant les mois les plus difficiles de la guerre en 1917-1918. Camille se rendit plusieurs fois à la mairie pour renouveler sa demande qu'un gratte-papier s'évertuait à enterrer sous des piles de dossiers. Elle tricha en affirmant que Candie prenait son repas de midi à la maison alors qu'elle emportait des provisions à l'atelier. Enfin, on lui délivra le carnet rose que l'épicière convertit en grammes de sucre.

Camille dissimula ses réserves et restreignit la consommation de la famille pour ne pas en manquer au comptoir. Adrien la surprit en acceptant ce régime sans se plaindre ; il buvait peu de café. En revanche, Candie ne lui épargna aucune critique : elle croquait du sucre par plaisir au retour du travail, le trempait dans le calvados les soirs d'hiver, surtout depuis que les pâtisseries n'étaient plus autorisées à vendre des babas au rhum, ses gourmandises favorites. Elle s'estima injustement privée.

— Même si tu le camoufles, je finirai par le trouver, prévint-elle.

En changeant souvent de cachette, Camille réussit à préserver les stocks de sa voracité. Elle ne se doutait pas que pendant son service au comptoir, Pascaline chapardait pour sa sœur. Candie reprocha à sa mère un matin de colère :

— Je compte moins que les clients...

Une gifle claqua sur sa joue. Camille regretta aussitôt le geste.

— Les clients, les clients ! hurla-t-elle en pleurs. Vous ne pensez qu'à ça. Certains jours, c'est pire que le bagne. Il n'y a pas que les clients et le café dans la vie !

Candie bouda pendant une semaine puis revint à de meilleurs sentiments. Dès lors, sa mère se força à avaler son verre de café sans sucre pour glisser quelques morceaux dans son sac...

Au comptoir, Camille proposa aux hommes de verser un peu de lait dans leur café.

— C'est bon pour les femmes ! s'exclamèrent-ils. Il nous faut du vrai café sucré.

La cherté de la vie l'incita à mélanger la poudre de café et la semoule de chicorée. Aux râleurs, elle asséna :

— Si vous voulez du vrai café, il faudra le payer !

« Le jour où les marchands de café nous fourniront du gland de chêne torréfié ou de la chicorée sauvage, les clients auront raison de protester. D'ici là, ils peuvent boire mon café même s'il est plus clair... »

Aiguillonné par quelques habitués, Adrien profita de l'occasion pour décrier le rationnement :

— Si c'est pas malheureux de recevoir les éclopés du front avec du jus mal sucré et de leur refuser un Pernod si c'est pas l'heure...

Ceux qui scandaient « Tous à Berlin ! » au cours des journées fiévreuses d'août 1914 sollicitaient désormais l'aide d'un passant pour pousser la porte du bougnat : l'un marchait à cloche-pied, l'autre était borgne, le troisième avait perdu un bras ou une main. Parfois, Adrien les raccompagnait un bout de chemin.

— On leur plaint un verre alors qu'ils ont tant souffert... Il y a des jours où on aurait presque honte de faire ce métier...

IX

Un vent de liberté flottait sur Paris, la paix stimulait l'envie de vivre. Malgré l'hiver qui approchait et les blessés qui déambulaient sur les trottoirs, ravivant de mauvais souvenirs, les Parisiens se sentaient renaître. À l'image des filles de leur génération dont la guerre avait gâché la jeunesse, Candie et Pascaline éprouvaient le désir de prendre leur envol, de découvrir ce qui les entourait. Après tant de mornes années, elles voulaient s'amuser enfin, rire. Depuis peu, parce que les chauffeuses d'omnibus s'aventuraient sur les avenues ou les postières distribuaient le courrier, on s'habituait à voir une femme sortir seule dans la rue, boire un thé à la terrasse d'un bar en compagnie d'une amie, l'une et l'autre coiffées d'un chapeau en gage de vertu.

Adrien admit les velléités d'indépendance de ses filles, Camille les toléra ; ils savaient qu'elles leur échapperaient tôt ou tard. Dès l'armistice, Candie entraîna sa sœur vers Montparnasse, quartier plus en vogue que Montmartre, où se réunissaient les peintres, les écrivains et les artistes. Dans les cafés du carrefour Vavin envahis par la bohème, elle lui promit d'apercevoir Cocteau, Diaghilev ou Picasso dont la presse relatait les frasques. Éberluée, Pascaline écarquillait les yeux à chaque pas. Dans le sillage de

Candie qui liait conversation avec le premier artiste repéré à une table, elle entra dans les lieux à la mode. Mêlée à une foule d'individus mystiques, interlopes, elle se lassa vite de ces discussions sur un art qu'elle ne comprenait pas et que sa sœur ne connaissait pas davantage malgré ses prétentions. Elle s'en détourna lorsque Candie s'amouracha d'un artiste russe et fréquenta Le Petit Vavin, point de rendez-vous de la plupart de ses compagnons exilés, où on n'entendait pas un mot de français. En quelques semaines, sa sœur avait adopté les excentricités des habituées : robes courtes et brillantes, cheveux courts, cigarette au coin des lèvres. Elle appartenait désormais à un autre monde.

Au grouillement et à la faune cosmopolite de Montparnasse, Pascaline préféra l'ambiance des bals-musettes auvergnats, attirée par les récits de sa mère qui racontait souvent ses soirées rue de Lappe. Le quartier de la Bastille dont ses parents gardaient tant de nostalgie, la déçut car les Italiens y imposaient de plus en plus leur musique. Elle se rabattit sur la rue Aumaire, près de la République, où quatre bals-musettes résonnaient encore des « you, you » de la bourrée. Alors que ses dimanches à Montparnasse grevaient ses maigres économies, elle y dansait pour quelques sous une bonne partie de l'après-midi. En virevoltant entre les bras d'un solide gars de la Montagne, elle réalisa à quel point le pays lui avait manqué.

Aurélien l'accompagnait, transformé en jeune homme élégant, les cheveux luisant de brillantine. Après les dernières livraisons du matin, son père lui envoyait sa casquette noire en pleine figure et lançait :

— Ça suffit pour la semaine : va te laver maintenant ! Les filles n'aiment pas le charbon.

Au bal-musette, Aurélien retrouvait des commischarbonniers et des garçons de café rencontrés sur l'Aubrac au cours de l'été. Les loufiats l'éblouissaient. Leur tenue chic, chaussures noires vernies et pour les plus coquets œillet rouge à la boutonnière, le fascinait; elle séduisait les filles. Il ne se lassait pas de les écouter car il lui semblait entendre son oncle Félix : la même passion les animait.

— Au lieu de trimer au charbon, tu devrais essayer le café tant que tu es jeune, lui conseillèrent-ils. Passe une ou deux journées au comptoir de ton bougnat et tu verras si ça te plaît...

Aurélien savait qu'il aimerait le métier, mais le jugement sévère que ces garçons portaient sur le service du bal-musette, tempérait son enthousiasme. C'était donc si difficile?

— Au client qui a commandé un café, on n'amène pas une tasse qui trempe dans un bain de pied! affirma l'un d'eux. Mon patron ne l'admettrait pas et me ficherait à la porte.

— Tu as vu comment ils promènent le plateau? ricana un grand escogriffe qui flottait dans sa veste et reluquait les deux serveurs.

La remarque sidéra Aurélien, peu habitué à observer ce genre de détail lorsqu'il pénétrait dans un café.

— Si on ne veut rien tomber, on le tient sur la pointe des doigts, pas sur la paume, expliqua-t-il, joignant le geste à la parole. Et on cale la lavette dans le creux de la main...

— On apprend vite, le rassurèrent-ils. Tout ira bien pour toi : tu es déjà dégrossi.

Aurélien se laissa tenter. Au printemps, il ne retournerait pas dans les burons.

L'hiver endeuilla les Soulages : la grippe espagnole, si funeste dans les campagnes et les familles après l'hécatombe du front, terrassa les parents de Camille. Le père mourut à la Noël, la mère succomba à son tour à la mi-janvier. Leur disparition les plongea dans la tristesse. Sans eux, le voyage annuel n'aurait plus le même sens.

— La maison de Montézic sera bien vide, murmura Camille. Maintenant que ma mère n'y sera pas, je n'irai plus...

À Pascaline qui s'en étonnait, elle glissa d'une voix douce :

— En vieillissant, on s'attache aux souvenirs de son enfance. Ma mère était l'âme de ces pierres...

— Comme tu es celle de notre maison des Bories, ajouta sa fille.

Émue, Camille sourit.

À l'inverse d'Adrien qui rumina de sombres pensées une partie de la mauvaise saison, Camille parvint à repousser la mélancolie en se raccrochant aux projets de ses enfants. S'ils songeaient à se divertir, ils n'en oubliaient pas leur avenir, inspirés par le fourmillement d'idées qui chassait l'apathie générale. En février, Candie annonça qu'elle ouvrirait aux beaux jours une boutique de mode sur l'autre rive de la Seine, non loin du pont Royal, rue de Lille. Elle y vendrait des chapeaux ainsi que des gants de Millau. Les plus beaux, bien sûr; ceux de la maison Guibert.

— C'est une folie ! s'exclama Adrien qui supportait de moins en moins ses extravagances et la soupçonnait de vivre au-dessus de ses moyens. On ne s'établit pas avant d'être marié.

— De ton temps et chez les bougnats sûrement, rétorqua-t-elle sans se démonter. La mode, c'est différent du café. Mademoiselle Chanel s'est installée seule en pleine guerre : aujourd'hui, on ne parle que d'elle.

— Qu'en dit ta patronne? coupa Camille qui s'efforçait toujours de la comprendre.

— Elle me prête de l'argent ! Elle paiera le loyer des premiers mois. À la boutique, je présenterai ses modèles et les miens; je travaillerai pour elle. Plus tard, je la rembourserai et je serai chez moi.

— Ta patronne est bien généreuse! commenta Adrien d'un ton ironique.

Candie haussa les épaules; elle était persuadée de réussir.

Sa mère admira son aplomb, promit d'être sa première cliente. Au prochain banquet de l'amicale, elle étrennerait une belle paire de gants en peau d'agneau, montrerait aux dames de Montézic et de Saint-Chély qu'elle aussi avait du goût, les épaterait avec un chapeau de Candie. Un rêve de longtemps...

Le choix de Pascaline ne surprit personne :

— À vingt ans, il serait temps que j'apprenne à rendre la monnaie et à compter les sous au comptoir d'un bistrot!

Tout le monde éclata de rire car Pascaline savait tenir la caisse et servir les clients.

— Tu as raison d'aller voir ailleurs, approuva son père. Ce sera mieux que dans notre boui-boui. On n'osait pas te le proposer de peur que tu croies qu'on ne veuille plus de toi... Tu vas quand même chez un pays?

— Ah, oui! répondit-elle. Vous le connaissez...

Adrien interrogea Camille du regard mais en vain.

— C'est le nouveau mari de Marguerite, avoua Pascaline, d'un air penaud. Le fils du propriétaire du café de La Victoire...

Abasourdi, son père faillit s'étrangler.

— Tu embauches au café de La Victoire? fit-il, rouge de colère.

De rage, il serra les poings, ferma les yeux, trembla de tout son corps. La nouvelle accabla également Camille.

Pascaline expliqua le concours de circonstances qui l'avait conduite boulevard des Italiens : une annonce de *L'Auvergnat de Paris* lui avait plu, elle avait téléphoné et accepté un rendez-vous, elle n'avait découvert qu'il s'agissait du café de La Victoire que le jour où elle s'y était rendue. Il s'appelait désormais le café de l'Univers.

— Le salaud! s'écria Adrien à propos du père de Marguerite. Il a eu le café et il a casé sa fille. Je suis persuadé que tous les deux étaient de mèche.

— N'en parlons plus, dit Camille. La petite ne pouvait pas savoir.

— Tu t'es engagée? reprit-il.

Elle hocha la tête :

— C'est pour le 15 juin.

— Tu leur prouveras que chez les Soulages, la parole donnée se respecte. Ils comprendront...

C'était le soir de Pâques, une douce soirée de la fin du mois de mars. Adrien réclama un remontant; Camille descendit à la salle chercher la bouteille de calvados.

— Vous vous envolez tous à la fois comme les moineaux, laissa-t-il tomber d'un air las. Nous serons bien seuls...

Aurélien qui partirait au mois de mai, avait obtenu de haute lutte de devenir loufiat. Son père ne lui avait pas mâché les mots :

— Gare à toi si j'apprends que tu joues aux courses ou que tu fréquentes de mauvais garçons : je te remets au charbon!

Camille l'avait présenté au café des Colonnes sur le boulevard Haussmann, recommandée par leur marchand de vins de Bercy. Le patron, qui était d'Estaing, le prenait comme caviste.

— Dépêche-toi de vendre le bougnat et de trouver un café, disait Aurélien à son père.

Adrien ne répondait pas.

Malgré les années, le marchand de vins ne perdait pas le sens des affaires. À peine sonnés les clairons de la victoire, il revenait à la charge, fort de l'appui de Camille. Depuis, il les pressait d'acheter en dépit du refus d'Adrien.

— Je suis trop vieux, répétait-il.

À cinquante-cinq ans, il attendait sagement le moment de se retirer au pays, perclus de douleurs pour avoir charrié de l'eau ou du charbon depuis trente ans dans les rues de Paris.

Camille, pleine d'allant, remontait son courage :

— Tu n'auras pas le charbon et tu peineras moins...

— Je ne saurai pas tenir un café, persistait-il à dire alors qu'il en avait tant rêvé. Je n'ai jamais servi dans les bons endroits.

Elle balayait ses scrupules qui n'étaient que prétextes :

— Je me débrouillerai seule : j'ai l'habitude du comptoir et de la caisse d'une grande maison, le premier garçon s'occupera de la salle.

— Tu crois que ça vaut la peine de se lancer si tard ?

— Pense aux enfants, insistait-elle. Depuis le berceau, on les a élevés comme des bougnats. C'est pour Pascaline ou Aurélien qu'on prendra ce café.

À force d'entendre cet argument, Adrien céda.

Monsieur Enjalbert leur conseilla Saint-Germain-des-Prés, quartier de la boutique de Candie. Au début du siècle, le village ressemblait à Montmartre avec son église, ses marchandes des quatre-saisons, ses artisans, son existence paisible près des quais. Mais à l'image du carrefour Vavin, Saint-Germain s'éveillait à son tour au tohu-bohu des lendemains de la guerre. Au café de Flore fraîchement rénové, François Guitard installait un orchestre de quatre femmes instrumentistes, ce qui causait sensation, attirait les curieux et une poignée de jeunes turbulents. C'était lui qui poussait le marchand de vins à venir sur le boulevard.

— C’est aussi bien que Montparnasse, prétendait-il.

— Le père Guitard s’est rarement trompé quand il a mis le pied à l’étrier à des gars du pays, reconnut monsieur Enjalbert. Il a du flair ! Chez lui, il reçoit les artistes comme à Montparnasse...

Le café qu’il leur proposait sur le boulevard, se nichait entre les rues Saint-Dominique et de Bellechasse, à quelques centaines de mètres de la Chambre des députés. Parce qu’ils visitèrent un jour de fermeture, le lieu les impressionna. Quel décor ! Une dizaine de tables, des chaises Thonet, des banquettes de vrai cuir noir le long du mur, un dessus de comptoir en étain, un poêle monumental en faïence peinte au milieu de la salle, de larges vitres, une terrasse abritée sous un store... Quoique désert, il leur parut somptueux car le cuivre et l’étain du comptoir scintillaient sous les lampes.

— C’est tellement plus beau et plus grand que notre bougnat, murmura Camille, émerveillée, les mains collées à ses joues.

Adrien confirma cette impression, charmé et soudain épanoui.

— Même s’il faut repeindre la devanture, ajouta-t-il après avoir promené ses doigts sur la peinture écaillée des boiseries.

Monsieur Enjalbert se frottait les mains, rallumait son mégot.

— Enfin ! dit-il. Il est plus petit que le café de La Victoire : j’avais peur qu’il ne vous plaise pas... On aura vraiment tout fait pour vous satisfaire.

— Il ne reste plus qu’à s’entendre sur le prix ! glissa Camille d’un large sourire.

— Nous ne sommes plus en 14, soupira-t-il en tirant de la poche son calepin et son crayon.

La guerre avait malmené le franc.

— Pour avoir le bon chiffre de votre bougnat, multipliez au moins par trois, reprit-il.

Après un rapide calcul, Adrien jeta :

— Cent mille francs ?

— Autour de ce prix-là, on devrait trouver un acquéreur, assura le marchand de vins qui en prit note.

— Ce café est si beau qu'il sera trop cher pour nous, regretta Camille qui essayait vainement d'établir sa valeur après ce rapide coup d'œil.

— Pour deux cent cinquante mille francs, c'est une affaire. C'est mieux que le café de La Victoire il y a cinq ans... Votre fils sera content quand il verra la maison : ce boulevard a de l'avenir.

Camille s'était imaginée davantage. Par principe, elle sourcilla.

— Le marchand de café vous soutiendra, s'empressa-t-il de préciser. Bien sûr, c'est quelqu'un de chez nous...

Monsieur Enjalbert comprenait son hésitation. Au pays comme à Paris, les femmes redoutaient les dettes autant que la maladie.

Le marchand de café se chargea de dissiper les ultimes réticences. Un après-midi de juillet, il les reçut dans son entrepôt de la place d'Italie. La cour exhalait un délicieux arôme que la chaleur étouffante contribuait à rendre enivrant. Dans un bureau attenant à la brûlerie, autour d'une tasse de café, ils bavardèrent deux heures durant. Monsieur Blanc, un vieux monsieur de soixante-dix ans qui n'avait pas encore cédé les rênes à ses enfants, n'ignorait rien des Soulages.

— Votre fils commence à avoir la main, dit-il en époussetant une manche de sa veste. Dans quelques années, il fera un bon patron. Il sera à ses pièces dans ce café de Saint-Germain... S'il n'y avait pas eu la guerre et sa mort stupide, son propriétaire rivaliserait aujourd'hui avec le Flore de notre ami Guitard...

Avec ses airs distingués, il parlait comme un maître d'école.

Les deux fournisseurs prêtèrent la somme manquante.

— À 9 %, conditions d'ami, annoncèrent-ils.

Le jour où Adrien et Camille revinrent place d'Italie, monsieur Blanc se livra dans son bureau à un curieux exercice qu'ils n'oublièrent pas de sitôt. À l'emplacement du fauteuil, il souleva quelques lames de parquet à l'aide d'un pied-de-biche et leur révéla ainsi sa réserve d'argent. De grosses liasses de billets formaient un matelas au creux d'un faux plancher. Il en prit une, mouilla l'index et se mit à compter.

— C'est bien soixante mille ?

Sidérée par la scène, Camille balbutia une vague réponse.

— Vous ne pouvez pas garder le nom de l'ancien propriétaire : il faut trouver mieux. Vous l'appellerez comment ?

Se tournant vers sa femme, Adrien lança aussitôt :

— Le café de Camille !

Elle rougit.

Il l'embrassa devant le marchand de café.

Son père avait agrandi la grange des Enfruts grâce à l'argent gagné à Paris. À son tour, Adrien respectait la tradition. Il se sentait délivré, apaisé, heureux et fier, presque rajeuni. Ses enfants ne pourraient pas lui reprocher de s'être écarté du chemin tracé...

À la fin de l'été 1919, le café de Camille leur appartenait ; toute la famille accourut pour donner son avis sur les menus travaux à effectuer. Candie suggéra de changer le store, usé et fané :

— Prenez du bleu turquoise. À Montparnasse, c'est à la mode. Elle souleva un tollé général. On discuta de la couleur pendant deux jours avant de choisir un lambrequin bordeaux.

— N'oubliez pas de peindre sur la toile le numéro de téléphone, lança Aurélien. De plus en plus, les gens se font appeler au café.

— Le nôtre est pourtant facile à retenir, estima Adrien. Saint-Germain 76-38 : le premier numéro est le double du second.

— Ah ! si les clients avaient ta mémoire, on gaspillerait moins de salive, soupira-t-il.

— Mon père affirmait qu'un bon paysan doit savoir calculer de tête le prix d'une bête, sur un champ de foire...

Germain recommanda à son beau-frère d'indiquer sur la vitrine « Café-vins-liqueurs. Consommations de premier choix ».

— Ne sers que du premier choix, expliqua-t-il. Pas de la lavasse ni de la piquette ! Mais fais-toi bien payer.

Gabriel le dissuada d'afficher en grosses lettres sur les vitres le prix du vin ou du café qui subissait des augmentations régulières depuis la guerre.

— Sinon le peintre viendra chez toi tous les deux ou trois mois et tu te ruineras ! plaisanta-t-il.

Abreuvés de conseils, Adrien et Camille préparèrent l'ouverture du café, les commandes de vins et de liqueurs, le déménagement. La vente du bougnat se régla rapidement grâce à Germain qui le fit acheter par un de ses neveux.

En septembre, il ne passa pas un après-midi sans qu'un garçon muni d'une lettre du marchand de vins ou d'un mot d'une de leurs connaissances ne vînt les voir rue Lécluse.

— S'ils sont du pays, vous aurez moins de chances d'être volés ! répétait Alice qui se plaignait des indélicatesses de certaines lingères de l'hôtel.

— Il n'y a pas de meilleur employé qu'un compatriote ! clamait monsieur Enjalbert qui s'empressait d'ajouter d'un œil malicieux :

— Ni de meilleur employeur !

Camille en convenait mais ne voulait pas pour autant engager le premier venu. Éblouis par le monde du café dont on parlait tant dans les familles et les villages, des buronniers se présentèrent de la part de Pierre-Jean ou même d'Antonine : ils n'avaient jamais tenu un plateau ni rincé un verre. Elle leur griffonna sur un bout de papier l'adresse de monsieur Combettes, leur ancien grossiste de la gare de l'Est :

— Commencez par le charbon. Après, vous ferez mieux.

La guerre avait causé une hécatombe parmi les classes jeunes et beaucoup d'hommes attendaient leur démobilisation en cette fin d'été 1919. Aussi, éprouvèrent-ils des difficultés à trouver, hors des bureaux de placement, des garçons rompus au service de la salle. Heureusement, monsieur Enjalbert veillait...

Le jour tant attendu arriva. Cette nuit-là, ils ne dormirent guère, vérifiant dans leur tête le moindre détail, s'assurant de n'avoir rien oublié, bavardant dans leur lit au-dessus de la salle tandis que le bruit du boulevard devenait plus sourd.

— Tu as pensé au casse-croûte des garçons ? s'inquiéta Adrien.

— Du pâté, du pain et du fromage suffiront : ce ne sont pas des commis charbonniers, estima Camille.

— Tu continueras à faire de la soupe ?

— Tu serais malheureux si je t'en privais, dit-elle en riant. Tu en manges autant que les domestiques de ferme !

Il posa sa main sur la sienne, l'attira contre lui.

— Tu leur donneras aussi du vin, poursuivit-il. Il ne faudra pas le leur couper, ni le leur plaindre... Ils raconteraient partout que nous sommes des serre-piastres...

À cinq heures, Adrien s'habilla d'une belle chemise blanche et d'un gilet noir, descendit ouvrir le café puis s'attarda sur le pas de la porte pour humer l'air frais et les odeurs de feuilles mortes des platanes. Son cœur tapait fort comme lors de ses premiers rendez-vous avec Camille. Il ferma les yeux quelques secondes, le temps d'accomplir à nouveau le chemin parcouru depuis son départ des Enfruts.

C'était un matin d'octobre. Le ciel, clair et étoilé, laissait espérer une douceur automnale qui inciterait les clients à s'installer en terrasse. Par avance, il s'en réjouit et rentra, une musique de bourrée sur les lèvres.

Assis à une table du fond, tapis dans la pénombre, Adrien et Camille guettèrent les garçons du premier service. Ils ne tardèrent pas à les rejoindre, leurs effets pliés sous le bras, mais disparurent aussitôt dans l'arrière-salle et en revinrent méconnaissables sous les lampes allumées : tablier et plastron blancs, rondin et nœud papillon noirs, serviette blanche sur l'avant-bras pour le garçon de salle, pantalon noir et tablier bleu pour le garçon de comptoir. Élancé, un peu raide dans sa tenue, portant une petite moustache à la Charlie Chaplin dont Paris projetait les films depuis quelques années, le garçon de salle avait servi pendant trois ans dans une grande maison de la place de la Bastille où le personnel obéissait à une stricte hiérarchie. Il était de Bozouls et s'appelait André.

« C'est la première fois que nous avons un gars du Causse » releva Adrien en l'observant remuer les chaises et laver les tables, installer la terrasse, d'humeur sombre, presque cérémonieux. Il se souvint des paroles de son père, un matin de foire à Aubrac peu avant la descente des troupeaux : « Méfie-toi des caussenards : ce sont des gens fiers qui cherchent à dominer parce qu'ils cultivent du blé et mangent du pain blanc. » Adrien n'eut guère le loisir de méditer ce jugement car il réclamait déjà des jetons.

Chaque matin, dans les cafés qui pratiquaient ce principe de paiement, les garçons achetaient à la caisse des jetons de différentes valeurs. Lorsqu'un client réglait une tasse de café, un ballon de vin ou un apéritif, ils reversaient au patron la somme correspondante mais gardaient le pourboire. Les plus habiles terminaient la journée les poches garnies et menaient grand train dans Paris. Camille l'avait constaté lorsqu'elle tenait la caisse, boulevard Beaumarchais : un jour ils sortaient d'épaisses liasses de billets, le lendemain ils empruntaient vingt ou trente francs pour débuter la matinée.

André en demanda pour cent francs. Camille qui conservait les jetons dans un tiroir logé dans le comptoir et fermé à clé, nota le montant sur un carnet rouge. « Avant d'accepter la place, il a dû se renseigner sur le chiffre d'affaires de la maison », pensa-t-elle.

Adrien sortit la montre du gousset : il était six heures. Le garçon de comptoir frottait le dessus d'étain au savon minéral et au liège selon les indications de Camille qui le voulait d'une propreté et d'un lustre irréprochables. Puis il nettoya les plateaux, les chromes et le filtre du percolateur qu'il garnit avant de renouveler la réserve de pétrole du réchaud. Petit, râblé, moins engoncé dans son habit que le garçon de salle, cet ancien commis charbonnier se nommait Philippe. Caviste avant la guerre chez l'un de ses voisins de Laissac, il venait d'être libéré de son régiment après cinq ans de tranchées et d'atrocités ; ses mains tremblèrent en allumant le percolateur. Bientôt, une odeur de café frais flotta dans la salle.

Aucun geste des garçons n'échappa à Adrien dont le regard ne cessait de se poser de l'un à l'autre : il avait beaucoup de choses à apprendre pour devenir un bon patron de café, savoir accueillir une clientèle plus huppée que celle des bougnats, remplacer un serveur malade ou absent. Avec le temps et l'aide de Camille, il y parviendrait.

Tout était prêt ; les clients ne tarderaient pas. Adrien jeta un œil curieux sur le boulevard où circulaient les premiers autobus de la journée, et que les passants arpentaient d'un pas pressé.

Au fur et à mesure que les lève-tôt poussèrent la porte, ils se dirigèrent vers le comptoir et s'y accoudèrent. L'un s'étonna de ne pas y trouver son journal favori, l'autre commanda des croissants, un troisième réclama une tartine de pain beurrée.

— Voilà ce qu'on a oublié ! dit Adrien en se frappant le front.

Le matin, au bougnat, les habitués versaient une goutte d'eau-de-vie dans leur café mais n'y trempaient jamais de croissant...

Il se précipita vers le carrefour de la rue du Bac et du boulevard Raspail où il dénicha une boulangerie ouverte. Au retour, il prit la dernière édition du *Petit Parisien* : l'intéressé, un fonctionnaire du cadastre, grommela qu'il préférait *L'Aurore* !

La journée fila à vive allure. À neuf heures, arrivèrent le caviste et les deux garçons du second service qui ne quitteraient pas le café avant minuit. Adrien s'attabla avec eux pour le casse-croûte. Après le pâté et un verre de vin, le caviste commença à plaisanter grassement : les garçons qui mangeaient en silence, tête basse, comme dans les domaines où le propriétaire s'asseyait en bout de table, le prièrent du regard de cesser ses simagrées.

— Faut l'excuser : c'est un *gafet* [1] ! dit le garçon de salle d'un air moqueur lorsqu'il eut déguerpi à la cave par la trappe découpée dans le plancher derrière le comptoir, près de la caisse. On lui enseignera les bonnes manières.

— C'est un caviste, rectifia Adrien qui n'ignorait rien des pièges du métier. Les odeurs de vin ont dû lui tourneboule la cervelle... Vous le savez bien puisque vous y êtes passés tous les deux avant de servir au

1. *Un apprenti.*

comptoir : on est saoul sans avoir bu lorsqu'on a respiré du porto ou du malaga pendant toute une journée... Ne vous amusez pas à lui jouer des tours.

Les deux garçons se levèrent et débarrassèrent la table. Paul et Victor étaient cousins, montés de Saint-Geniez pendant la guerre ; ils s'étaient dégrossis dans un bougnat puis dans un café de Montreuil et paraissaient taillés dans la même étoffe, celle des maîtres-valets en qui le *pagès* plaçait sa confiance. Leurs mains calleuses et rudes pour avoir tenu les mancherons de la charrue derrière les bœufs, en témoignaient. « Ils connaissent la valeur du travail » se félicita Adrien. À ses yeux, cela remplaçait les recommandations des prestigieuses maisons de Paris.

Trônant à la caisse, son rêve de jeune fille, Camille exultait. Elle était belle dans sa robe bleu roi ; quelques fils d'argent qu'elle se refusait à dissimuler, brillaient dans ses cheveux...

De sa place, elle surveillait le personnel, la salle et le comptoir. En se dressant sur son tabouret, elle pouvait même distinguer les clients de la terrasse : rien ne lui échapperait.

Le coup de feu de onze heures-midi lui rappela ses années de fille de comptoir lorsqu'elle préparait les plateaux : l'habileté des serveurs à se faufiler entre les tables et les chaises l'avait toujours étonnée. Aussi, dès ce jour-là, admira-t-elle la prestance d'André qui surpassait celle de Paul, l'autre garçon de salle. Au comptoir, André annonçait d'un ordre sec les commandes puis attendait en tapotant d'un doigt le dessus d'étain, feignant l'indifférence alors que du coin de l'œil, il vérifiait la taille des verres et le contenu des bouteilles groupées sur le plateau : Byrrh, chablis, liqueur de cassis, Pernod, porto, malaga, eau de Seltz dans le siphon bleu. Il pressait les garçons quand ils traînaient trop à son goût. Sa main droite lourdement chargée, il s'élançait à travers la salle. Vers deux

heures de l'après-midi, au moment du casse-croûte, André avait épuisé ses jetons. C'était de bon augure...

L'apéritif du soir amena une clientèle jeune et agitée qui buvait du blanc-cassis ou du picon-citron. Elle chahuta la patronne qui s'y prêta, parce qu'elle avait envie de rire un jour d'ouverture, tout en ne cédant pas sur la tenue de la maison. Un groupe d'étudiants en médecine, à l'esprit facétieux, l'adopta aussitôt.

— Quand nous serons reçus médecins, nous viendrons arroser nos galons ! s'écria un carabin de l'hôpital Laennec. Camille sera la marraine de notre promotion.

Ils l'acclamèrent.

À sept heures et demie, à la fermeture de la boutique, Candie vint embrasser ses parents et partager leur bonheur. Les frictions qui avaient éclaté au cours de la guerre, semblaient oubliées. Elle grignota avec eux quelques rogatons car, dans la bousculade de la journée, Camille n'avait pu sortir et acheter des provisions. Le lendemain, elle chargea Paul, l'un des garçons de salle, du ravitaillement quotidien de la maison.

Après leur service, Pascaline et Aurélien téléphonèrent puis ce furent les sœurs d'Adrien. Chacun voulait savoir.

Vers minuit, Paul avertit les derniers clients :

— On va fermer !

Il enleva les chaises et les tables de la terrasse, les entassa au fond de la salle dans un coin près de la porte d'entrée. Le garçon de comptoir et le caviste venaient de partir. Les patrons bâillaient de fatigue.

À minuit, Paul annonça :

— On ferme !

Quatre hommes discutaient à une table, sans se soucier de l'heure, élevant parfois la voix, échangeant quelques mots vifs. Pendant qu'il hissait les chaises sur les tables, éteignait les lampes et saupoudrait le parquet de sciure, Camille compta la recette à l'abri des indiscrétions.

— C'est autant qu'une semaine du bougnat ! s'exclama-t-elle.

Adrien en resta pantois.

Satisfaits quoique fourbus, ils dormirent mieux cette nuit-là. Les lueurs d'un monde nouveau où le café de Camille brillait de mille feux, illuminèrent leurs rêves...

Au banquet de Montézic, le président de l'amicale les présenta à quelques parvenus qui les boudaient avant la guerre. Cafetier à Montmartre, il avait succédé au défenseur des « petits commerces méritants », sympathique bougnat dont Adrien et Camille avaient apprécié le discours simple aux premières retrouvailles des salons Védrines. Les mains fines, habillé à la mode des bourgeois du 16e arrondissement, il affichait d'autres prétentions. « Il a dû trouver le nid garni ! » supposa Camille.

— Les propriétaires du café de Camille sur le boulevard Saint-Germain ! dit-il d'un ton solennel.

Il ne prononça que le nom de leur maison. Aussi, ses manières déplurent-elles à Camille qui ajouta avec un brin d'ironie :

— Monsieur et madame Soulages.

— Pardonnez-moi, balbutia le président qui regrettait déjà cette bourde. Mais je n'étais pas sûr de votre nom... À Montézic, on ne connaît que Camille.

— Le café de Camille ! gloussa une dame au collier scintillant. Quel joli nom !

— Vous êtes des nôtres maintenant, souligna son mari qui tenait une grande maison place Saint-Augustin.

— Au banquet de l'année prochaine, je compte sur vous pour réserver une table, insista le président. Quand on est sur les boulevards, on appartient au beau monde... Il faut montrer aux autres amicales que nous réussissons aussi bien.

Cet homme respirait la vanité. Tout ce que détestait Camille. De ses propos ampoulés, elle n'approuva que l'initiative d'organiser une souscription pour ériger un monument aux morts sur la place du village en hommage aux dizaines de victimes de la guerre.

Laurens, le marchand de vins de Bercy qui reprochait à Adrien d'avoir les mains noires lors du premier banquet, ne manqua pas de le féliciter :

— Tu me fais plaisir, Soulages : tu as suivi mes conseils ! On m'a assuré que ta maison marchait bien. Tu seras un exemple pour les jeunes qui montent...

Adrien haussa les épaules :

— On a travaillé comme tout le monde. Il n'y a pas de secret.

Le voisin de Camille, bougnat à Saint-Ouen, les envia :

— Tes enfants n'auront pas à se plaindre de votre réussite. Les miens n'en diront peut-être pas autant...

— Tu y arriveras aussi, insista Camille. Ne désespère pas...

— Non, répondit-il. Je resterai un petit bougnat... Ça aurait été différent si j'avais eu une femme comme toi...

Camille baissa les yeux, gênée par cet aveu qui réveillait des souvenirs. Adolescents, lorsqu'ils gardaient les vaches dans des prés voisins, il avait eu le béguin pour elle...

X

Avant-guerre, le café fermait le mercredi ; ils ne modifièrent pas les habitudes, trop heureux de s'offrir quelques heures de repos. Ce jour-là, le passage des premiers autobus les réveillait comme à l'ordinaire, dès l'aube, le bandage métallique des roues raclant le pavé de la rue, mais ils se rendormaient aussitôt, après qu'Adrien eut marmonné dans un bâillement :

— C'est mercredi !

Au saut du lit, lorsque les vendeurs à la criée commençaient à débiter leurs boniments sur le boulevard, il préparait deux bols de café au percolateur du comptoir et beurrait des tranches de pain qu'il montait dans leur chambre. Camille le taquinait :

— Je ne te reconnais plus : tu t'embourgeoises !

— C'est dimanche ! sifflotait-il.

Adrien se surprenait à imiter les clients et les Parisiens, lui qui tenait tant à la soupe du matin et à la *ventrèche* [1] cuite à la marmite. Souvent, il se demandait pourquoi il cédait, un jour par semaine, à cette marotte de citadin. Le métier sans doute...

Le plateau posé sur le couvre-lit en coton blanc, à demi rabattu, tous deux paressaient un long moment,

1. *Viande de porc fraîche, ou salée, ou salée et fumée, qui mijote dans la soupe.*

parlant de tout et de rien, du zèle que déployait Philippe pour nettoyer le dessus d'étain, des familiers du café, des recettes de la semaine écoulée, des commandes et des stocks, des enfants qui leur échappaient pour la seconde fois alors qu'ils avaient à peine profité d'eux.

Aurélien portait l'uniforme depuis le mois de mars ; l'une de ses dernières lettres annonçait que son régiment partait en Allemagne rejoindre l'armée d'occupation de la Rhur. Son ancien patron lui avait obtenu une place au mess des officiers. Adrien en était ravi :

— Si tu savais ce que j'ai souffert en manœuvres dans les vignes du Midi... Au mess, tu n'auras pas d'ampoules aux pieds !

Malgré cette faveur, Aurélien comptait les mois qui le séparaient de sa libération prévue à Noël 1921...

Pascaline avait quitté le café de l'Univers : le patron, mari de Marguerite, s'intéressait trop à elle et multipliait les avances ; elle avait décidé de partir le jour où il avait tenté de l'embrasser. Elle travaillait désormais aux Halles dans l'un des treize cafés Dupont de Paris au fronton desquels s'affichait un slogan fameux : « Chez Dupont, tout est bon. » Pascaline ne tarissait pas d'éloges sur les qualités du fils Dupont et incitait ses parents à le copier :

— Monsieur Louis-Émile a installé l'éclairage au néon : on y voit comme en plein jour. Il a aussi décoré les murs : c'est moins triste qu'ailleurs. Il a imposé la veste blanche aux serveurs : ce sont les plus beaux, ils ressemblent à des acteurs américains... Il a même inventé le croissant droit qu'on trempe dans la tasse de café ou de chocolat sans être obligé de lui couper les cornes ! Maintenant, les clients ne veulent plus que des croissants droits : vous devriez en demander à votre boulanger... Ah ! j'oubliais : proposez des sandwichs comme nous ! Les gens pressés ne mangent que ça à midi...

Inconsciemment, Pascaline peinait ses parents qui se sentaient vieillis et dépassés en l'écoutant. Parfois, après son départ, ils en venaient à regretter d'avoir acheté ce café : ils redoutaient que les brasseries Dupont, championnes avant-guerre de la tasse de café à dix centimes, ne s'installent dans le quartier, et que par un trait de génie, elles ne leur enlèvent des clients. Certains jours, il leur tardait qu'Aurélien soit en âge de leur succéder...

Quant à Candie, elle ne se plaignait nullement de ses affaires : la boutique ne désemplissait pas. Lors de ses visites rue de Lille, chaque mercredi après-midi après une flânerie le long des quais, pendant qu'Adrien se rendait chez les fournisseurs, Camille croisait de belles femmes en quête d'excentricité pour leurs sorties nocturnes au Bois de Boulogne, chez Maxim's ou à Montparnasse. Auprès des modistes, elles essuyaient souvent des rebuffades car peu de maisons acceptaient de dessiner des modèles uniques, compliqués à souhait. Candie qui aimait affronter les difficultés, se complaisait à les satisfaire, ravie de sombrer dans l'extravagance. Elle les montrait à sa mère, sollicitait son avis. Camille les essayait devant l'armoire en merisier massif dont la porte s'ouvrait comme par magie sur quatre glaces sans tain. Grâce au jeu de miroirs, elle jugeait au premier coup d'œil ce qui n'allait pas de face, de profil ou sur la calotte.

— Heureusement que ce n'est pas de la lingerie ! pouffait-elle. Sinon que penserait ton père ?

Son visage en forme de cœur lui permettait de coiffer tous les modèles. À l'occasion de ses cinquante ans, Candie lui avait offert un chapeau à la Devonshire : large bord, tons chatoyants, ruban pourpre, allures mondaines.

— Tu seras la plus belle limonadière de la fête des Parisiens de l'été prochain ! lui avait-elle prédit lors de l'ultime essayage.

Camille admirait ses talents. Alors que le reste de la famille prêtait moins d'intérêt à son travail, elle en était fière comme si sa fille accomplissait ses rêves. Elle débordait d'attention à son égard, cherchant à se racheter de l'avoir mise en nourrice chez Antonine alors qu'elle aurait dû partager les bonheurs de sa petite enfance et consoler ses chagrins à l'instar de n'importe quelle mère. En retour, Candie lui prodiguait des conseils qu'elle hésitait à suivre, jugeant ses goûts vestimentaires osés pour une femme de son âge et de sa condition, exposée aux regards sans concession des clients.

Sitôt la boutique fermée, toutes deux retrouvaient Adrien dans l'arrière-salle, dînaient à la hâte puis couraient rue de la Huchette assister à la séance du soir d'un petit cinéma de quartier. Elles y bénéficiaient d'un passe-droit car le gérant cédait chaque semaine deux billets d'entrée au café de Camille qui posait son affiche-programme en bonne place sur la vitrine. Une seule fois, Camille y avait entraîné Adrien qui s'était endormi avant la fin du film, lassé d'écarquiller les yeux pour lire les dialogues sous-titrés sur l'écran, furieux de perdre le fil de l'histoire, agacé d'entendre une rengaine plus ou moins bien jouée au piano ou au crincrin.

— C'est une mauvaise scie qui n'a jamais été aiguisée ! disait-il à propos du violon.

Candie dont l'oreille exercée reconnaissait la moindre fausse note, en riait. Elle le grondait gentiment :

— Il faut être indulgent : ce sont des débutants. Les *cabrettaïres* de chez nous font autant de canards...

Bon public, Camille ne ménageait guère ses applaudissements lorsque se produisait en première partie un chanteur d'opéra à la voix hésitante ou un mime au geste maladroit.

— Il faut les encourager !

Candie lui promit de l'emmener un jour à l'Opéra qu'elle croyait réservé au beau monde.

Le comique Polin l'enthousiasma lors de ses deux apparitions sur scène, avant un film de Chaplin. Aussi, à la caisse du comptoir, perchée sur son tabouret, Camille fredonnait-elle *La Caissière du grand café* et *La Petite Tonkinoise.*

Ces sorties la plongeaient dans la bonne humeur pour le reste de la semaine ; elles renforcèrent aussi la complicité qui l'unissait à sa fille et poussèrent Candie à lui confier, à l'automne 1920, ses projets de mariage. La maisonnée savait par Pascaline qu'elle fréquentait un artiste russe mais le mystère perdurait depuis deux ans sans que nul ne soit parvenu à le percer : elle avait réussi à éluder les questions indiscrètes, à protéger sa nouvelle vie.

Un mercredi soir, Igor les rejoignit à l'entrée du cinéma puis, à la fin de la projection, les invita à prendre un verre dans un café de la rue Serpente. Camille découvrit un homme grand et maigre, au visage osseux comme taillé dans le silex, les cheveux coiffés en brosse, déjà poivre et sel ; il fumait la pipe dont il tenait le fourneau du bout de ses doigts longs et jaunis. Il lui parut égaré dans de tortueuses réflexions malgré ses efforts pour participer de temps à autre à la conversation. Elle lui donna un ou deux ans de plus que sa fille ; il parlait peu, lentement et avec un accent rauque ; il semblait avoir beaucoup vécu.

La semaine précédente, dévidant un récit commencé un mois auparavant, Candie lui avait appris la disparition de ses parents survenue peu après la révolution bolchevique : ils étaient morts de misère après avoir tenté de subvenir aux besoins de leur fils qui vivait difficilement de son art dans un atelier de Moscou. Igor, que plus rien ne retenait en Russie, avait alors décidé de s'établir en France et de suivre à Montparnasse les cours de l'académie de la Grande-Chaumière.

Depuis six mois, le sculpteur frappait aux portes des mécènes dans l'espoir d'obtenir une ou plusieurs commandes ; voici deux jours, il avait enfin reçu la première d'un riche Américain. Candie qui l'aidait de son mieux, en était soulagée.

— On va se marier, glissa-t-elle en prenant sa main. Je voulais que tu sois la première à le savoir.

Puis sans lui laisser le temps de réagir :

— Nous n'avons pas d'argent à gaspiller pour organiser la fête dont vous avez peut-être rêvé maintenant que vous êtes sur les boulevards. On en aura besoin pour s'installer...

— Pour la dépense, on s'arrangera, répondit Camille.

— Ce n'est pas qu'une question d'argent, souligna-t-elle. On n'a pas envie de bambocher comme le font certains Parisiens au mois d'août pour épater les gens du village.

— Ton père n'acceptera pas que tu te maries à la sauvette : on jaserait dans la famille et au pays...

Candie s'obstina. Elle avait mûri et s'était assagie au contact de cet homme tourmenté qui s'enfermait dans un étrange mutisme comme s'il ne se sentait pas concerné par cette discussion, mais elle persistait à se rebeller avec force et panache si on contrariait ses desseins. Dans cette attitude, Camille reconnut son caractère de jeune fille : elle agissait de la même manière face à ses parents.

Elle crut défaillir quand Candie annonça qu'il n'y aurait pas de cérémonie à l'église.

— Igor n'y tient pas, dit-elle. Ce serait trop compliqué : il n'a pas la même religion que nous...

— Vous n'êtes pas catholique ? s'étonna Camille en se tournant vers lui.

— Ma famille était orthodoxe, précisa Igor qui sortit enfin de sa réserve.

Ses longues explications sur les Églises d'Orient et d'Occident la laissèrent perplexe. « C'est trop savant pour moi. »

— Voilà pourquoi nous ne passerons qu'à la mairie, conclut-il.

— Ça ressemble à un mariage de la main gauche, bougonna-t-elle. Cela ne plaira à personne que vous n'alliez pas à l'église.

Igor vida les cendres de sa pipe et lâcha calmement :

— On ne se marie pas pour les autres.

À l'image de la plupart des Aveyronnais établis à Paris, Adrien et Camille s'étaient peu à peu détachés d'une pratique régulière. Leur métier ne s'y prêtait guère : le dimanche à onze heures, nul ne fermait le bougnat, le café, le restaurant ou l'hôtel pour assister à la messe comme il était de tradition dans les fermes. Malgré tout, ils restaient fidèles à certains principes : leurs enfants, baptisés à Rives, avaient suivi comme leurs cousins les leçons de catéchisme que dispensait le curé avant la classe du matin et revêtu l'aube de communiant; ils se marieraient à l'église du village comme leurs parents.

Jusqu'alors, il n'était venu à l'idée de personne de déroger aux règles de cette éducation. Aussi, Camille se trouvait-elle tiraillée entre le respect des convenances et le désir de contenter sa fille. Périlleux dilemme...

Ces réticences ne démontèrent pas Candie qui gardait intact l'espoir de parvenir à ses fins :

— Si vous dites oui, vous ferez notre bonheur...

Cette nuit-là et les suivantes, luttant contre le sommeil, Camille s'épuisa à ressasser les arguments de sa fille auxquels elle se rangea à la longue. Pendant quelques jours, devant les garçons et les clients, elle s'efforça de masquer ses soucis : Adrien finit par les deviner dans son regard et les plissements de son front. Alors, elle consentit à lui révéler un peu chaque soir les intentions de Candie, rusant pour ne pas le brusquer. Il l'écouta le visage fermé et les yeux mi-clos, refoula la colère qui le dévorait.

— Tu aurais pu m'en parler plus tôt au lieu de le garder pour toi, gronda-t-il entre ses dents.

— Il fallait que je l'accepte d'abord pour avoir une chance de te convaincre... J'ai mis du temps à m'y faire.

Adrien comprit qu'il devait céder à son tour.

— Ce serait trop bête si nous perdions Candie... Mais on ne se gênera pas pour nous tourner le dos...

Ses beaux-frères ricanèrent, surtout Gabriel qui se vantait de trouver pour ses enfants les plus beaux partis de la colonie aveyronnaise. Il se montra sans pitié à l'égard d'Igor.

— Un artiste? dit-il à Adrien. C'est certainement un vaurien et un fainéant. À ta place, je l'aurais fichu dehors! Tu le regretteras : il te bouffera tout ton pognon. Si tu avais vissé ta fille, elle épouserait maintenant un fils de cafetier ou d'hôtelier des grands boulevards que je t'aurais recommandé. Pas un de ces *falourdas* [1] incapables de gagner leur croûte...

À ses yeux, Igor portait une autre tare : celle d'être russe. Parce que le nouveau gouvernement de Moscou refusait de rembourser les emprunts souscrits par les épargnants français à l'époque des tsars, Gabriel vilipendait les Russes :

— Tu vois bien que les cosaques sont des voleurs.

— Tu te crois plus honnête? répliqua-t-il.

— Le tien te volera aussi et il te fera vendre le café.

1. *Fous.*

C'en était trop pour Adrien qui tapa du poing sur le comptoir et jeta à son beau-frère devant les clients :

— *Sios caluc ! Là moneda te poïdira* [1] !

Sur ces mots, il le chassa du café.

D'Argentine, Augustin envoya une lettre chaleureuse à laquelle Chochola joignit un croquis de chapeau tout aussi fantaisiste que les modèles des aventurières du Bois ; elle en prendrait livraison l'été prochain lors de leur venue à Paris et en Aubrac. Raymond, le colon d'Algérie que l'on n'avait jamais revu et qui était si avare de nouvelles, écrivit une longue lettre où il osa enfin avouer qu'il avait convolé en justes noces vingt-cinq ans plus tôt avec une femme de religion musulmane — il avait souligné le mot « indigène » — qui lui avait donné trois enfants. Cette révélation stupéfia la maisonnée.

— Si Candie s'était mariée à l'église de Montézic avec un fils de bougnat, nous ne l'aurions pas su ! s'exclama Pascaline.

Candie se singularisa jusqu'au bout. Le mariage se déroula un mercredi de février 1921 à la mairie du 7e arrondissement devant un cercle restreint d'invités : ses parents, sa sœur et son frère, trois amis d'Igor — compagnons de bohème à la Grande-Chaumière. La mariée, coiffée d'une capeline, ne portait pas de robe blanche ni de traîne mais un tailleur en jersey de la maison Chanel, offert par son ancienne patronne avec qui elle continuait de travailler. Avant de les marier, l'officier municipal se crut obligé de signaler que les Soulages étaient des commerçants connus dans le quartier.

Camille essuya une larme lorsque l'alliance glissa au doigt de sa fille ; elle chercha la main d'Adrien. Pascaline regarda sa sœur avec un œil d'envie.

Trois taxis, pilotés par des émigrés russes au crâne

1. *Tu es fou ! L'argent te pourrira !*

rasé et à la conduite martiale, les emmenèrent au café où, peu avant le dîner, ils purent savourer le champagne en toute tranquillité puisque c'était le jour de fermeture. André, le garçon de salle de Bozouls, s'était proposé pour servir : il le fit à la manière d'un maître d'hôtel chevronné.

Dans la salle à manger du premier, décorée de guirlandes et de fleurs, un menu russe les attendait, préparé par l'un des amis d'Igor, fin cuisinier quoiqu'il excellât dans l'art du Nu. Quel festin ! Zakouski, harengs marinés de la Baltique, saumon fumé, blinis à la crème, bœuf Strogonoff, le tout arrosé d'un vin de Crimée dont le marié s'était procuré quelques bouteilles auprès d'un café du carrefour Vavin. Des chants animèrent le repas avant que la vodka et la vieille prune ne chauffent les gosiers.

Candie tapait dans ses mains, Igor souriait, Aurélien aidait au service, Pascaline se laissait courtiser par un beau jeune homme, Adrien et Camille étaient heureux.

Trois jours avant Noël, Aurélien rentra de la Rhur, maigrichon, impatient de se plonger à nouveau dans le monde du café. Lors de ses permissions de l'été, il avait cherché une place de garçon de comptoir, finalement trouvée boulevard Saint-Germain à une portée de fusil du café de ses parents, sur le même trottoir. C'était inespéré ! Le 2 janvier, à six heures, il devait se présenter à la brasserie Lipp que dirigeait un jeune patron de trente-trois ans : Marcellin Cazes, de Laguiole. L'affaire était modeste avec une dizaine de tables et des billards au premier étage, mais bénéficiait d'un bel emplacement près de la place et de l'église de Saint-Germain, où se pressaient les écrivains et les artistes.

D'emblée, le décor l'avait séduit : les plantes exotiques s'étalaient sur de belles faïences et grimpaient le long des murs au-dessus des banquettes, atteignant presque le plafond. C'était une invite au voyage lointain, baigné d'un soleil qui lui avait tant manqué en Allemagne.

Aurélien pensa qu'il s'y plairait et qu'au contact d'une clientèle de haut rang, il serait à bonne école pour reprendre ensuite le café de Camille. L'apprentissage du métier promettait d'être difficile car monsieur Cazes ne tolérait aucun manquement à l'étiquette de la maison bien qu'il cultivât la réputation d'être juste envers son personnel. Aurélien l'avait constaté à l'occasion de leur entrevue un après-midi pluvieux de septembre. Alors qu'ils bavardaient du pays, dans un coin de la salle, le patron avait tancé un garçon qui n'avait pas pris le soin de passer la lavette sur leur table avant d'y déposer les chopes de bière. Quelques mots glissés à mi-voix et appuyés du regard, avaient suffi à rappeler le loufiat à ses devoirs.

— Ma brasserie ne peut pas avoir de tenue si le personnel n'en a pas, avait-il expliqué à Aurélien. Les garçons doivent donner l'exemple.

Puis reprenant le fil de la conversation :

— Tu me dis que ton père était bougnat? Tu as raison de ne pas vouloir monter le charbon : tu seras toujours propre au café et bien peigné...

Aurélien avait rapporté ces propos à son père.

— Comme il a raison! avait soupiré Adrien.

— Je suis sûr que je m'entendrai avec monsieur Cazes. Comme moi, il sait travailler de ses mains : il a été *roul* dans les montagnes et il a porté les sacs de charbon...

On sentait poindre la fierté, l'admiration.

Au matin de son arrivée, impeccable dans son costume gris, les cheveux séparés par une raie soignée, la moustache finement taillée, il l'accueillit d'un tonitruant :

— Comment va le pays? Tu viendras me voir quand tu seras habillé.

Le garçon de salle qui préparait les tables, lui décocha un clin d'œil afin de le prévenir de ce qui l'attendait : la leçon du patron au petit dernier.

Monsieur Cazes l'invita à le suivre au premier ; à cette heure, la salle des billards était déserte. La lumière inonda la pièce quand il tourna l'interrupteur.

Aurélien le dépassait d'une bonne tête mais cet homme qui le toisait de pied en cap comme un sous-officier tatillon inspecte une chambrée, l'impressionnait par sa prestance et surtout le ton de sa voix, grave, solennelle.

— Il faut toujours se regarder dans une glace avant d'entrer en salle, laissa-t-il tomber.

Et de redresser son nœud papillon qui pendouillait, d'enlever un fil qui traînait sur la manche de sa veste, de tirer sur un bouton mal cousu de son gilet.

— On ne dirait pas que tu as servi boulevard Haussmann...

Il tiqua sur tout, y compris sur sa coupe de cheveux :

— J'avais la même tête que toi quand j'ai été démobilisé : les coiffeurs de l'armée sont plus maladroits que les tondeurs de brebis !

Aurélien ne broncha pas, rouge de honte.

— Il y a des choses que tu dois savoir, continua monsieur Cazes avant de se diriger vers l'une des fenêtres du boulevard puis de croiser les mains derrière son dos. Je déteste le tapage et je ne permettrai pas à quiconque de troubler le calme de ma maison. C'est pourquoi je choisis les clients que je reçois...

Aurélien écarquilla les yeux.

— Ça te surprend ?

— Oui, monsieur.

Le patron se retourna et revint vers le centre de la pièce d'où le garçon n'avait pas bougé.

— Quand j'étais *gafet*, j'ai travaillé dans un tonneau de la place Maubert qui vendait du vin et de l'absinthe. Je ne servais que des clochards et des voyous : je ramassais l'argent d'une main avant de tendre le verre de l'autre. Je ne veux pas de ces gens dans ma brasserie... Tu me verras souvent posté à l'entrée pour surveiller qui entre ou essaie d'entrer ; tu dois m'avertir si un client débraillé, sale ou mal peigné se faufile parmi les autres : au comptoir, tu es bien placé pour t'en apercevoir...

Raide comme s'il était au rapport, Aurélien hocha la tête.

— Les comédiens, les romanciers et les poètes qui aiment venir à la brasserie Lipp, ont besoin de calme : ils attendent un service irréprochable mais aussi que les garçons se souviennent de leurs habitudes et qu'ils les reconnaissent dès qu'ils ont franchi la porte. Ils sont ici comme chez eux. Chacun a sa place attitrée qu'on ne peut pas attribuer à quelqu'un d'autre au risque de le fâcher et de le voir partir au Flore ou aux Deux-Magots... Tu ne l'oublieras pas si tu passes un jour garçon de salle...

Au fur et à mesure qu'il dévoilait le code de bonne conduite de Lipp, le visage d'Aurélien se décomposait. Quelle avalanche de conseils ! Comment retenir toutes ces recommandations ?

— Tu entendras beaucoup de choses mais tu ne répéteras rien et tu ne te mêleras de rien, ajouta-t-il. Nous ne sommes pas dans un boui-boui de Pigalle...

— J'ai bien compris, balbutia Aurélien.

— Va prendre ton service, dit-il en regardant sa montre. Il est temps.

Les jambes flageolantes après cette magistrale leçon, Aurélien redescendit au rez-de-chaussée et s'installa derrière le comptoir. Le garçon de salle qu'il avait croisé à son arrivée, plus raffiné encore qu'André — l'homme de confiance du café de Camille —, le rassura :

— À force de nous observer, tu sauras servir

comme le souhaite monsieur Marcellin : c'est l'essentiel mais c'est beaucoup. Ce que tu apprendras ici, aucune école ne l'enseigne. Pour nous, l'école c'est Lipp, c'est le patron...

Ce garçon, mince, élégant mais sans manières, se nommait Alexandre. Chaque fois qu'il lançait une commande et qu'Aurélien garnissait son plateau, il lui signalait la présence de l'une des personnalités dont il devrait retenir le nom, le visage et jusqu'aux manies : Jacques Copeau, Louis Jouvet et les comédiens de la compagnie du Vieux-Colombier, André Gide, Jules Romains, Roger Martin du Gard... Tous se connaissaient pour avoir monté ensemble quelques pièces de théâtre.

— Les journaux parlent souvent d'eux, lui souffla Alexandre.

Ils venaient d'annoncer la parution prochaine du premier tome d'une grande œuvre de Roger Martin du Gard : *Les Thibault.*

Aurélien avoua son ignorance : il ne lisait ni roman ni poésie, il n'allait pas au théâtre. Il promit d'y prêter désormais attention en ouvrant les éditions du jour.

Pour l'heure, une autre préoccupation le hantait : savoir tirer la bière. Personne ne le lui avait appris. Boulevard Hausmann, le café où il s'était dégrossi ne servait que de la bière en bouteille, comme chez ses parents où les clients consommaient de la Karcher livrée en caisses de douze bouteilles une fois par mois. Plutôt que les cafés souvent dépourvus d'appareils à pression, les amateurs de bière fréquentaient les brasseries dont les comptoirs s'ornaient de colonnes de faïence blanche supportant de splendides robinets de tirage; ils s'accoudaient au dessus en étain pour le plaisir de voir couler dans le verre leur boisson favorite avant de savourer un demi bien frais.

Lipp, maison fondée par un Alsacien, appartenait au cercle des brasseries parisiennes qui mettaient un point d'honneur à servir la meilleure bière en fût à la pression. Aussi, Aurélien s'attira-t-il les reproches des clients lorsqu'il tira ses premiers demis : la mousse débordait du verre qu'elle remplissait à moitié.

— Cette bière n'a que du faux col, protestèrent-ils, d'un ton sec. C'est imbuvable !

— De la pisse d'âne, chuchota même l'un d'eux en se penchant vers lui. Avec ce que vous gaspillez et ce que la patronne va vous retenir, vous avez perdu le bénéfice de la journée.

Aurélien ne répondit pas, vida les verres, recommença, obtint le même résultat. Ses mains tremblaient, la sueur perlait à son front. S'il avait osé, il aurait pleuré.

Étienne, l'autre garçon de comptoir, vola à son secours mais un peu tard au goût du patron.

— Assez de gâchis ! se fâcha monsieur Cazes.

Il les morigéna tous deux avant d'expliquer à Aurélien l'art de tirer la bière.

À la caisse, une femme brune et douce n'avait rien perdu de la scène. Lorsque son mari s'éclipsa pour déjeuner vers onze heures, madame Cazes chuchota à Aurélien :

— Ce matin, tu aurais dû dire au patron que tu ne savais pas servir la bière. Il aime que l'on soit franc avec lui...

Étienne remua le couteau dans la plaie en refusant de partager les pourboires laissés par les clients du comptoir :

— On fera « écurie » plus tard, quand tu te débrouilleras mieux.

Chaque soir, pendant plusieurs mois, Aurélien rentra fourbu et découragé, furieux contre le patron. Cent fois, il voulut lui remettre son tablier bleu, dérouté par ses exigences si différentes des habitudes prises sur le boulevard Haussmann et au mess des officiers, par l'atmosphère un peu guindée de la brasserie ; cent fois, sa mère le dissuada.

Au retour de ses journées, il se confiait à elle :

— Monsieur Marcellin ne me donnera jamais le tablier blanc !

Dans les moments difficiles, il enviait son cousin Jacques, l'un des jumeaux de Clémence, d'un an plus jeune, qui travaillait chez Jué, traiteur à domicile connu sur la place de Paris.

— Lui au moins, il ne piétine pas deux misérables mètres carrés pendant quinze ou seize heures : il voit du monde et de beaux salons...

Derrière le comptoir, Aurélien se sentait prisonnier, comme un animal en cage.

Camille l'exhortait à la patience :

— Tu dois tenir le coup : les garçons du café ne comprendraient pas que tu les commandes sans avoir bien appris le métier. Quand tu sortiras de chez Lipp, tout le monde te respectera... Même si c'est dur, dis-toi bien que tu as de la chance. Dans notre jeunesse, c'était pire qu'aujourd'hui... Songe à ce que ton père a subi quand il a débuté à Paris...

Un soir, après la fermeture, elle crut bon de lui révéler ce qu'Adrien refusait, malgré ses suppliques, de raconter à ses enfants : le déchirement lorsqu'il s'arracha de la terre, la vie sous les toits des taudis, les souffrances des porteurs d'eau et des livreurs de bains, les brimades dans les rues, la malhonnêteté de certains patrons, la peur du lendemain.

— Il ne m'a peut-être pas tout dit, supposa-t-elle en retenant ses larmes.

— J'étais loin de me douter qu'il avait enduré tout ça, avoua-t-il d'une voix troublée par l'émotion.

— À mes débuts à Paris, j'ai été plus heureuse que lui...

Camille lui rendit un fier service car dès le lendemain, il ne se plaignit plus, ravala son amertume, jura de s'appliquer à mieux faire. Peu à peu, il y parvint ; quelques mots d'encouragement du patron l'incitèrent à persévérer. À la fin de l'été, il revint en sifflotant, ne parla plus de rendre son tablier, ne tarit pas d'éloges sur Marcellin Cazes et se promit de suivre son exemple... Seule, sa mère comprit ce revirement.

Ce fut alors que Juliette surgit dans sa vie de célibataire. Une valise à la main, vêtue d'un manteau gris perle, coiffée d'un chapeau en feutre noir, elle arriva chez Lipp un matin d'octobre pour remplacer Lucie, la cuisinière qui préparait d'ordinaire les repas du personnel et venait de quitter la maison au lendemain de son mariage avec un bougnat de Pierrefort. À cette heure réservée aux lève-tôt, la présence d'une femme était si rare à la brasserie que tout le monde la remarqua. Mais à peine avait-elle poussé la porte que madame Cazes se précipita vers elle et l'embrassa. « Sûrement une cousine », pensa Aurélien.

Toutes deux disparurent à l'office.

À onze heures lorsque Aurélien s'attabla aux côtés d'Alexandre et de deux autres garçons de salle, le patron la présenta :

— Juliette, une voisine... J'ai gardé les vaches avec son frère.

Les joues cramoisies par la chaleur des fourneaux, le sourire flottant sur des lèvres charnues, elle pétillait de vivacité, servait et desservait avec une rapidité surprenante pour qui a somnolé une nuit dans l'inconfort d'un train. Au premier regard, Aurélien tomba sous son charme : cette fille de vingt ans, élancée, aux yeux noirs, lui paraissait tellement plus belle que ses cavalières occasionnelles du bal-musette.

À force de la côtoyer chaque jour à la brasserie, Juliette occupa ses pensées. Lorsqu'il entrait à l'office, à l'heure du repas, il oubliait le comptoir, les clients, les picotements dans les jambes, la douleur au bas des reins, pour ne regarder qu'elle : sa présence effaçait tout. Parfois, il l'aidait à déplacer de lourdes charges en cuisine : elle acceptait volontiers et le remerciait d'un mot gentil, rougissante, étonnée par tant de sollicitude. Alors que l'envie le brûlait, Aurélien hésitait à lui dire autre chose que des banalités. Pourtant, il aurait voulu prendre le temps de bavarder avec elle, l'entraîner à la découverte de Paris, l'inviter au bal. Craignait-il un refus de sa part ou une réaction des patrons ? L'attention que portait monsieur Cazes à Juliette ne lui avait pas échappé : ils étaient montés du même village, elle était la seule femme de la maison. Il surveillait peut-être ses fréquentations.

À la fin de l'hiver, Aurélien se décida enfin. Le cœur battant, un jour où ils se trouvaient tous deux à la cuisine, il lui suggéra avant de rejoindre le comptoir :

— Comme tu ne connais pas Paris, nous pourrions aller un de ces dimanches à la foire du Trône...

Occupée à la plonge, elle se retourna. Intriguée.

— Une foire ?

— Une fête si tu préfères. Avec des manèges, la grande roue, des chevaux de bois, des animaux savants, des chanteuses.

— Il y a aussi des cracheurs de feu ?

— Certainement.

— Alors, ça me plaira.

Jusqu'au dimanche tant attendu, le dernier du mois de mars, Aurélien vécut sur un nuage.

Madame Cazes apprit incidemment leur projet de sortie car elle souhaitait, ce jour-là, emmener Juliette chez un frère du patron, Antoine, qui tenait un vins-tabacs à Maisons-Laffite :

— Ça te changera d'une promenade dans le quartier.

— Je suis invité par Aurélien ! répondit-elle fièrement.

Passé l'effet de surprise, la patronne sourit. Mais dès qu'elle vit Aurélien, elle le sermonna :

— Gare à toi si tu fais des bêtises !
— Il ne lui arrivera rien, madame Clémence.
— C'est bien sûr ?
Il promit de la raccompagner le soir jusqu'à sa chambre.

Ce dimanche-là, Aurélien et Juliette partirent tôt afin de profiter de la douceur printanière qui baignait Paris depuis quelques jours. Elle était ravissante dans son corsage montant, blanc, au col et aux poignets ornés de dentelle, qui se mariait si bien avec sa jupe bordeaux, froncée à la taille ; il était élégant dans sa veste, empruntée à son cousin Jacques.

Porte de Vincennes, la foule grouillait malgré l'heure matinale. C'était le premier jour de beau temps ; les oiseaux piaillaient dans les arbres ; les groseilliers du Japon embaumaient le long des jardins publics. On se bousculait au milieu du pleurnichement des enfants apeurés par le bruit qui fusait des stands de tir, les cris des camelots et des vendeurs de ballons.

Effrayée par ce déferlement, Juliette prit la main d'Aurélien. Ils se laissèrent porter par la houle humaine jusqu'au pied de la grande roue dont le mouvement, d'abord lent, s'accéléra et leur donna le tournis. Hommes, femmes et enfants qui avaient grimpé à son bord apparaissaient minuscules dans le ciel bleu : des têtes d'épingles.

Les plus intrépides se précipitèrent à la caisse et prirent rang pour le tour suivant. Aurélien cria à l'oreille de Juliette :
— On y va ?
Elle secoua la tête.
— J'aurais trop peur ! dit-elle dans un éclat de rire, sans lâcher sa main.

À grand-peine, ils se détachèrent de la masse des badauds et s'enfoncèrent dans les allées où les bonimenteurs rivalisaient de bagout pour présenter l'attraction de leur tente : l'homme le plus petit, le plus grand ou le plus fort du monde, le fakir le plus réputé d'Orient, le pétomane le plus bruyant de Paris, la femme à barbe, le veau à deux têtes, le boa mangeur de lapins...

À chaque pas, Juliette écarquillait les yeux, éberluée par le déballage. Pour quelques sous, ils entrèrent dans une baraque où un colosse vêtu d'une blouse blanche à la manière des carabins expliquait le fonctionnement du corps humain sur des mannequins de cire. De l'un d'eux, il exhuma des entrailles gluantes qu'il agita sous leur nez. Juliette en trembla d'effroi mais les chevaux de bois lui rendirent son sourire.

Vers midi, ils s'écroulèrent sur un banc, épuisés, étourdis par le brouhaha. Lorsque la faim les tenailla, ils dévorèrent un cornet de frites et des beignets, achetés à un marchand qui avait installé son fourneau près de là. Puis ils quittèrent la foire, flânèrent sur le cours de Vincennes, burent une citronnade à la terrasse d'un café, échangèrent des confidences. Juliette lui parla de sa famille et des Cazes, de la manière dont elle envisageait son avenir à Paris :

— J'aimerais que Marcellin m'apprenne à servir au comptoir. Je n'ai pas envie de rôtir toute ma vie devant le feu de l'arrière-salle : je veux être avec les clients...

Aurélien lui raconta ses saisons dans les burons et le quotidien des bougnats qu'il avait partagé avec son père.

— Tu ne resteras pas longtemps chez Lipp si tu reprends le café de tes parents, regretta-t-elle.

— Je ne partirais pas tant que le patron n'aura pas reconnu que je suis un bon garçon de café, parmi les meilleurs de la brasserie. Un jour, je veux avoir une belle salle comme Lipp, des serveurs de la classe d'Alexandre, des clients comme monsieur Fargue ou monsieur Jouvet...

Emportés par leurs bavardages, ils faillirent en oublier l'heure. Quand le soleil disparut, Aurélien prit la main de Juliette et ils coururent vers la station du métropolitain. À la nuit tombée, ils parvinrent enfin à l'angle de la rue des Saints-Pères, non loin de chez Lipp, devant l'immeuble où les patrons la logeaient, à l'étage des chambres de bonne.

— La journée est finie, soupira Aurélien.

— Il y en aura d'autres !

— J'espère bien...

Puis un long silence s'écoula que Juliette brisa la première.

— Tu commences tôt demain...

— À demain, coupa-t-il.

Il s'apprêtait à remonter le boulevard lorsqu'elle le rappela :

— Aurélien !

Des passants se retournèrent. Il revint sur ses pas.

— Tu aurais pu m'embrasser, dit-elle.

Enveloppés dans la pénombre, Juliette ne remarqua pas qu'il rougissait jusqu'aux oreilles ; il l'embrassa sur les joues.

Puis elle l'entoura de ses bras.

XI

À partir de ce soir-là, ils ne se quittèrent plus. Après son service, Aurélien courait embrasser Juliette à l'office. Chez Lipp, personne n'était dupe du manège : les garçons taquinaient les amoureux et les plus fripons s'amusaient à entrer dans la cuisine au moment où ils s'enlaçaient. Les patrons fermaient les yeux.

— C'est de votre âge, disait Clémence Cazes à Juliette. J'avais dix-sept ans lorsque Marcellin m'a connue dans le restaurant de mon oncle, avenue du Maine...

Ils ne pouvaient rien leur reprocher. Le personnel se régalait à la table de Juliette, qui cuisinait simplement, comme au pays, avec le talent d'un cordon-bleu. Quant à Aurélien, attentif aux goûts des clients, il tenait bien son rang parmi les autres garçons : le patron pensait lui confier sous peu le tablier blanc. Les poètes et les romanciers qui s'installaient sur une banquette d'angle devant les mosaïques, l'avaient adopté quoique leur cénacle fréquentât peu le comptoir. L'un d'eux, Léon-Paul Fargue, aimait se glisser à la place d'Aurélien, devant ou près du bac de rinçage des verres, afin d'admirer sous un jour différent les céramiques réalisées par son père au début du siècle ; son regard se teintait de nostalgie et de tendresse mêlées. Ce privilège le comblait de bonheur. Aussi, lui avait-il offert et dédicacé un de ses recueils de poèmes. À l'aide d'un coupe-papier, Aurélien en avait détaché chaque page puis, un soir, l'avait feuilleté. C'était son premier livre...

Juliette, déroutée par le style et les mots, avait renoncé à le lire. Elle préférait sortir et pressait Aurélien de l'inviter au bal-musette :

— Au pays, on raconte qu'on danse beaucoup à Paris et qu'on y danse bien ! Je commence à avoir des fourmis dans les jambes.

Le dimanche soir, il l'emmenait rue Aumaire où il conservait ses habitudes. Ils y retrouvaient Pascaline qui fréquentait un fils de cafetier de Mur-de-Barrez, virtuose de la bourrée à deux et de la valse musette. Elle avait connu Michel au café Dupont où il servait depuis quelques mois. C'était un garçon brun, aux sourcils épais, à la moustache conquérante, dont les bras puissants soulevaient les filles comme des fétus de paille dans les bourrées croisées. En fin de soirée, malgré l'heure tardive, Michel les conviait à boire un bol de vin chaud dans l'arrière-salle du café-tabac de ses parents, une grande maison du boulevard de Sébastopol où les garçons obéissaient à un « caporal » comme chez Dupont. Une bonne entente s'instaura parmi eux ; ils devinrent inséparables.

Les fêtes de Noël les rassemblèrent au café de Camille, dans la salle à manger du premier, à la peinture défraîchie, où le cercle familial se formait à nouveau deux ou trois fois par an lors de rares moments d'intimité. Les Soulages souhaitaient connaître Juliette et Michel, entrevus à l'occasion de leurs passages au café, brefs mais répétés.

Ce fut un beau réveillon. Les enfants s'étaient cotisés pour offrir à leurs parents un couteau de Laguiole à découper les volailles et les rôtis, superbe modèle au manche taillé dans l'ivoire, dont la lame d'acier s'ouvrait et se fermait à l'aide d'un anneau. Camille en pleurait de joie tandis qu'Adrien ne cessait de le soupeser et d'en vérifier le fil, admiratif :

— C'est une sacrée pièce !

Il découpa aussitôt la dinde aux marrons juste sortie du four.

— Mieux qu'un rasoir ! s'écria-t-il.

— Depuis plusieurs étés, je voyais le même à la devanture des Calmels à Laguiole, avoua Camille. Il me tentait beaucoup...

— On a bien fini par s'en apercevoir ! s'exclamèrent de concert Candie et Pascaline.

À la fin du repas, Igor s'en servit pour partager le gâteau à la broche, subjugué à son tour par le tranchant de la lame — « l'acier de la bête » disait-il. Camille qui avait supporté la chaleur du feu pendant deux heures afin de confectionner ce dessert traditionnel des Noëls rouergats, l'accompagna d'une crème fouettée. Ils s'en léchèrent les doigts.

Puis, utilisant le laguiole à la manière d'un sabre, Michel déboucha une bouteille de Moët et Chandon qu'il avait choisie dans la cave de ses parents.

— Nous nous marierons cet été, annonça-t-il, serrant sa promise contre lui. Sûrement le deuxième samedi d'août.

— À Montézic, bien sûr ! ajouta Pascaline.

Les verres s'entrechoquèrent. Des souvenirs remontèrent alors à la mémoire d'Adrien : leur messe de mariage en l'église de Montézic, les repas dans la grange, la nuit de noces chez la tante Noémie... « Trente-trois ans au mois d'août prochain ! » calcula Adrien. L'eau avait coulé si vite sous les ponts de la Seine ? « Il est temps de revenir chez nous : le pays nous attend... »

Nul n'osait interroger Aurélien et Juliette. Candie s'y hasarda :

— Et vous ?

Aurélien se racla la gorge et tortilla sa serviette. Il se tourna vers Juliette qui l'encouragea à répondre.

— Nous n'en avons parlé que la semaine dernière. Nous avions pensé nous marier au pays en même temps qu'eux. Mais nous ne savions pas qu'ils s'étaient décidés...

— Oh ! c'est vraiment dommage, pesta Pascaline. On s'entend si bien...

La déception se lisait sur les visages.

— Tout peut encore s'arranger, reprit Michel, plus souple que sa fiancée. Nous ne sommes qu'à Noël et rien n'est arrêté.

— Deux mariages, ce serait bien, murmura Adrien.

— Vous auriez moins de frais, susurra Candie qui ne perdait pas le sens de la réalité des choses malgré ses penchants fantasques.

— Demain soir, nous dînons chez mes parents, continua Michel. Ça m'étonnerait qu'ils s'y opposent.

— J'écrirai aux miens, promit Juliette. Ils ne sont au courant de rien...

— Tu crois qu'ils seront fâchés si tu ne te maries pas chez toi, à Laguiole ? s'inquiéta Aurélien.

— Ils seront contents de me savoir heureuse, dit-elle d'une voix douce, en inclinant la tête vers son épaule. Ils s'accommodent de tout ; ce sont des gens simples.

Ces mots jetèrent un charme que Pascaline rompit, pressée de régler les détails sur-le-champ :

— Mais comment on logera les invités aux Bories ?

— Laisse-nous le temps d'y réfléchir, la supplia Michel.

Déjà, Adrien songeait au moment où il céderait le café à son fils et où il quitterait Paris. Plus que Camille, il attendait cet instant avec une impatience mal contenue et le redoutait : il devait s'y préparer dès maintenant. Comment, sans douleur, tourner une page de sa vie après tant de sueur, de souffrances, de bonheur aussi ?

Les familles s'accordèrent sur l'essentiel : les deux mariages se dérouleraient le deuxième samedi d'août chez les Soulages. Dès Pâques, l'effervescence gagna la maisonnée qui sombra dans de longues discussions, pimentées de temps à autre le dimanche soir par le point de vue des parents de Michel qui imposèrent de louer pendant deux jours les services d'un autobus d'Espalion. Adrien tenta de les raisonner :

— L'église et la mairie ne sont qu'à un kilomètre de la maison ! On s'y rendra à pied.

— Mais vous ne regardez que vous ! riposta la mère de Michel. Les invités de notre famille ne se lèveront pas aux aurores pour venir à pied à Montézic : ça ne se fait plus ! Vous les voyez reprendre la route de Mur-de-Barrez, en pleine nuit, après la fatigue de la noce ? C'est bon pour les paysans les jours de foire...

— Les parents de Juliette en profiteront aussi, expliqua le père. Le matin, en montant d'Espalion, l'autobus s'arrêtera à Laguiole.

— Ça coûtera cher, souligna Camille.

— Tant pis pour la dépense ! répondit-il d'un geste large. On ne marie ses enfants qu'une fois. Il faut nous comprendre : c'est le premier...

Cet homme maniéré leur rappela le père de Marguerite.

— J'ai retenu à Rodez une Panhard pour mes mariés, continua-t-il. J'ai demandé la plus belle...

— Je croyais que vous aviez une voiture, coupa Adrien.

— Une Citroën, confirma-t-il. C'est le même modèle que celui de votre beau-frère Gabriel. Ce jour-là, j'espère qu'il pourra servir de chauffeur à votre fils et à sa fiancée : ce serait dommage qu'ils soient obligés de s'entasser dans l'autobus...

Camille manqua s'étrangler. « Quel mufle ! »

Les Soulages acceptèrent du bout des lèvres, soucieux d'éviter une brouille qui gâcherait la fête. D'ores et déjà, les réactions de Candie et, surtout, de sa tante Antonine les inquiétaient. Comment accueilleraient-elles ces idées de m'as-tu-vu ? Candie menaça de ne pas assister au mariage puis s'assagit et promit à ses parents de les aider dans les tâches qui leur incombaient.

— Heureusement que Michel n'a pas cet esprit, lâcha-t-elle.

Camille informa sa sœur des menus détails de la journée avant qu'ils ne lui parviennent, déformés, par des ragots. Elle se risqua aussi à demander à son frère Édouard d'héberger les Soulages des Enfruts : Pierre-Jean, Éléonore et les enfants. Elle s'y reprit à trois fois avant de trouver les bons mots. « Les Parisiens n'auront qu'à bien se tenir ce jour-là s'ils ne veulent pas se faire moucher par Antonine ou la femme d'Édouard ! »

À la fin du mois de juillet, l'agitation vira en cacophonie. On se chamailla pour des babioles : la mère de Michel voulut remplacer, au repas de midi, les paupiettes de veau bordelaise par des noix de veau portugaise et la galantine truffée à la gelée par du pâté truffé en croûte. Camille se fâcha tout net :

— On ne changera rien !

La réplique fusa :

— Mes cuisinières de Paris auraient su les préparer alors que vos gâte-sauces n'en seraient pas capables !

Camille, qui avait établi chaque menu après maintes palabres, ne céda pas.

« C'était plus simple lorsque nous nous sommes mariés. Nous n'étions pas quatre-vingts ou cent à table... »

Le 3 août, elle descendit au pays à bord d'un train Bonnet.

— Tu te passeras de moi, dit-elle à Adrien. J'ai tellement à faire avant le mariage...

Pendant quelques jours, pour la première fois seule aux Bories en attendant l'arrivée de Candie et d'Adrien, Camille se démena pour trouver de la vaisselle, des tables et des bancs, nettoyer la grange et la transformer en salle de banquet, organiser le travail des trois cuisinières. Par l'entremise d'Antonine, elle avait sollicité des femmes du pays qui prêtaient main-forte aux auberges de Saint-Amans et de Sainte-Geneviève les jours de fête ou de foire, et se déplaçaient dans les maisons pour les repas de mariage. L'une d'entre elles s'était empressée de divulguer les menus dès que Camille les leur avait adressés, au début de l'été. À Montézic et à Saint-Amans, plus personne n'ignorait ce qu'elles serviraient. Une commère accrocha Camille un après-midi où elle traversait la place de l'église.

— Dis-moi, Camillotte, elles te le mettront à quelle sauce le filet de bœuf de Mogador? Ça me plairait de l'essayer...

Tout le pays jasait; Camille enrageait. Des voix bourdonnaient à ses oreilles :

— *Savem ben d'ont es sortida, Camillotte : èra pas tant fièrota quand èra pichona. Desempuiè qu'es anada pissar a Paris, nos vol far veire qu'a gagnat un fais d'argent et que marida plan seus enfants...* [1]

Trop heureuse de participer à la fête qui promettait d'être belle, Antonine ne l'accabla pas de remontrances même si elle ne put s'empêcher de dire :

1. *On sait bien d'où elle est sortie, Camillotte : elle n'était pas si fière quand elle était petite. Depuis qu'elle est allée pisser à Paris, elle veut nous faire voir qu'elle a gagné beaucoup d'argent et qu'elle marie bien ses enfants...*

— *Fan de pet*! Ceux qui viendront « manger la noce » chez toi ne repartiront pas avec le ventre vide! Il n'y a que des Parisiens pour faire ce tralala et dépenser tous ces picaillons... Les gens causent beaucoup... Tu ne les empêcheras pas... Ils trouvent que l'autobus est de trop. Et même les voitures. Ici, on n'a pas encore l'habitude de ces choses-là : c'est bon pour les gens des villes...

Camille partageait son sentiment mais n'osa pas le lui avouer.

Candie et Igor la rejoignirent aux Bories le jour où la première cuisinière amena ses ustensiles et entassa dans la salle à manger marmites, casseroles, poêles et plats. Camille éprouva un réel soulagement de les savoir à ses côtés car Adrien ne fermerait le café que l'avant-veille du mariage et les fiancés passeraient leur temps en essayages, au diable vert, à l'image des parents de Michel. Elle apprécia aussi la venue d'Antonine et de la mère de Juliette qui accoururent dès qu'il fallut tuer, plumer et vider les volailles, découper les meilleurs morceaux pour confectionner les galantines truffées, rouler et farcir les paupiettes.

Quand il arriva, sans prendre le temps de se reposer une demi-journée, Adrien retroussa les manches et prépara une fournée de pain dans la maie de la cuisine. Malgré la fatigue du voyage et de sa semaine au café, il se mit au travail avec entrain, le cœur léger. La pipe coincée entre ses dents, au coin des lèvres, Igor ne perdit rien de ses gestes. Adrien prenait plaisir à bien mélanger la farine, le sel et l'eau, à soulever la pâte d'où s'échappait le sifflement des bulles d'air qui crevaient à la surface.

— Vous auriez été un bon sculpteur! le complimenta Igor. Vous savez travailler la matière.

La jardinière d'Édouard transporta les paillasses jusqu'au four du village. Après avoir retiré les miches brûlantes, Adrien enfourna une quinzaine de fouaces qu'il découpa au matin du mariage pendant que Pascaline et Juliette s'habillaient, se livraient aux ultimes essayages des chapeaux sous le regard avisé de Candie. Alors qu'il finissait de disposer les parts dans les paillasses à pain, sur des toiles grises qui en tapissaient le fond, une grosse voix retentit :

— Holà ! la maison Soulages !

C'était monsieur Enjalbert, flanqué de son fils qui fumait un cigare.

— J'ai l'habitude d'être en avance : ce n'est pas en vieillissant que je changerai.

— Ça fait plaisir de vous voir ! lança Adrien lorsque leurs mains claquèrent.

À soixante-dix ans sonnés, le marchand de vins conservait sa jovialité et son franc-parler. Il lui présenta son fils Albert, svelte et élégant dans son costume d'été.

— Dans quelque temps, c'est avec lui que tu discuteras les prix.

— Vous rendez le tablier ? s'étonna Adrien.

— C'est tout comme, fit monsieur Enjalbert, d'une voix triste.

— On ne vous verra plus à Bercy ?

— Pensez-vous ! il continuera à bricoler aux entrepôts et à courir les cafés, affirma son fils. Il s'ennuierait trop au pays.

— Méfie-toi, Albert est encore plus ficelle que moi, claironna monsieur Enjalbert.

Sur ces entrefaites, le père de Michel déboula dans la cour au volant de sa Citroën chargée de caisses de sauternes.

— Je les avais oubliées, hier soir, s'excusa-t-il.

— Il était temps, tonna le marchand de vins qui passait la langue sur les lèvres. J'avais le gosier sec ! J'espère que c'est du bon.

— C'est du Château de Fargues, s'empressa-t-il de préciser car les cafetiers aveyronnais connaissaient ses exigences.

— Ça ira. Ce sera mieux que du vin du Fel.

Puis à mi-voix tandis que le père de Michel repartait vers sa voiture :

— Qu'est-ce qu'il a essayé de te fourguer pour le repas ?

— Du Mercurey et du Saint-Émilion. Il a choisi un Brintet et un Cheval noir.

— C'est bien : il ne s'est pas fichu de toi... Les bonnes tables du pays ont toujours eu du bordeaux qui remontait le Lot avec le stockfish...

Albert qui avait aussi disparu, revint avec trois caisses de Moët et Chandon.

— C'est en souvenir de nos bonnes affaires, dit monsieur Enjalbert. Le moment venu, j'espère que mon fils s'entendra avec le tien...

Adrien les confia à son neveu Jacques qui leur servit sauternes et fouace sous les frênes, en habit blanc de maître d'hôtel ; il s'éclipsa pour passer son costume. Par la fenêtre de la chambre, pendant qu'il nouait sa cravate, il perçut des exclamations à la descente de l'autobus. Alors, la foule des invités envahit le *pradel* [1], devant la maison : tout le monde se jeta sur la fouace, des dames réclamèrent du café.

Les conversations séparèrent peu à peu les Parisiens des gens du pays : les uns s'entretenaient de leurs affaires, les autres des travaux des champs ou des cours du bétail. « Ils se trient comme les hommes et les femmes à la messe ! D'ici ce soir, ils se seront mélangés », pensa Adrien.

Deux verres de vin blanc mirent en train les trois musiciens en gilet noir qui avaient coiffé le feutre et chaussé les sabots bas ; ils joueraient toute la journée de l'accordéon, de la vielle et de la *cabrette* avant de lancer le bal tard dans la nuit.

— Il ne faudra pas nous plaindre à boire ! glissa

1. *Petit pré clos, attenant à la maison.*

l'un d'eux à Adrien, en desserrant le nœud de sa lavallière. Il fera chaud tout à l'heure...

De longs applaudissements saluèrent l'apparition des mariés. Camille en frissonna de joie. Plus que leurs belles robes blanches, les invités remarquèrent les chapeaux de Pascaline et de Juliette, bâtis en paille blanche, enveloppés d'une mousseline vaporeuse dans laquelle Candie avait piqué une rose rouge. Les Parisiennes les plus difficiles reconnurent qu'ils avaient du chic.

Devant leur voiture décorée de rubans blancs et de fleurs des champs, dont les chromes brillaient sous le soleil, les chauffeurs attendaient les mariés. Un bras appuyé à la portière entrouverte de sa Citroën noire décapotable, Gabriel se rengorgeait, fier d'accompagner Aurélien et Juliette.

— Heureusement qu'il y a une voiture dans la famille, avait-il fait observer à son beau-frère le jour où Adrien lui avait demandé ce service. Je te voyais mal en louer une...

Maintenant, Gabriel jouait avec sa casquette blanche.

— Qu'est-ce qu'il se *couffle* [1], ton beau-frère ! chuchota Antonine à sa sœur.

Au signal de Jacques, le maître de cérémonie de la fête, les musiciens s'engouffrèrent dans l'autobus ; les invités les imitèrent. Le son de la bourrée et la pétarade du moteur couvrirent les dix coups que l'horloge de l'église laissa choir au loin.

Une fois qu'elle eut pris place sur le siège étroit, près d'Adrien, et que l'engin s'ébranla dans la poussière du chemin, Camille ne vit pas s'écouler la journée. Mille recommandations en tête, elle ne s'accorda pas de répit, courut de l'un à l'autre afin de vérifier que tout se passait selon ses plans, veilla à ce que rien

1. *Pavane.*

ne manquât à l'heure de l'apéritif, trottina souvent entre la cuisine et la grange au cours des repas, aida les cuisinières lorsque le service traînait trop. Adrien et Candie qui se démenèrent aussi, tempérèrent son ardeur, ce qui n'empêcha pas Camille de démontrer ses qualités de maîtresse femme jusqu'au départ des invités, le dimanche soir, après la sortie en autobus à Entraygues.

La mère de Michel qui n'avait pas remué le petit doigt pendant deux jours, la complimenta :

— Vous auriez votre place chez Marguéry [1]...

À Montézic, on parla longtemps de ces noces. Pour beaucoup, dans la famille, ce fut l'un des événements d'une vie.

Le lendemain, Michel emmena sa femme, son beau-frère et sa belle-sœur en voyage dans les Pyrénées, à bord de la voiture de son père qui consentit à céder le volant pour la première fois ; ils lui expédièrent chaque jour une carte postale afin de le rassurer sur l'état de sa Citroën ! Leur périple s'acheva à Lourdes comme il était de tradition. Puis ils regagnèrent Paris : Michel et Pascaline emménageaient avant la fin du mois d'août dans un café-tabac de l'avenue Kléber, récemment acheté par les parents de Michel qui leur en confiaient la gérance appointée. « Quels rapiats ! pensait Aurélien. Ils auraient pu signer une gérance libre... »

Adrien et Camille se trouvaient déjà à Paris, nerveux et les traits tirés, tourmentés à l'idée d'accueillir Aurélien et Juliette sous leur toit, surtout de les associer pendant quelques mois aux affaires de la maison en préparant la retraite. Bien qu'animés du désir de préserver les intérêts et le bonheur de tous, ils redoutaient le faux pas. Sauraient-ils oublier leur manie de

1. *Célèbre restaurant parisien.*

régenter, travers propre aux patrons qui poussait à ne rien partager, pour conseiller leurs enfants, vivre en bonne intelligence avec eux ?

Aurélien avait insisté :

— Nous aurons besoin de vous. Restez encore...

— Tu y tiens ? avait répondu Adrien. Grâce à monsieur Cazes, tu connais bien mieux le métier que moi. Je ne t'apporterai pas grand-chose, je ne suis qu'un bougnat...

— Mais un bougnat qui ne se laisse pas rouler par un marchand de vins, avait-il relevé. Tu dois m'apprendre à acheter le meilleur au meilleur prix...

Adrien avait souri. S'il avait été l'aîné des Soulages et appelé à reprendre la ferme des Enfruts, il n'aurait pas parlé différemment à son père à propos des ventes du bétail. Flatté par la confiance que lui témoignait son fils, il avait accepté :

— Si je n'y arrive pas d'ici la Saint-Jean, ce sera à désespérer de toi...

— Vous resteriez avec nous jusqu'en juin ? avait repris Aurélien.

— Jusqu'à mes soixante ans, avait-il prévenu.

Puis ajouté avec une pointe d'humour :

— Quand on change de maître, c'est à la Saint-Jean !

Maintenant, Adrien ne pouvait se dérober. Aussi, une fois les jeunes mariés installés, entraîna-t-il son fils à la Halle aux vins de Paris, près du port de la Tournelle. C'était un matin de la fin du mois d'août. Le souffle tiède de la nuit parcourait encore les rues, une légère brume montait des bords de la Seine et transformait les péniches en bateaux fantômes. Pour peu, ils auraient succombé à la tentation de flâner le long du fleuve. À l'inverse, ils pressèrent le pas lorsque les odeurs enivrantes des spiritueux chatouillèrent leurs narines, au passage du quai Saint-Michel.

À leur arrivée, tonneliers, vignerons, dégustateurs,

limonadiers, sommeliers, marchands et rats de caves s'agglutinaient sous les entrepôts dont le damier d'allées formait une véritable cité au cœur de la ville. Ils traversèrent les rues du Languedoc et de Touraine, s'attardèrent rue de Champagne puis rue de Bordeaux. Partout, les acheteurs goûtaient les vins, courtisés par les négociants.

— J'y viens presque chaque semaine, expliqua Adrien à son fils en tirant de sa poche un calepin et un crayon à papier. Si tu connais les prix et si tu suis le marché, tu discutes mieux avec le marchand de vins... Parfois, tu arrives à gagner quelques centimes au litre. Imagine ce que ça représente sur une bordelaise... Au café, on en passe deux de chablis toutes les semaines...

Aurélien qui collait à son pas et l'écoutait avec attention, se livra à un rapide calcul :

— 22,50 francs pour 10 centimes par litre... Ça vaut la peine.

— Tu as vu ce que ça rapporte ?

À peine avait-il lâché ces mots qu'une poigne le tira en arrière. Il se retourna, tomba sur monsieur Enjalbert.

— Tu as peur que je te vole ? lui lança le marchand de vins.

— Pas du tout !

— Tu veux changer de crémerie ?

— Encore moins.

— Qu'est-ce que tu fiches ici ?

— J'y ai mes habitudes, se contenta de dire Adrien. Les foires me manquent depuis que je suis à Paris...

— Et tu saisis l'occasion pour relever les cours.

Aurélien éclata de rire : son père n'avait pas cherché à dissimuler son calepin.

— Tu as raison, admit le marchand de vins. Je fais comme toi... Mais c'est curieux qu'on ne se soit jamais croisé...

Adrien haussa les épaules, poursuivit son tour de halle comme s'ils ne s'étaient pas rencontrés, releva quelques chiffres. Intrigué par leur manège, monsieur Enjalbert ne les quitta pas d'une semelle puis les invita à manger un pied de cochon de l'autre côté de la Seine, dans un restaurant des Halles.

— Ça te tourne pas la tête de respirer tous ces vins ? demanda-t-il à Adrien. Moi, ça me creuse l'appétit... Après, on ira voir ce que je peux te proposer...

Désormais, Aurélien accompagna son père à la Halle aux vins, à l'entrepôt du marchand de vins à Bercy, à la brûlerie de monsieur Blanc, Porte d'Italie, chez le marchand de bières et d'eaux minérales à la Porte de Champerret. Il avait hâte de tout savoir et de voler de ses propres ailes. Aux heures creuses de l'après-midi, il disparaissait dans Paris, prenait le temps de repérer les belles « limonades », de savourer un bon café à une table et d'observer le décor afin de relever un détail d'architecture ou une idée d'agencement dont il s'inspirerait, le moment venu, pour le nouveau Camille. Ses pas le menèrent ainsi vers les lieux en vue de Montparnasse qu'Igor citait souvent : Le Dôme tenu alors par un Aveyronnais et un Cantalou, que fréquentaient les peintres ; La Closerie des Lilas où l'attirèrent le sol en mosaïque, les vieilles glaces et les lambris aux murs. De retour à Saint-Germain, avant de rejoindre le comptoir, il s'installait parfois à la terrasse du Flore ou des Deux-Magots dont il enviait l'emplacement. Là, son esprit continuait à vagabonder...

À Noël, Aurélien s'occupa seul des stocks et se lança dans les achats. Son comportement surprit les fournisseurs qui le croyaient encore novice. Bientôt, ils constatèrent qu'il savait mieux que son père reconnaître les qualités et les défauts d'un vin, d'un grain de café, l'amertume et le degré d'une bière.

— Ce n'est pas pour rien que tu as été chez Lipp, remarqua le marchand de vins. Ton père pinaille moins...

Décidé à contourner les vieux patrons qu'il estimait retors avec les jeunes, Aurélien traita avec leurs fils, certes plus âgés que lui mais avec qui il se sentait à l'aise pour discuter. Ainsi, put-il épater son père en obtenant sur du chablis de meilleures conditions qu'à l'ordinaire.

— Je n'aurais jamais eu ce prix du père Enjalbert, avoua Adrien. Tu m'en bouches un coin...

Quant à Juliette, novice dans le monde du café, elle s'appliquait à suivre les conseils de Camille et à s'imprégner de son sens de l'économie. Camille qui ne jetait rien, posait ses additions du soir sur les derniers bons de commande du café-charbon de la rue Lécluse, classait les factures dans des boîtes à chaussures et des cartons à chapeaux, utilisait les enveloppes usagées pour répartir l'argent qu'elle levait de la caisse plusieurs fois par jour.

Juliette passait sa journée près d'elle, apprenait à avoir l'œil partout dans le café, à comptabiliser les recettes de la journée, l'aidait à préparer les repas dans l'arrière-cuisine et à réceptionner les jetons que les garçons déversaient en cadence au moment des « coups de feu », se familiarisait avec le comptoir, les prix, les habitudes des clients. Sans cesse, elle l'interrogeait et Camille ne se lassait pas de lui répondre, comme si elle initiait sa fille, glissant de temps à autre :

— C'est important une femme dans un café : si on s'entend bien, on peut faire à deux le travail de trois !

Au début, les garçons se montrèrent distants, craignant qu'elle ne bousculât le service et ne leur donnât des ordres sans connaître suffisamment le métier. Puis, rassurés par son attitude, conquis par sa gentillesse et sa simplicité, séduits par son envie de savoir, ils l'adoptèrent. Pour eux, elle devint « Madame Soulages » tandis qu'ils persistèrent à appeler Camille « Patronne ».

Quand elle leur rendait visite, Pascaline l'incitait à sortir :

— Profites-en tant que mes parents sont là ! Après, comme nous, vous serez prisonniers du comptoir...

À l'inverse, Juliette insista pour qu'Adrien et Camille s'offrent quelques moments de liberté, avant l'été.

— Sinon vous n'aurez rien vu de Paris quand vous repartirez au pays...

Après avoir hésité, ils se décidèrent à rattraper le temps perdu, retournèrent au Jardin des Plantes où dormaient au milieu des cèdres les souvenirs des promenades amoureuses de leur jeunesse, revinrent à Montmartre flâner sur la butte et manger du bœuf au gros sel, visitèrent Notre-Dame, explorèrent les allées des Champs-Élysées. Camille en était émue.

Pour autant, Aurélien et Juliette ne se privaient pas de sorties. Le dimanche soir, ils dînaient en compagnie de Candie et d'Igor dans les restaurants russes de Montparnasse, emportaient des provisions arrivées du pays et improvisaient un casse-croûte chez Pascaline à la fermeture du café-tabac, ou filaient au bal-musette. Parfois, les Cazes les conviaient à la brasserie. Tant de petits bonheurs les attachaient à Lipp qu'ils savouraient cet instant.

— C'est dommage que tu sois parti mais je comprends que tu veuilles toi aussi être patron, souffla monsieur Cazes à Aurélien un soir glacial de janvier 1925, peu après le jour de l'An, pendant que Juliette bavardait avec sa femme. Dans ma nouvelle brasserie, tu aurais eu ta place en salle...

Il ne s'attendait pas à pareille nouvelle.

— La maison va changer ? s'inquiéta Aurélien.

Monsieur Cazes enleva ses lunettes, lissa sa fine moustache et continua :

— Sur le boulevard, Les Deux-Magots et Le Flore me mènent la vie dure. Je dois suivre... La salle est trop petite, les clients y sont à l'étroit, le service n'est pas facile. Je vais supprimer la cour, ouvrir une seconde salle derrière... L'architecte en a prévu une autre au premier étage en chassant les billards !

Aurélien qui avait érigé le patron de Lipp en modèle depuis son départ de la maison, buvait ses paroles et essayait d'imaginer la nouvelle brasserie.

— Vous garderez les faïences ? s'empressa-t-il de demander.

— Bien sûr ! Elles sont tellement belles qu'on les reproduira même sur les murs de la seconde salle.

— Monsieur Fargue sera content, se réjouit Aurélien qui aimait tant ce décor. Vous aurez combien de tables ?

— Quatre-vingts ! annonça fièrement Marcellin Cazes.

— Quatre-vingts, répéta-t-il, ébloui. Comme les grandes maisons. Ça coûtera beaucoup d'argent ?

Aurélien réalisa soudain qu'il n'aurait pas dû poser la question, et se mordit les lèvres. Monsieur Cazes ne s'offusqua pas de son indiscrétion.

— Tu as raison : il me faudra de l'argent, répondit-il. Mais dis-toi bien qu'à Paris, un Aveyronnais ou un Auvergnat honorablement connu trouve toujours à emprunter de l'argent à un pays plus riche que lui...

— Après ce sera beau, murmura Aurélien.

— Un jour, tu auras aussi *un polit ostal* [1]...

Les projets de Marcellin Cazes renforcèrent sa détermination de transformer le Camille. Pour autant, il ne pouvait brûler les étapes car il lui paraissait difficile de s'engager dans des travaux avant d'avoir trouvé de quoi s'agrandir, remboursé le dernier billet de fonds du café, convaincu son père de la nécessité

1. *Une belle affaire.*

d'aménager une autre salle et d'imposer un style au Camille.

En rentrant de chez Lipp, il se promit d'interroger discrètement ses deux plus proches voisins, Bignard qui tenait un bazar et le marchand de primeurs, du même âge qu'Adrien, qui céderaient tôt ou tard leur boutique attenante. Quant à son père, Aurélien le respectait trop pour le heurter : le café était toute sa vie. Juliette qui rêvait aussi d'une belle maison et, surtout, Camille seraient de précieuses alliées pour l'amener à accepter le changement...

Au printemps, Adrien commença à évoquer leur départ devant quelques clients qui le taquinèrent gentiment :

— Vous n'êtes pas bien à Paris ? C'est mieux que de s'enterrer en pleine cambrousse, loin de tout.

— J'y tiens : c'est mon pays...

À ces mots, son regard s'allumait, pétillant de nostalgie.

Puis Camille manifesta l'intention de renouveler sa garde-robe avant de s'installer à Montézic.

— Là-bas, je n'aurais pas le choix des grands magasins, dit-elle à Juliette. Ni les mêmes prix !

Elle passa plusieurs journées dans les rayons du Printemps, du Bon-Marché, des Galeries Lafayette, de la Samaritaine à comparer la qualité des tissus, les coloris et les coupes des robes ou des manteaux, à essayer les modèles qui lui plaisaient, à marchander un rabais sur les collections d'hiver ou la façon des retouches. Jamais une telle frénésie ne s'était emparée d'elle.

Lorsque les commissionnaires livrèrent les cartons, Aurélien s'écria :

— Vous vous êtes sûrement trompés d'adresse : ma mère n'a pas commandé une montagne de vêtements. Vous avez confondu avec une boutique de la rue de Lille !

Il appela Camille qui se trouvait à l'étage, occupée à repasser. Une liste à la main, elle vérifia chaque paquet.

— Il ne manque rien, confirma-t-elle.

Il y avait de quoi remplir trois ou quatre malles. Aussi, Aurélien insista-t-il :

— Qu'est-ce que tu feras de ces toilettes à Montézic ?

— Il n'y a pas que des robes ! protesta-t-elle. Les armoires des Bories sont presque vides. Je m'en suis aperçue, l'été dernier, pour ton mariage : il a fallu que j'emprunte du linge à tout le monde. J'ai acheté de quoi les garnir : des draps, des serviettes, des torchons, des mouchoirs. On a besoin de tellement de choses dans une maison. Tu es un homme, tu ne peux pas comprendre... J'ai aussi conseillé à ton père de ramener au pays des costumes, des gilets, des chemises, des chapeaux, des chaussures... Le jour où nous aurons à sortir, tu nous vois partir deux semaines avant à Espalion ou à Rodez pour commander nos habits ? Au moins, nous vivrons sans ce souci... Nous avons assez couru dans notre vie...

Malgré ses explications, il demeura sceptique sur l'utilité de ses achats.

— Les armoires de ma mère sont aussi pleines, lui fit remarquer Juliette. Mais elle n'usera jamais tout son linge ni ses vêtements... Avant elle, ma grand-mère en avait entassé autant... Ta mère et la mienne ont été élevées selon les mêmes principes : elles ont peur de manquer...

Un soir, peu avant la Saint-Jean, Adrien annonça à sa femme :

— Ne comptez pas sur moi demain : j'ai des affaires à régler.

Ce n'était guère dans ses habitudes de disparaître une journée entière. Absorbée par le déménagement,

Camille ne chercha pas à en savoir davantage, persuadée qu'il rendait visite une dernière fois à ses fournisseurs.

Adrien quitta le café à l'aube, le visage sombre, et marcha d'un pas lourd jusqu'au premier arrêt d'autobus du boulevard. Avant de partir, il voulait revoir les quartiers où il laissait une partie de lui-même parce qu'il y avait ri et pleuré, souffert et aimé. Une fois que l'omnibus l'eut déposé près de la colonne de la Bastille, des mots et des scènes remontèrent à sa mémoire, renouèrent les fils de sa vie parisienne. Alors, commença son pèlerinage...

Passage Saint-Antoine, rien n'avait changé : la même crasse et la même misère incrustaient les lieux ; il s'en éloigna avec dégoût. Sur la placette, le fils d'Édouard et de Ginette, les Cantalous qui tenaient le bougnat où se rassemblaient le soir les hommes de peine de la soupente, lui apprirent la triste fin de Louise, morte à l'hospice l'été de la déclaration de guerre, comme les mendiants ; la gargote n'existait plus, transformée en graineterie.

— Pauvre Louise, soupira Adrien. Paris ne lui a pas réussi : elle a rendu service mais elle n'a pas fait fortune. Pourtant, qu'est-ce qu'on était bien chez elle...

Il promit de pousser jusqu'à Saint-Urcize saluer le vieux couple de bougnats un jour où il irait chez son frère, aux Enfruts.

Il trinqua avec les patrons, au comptoir, qui continuaient à débiter du saint-pourçain, rude, à la robe rouge cerise...

Rue de Lappe dont les façades se constellaient d'enseignes de dancing, Adrien ne retrouva pas l'arrière-salle du bal-musette de ses amours. Plus de *cabrette,* plus de bourrée, plus de vin chaud, plus de payses aux joues rouges et aux hanches rondes ? Il avait peine à l'admettre. Il fallait bien : les Auvergnats pliaient le genou devant les Italiens... Des voyous en chapeau melon, au regard dur et noir, rasaient les murs. Il ne s'attarda pas.

Impasse de la Poissonnerie, une fabrique d'eau de Seltz avait remplacé l'établissement de bains à domicile. Le bureau du patron occupait la même place, au rez-de-chaussée, ainsi que l'indiquait un panneau fixé sur la porte; Adrien frappa à la vitre et entra. À s'y méprendre, l'homme ressemblait à Étienne Rigal.

— Quand je suis arrivé à Paris, j'ai travaillé six mois dans cette maison, expliqua Adrien. C'était ma première place...

— Vous avez donc connu mon père...

Ils bavardèrent pendant une heure. Le patron n'en finissait pas de l'interroger sur le métier de livreur de bains qu'il découvrait.

— Mon père n'en parlait jamais, avoua-t-il.

Puis, il lui fit les honneurs de sa fabrique :

— Je livre dans tous les quartiers de Paris. À l'occasion, je peux fournir votre café...

Dans une remise, dormaient les baignoires de cuivre que des générations d'hommes avaient charriées sur leur dos.

— C'était du solide ! s'exclama le fils Rigal.

— C'était si lourd...

Ses épaules meurtries en gardaient les traces, incrustées dans la chair, violacées.

Sur les pavés, près d'un enchevêtrement de courroies usées et déchirées, une plaque gisait au pied d'un seau. Adrien y reconnut les lettres E et R entrelacées ainsi que la baignoire stylisée. Pas de doute : c'était bien celle de la maison. Il la prit entre ses doigts, enleva la poussière d'un revers de main, sortit à la lumière du jour pour mieux en observer les détails.

— Chaque baignoire avait sa plaque et son numéro, dit-il.

— C'était la vôtre ? demanda le patron.
— Non, répondit Adrien. J'avais le 12, elle a le 8.
— Prenez-la quand même.

Une bouffée de joie l'envahit. Son cœur palpitait aussi fort que le matin où il avait dérangé Étienne Rigal dans ses écritures.

— Vous me la donnez ?
— Vous la montrerez à vos enfants : eux aussi seront contents de savoir...

Incapable de trouver les mots pour le remercier, Adrien pleura.

Le patron courut à son bureau et ramena une feuille de journal dans laquelle il plia la plaque.

— Ce sera mieux...

Adrien se moucha, sécha ses larmes, glissa le paquet dans la poche de sa veste. Ses mains tremblaient.

Vint le moment des adieux. La veille du départ, à l'heure de la fermeture du café, Adrien et Camille offrirent le champagne aux garçons. Quand ils descendirent, tous se tenaient raides au milieu de la salle dont ils venaient d'éteindre une partie des lampes et de tirer les rideaux ; les serveurs du matin les avaient rejoints. Camille en eut la gorge nouée.

Le claquement sec des bouchons brisa la glace, le champagne délia les langues, les conversations s'animèrent.

Adrien et Camille allèrent de l'un à l'autre, rappelèrent les bons souvenirs des années passées ensemble.

— On vous reverra à l'automne, patron ? lança André.

Il secoua la tête.

— *Tornaraï pas : aï fach l'ostal* [1]...

1. *Je ne reviendrai pas : j'ai bâti la maison...*

XII

L'odeur des foins, le parfum des fleurs, les eaux fraîches de la Truyère les attendaient. Quel bonheur de retrouver intacts sa terre, ses arbres, ses prés, sa maison aux murs épais, ses pierres, ses toits d'ardoise ! Une longue errance s'achevait ; la vie d'autrefois pouvait reprendre son cours. Adrien avait tant désiré ce moment qu'il croyait rêver. Les premiers jours qui suivirent leur arrivée aux Bories, il ne dormit que d'un œil, attentif au moindre bruit de la nuit, surpris de ne point entendre dès l'aube le passage des autobus sur le boulevard. Depuis des années, à chaque séjour aux Bories, il éprouvait la même sensation et le jour du départ survenait avant qu'il ne se sentît reposé. Deux semaines après leur retour, Adrien sombra enfin dans un de ces sommeils où l'on tombe comme dans un trou, s'habitua à nouveau au silence, au chant des oiseaux, au bruissement des feuilles. Un être différent renaissait en lui.

Les occupations ne manquèrent pas, le temps coula très vite. Pendant qu'Adrien nettoyait les abords de la maison, fauchant puis fanant l'herbe, Camille entreprit de défaire les malles acheminées depuis la gare d'Espalion par le voiturier d'Entraygues, empilées à la grange. Antonine se proposa de l'aider ; elle accepta mais ne fut pas dupe de son empressement, se doutant que sa sœur brûlait d'impatience d'admirer les toilettes qu'elle ramenait de Paris. Elles passèrent deux jours à déballer puis à remplir les trois armoires de la maison. Un tel étalage ébahit Antonine qui murmura, les mains jointes :

— Si notre mère revenait et voyait tout ça...

Chaque fois que Camille ouvrait un carton, en sortait une jupe, une robe, ou un chemisier, elle touchait le tissu, plaquait les effets contre son corps, s'admirait devant une glace, virevoltait comme une jeune fille coquette, flattait sa sœur :

— Le dimanche, à la messe, tu seras vraiment la plus belle !

— Détrompe-toi : je mettrai mes robes les plus simples.

— Ah ! fit-elle, déçue. À quoi ça te servira d'avoir acheté tant de choses chic ?

— Quand nous irons à Paris, je veux être bien habillée.

Elle en convint.

— Vous y retournerez ?

— Bien sûr. Nous profiterons des enfants...

Lorsqu'il revint aux Bories chercher sa femme, Fernand remit à Adrien la pouliche promise l'été précédent. L'animal, un splendide trait breton d'un an et demi, à la crinière blonde et au front marqué d'une étoile blanche, suivit docilement l'attelage et trottina attaché par le licol aux ridelles de la jardinière. Fernand en était fier :

— Tu ne trouveras pas plus douce que Pomponnette ! Tu peux l'atteler quand tu veux... Si j'avais cédé, je l'aurais vendue un très bon prix...

Adrien la prenait déjà par la bride et commença à bouchonner sa robe luisante de sueur, à l'ombre d'un frêne. Il tira de l'eau au puits, remplit l'abreuvoir où Bichette, la vieille jument de Fernand, et Pomponnette, sa fille, burent jusqu'à plus soif. Puis il leur fourra les naseaux dans un demi-seau d'avoine.

— T'as pas perdu les habitudes ! constata le mari d'Antonine qui rejeta son béret en arrière et s'épongea le front. T'es pas comme ces Parisiens qui se prennent les pieds dans le râteau... Pourquoi t'as pas commandé une voiture comme ton beau-frère Gabriel ?

— C'est cher, ça tombe en panne, reconnut Adrien. À mon âge, je n'ai pas le goût de la mécanique comme les jeunes. Une jument ne me laissera pas en carafe dans la côte de Saint-Amans...

Une semaine plus tard, il prit livraison d'un char à banc chez le charron du village.

— J'en avais envie depuis ma jeunesse, confessa-t-il à Camille. À l'époque, il n'y avait que les gros pour se payer un break...

Pendant quelques jours, guides en main, il sillonna les chemins, juché sur le siège rembourré de sa voiture.

— Il me faut finir de dresser Pomponnette, disait-il.

En fait, il s'amusait comme un enfant, ravivant l'instinct paysan qui sommeillait en lui. Camille le découvrait tel qu'il avait été avant son départ à Paris, heureux de vivre les deux pieds dans la terre près des bêtes et des champs.

Cet été-là, alors qu'Adrien et Camille avaient imaginé un grand repas de famille au moment du 15 août, aucun des enfants ne put descendre aux Bories. Cette défection générale les chagrina.

Pour l'Assomption où on célébrait Notre-Dame-des-Pauvres à Aubrac — une fête que les Soulages ne manquaient jamais — Pierre-Jean les invita aux Enfruts. À la sortie de la messe de onze heures, ils tombèrent nez à nez avec monsieur Enjalbert et sa femme au pied de la tour des Anglais.

— Nous savions que vous étiez là, leur dit-il. Artigues n'est pas si loin des Enfruts.

Il les entraîna vers la terrasse ombragée de l'hôtel Gros :

— Pour une fois qu'on se voit au pays et que tu n'es pas derrière le comptoir...

Les hommes prirent du Byrrh, les femmes du quinquina.

Sous les arbres, on bavarda sans trop se soucier de l'heure.

Quand les chevaux les abreuvèrent de hennissements, Adrien et Camille raccompagnèrent les Enjalbert à leur jardinière. Le marchand de vins saisit Adrien par le bras et lui chuchota :

— Ton fils se défend : tu peux dormir tranquille. Il te bouffera pas la baraque...

— J'espère bien. J'ai pas fini de vous rembourser.

— Dans quatre ans, on effacera l'ardoise.

— Ce jour-là, je pourrai mourir tranquille : j'aurai payé mes dettes. Mais qu'est-ce que vous aurez gagné sur mon dos !

La main de monsieur Enjalbert qui n'avait pas lâché son bras, le serra plus fort :

— Ne raconte pas de bêtises ! De nous deux, c'est toi qui fais la meilleure affaire. Pour nous, les temps sont durs. Avec ces fichues dévaluations et cette monnaie de singe, j'y serais de ma poche si les cafetiers et les bougnats que je finance n'étaient pas tenus de s'approvisionner chez moi : l'argent ne rapporte plus comme avant la guerre. Aujourd'hui, tu n'aurais pas les mêmes conditions qu'il y a six ans. D'ailleurs, il faudra peut-être les revoir si ça s'aggrave...

Adrien blêmit, qui pensait avoir enfin trouvé la paix en quittant Paris. Bien qu'il eût cédé le café à Aurélien, il ne pouvait pas se détacher des affaires de la maison parce qu'il avait engagé sa parole auprès du négociant en vins et du marchand de café. Il n'en toucha mot à Camille mais y songea une partie de la nuit, calcula ce qu'ils devaient aux fournisseurs d'ici l'échéance de 1929 ainsi que le montant de leurs économies, patiemment constituées au fil des ans et placées en bons du Trésor auprès du notaire de Saint-Amans, dans lesquelles ils puiseraient pour vivre aux Bories. « S'il fallait rembourser plus vite, nous aurions de quoi faire face », se rassura-t-il. Puis, il s'endormit...

Lorsque les oies sauvages dessinèrent un V dans le ciel de la Viadène, avant la Saint-Michel, les Soulages se préparèrent à l'hiver. Adrien acheta une provision de foin pour la pouliche et plusieurs charretées de billes de bois qu'il entreposa à la grange, refendit à la masse et au coin d'acier, puis se hissa sur le toit et ramona la cheminée à l'aide d'un fagot de houx. Quant à Camille, elle tricota chaussettes, vestes, gilets et mitaines, confectionna un gros édredon rouge qu'elle garnit de duvet d'oie. Craignant l'ennui au cours de la mauvaise saison, parfois longue dans ce pays, elle s'abonna pour un an à *La Veillée des Chaumières* dont elle avait dévoré à Paris les romans-feuilletons.

— Le facteur viendra au moins deux fois par semaine, dit-elle à Adrien. Le mercredi pour ma revue, le vendredi pour t'amener *Le Bulletin d'Espalion.*

Peu à peu, Camille se rapprocha de sa belle-sœur Étiennette, la femme d'Édouard, plus jeune de quelques années, bruyante et acariâtre, au teint couperosé. « On habite si près l'une de l'autre qu'on ne peut pas passer sa vie à se disputer. On risque d'avoir besoin d'elle : les enfants sont loin... » Adrien prêta main-forte à son beau-frère et à son neveu au moment des travaux des champs; ils le récompensèrent de sa peine en déchargeant dans son jardin un tombereau de fumier. Bientôt, ils prirent l'habitude de veiller à Montézic le jeudi tandis qu'Édouard et Étiennette venaient aux Bories le dimanche après souper.

L'hiver débuta à la Saint-André, le matin où Étiennette sacrifia ses canards gras. Lorsque Camille se mit en route pour Montézic, la neige blanchissait le chemin.

— Il a bien fallu qu'elle choisisse le jour où le Bon Dieu plume ses oies ! tonna Édouard qui manquait rarement une occasion de baguenauder.

Pendant trois jours, les femmes saignèrent, plumèrent, vidèrent, désossèrent les canards, préparèrent les foies, cuirent les fritons, fondirent les quartiers dans la graisse. Le premier matin, Camille tâtonna et s'entailla le pouce avec un couteau à la lame acérée, affûté de frais à la meule. Sa maladresse n'échappa à personne.

— Ça se voit que tu es partie jeune et que tu n'as pas vécu dans la tripaille ! se moqua une ancienne compagne de classe. Si tu avais tué et ouvert autant de canards que nous...

Malgré la douleur à la pliure et le pansement qui la gênait, elle retrouva vite les gestes de son adolescence.

Au début de l'été, Camille avait retenu dix canards auprès de sa belle-sœur, se promettant d'en élever au printemps suivant. Elle avait hâte de savourer à nouveau les délices de son enfance : les cous farcis, les tripes et les gésiers confits, le ragoût d'abattis, les quartiers mangés froids en été sur une tranche de pain à l'ombre d'un frêne. Par avance, elle savait qu'Adrien les apprécierait, tant ils en avaient perdu le goût à Paris, et que les enfants s'en régaleraient aussi.

— Et pour me les payer ? avait demandé Étiennette.

— Tu feras le prix.

— Ce sera au cours de la foire de Saint-Amans.

Le dernier après-midi, Camille disposa ses provisions dans de longues corbeilles d'osier que le break emporta aux Bories. Elle régla son écot sur le champ.

Étiennette fit mine d'aligner quelques chiffres sur une bande d'envoi du journal.

— Les foies sont petits, s'excusa-t-elle en empochant l'argent. Je t'en ai mis un de plus et j'ai ajouté quelques abattis : tu les auras pour la soupe cet hiver...

Camille achevait de saumurer les abattis, de ranger ses toupines et ses bocaux lorsque arriva une lettre d'Aurélien et de Juliette : ils les invitaient à Paris pour les fêtes de Noël. Sitôt la feuille repliée, elle en éprouva une grande envie.

— On verra quand nous aurons tué le cochon, répondit Adrien.

— Ce sera trop tard. On sera déjà à la Sainte-Luce. Il faut se décider maintenant...

— Vas-y si tu veux, dit-il d'un ton las. Je reste...

Déçue, elle s'entêta :

— Nous n'avons pas vu les enfants depuis le mois de juin !

— Nous sommes si bien dans notre maison, expliqua-t-il. Je n'ai pas passé un Noël au pays depuis l'année de mes vingt ans...

— Tu pourrais faire un effort, persista Camille. Là-haut, on se réunirait tous.

— C'est tellement long et compliqué d'aller à Paris...

Adrien ne voulut pas en démordre; Camille s'y résigna.

Après Noël, ce premier hiver au pays lui sembla interminable et triste. Elle regretta Paris, ses journées au café qui ne lui laissaient aucun répit, l'animation des boulevards, le confort de leur maison douillette. Aux Bories, la nuit tombait à cinq heures par temps gris. Que faire en attendant l'heure du repas, assise près de la table de la cuisine sur laquelle trônait une lampe à pétrole qui éclairait peu et fumait beaucoup ? Elle se lassait de lire et de relire les numéros de *La*

Veillée des Chaumières, de tricoter ou de ravauder pendant qu'Adrien tressait des paniers d'osier au coin de la cheminée. Elle frissonnait malgré le feu d'enfer qu'elle entretenait dans l'âtre, s'attirant sa colère :

— À ce train-là, on brûlera une charretée de bois par semaine !

Adrien la laissait souvent seule l'après-midi, partait au café du village jouer aux cartes, disparaissait en direction des bois d'où il revenait parfois avec quelques grives braconnées, un lapin pris au collet. Quand il sortait dans le brouillard et sous la bruine, Camille le grondait :

— Ce n'est pas bon pour tes douleurs.

Il ne l'écoutait pas bien qu'il se plaignît à chaque changement de temps, lui demandât de frictionner ses reins à l'eau-de-vie, se traînât d'une chaise à l'autre en gémissant : il payait ses efforts et ses imprudences de l'automne.

Ce bouleversement de vie déçut Camille mais son sourire revint avec les beaux jours, dès le chant du coucou que l'écho renvoya après Pâques du fond des gorges sauvages de la Truyère. Un franc soleil chassa sa mélancolie. Alors, elle se préoccupa de monter sa basse-cour et de préparer les semis du jardin lorsque Adrien eut une nouvelle fois retourné et fumé la terre, écrasé les mottes, tracé les sentiers au cordeau.

Lors de la foire aux chevaux de Sainte-Geneviève, à l'automne, Adrien avait acheté l'almanach Carrère dont son père vantait les mérites parce qu'il dispensait de bons conseils de jardinage. Il le recommanda à Camille qui n'en voulut point :

— Chez nous, on ne s'est jamais servi d'un almanach. Ma mère se fiait à ce que lui répétait ma grand-mère : plante ce qui descend avec la lune nouvelle et ce qui monte avec la lune vieille.

Adrien s'inclina et attendit sagement les premières

pousses. À la fin du printemps, salades, radis, carottes, petits pois garnissaient les plates-bandes...

Les enfants s'extasièrent à leur tour lorsque le mois d'août les ramena aux Bories. À peine descendus du break, Candie mordit à pleines dents dans une tomate tandis qu'Igor ne résista pas à la tentation de croquer sur-le-champ deux ou trois feuilles d'oseille. Ils arrivèrent les premiers, une semaine avant le 15 août, suivis quelques jours plus tard de Pascaline et de Michel puis d'Aurélien et de Juliette. Ravi de s'improviser voiturier, Adrien prit plaisir à atteler Pomponnette et à filer jusqu'à Saint-Amans-des-Cots où les déposa le courrier des trains Bonnet.

Trois jours durant, la famille se trouva rassemblée.

— Ça faisait si longtemps, murmura Camille. L'été dernier, vous nous avez manqué.

— Nous étions déçus de ne pas descendre, lui avoua Pascaline. Tu sais bien que nous n'irions pas ailleurs qu'au pays...

— Il faudra se serrer, prévint Adrien. Notre maison ne s'est pas agrandie !

Pascaline et Michel dormirent sur un lit de fortune, dressé dans la salle à manger entre le mur et le buffet à deux portes. Aurélien choisit le *cambrou* du grenier, sa chambre d'enfant dont la fenêtre à tabatière offrait une superbe vue sur les moutonnements du lointain.

— C'est celle que je préfère, affirma-t-il à Candie qui souhaitait lui céder la chambre du premier.

On rit, on chanta. Chacun avait tant à raconter qu'on ne se leva pas de table avant trois heures de l'après-midi ou onze heures du soir, certains piquant du nez dans l'assiette quand le sommeil les terrassait, s'attirant les plaisanteries de leurs voisins.

Puisque le beau temps persistait, Pascaline suggéra un pique-nique sur les rives de la Plane :

— Nous sommes tous là : profitons-en. Nous nous voyons si peu à Paris...

Le break transporta les provisions : des *farsous* aux pruneaux cuisinés par Camille, deux saucissons roulés dans la cendre, de la fourme de Laguiole, une fouace parfumée à la fleur d'oranger, une miche, quelques bonnes bouteilles. Ils se mirent en route avant la chaleur mais flânèrent pendant qu'Adrien continuait son chemin vers Saint-Gervais, au pas lent de sa pouliche. Longtemps après, chacun se souvint des bonheurs de cette journée : les papotages sous les frais ombrages, la partie de pêche et la visite impromptue des gendarmes, la trempette dans le ruisseau — pieds et mollets seulement — au milieu du chahut des garçons et des gerbes d'eau, la sieste sur un lit de mousses et de fougères.

Camille aurait aimé les garder et les gâter une partie de l'été mais la maison se vida au lendemain du 15 août. Une confidence de Juliette, concédée le matin du départ au moment de boucler les bagages, atténua sa peine de les voir repartir : sa belle-fille lui annonça qu'elle serait grand-mère au mois de février.

— La semaine de sa naissance, vous viendrez à Paris chercher votre petit-fils ou votre petite-fille, fit-elle promettre à Camille. Vous l'élèverez aux Bories.

Ne trouvant pas les mots, elle l'embrassa, les yeux brouillés de larmes, le cœur gros d'une immense joie. Dès lors, elle ne pensa qu'à cet enfant. Sa vie en était bouleversée...

Camille avait reçu d'Aurélien une autre mission, plus délicate : préparer son père à ses projets de transformation du café. Il avait attendu le dernier jour pour lui en parler.

— Notre voisin Bignard vendra son bazar d'ici deux ou trois ans, lui avait-il expliqué. Ce sera avant ou après notre dernier billet de fonds... Il m'a promis de me donner la préférence. C'est l'occasion ou jamais de s'agrandir et d'ouvrir une seconde salle : les clients sont de plus en plus à l'étroit, je refuse du monde certains soirs... Puisque les affaires marchent bien, autant en profiter. La maison y gagnera à être plus au large...

— Tu as raison : ce sera mieux.

— J'ai demandé conseil à monsieur Cazes : il est aussi de cet avis et il m'a déjà indiqué un architecte ! Si tu pouvais en toucher deux mots à papa...

— Pourquoi tu ne l'as pas fait ces jours-ci ?

— On était trop nombreux pour que je puisse lui parler au calme. Et puis je ne sais pas comment le lui dire... C'est votre café... Je ne voudrais pas... Tu avais été si bien quand j'ai eu envie de quitter le charbon pour devenir caviste...

Elle était émue d'avoir sa confiance...

Tous retournèrent à Paris, excepté Igor qui souhaitait rester aux Bories pour travailler pendant deux ou trois semaines. Adrien était aux anges car ils s'entendaient bien ; il l'accompagna à l'atelier du charron où Igor avait remarqué des souches de chêne dans lesquelles l'artisan façonnait les moyeux de char. L'homme, un peu bourru, se fit tirer l'oreille pour lui en vendre une, tergiversa et finit par choisir l'une des plus belles.

Le sculpteur avait emmené de Paris quelques ciseaux mais il lui manquait un maillet qu'il emprunta au charron. Installé sous un frêne, il commença à dégrossir le bois puis le modela. Adrien passait des heures à l'observer, captivé par ses gestes adroits et précis, le questionnant pour apprendre. Lorsque le temps devenait lourd, il l'entraînait vers les berges de la Plane :

— On prend une friture de petits poissons et on revient !

Igor abandonnait alors ses ciseaux, content de se délasser, de déplier ses muscles endoloris.

Un soir, Adrien qui avait deviné les contours de la crinière et la forme des naseaux, s'écria :

— C'est une tête de cheval !
— C'est votre pouliche, précisa Igor.
La veille de son retour à Paris, il y mit la dernière touche. Adrien l'aida à polir le bois.
— Qu'est ce que c'est beau ! dit-il. Mais ça pèse ! Tu as prévenu la gare pour le voyage ?
— Elle reste aux Bories : elle est pour vous.
— Pour moi ? répéta-t-il, en pointant son index sur la poitrine.
Igor serra la sculpture dans ses bras et la déposa sur le buffet de la salle à manger puis recula d'un pas.
— Elle y sera mieux que nulle part ailleurs...

Un matin de février, froid et noyé de brouillard, Adrien conduisit Camille à l'autobus de Saint-Amans. Le givre luisait sur les pierres du chemin et dessinait des dentelles blanches aux branches des arbres ; la jument, ferrée à glace quelques jours plus tôt, soufflait bruyamment, furieuse d'avoir quitté la tiédeur de son écurie et son poulain de trois semaines.
Sur la place, Adrien déchargea la malle puis remisa l'attelage à l'auberge. Dans la salle, d'autres voyageurs attendaient aussi, le nez rouge, le visage glacé, les mains violacées. Ils commandèrent un vin chaud qu'ils avalèrent d'un trait.
— J'espère que tu finiras de te réchauffer dans l'autobus, glissa Adrien.
— Je ne pense pas qu'il soit chauffé, répondit-elle.
— Ma pauvre Camille, fit Adrien d'un air malheureux, posant sa main sur la sienne. Tu n'es pas encore à Paris...
— J'y arriverai bien, dit-elle dans un soupir. C'est plutôt toi que je plains de rester seul pendant un mois...
— J'aurai de quoi m'occuper entre ma jument, mes paniers, tes volailles, le bois pour le feu, la soupe. Je suis plus inquiet pour toi quand tu revien-

dras : il ne faudrait pas que le petit prenne froid dans le train ou l'autobus...

Un klaxon les interrompit. Dès que le voiturier stoppa devant l'auberge, les voyageurs se précipitèrent au dehors. Adrien et Camille leur emboîtèrent le pas après avoir payé le vin chaud. Pendant que le chauffeur, vêtu d'une pelisse rousse et coiffé d'une large casquette, hissait les malles et les bagages sur l'impériale, ils s'embrassèrent. Un baiser d'adolescent, timide, pudique...

Depuis leur mariage, c'était la première fois qu'ils se séparaient aussi longtemps.

— Ne me laisse pas sans nouvelles, le supplia Camille.

Bien qu'il lui en coûtât d'écrire, Adrien hocha la tête...

Quand elle rentra aux Bories la veille des Rameaux, la froidure avait faibli. C'était un samedi ensoleillé de la fin du mois de mars que balayait un vent frais. Les bras chargés de couvertures, Adrien courut vers l'autobus avant que ne descende le premier voyageur; Camille agita sa main derrière la vitre.

Du petit Antoine, emmitouflé jusqu'au nez dans des lainages, il ne distingua que les yeux, ronds et vifs. Aussitôt, il voulut connaître la couleur de ses prunelles mais Camille ne lui en accorda pas le temps, impatiente de partir.

— Dépêchons-nous, ordonna-t-elle.

En chemin, le bébé s'endormit malgré les cahots, l'inconfort, les bavardages de ses grands-parents.

Près de la cheminée où se consumait une souche, un berceau l'attendait. Adrien l'avait confectionné le soir, à la veillée, cintrant deux lattes de bois dans l'atelier du charron afin de donner aux pieds la forme d'un croissant, comme les bercelonnettes.

— Tu pourras le bercer sans te lever de ta chaise, souffla-t-il à Camille.

Elle y coucha Antoine, gagné à nouveau par le sommeil.

Alors, Adrien lui fit signe de le suivre à l'étable où Pomponnette avait retrouvé son poulain. Dans l'ancien parc à veaux, bêlait une chèvre que tétait goulûment son chevreau.

— Hier matin, j'ai commencé à la traire : elle se laisse faire... Elle a du bon lait...

Ils débordèrent de tendresse à l'égard d'Antoine, attentifs à ses désirs, se levant la nuit pour le consoler, le regardant dormir sous les épaisseurs de laine, apprenant des gestes qui n'étaient plus de leur âge. Camille n'avait pas imaginé à quel point sa présence modifierait leur train-train, rognerait leur liberté, engendrerait des soucis. Mais elle gardait tant d'amour au plus profond de son être qu'elle se sentait assez forte pour l'élever.

De son petit-fils, elle accepta tout sans se plaindre : la peur de la maladie, les pleurnichements et les caprices, les nuits de veille, les lessives dans l'eau glacée qui relançaient de vieilles douleurs dans les articulations. Elle se surprit à être patiente. Sa vie avait à nouveau un sens.

L'été suivant, la maison résonna de gazouillis car Pascaline et Michel revinrent avec un garçon, Philippe, né au mois de juin. Une jeune bonne, coiffée à la garçonne, descendit de leur belle voiture bleue.

— Elle s'occupera aussi d'Antoine pour qu'on puisse profiter de toi et pour que tu te reposes, dit Pascaline à sa mère.

— Je ne suis pas fatiguée ! protesta Camille.

Pascaline la trouvait changée :

— Tu ne te rends pas compte que cet enfant t'use la santé...

— Dans le pays, beaucoup de grands-mères ont trois ou quatre garnements sur les bras.

— Antoine te suffit...

Camille ne répondit pas et haussa les épaules. Elle aurait été malheureuse si on le lui avait enlevé; elle s'accrochait à cet enfant comme si c'était son fils. Adrien n'en était pas dupe : « On voit bien qu'Aurélien a toujours été ton *gastadou* [1] ! »

Au début du printemps 1929 lorsqu'un second garçon naquit chez Aurélien, elle insista pour qu'on le lui confie. Il y eut quelques réticences de Juliette qui cherchait à ménager sa santé :

— Ce sera trop pour elle...

— On l'élèvera chez une nourrice aux environs de Paris, décida Aurélien.

Quand elle apprit sa naissance, Camille passa outre, annonça l'heure d'arrivée de son train en gare d'Austerlitz et partit chercher Benjamin, emmenant son frère qui avait fêté ses deux ans.

— Une fois que je serai à Paris, ils seront obligés de me donner le petit, affirma-t-elle à Adrien.

— Tu ne changeras pas ! dit-il, amusé par sa détermination qui ne faiblissait pas au fil des années.

Devant tant d'obstination, ils cédèrent :

— À condition que tu te fasses aider par une fille ou une femme du village sinon nous reprenons nos enfants... Il te faut quelqu'un pour le ménage et la lessive, pour souffler quand tu en as envie. Tu n'as plus vingt ans !

En août, de retour aux Bories, Aurélien fut heureux de constater que Camille les avait écoutés et qu'une jeune fille de Montézic venait chaque après-midi à la maison.

— Nous aurions pu y penser plus tôt, regretta-t-il. Ça t'aurait bien soulagée...

Cet été-là, Aurélien flottait dans le bonheur. Outre le plaisir de voir ses enfants, de retrouver ses parents

1. *L'enfant le plus choyé de la famille.*

et son pays, il éprouvait la satisfaction d'avoir honoré l'ultime échéance des « billets » du café. Lorsque son père les accueillit à Saint-Amans, avant même de demander des nouvelles de la maisonnée, il le lui annonça comme un bachelier son succès :

— J'ai fini de payer !

Et il le serra dans ses bras, sous le regard de Juliette qui jubilait aussi.

— Tu as tenu parole, dit Adrien gagné par une immense joie. Je suis fier de toi...

À aucun moment, il n'avait douté de son fils, convaincu depuis son départ du café qu'il saurait préserver l'honneur des Soulages. Désormais, Adrien pourrait marcher la tête haute : il ne devait plus rien.

Le soir même, tandis qu'il pansait les bêtes et que les femmes s'affairaient à la cuisine pour le repas, Aurélien entreprit son père sur ses projets. Son œil pétillait d'impatience.

— Tu sais que je veux m'agrandir...

— Ta mère m'en parle de temps en temps, confirma Adrien qui se planta au milieu de l'étable, les mains appuyées sur le manche de la fourche. Tu ne préfères pas attendre d'avoir un peu plus de métier ?

— Ce sera trop tard... Bignard aura vendu à quelqu'un d'autre...

Aurélien s'assit sur un *sellou* à trois pieds qui servait de siège pour traire, étira ses longues jambes avant de les ramener vers lui et d'enfoncer les coudes sur ses genoux.

— Si j'achète son bazar, j'y aménage une salle pour le bar, une pour les billards russes...

— Des billards ? J'aime pas beaucoup cette clientèle...

— Une cuisine derrière le comptoir, continua-t-il.

— Une cuisine ?

Adrien ne comprenait plus.

— Mais oui ! insista Aurélien. Les garçons y prépareront les en-cas et les sandwichs que réclament les clients.

Adrien, qui n'avait pas bougé de place depuis le début de leur conversation, saisit la fourche, la piqua dans une meule de paille et recouvrit le fumier de litière fraîche. Pendant qu'il éparpillait la paille, traînassant, il s'efforça d'y voir plus clair.

— Tu en as vraiment besoin ? reprit-il lorsqu'il se retourna.

— Chez Dupont, ils servent des sandwichs, de la choucroute et des huîtres à n'importe quelle heure...

Aurélien se garda d'ajouter qu'il vendait déjà des sandwichs : son père s'y était toujours opposé. « Au bougnat de la rue Lécluse, il admettait qu'à midi, je fasse chauffer les gamelles des clients au bain-marie mais refusait que je gaspille mon temps à tartiner du beurre, du pâté ou du fromage ! » lui avait avoué, un jour, sa mère.

— Mais qu'est-ce que vous avez tous après Dupont ? s'emporta-t-il. Depuis qu'elle y a travaillé, ta sœur ne parle que de lui.

— Chez Lipp, c'est la même chose. Monsieur Cazes a eu raison de transformer sa brasserie. Jamais il n'a eu autant de monde !

— Toi aussi, tu en as, rétorqua Adrien. De quoi tu te plains ?

Un long silence s'écoula pendant lequel Aurélien se mit en quête de nouveaux arguments.

— Je ne veux pas laisser passer l'occasion, répéta-t-il.

— Avec quoi tu paieras ?

— Les fournisseurs me prêteront, même le marchand de bières...

— Celui-là aussi ? dit-il en fronçant les sourcils. Ce sera bien la première fois.

— Il m'équipera pour tirer la pression... Je serai bientôt le seul dans le quartier à n'avoir que de la bière en bouteille...

— La boutique, les travaux, les tables, les chaises, les verres, les tasses, la pression... Ça finira par chiffrer !

— Le quartier change : il faut suivre... Ne t'inquiète pas : tout ira bien...

Adrien resta dubitatif, incapable de porter un bon jugement sur les projets de son fils. Parce qu'il se refusait à gâcher ses ambitions et à vivre de remords le restant de ses jours, il eut la sagesse de solliciter l'avis du vieux marchand de vins ; Camille l'encouragea. Au lendemain du 15 août, lorsque Aurélien et Juliette eurent regagné Paris, il fila à Artigues.

— Parbleu ! Ton fils a raison ! s'écria monsieur Enjalbert. Écris-lui tout de suite pour qu'il ne se fasse pas souffler l'affaire.

— Vous croyez qu'il ne se chargera pas trop ?

— Quand il ouvrira son nouveau café, ta maison vaudra dix fois plus qu'aujourd'hui ! répliqua-t-il.

— Dix fois plus ? siffla Adrien.

— Soulages, tu n'es plus dans le coup ! Tu devrais aller à Paris de temps en temps... Ton emplacement, beaucoup le voudraient.

— Faudrait pas qu'il s'enfonce à trop emprunter...

— Il sait qu'il peut compter sur nous : mon fils le lui a dit. Quand on s'engage à installer un gars, on ne le laisse pas en plan...

Rassuré, Adrien rentra aux Bories en pleine euphorie et se hâta de lui adresser un mot. Camille le taquina :

— Ce n'est pas souvent que tu trempes la plume !

Il éclata de rire :

— C'est important ! À Noël, nous irons à Paris. Je veux voir ce qu'on peut faire de ce bazar...

Ils vécurent dans cette attente en compagnie de leurs petits-fils. Adrien besogna plus qu'à l'habitude, pressé de tout régler avant le voyage : les provisions de bois pour l'hiver, les dernières récoltes du jardin puis le bêchage de la terre, la distillation d'une barrique de prunes, la vente du poulain de l'année à la foire aux chevaux de Gabriac, la réparation de quelques ardoises cassées sur le toit de la grange, le ramonage de la cheminée. À la Saint-André, il ne lui restait plus qu'à préparer la malle.

Un matin de décembre, il se leva comme à l'ordinaire, raviva le feu, avala un verre de café et rejoignit les bêtes à l'étable. Lorsque les enfants la tirèrent du lit, Camille trouva la cuisine chaude mais déserte; elle rechargea la cheminée. Il était plus de huit heures, le soleil naissant renvoyait des lueurs incandescentes à travers la fenêtre. Avant de sortir, Adrien avait mis le couvert pour sa soupe du matin. Aussi pensa-t-elle qu'il était parti relever des collets dans le bois voisin et qu'il ne tarderait pas.

Une heure passa pendant laquelle elle s'occupa d'Antoine et de Benjamin. Puis, inquiète, elle avança jusqu'à l'étable dont elle poussa la porte. Là, elle ne put retenir un cri d'effroi : Adrien gisait au sol, étendu sur la paille, la tête contre les galets ronds, les mains agrippées à la fourche, terrassé dans l'effort. En tombant, il s'était blessé au front d'où avait coulé un filet de sang. Camille se précipita vers lui, ne cessant de marmonner : « Adrien ! Adrien ! » Mais il ne bougeait plus. Elle posa une main sur sa joue qui était froide. Il était mort...

Portant les mains à son visage, elle sanglota puis se reprit en songeant aux enfants. Après avoir refermé la porte de l'étable, elle sécha ses larmes, courut les habiller chaudement et les traîna au village. Enlevé à la tiédeur de son berceau, Benjamin pleura; Antoine eut peine à suivre et se fatigua vite. Émilie, la belle-fille d'Édouard, prit soin d'eux : son aîné avait l'âge d'Antoine et tous deux avaient l'habitude de jouer ensemble.

Commença alors le long cauchemar : retourner aux Bories avec son frère et sa belle-sœur, transporter Adrien sur le lit, le préparer et l'habiller, envoyer des télégrammes aux enfants, à la famille et aux cousins, prévenir le curé, le secrétaire de mairie, le menuisier et le fossoyeur. À l'inverse de ce qui se produisait parfois dans les maisons où le costume de noces, trop juste et élimé, devait servir jusque vers l'au-delà, Camille ne fut pas embarrassée pour l'endimancher.

— Quel gâchis ! soupira-t-elle en ouvrant la porte de l'une des armoires qui conservait intacte sa garde-robe. Il n'aura pas mis un seul de ses costumes...

Il y eut ensuite aux côtés d'Étiennette la première nuit de veille, interminable, éprouvante parce que trente-huit années de sa vie défilaient devant ses yeux tandis qu'elle fixait son visage. Au fil des heures, tout remonta à sa mémoire, depuis leur rencontre et leurs danses au bal-musette de la rue de Lappe jusqu'au repas de la veille. Les yeux humides et rougis, elle revécut les peines et les bonheurs. Une phrase revenait, lancinante, que répétait Adrien, admiratif : « Comment tu fais pour penser à tout ? »

Au petit matin, le sacristain sonna le glas qui répandit la triste nouvelle dans les hameaux et les villages de la paroisse. L'après-midi, les voisins se déplacèrent. Attendant à la cuisine pour entrer dans la chambre et bénir le corps avec un rameau de buis, ils chuchotaient :

— *Pécaïre ! À gagnat d'argent e n'aurà pas gaïre profitat* [1]...

Lorsque Aurélien et ses sœurs arrivèrent de Paris sous un ciel neigeux, on se serra pour les accueillir aux Bories et à Montézic. Eux aussi avaient peine à y croire, essayaient de retenir les larmes malgré le nœud de douleur qui leur tenaillait la gorge.

1. *Il a gagné de l'argent mais il n'en aura pas beaucoup profité...*

Le dernier soir, Aurélien voulut veiller seul. Un peu avant minuit, quand sa mère et ses sœurs furent couchées, il quitta la chambre et ralluma la lampe à la cuisine. Camille rangeait son écritoire sur le manteau de la cheminée ; il l'installa sur la table au milieu du rond de lumière. De son portefeuille, il sortit une liasse de papiers parmi lesquels il retrouva la feuille à en-tête du café que son père lui avait demandé de recopier un jour où ils avaient parlé des Soulages. « Tu la compléteras si je venais à mourir... »

XIII

Quelques jours avant la Noël, à la date prévue par Adrien qui avait acheté les billets de train en gare de Gabriac à l'occasion de la foire aux poulains, Camille quitta sa maison des Bories. Le cœur gros de chagrin, vieillie par le deuil.

— Tu viendras passer l'hiver avec nous, avait proposé Aurélien au soir de l'enterrement. Tu continueras à t'occuper des enfants et à nous rendre service...

— Tu me ramèneras aux beaux jours ? avait-elle demandé, le regard suppliant.

— À Pâques.

— Tu me les laisseras tous les deux ?

— Bien sûr ! Ici, ils seront mieux qu'à Paris...

À l'heure du départ alors qu'elle attendait Édouard et le break, Camille s'attarda une dernière fois dans chaque pièce. Comme si elle partait à jamais. Sur la table de nuit de leur chambre, trônait une photographie d'elle et d'Adrien prise devant le décor colonial d'un studio de la butte Montmartre. Elle enveloppa précieusement le cadre dans une feuille de journal et l'emporta.

Elle arrêta la pendule, versa de l'eau sur les braises de l'âtre, ferma les portes et remit les clés à son frère.

— Au printemps, on te rendra les volailles et la chèvre, dit-il en chargeant la malle sur la voiture.

Pour la jument, je pense avoir trouvé quelqu'un. Quand il l'aura vue, il me donnera son prix.

L'agitation du boulevard, le va-et-vient perpétuel du café, ses petits-enfants, la réconcilièrent avec la vie, l'aidèrent à surmonter sa tristesse. Seule aux Bories, elle aurait pleuré des heures durant au coin de la cheminée alors qu'à Paris, refoulant ses larmes, elle riait des espiègleries d'Antoine et de Benjamin. Comment leur résister?

Camille se passionna pour les travaux du café : Aurélien en parlait chaque jour, dépliait les plans, dessinait le mobilier, tenait compte de ses suggestions qui s'ajoutaient à celles de sa femme et du premier garçon. Elle l'admirait, décelant dans sa fougue l'un de ses propres traits de caractère qui avait tant séduit Adrien avant de plaire aussi à Juliette.

Pendant trois ou quatre mois, grâce à sa femme qui redoubla d'attention au café en son absence, Aurélien se jeta à corps perdu dans cette entreprise, imposant ses vues à l'architecte qui préférait le style Art déco aux mosaïques murales et aux glaces biseautées, corrigeant un détail des salles après un aller et retour chez Lipp ou une visite au marchand de vins. Il s'acharna à bâtir le café de leurs rêves : tantôt il courait chez Thonet arracher aux représentants de la célèbre manufacture viennoise le meilleur prix pour les chaises cannées en hêtre rouge — si prisées des clients — les tables, les porte-cannes et les perroquets; tantôt il galopait chez le marchand de bières modifier le motif de feuillages qui ornerait les colonnes de céramique de la « pression ». Du brasseur, Aurélien obtint une série de vingt siphons d'eau de Seltz, en verre bleuté et soufflé sur lequel figurait en lettres capitales le nom de la maison de gros. Quand il reçut le premier, il grimpa à l'étage pour le montrer à sa femme et à sa mère.

— C'est presque une pièce de collection!

s'exclama-t-il. Vous avez vu la belle machinerie en étain ?

— Les clients ou les garçons te les faucheront ! prédit Juliette. Si tu les protèges d'un filet métallique, ils les tenteront moins...

— Ce serait dommage, dit Camille qui tenait la bouteille à bout de bras. Mais je vous conseille de les compter chaque matin... Rue Lécluse, on nous en a volé ; nos siphons ne valaient pourtant pas le tien...

Il restait à choisir les assiettes pour servir les en-cas, les tasses à chocolat et à café, les théières, les sucriers, les verres ballon, à apéritif et à liqueur. Son fournisseur habituel lui dépêcha un jeune représentant que lui recommanda aussi le président de l'amicale de Montézic, au hasard d'une conversation le dimanche du banquet annuel :

— C'est un nouveau mais il connaît bien son métier... Il est du pays et il a de la jolie vaisselle... Il ne te roulera pas...

Un soir de février, le jeune homme téléphona afin de s'assurer qu'Aurélien pourrait le recevoir le lendemain, à une heure creuse de la matinée. Vêtu d'un pardessus gris, coiffé d'un melon, portant deux grosses valises, il paraissait avoir le même âge qu'Aurélien. Une fois assis sur l'une des banquettes et avant de lui présenter ses échantillons, il annonça, sûr de son effet :

— Ma grand-mère était une Soulages d'Aunac : nous sommes cousins.

Aurélien marqua un temps d'étonnement puis héla sa mère qui bavardait au comptoir avec André, le seul rescapé des débuts de ses parents sur le boulevard. Elle les rejoignit.

— Ma grand-mère était née à Aunac, répéta-t-il à Camille. C'était une sœur du père d'Adrien...

— Nous sommes donc petits-cousins, réalisa Aurélien. Quelle surprise !

Ils auraient pu échanger longtemps des nouvelles de la famille mais l'heure tournait et Camille s'éclipsa pour ne pas les gêner.

Alors, tutoyant son petit-cousin, Jean déballa les échantillons :

— Tu auras les mêmes conditions que les grandes maisons.

— Nous sommes clients depuis plus de quarante ans ! lui fit observer Aurélien.

Il mira longuement les verres à apéritif et à liqueur, s'évertuant à trouver des modèles au fond épais.

— Tu aimes les verres « trompeur » ? lança Jean.

— Certains clients les préfèrent aux autres : ils sont persuadés qu'on a forcé la dose.

Pour les assiettes plates, il choisit des faïences d'Orchies, blanches aux deux liserés bleus sur lesquelles il fit peindre en noir le nom de la maison.

D'un écrin rouge, Jean sortit des couverts en métal extrablanc, en métal argenté et un en argent massif qui brillèrent aussitôt sous les lampes.

L'un après l'autre, Aurélien les prit en main, les soupesa, en admira les détails.

— Ils sont magnifiques mais tu me donneras les moins chers ! décida-t-il. Dans quelque temps, si tout va bien, on s'équipera mieux...

À Pâques, les gravats encombraient l'ancien bazar et Aurélien ne prévoyait pas d'ouvrir la deuxième salle du bar avant le mois de juin, ainsi que l'académie de billards russes.

— C'est dommage que tu ne puisses pas les voir finies, dit-il à sa mère. Tu veux repartir si vite ?

— Le jardin m'attend, sourit-elle. Ton père aussi...

À la mi-juin 1930, ils invitèrent leurs fournisseurs et leurs clients à découvrir le nouveau café de Camille. Aurélien exultait, heureux d'avoir réalisé ses rêves, oubliant les soucis et l'argent dépensé. Juliette jubilait aussi, fière de leur maison qui se hissait à un rang supérieur.

Le négociant en vins avait offert du chablis sec servi en apéritif avec une goutte de cassis au fond du verre, le brasseur, du vin de Bordeaux pour accompagner le casse-croûte, le marchand de café, du champagne. Tout au long de la soirée, les garçons rassasièrent les appétits et découpèrent des tranches de jambon, saucisson, pâté, fourme et fouace de Laguiole. Beaucoup en reprirent.

— On ne mange bien que chez les Auvergnats ! affirma un vieux monsieur qui, rivé au buffet, se goinfrait de charcuteries.

Aurélien fronça les sourcils :

— Parce qu'on mange mal chez les Aveyronnais ?

— Je croyais que vous étiez Auvergnat, s'excusa-t-il, s'essuyant la bouche du plat de la main.

D'autres le harcelèrent de questions pour savoir d'où provenait la montagne de victuailles, et s'entendirent répondre :

— Du pays, bien sûr !

Le patron refusa de dévoiler les bonnes adresses.

— Vous devriez en proposer à vos clients, suggéra le brasseur.

— C'est bien mon intention.

Autour de lui, on l'approuva :

— Si c'est aussi bon, vous aurez du succès !

— Ça changera de la choucroute et des huîtres de chez Dupont.

Une nuit d'insomnie, alors que le chantier démarrait, Aurélien y avait songé. Le lendemain, il avait soumis son idée à Juliette et à sa mère :

— Une tranche de jambon, trois rondelles de saucisson, du pâté de chez nous comme le prépare si bien la tante Antonine, de la fourme de Laguiole, de la fouace Roux, un verre de vin, et voilà un repas vite envoyé des cuisines lorsque le client est pressé.

— C'est ce que j'avais dit à ton père quand nous nous sommes installés ici, avait souligné Camille, d'une voix chargée de regrets. S'il avait voulu...

Juliette, toujours pragmatique, avait failli s'étrangler de rire :

— Tu crois trouver à Paris du pâté de la tante Antonine ?

— Ce serait le diable s'il n'y avait pas au pays des charcutiers qui en fassent du bon, avait estimé Aurélien dont l'optimisme ne faiblissait jamais. Il suffit de chercher...

Il avait écrit à un paysan du Cayrol, propriétaire de la montagne où il s'était loué comme roul pendant la guerre, qui saignait les plus beaux porcs élevés au petit-lait du buron et les transformait en cochonnailles, revendues aux Parisiens. Aurélien avait craint qu'à cette période de l'année, il ait épuisé ses provisions. La réponse avait tardé mais l'avait comblé :

— Il s'est arrangé avec des voisins : il me fournira les jambons et les saucissons.

Puis, les yeux mi-clos, le savourant par avance :

— Du jambon fumé, rose vif, persillé de stries grasses, comme nous en avons mangé à l'hôtel d'Aubrac l'été dernier...

Il avait été moins chanceux avec le pâté : peu de charcutiers de la montagne fabriquaient des conserves. Aurélien avait choisi un pâté doré au four à bois que confectionnait une maison réputée de Capdenac. « Il vaut celui de la tante Antonine et il est moins gras » avait-il conclu après avoir ouvert la première boîte...

Dès le lendemain les assiettes aveyronnaises, qui devinrent les « assiettes de Camille » dans la bouche des habitués, se taillèrent un franc succès à l'heure de midi.

— Vous aviez raison, patron ! reconnut André à la fin du coup de feu, resté sceptique jusqu'aux premières commandes de la salle. J'ai été soufflé : les garçons n'en tenaient pas... Quelques-uns de vos invités d'hier soir étaient là et se sont chargés d'en faire la réclame... Pourvu que ça dure...

— Ça durera si nos assiettes sont chaque jour irréprochables, dit Aurélien. Chez Dupont, les clients peuvent se plaindre si leur café n'est pas bouillant ou si leur bière n'est pas fraîche...

— Vous aurez aussi un livre de réclamations? s'inquiéta André que l'esprit des Dupont irritait.

— Mon café n'est pas un guichet de gare, répondit-il. Les clients n'auront aucune raison de réclamer car je passerai mon temps à acheter pour eux ce qu'il y a de meilleur dans les cochonnailles du pays ou les fourmes de Laguiole...

Point de promesses en l'air : Aurélien s'y employa au cours de l'été lorsqu'il revint aux Bories au volant de sa Citroën rutilante, une B 12 familiale et décapotable, acquise à l'occasion du dernier Salon de l'automobile de Paris. À peine déchargea-t-il les valises et embrassa-t-il les enfants que Juliette ne le vit pas de trois jours, parti le premier matin à Capdenac visiter la conserverie de Raynal et Roquelaure, rentré à la nuit pour disparaître dès les lueurs de l'aube sur les routes poussiéreuses de l'Aubrac. Dans les burons, les négociants en fromages l'avaient devancé, goûté les fourmes sous la voûte fraîche des caves et marqué la croûte : il ne restait que les plus jeunes, sorties des moules depuis la mi-juillet, ou les pièces déclassées.

— N'importe quel roul se serait souvenu qu'ils passaient deux fois dans la saison, enragea-t-il.

Il jura qu'il s'y prendrait différemment l'année suivante mais le paysan du Cayrol, Louis Cardaillac, le mit en garde :

— Il faudra être plus finaud qu'eux : ils n'aiment pas qu'on les double. S'ils apprennent que je te réserve les plus belles fourmes, ils sont capables de me refuser les autres...

— Je vous les paierai un franc de mieux au kilo.

Le paysan dodelina de la tête : la partie était presque gagnée.

— Ce sera toujours ça, convint-il. Ça se vend si mal : moitié moins qu'en 14... On ne peut tout de même pas les donner sinon avec quoi on paierait les hommes ?

À son buron, Aurélien sélectionna six cochons parmi les quinze montés à l'estive en même temps que les vaches au mois de mai.

— Ils ont profité ! constata-t-il, l'œil connaisseur, palpant le gras de l'échine au milieu d'un concert de grognements.

— Parbleu ! c'est qu'ils sont bien nourris, fit Louis Cardaillac en roulant une cigarette. Aussi bien que de ton temps !

— À l'automne, il faudra me les finir avec des pommes de terre et de la farine, recommanda Aurélien. Je reviendrai les voir à la Toussaint.

Ses manières surprenaient Juliette qui ne raffolait guère de ces tournées dans les burons, les fermes ou les foires, et ne cultivait aucune nostalgie de sa jeunesse à la campagne. Ses exigences l'exaspéraient :

— C'est un maquignon !

— C'est un paysan, rectifiait Camille. Comme son père...

Pour la première fois, à la Toussaint, Aurélien emmena sa mère aux cimetières d'Aunac et de Bonnefon. Elle y pensait depuis si longtemps qu'elle désespérait d'accomplir ce pèlerinage sur la tombe des Soulages, de rencontrer ces cousins d'Aunac dont elle connaissait simplement le prénom et l'emplacement de la maison, au cœur du village à l'ombre des tilleuls, face à la croix de fer forgé. Pouvait-on s'ignorer encore ?

— Puisque tu as une voiture, nous devons y aller,

insista-t-elle la veille de leur départ pour Paris, tandis qu'elle rassemblait dans une malle ses effets et ceux des enfants. Ton père dirait que nous n'avons plus d'excuses. Je t'en prie : accorde-moi ce plaisir avant que je ne puisse plus sortir...

Juliette n'avait pas suivi son mari : elle attendait son troisième enfant pour le début du mois d'avril et avait préféré éviter la fatigue de la route; elle veillerait sur le café en compagnie d'André, tout en ménageant ses forces. Aussi, Aurélien et sa mère partagèrent-ils seuls l'émotion de cette journée, baignée par un doux soleil d'automne.

La Citroën les déposa à Aunac un peu avant midi. Sur la place, ils croisèrent une vieille femme vêtue de noir, claudiquant, qui se promenait près de la croix. Elle sourit en les voyant :

— Je suis votre cousine Emma, la femme de Victor.

Posté derrière la fenêtre, le cousin germain d'Adrien sortit sur le pas de la porte lorsqu'il les aperçut.

— Finissez d'avancer! cria Victor, en agitant sa canne des deux mains.

Il enleva son béret pour embrasser Camille; il n'avait pas un seul cheveu blanc.

— Qu'est-ce qu'on est content que vous soyez venus...

Le bonheur illuminait son visage ridé.

Dans la cuisine où flottait une bonne odeur de soupe et de rôti, les attendaient son fils, sa belle-fille et ses trois petits-enfants dont Aurélien remarqua qu'ils avaient les yeux roux.

Ils avaient tant de choses à se dire qu'ils ne se levèrent pas de table avant quatre heures, égrenant des souvenirs, les misères et les joies de la vie, échangeant des nouvelles de la famille. Même si l'absence d'Adrien lui pesait, surtout en ce jour, Camille se sentit rajeunie et heureuse...

Sortant de table, Victor les entraîna vers l'étable où ruminaient une douzaine de vaches d'Aubrac :

— Si le grand-père revenait, il serait surpris d'en voir autant ! Lui qui n'en avait que trois...

Puis, s'adressant à Aurélien :

— Tu sais, c'était quelqu'un ton arrière-grand-père Jean-Joseph, le scieur de long ! C'est le premier Soulages qui soit parti gagner sa vie ailleurs parce qu'il n'avait pas assez de terre. Pendant vingt ans, il a quitté la maison d'Aunac tous les hivers pour aller débiter des planches en Espagne, dans les bois de la Catalogne...

Tout en parlant, le cousin les emmena sous un hangar où deux des scies de l'aïeul, rubans d'acier montés sur un châssis de bois, pendaient à un crochet, au milieu d'un mur de planches.

— On les a gardées, expliqua-t-il. Mais depuis sa mort, personne ne s'en est servi...

L'acier ne brillait plus, rongé par la rouille ; les cordes s'étaient effilochées mais le bois semblait résister à l'usure du temps.

Aurélien ne se lassa pas de questionner Victor.

Devant ses yeux dansait l'image de son père ployant sous le poids des baignoires dans les rues de Paris.

Le nouveau café enchanta Camille.

— C'est grand, c'est beau, murmura-t-elle dès leur arrivée alors qu'elle en franchissait le seuil aux côtés d'Aurélien.

Il pleuvait ce soir-là, une foule de clients se pressait au comptoir et, dans les salles aux vitres embuées, les garçons tentaient de se frayer un passage entre les tables et les chaises. Seul André — le fidèle André — les salua d'un geste furtif. Elle se promit de revenir.

Le lendemain, elle attendit patiemment l'heure de

la fermeture, luttant contre le sommeil, et descendit au moment où les serveurs éteignaient les lampes.

— Laissez-les allumées...

Elle aimait le scintillement des lumières, le bruit des pas sur les carreaux de grès, le silence de la nuit après le brouhaha du jour. Son doigt traîna machinalement sur le comptoir : tout était propre, brillant.

— C'est une belle maison !

En son absence, les ouvriers avaient aussi transformé l'étage à tel point qu'elle se demandait si elle ne se trompait pas de porte car elle ne reconnaissait aucune pièce. Tout avait été remis à neuf, entre autres la salle à manger où ils avaient coulé des moments heureux après la guerre. Le secret avait été bien gardé : l'effet de surprise était total.

— Mais vous avez repoussé les murs chez les voisins ! s'écria-t-elle, précédant Juliette dans le tour du propriétaire.

— Nous en avons profité pour agrandir, expliqua Juliette. Il nous fallait deux chambres de plus. Pour vous et pour la jeune fille qui s'occupera du petit dernier...

À ces mots, Camille se retourna :

— Vous ne me le donnerez pas ?

La voyant pâlir, Juliette s'empressa de la rassurer :

— Bien sûr que si ! Mais quand il sera un peu plus grand : deux garnements, ça vous suffit...

Camille retrouva son sourire :

— Avec eux, je me sens moins seule. Heureusement que je les ai quand je suis aux Bories...

Une larme perlait au coin de ses yeux. Juliette l'embrassa...

Chaque matin, vers dix heures, Camille rejoignait sa belle-fille et son fils à la caisse où ils bavardaient un moment autour d'une tasse de café, avant le coup de feu de midi. Le lieu l'attirait comme un aimant. Debout près de Juliette, le regard aiguisé, elle reprenait ses habitudes, ne perdant rien de ce qui se passait au café. Aussi, dès le premier jour qui suivit son retour à Paris, remarqua-t-elle une agitation insolite au comptoir : une dizaine de clients, pour la plupart mal rasés, les traits tirés, la cravate dénouée, les cheveux en bataille, le verbe haut et le geste souvent rageur, discutaillaient. De temps à autre, brandissant des papiers, l'un d'eux s'échappait vers la cabine du téléphone, en revenait longtemps après pour se replonger dans cette conversation animée dont le ton avait monté d'un cran. Intriguée par leurs agissements qui ne correspondaient pas aux usages de la maison et par leur tenue qui lui rappelait celle des noceurs du Montmartre de la Belle Époque, Camille tança son fils :

— Tu acceptes maintenant des braillards mal peignés ?

— Des braillards ? répéta Aurélien, ahuri. Ce sont des députés et des journalistes ! Ils sortent d'une séance de nuit à la Chambre, ils n'ont pas eu le temps de passer chez eux se changer.

— Je ne me souvenais plus que nous étions si près, reconnut-elle. Avant, on ne les voyait jamais chez nous...

— Il a suffi que l'un d'entre eux lance la mode !

C'était Paul Ramadier qui avait suscité cet engouement. Un soir de septembre, vers onze heures, le député de l'Aveyron était entré en trombe et avait demandé à être servi au comptoir, pressé de repartir à la Chambre. En un éclair, il avait dévoré les charcuteries, la fourme et la fouace d'une assiette de Camille, puis lancé à la cantonade au moment de régler l'addition :

— C'est rare de manger à Paris des spécialités du pays. C'était bon ! Je reviendrai...

Il avait enfilé son manteau, coiffé son chapeau et disparu avant qu'Aurélien ait eu le temps d'engager la conversation, regrettant d'être resté muet devant lui.

Le député avait tenu promesse. Quelques jours plus tard, il était retourné au café avec deux hommes qui lui ressemblaient, portant une barbiche et dotés d'un solide appétit. « Des socialistes ou des radicaux-socialistes », avait supposé Aurélien qui s'était renseigné sur l'étiquette de l'ancien avocat du barreau de Paris élu deux ans plus tôt député des ouvriers et des mineurs de Decazeville. Tous trois s'étaient attablés puis Ramadier avait souhaité s'entretenir avec lui, insistant pour qu'il repoussât son heure de fermeture lors des débats de nuit :

— C'est tellement commode pour nous. Tout le monde ne peut pas aller chez Lipp... Je vous amènerai quelques amis et peut-être des journalistes...

Pressentant qu'il ne partageait pas ses idées, Ramadier avait cherché à vaincre ses réticences :

— Ne vous méprenez pas sur nos intentions : nous ne tiendrons pas de réunion politique chez vous, nous viendrons pour manger... Lorsque vous aurez envie d'assister à une séance, on s'arrangera pour vous trouver une place au pigeonnier...

Depuis, les soirs où les discussions de la Chambre s'enlisaient, le café n'éteignait ses lampes qu'après trois heures du matin. Ces jours-là, Aurélien était discrètement prévenu par téléphone, vers la fin de l'après-midi.

— Tenez au chaud votre soupe au fromage ! se contentait-on de lui dire.

Désormais, le café de Camille servait sur commande, en hiver, une gratinée à l'oignon, préparée selon une recette de la mère de Juliette avec des choux, du pain rassis, de l'oignon roussi, un bon bouillon et de la fourme de Laguiole. Les radicaux-socialistes — les « rad-soc » —, friands de bonne chère, s'en régalaient.

— Ça me rappelle les soupers chez les maires des villages au moment de la campagne électorale, avoua un député du Lot qui aimait la soupe au fromage et dissertait parfois sur la qualité des choux.

Aurélien prenait personnellement soin de ces marathoniens du budget ou de la diplomatie que rejoignaient des sénateurs. À leur égard, il appliquait la règle d'or de monsieur Cazes — tout entendre, ne rien dire — et l'imposait aux garçons. « C'est comme à confesse ! » glissait-il, mi-figue mi-raisin. Il recevait avec la même attention les « rad-soc » et les parlementaires de droite, ravi d'attirer cette clientèle dont le « gratin » fréquentait la brasserie Lipp qui s'imposait peu à peu comme une annexe de la Chambre et du Sénat. Éviter les débordements verbaux pour ne pas transformer le café en tribune, était son souci premier.

— Il vous faudrait une clochette comme le père Cazes ! lui suggéra l'un d'eux, une nuit, alors qu'Aurélien essayait de calmer les esprits.

— Tant que je n'ai pas Laval, Blum, Thorez ou un ministre à mes tables...

— Ça viendra, prédit-il d'un ton sérieux. Parmi nous, il y a peut-être de futurs sous-secrétaires d'État. Ne nous mésestimez pas, mon cher Soulages...

Peu avant l'aube, vers six heures et demie ou sept heures, lorsque le président de la Chambre les libérait, ils étaient de retour en compagnie d'une poignée de journalistes qui rédigeaient leurs articles à même le comptoir avant de les dicter aux sténographes du *Petit Parisien,* de *L'Œuvre*, du *Temps* ou de *L'Aurore.* Les paupières lourdes de sommeil, Aurélien se délectait du spectacle qui comblait aussi les garçons. Quel bonheur d'accéder ainsi aux coulisses du pouvoir sans abandonner un seul instant le plateau et de connaître les nouvelles avant qu'elles ne soient imprimées ! Au café, tous finirent par éprouver la sensation de jouer un rôle, si modeste fût-il, dans les événements qui apparaissaient chaque jour en gros titres sous les manchettes. Quand un matin de février, *Le Petit Parisien* cita le café de Camille au détour d'une phrase, ils se persuadèrent que leur maison figurait dorénavant parmi les lieux qui comptaient à Paris. André qui savait flatter les serveurs, se chargea de les en convaincre.

Juliette avait rêvé d'une clientèle de comédiens, de peintres et d'écrivains, du Lipp de son arrivée à Paris où Jacques Copeau se perdait en savantes discussions avec Louis Jouvet devant un cercle d'acteurs au soir d'une générale. Aussi, était-elle déçue que la presse qualifiât leur maison de café politique, à l'instar du café des Ministères. Effarée par la violence des mots qui éclatait à la une des journaux ou dans les commentaires des débats du Parlement, elle redoutait les plumes vengeresses et exhortait Aurélien à redoubler de précautions :

— Ne te montre avec aucun de ces députés sinon on racontera partout que notre café est devenu le repaire des socialistes, des radicaux ou de la droite, et les clients iront ailleurs...

— Les Camelots du roi ne risquent pas de se réfugier chez nous ! ricanait-il, sans prendre au sérieux ses mises en garde. Ils sont déjà au Flore.

— J'ai peur quand même, répétait-elle, les mains crispées sur son ventre. On peut nous en vouloir...

Alors, il la prenait dans ses bras, caressait ses joues brûlantes et murmurait :

— Ne crains rien ! On nous laissera tranquilles.

Ses paroles et ses baisers ne la rassuraient qu'à demi.

Elle tremblait pour lui : Aurélien dormait peu, la remplaçait à la caisse une bonne partie de la journée, s'usait la santé à fermer le café plus tard. Au fur et à mesure que le moment de la délivrance approchait, son impatience redoublait.

Camille partageait les angoisses de Juliette mais ne le montrait qu'à son fils, espérant ainsi l'amener à la prudence :

— Dans la famille, on n'a jamais touché à la politique.

— Tu ne peux pas me reprocher d'aller à la Chambre, protestait-il. Ce sont les garçons qui profitent des places... Ne te fais pas de mauvais sang : je n'y tremperai pas le petit doigt !

— Méfie-toi de ces gens des Ligues qui s'agitent dans la rue, poursuivait Camille qui lisait chaque soir les journaux du comptoir. Ils ne cherchent qu'à provoquer les députés : ils pourraient venir chez nous les inquiéter et tout casser, ils te ruineraient...

Léa naquit la semaine avant les fêtes de Pâques. Sa venue au monde détendit l'atmosphère : députés et sénateurs ne siégeaient pas, Camille avait retardé son départ aux Bories, la nurse donnait entière satisfaction à Juliette. Au matin de Pâques, le curé de Saint-Germain-des-Prés ondoya le bébé à l'issue de la messe de onze heures, dans l'attente du baptême qui se déroulerait en été, au pays, autour de ses grands-parents de Laguiole. Ce dimanche-là, le café resta ouvert comme à l'ordinaire, ce qui n'empêcha pas les Soulages de s'y retrouver après la cérémonie.

Aurélien passa une partie du repas en allées et venues entre le comptoir et l'étage. Au champagne, Michel le félicita :

— Les fournisseurs parlent beaucoup de toi ! Tu as réussi un joli coup avec ton nouveau café...

— J'aurais tort de me plaindre mais vous vous débrouillez aussi bien que nous !

— On a nos soucis, reconnut Pascaline. C'est épuisant de tenir deux affaires...

Depuis un an, Michel dirigeait le café-tabac de ses parents, sur le boulevard Sébastopol, tandis que Pascaline conservait la haute main sur celui de l'avenue Kléber.

— On voit moins les enfants alors qu'on pensait en profiter plus en les gardant avec nous, regretta-t-elle.

— Mais on gagne bien notre vie, avoua Michel.

— C'est un avantage d'avoir deux maisons lorsqu'on discute les prix avec le marchand de bières ou de café, observa Aurélien.

— Je suis très exigeant avec eux, insista Michel. Si la bière n'est pas fraîche, le brasseur reprend ses fûts et nous nous évitons les remarques désagréables des clients. Pas plus tard que la semaine dernière, j'ai refusé un sac de café qui avait été mal torréfié...

Camille se plaisait à les écouter.

Attirés par le soleil qui dardait ses rayons à travers les fenêtres, Igor et Candie proposèrent une promenade sur les quais, aussitôt acclamés par les enfants. Pendant que la bonne débarrassait la table et qu'Aurélien retournait à la caisse, ils se dirigèrent vers le pont Royal puis remontèrent le quai Anatole-France. Igor tenait la main d'Antoine et de Benjamin ; Michel et Pascaline celle de leurs deux fils qui avaient hâte de jeter des cailloux dans les eaux de la Seine. Un peu en retrait, Candie et Camille marchaient à pas plus lents, la grand-mère ne quittant pas des yeux les silhouettes de ses petits-fils.

XIV

Les saisons s'écoulèrent au gré des va-et-vient entre l'Aveyron et Paris, de l'agitation politique de la capitale qui allait crescendo autour de la Chambre et dont les échos venaient battre contre le comptoir du café. Les enfants grandissaient. Pour ses cinq ans, à Pâques 1932, Antoine rejoignit les garçons et les filles de son âge à l'école de Montézic — « l'année où le bonhomme Dubonnet entra au café sur une belle affiche jaune ! » devait se rappeler Juliette. Les premiers jours, il pleura toutes les larmes de son corps, réclama à cor et à cri sa grand-mère, puis s'habitua à cette nouvelle vie grâce à son petit-cousin qu'il ne quittait pas d'une semelle tant en classe qu'à midi car ils se retrouvaient à la même table chez ses parents, sous le toit d'Édouard et d'Étiennette. Lorsqu'il apprit à compter, Camille tailla des branches d'osier et confectionna une provision de bûchettes qu'il emporta à l'école comme ses camarades. Un soir, il revint avec un dessin...

Dès lors, Camille ne retourna plus à Paris passer l'hiver, toute aux soins de ses trois petits-enfants avec l'aide d'une jeune bonne du village qui s'installa à demeure aux Bories et la soulagea des corvées : l'eau à tirer au puits chaque matin par tous les temps, la lessive à laver au vivier ou à faire bouillir sur le feu, le bois à refendre. Sans Virginie, qui ne rechignait pas au travail, elle serait repartie dès les premiers frimas : ce n'était pas tant Paris qui lui manquait mais les commodités de la ville qu'elle appréciait à son âge.

Au printemps 1934, Benjamin accompagna son frère en classe et la maison ne résonna plus dans la journée que du babil de Léa. Cette année-là, Antoine qui avait soufflé sept bougies au mois de février, aurait dû regagner Paris à l'automne. Ses parents avaient prévenu le maître en l'inscrivant à Montézic :

— À sept ans, il ira à l'école de notre quartier.

Les événements contrarièrent leurs plans. Juliette conservait un mauvais souvenir des manifestations du 6 février, provoquées par les Ligues sur la place de la Concorde et devant la Chambre. À la nuit, les échauffourées avaient éclaté si près de chez eux que des fenêtres du premier étage, elle avait distingué l'autobus incendié au pied de l'obélisque puis la foule tentant de franchir le pont de la Concorde ; elle avait entendu une forte clameur et les sirènes des pompiers venus relever les morts, les blessés. Elle avait supplié Aurélien de fermer le café. Tout au long de la soirée, des excités avaient secoué le rideau de fer, vociféré des injures contre les députés. Depuis, la peur ne la lâchait pas. Aussi, renoncèrent-ils à reprendre Antoine qui resta aux Bories une année de plus.

À regret, Camille se sépara de ses deux *gastadous* [1] que Juliette couva comme une mère poule. Elle flânait avec eux sur les bords de la Seine ou sur le boulevard au retour de la classe, partageait leurs repas, corrigeait chaque soir leurs devoirs, les emmenait aux Bories et à Laguiole à l'occasion des vacances de Pâques puis à la mi-juillet, sans attendre leur père absorbé par la bonne marche du café. Aurélien ne pouvait consacrer à ses enfants qu'une semaine par

1. *Id. p. 255.*

an, les huit jours passés en août au pays, mais il incitait Juliette à prendre le temps de s'occuper d'eux :

— S'ils me voient peu, qu'au moins ils profitent de toi...

L'organisation de la maison s'y prêtait, qui réclamait moins sa présence; Aurélien savait qu'à tout moment les deux plus anciens du café étaient capables de le remplacer au pied levé, d'avoir la même exigence auprès des garçons, des cavistes, du cuisinier et de ses aides, de la caissière, des livreurs et surtout des débutants.

À l'ouverture, Juliette ne vendait plus de jetons aux serveurs car Aurélien venait d'acheter, imitant les grandes maisons, une caisse enregistreuse, haute, massive, d'un poids respectable et d'un noir aussi brillant que celui d'une carrosserie de traction-avant, dont le clavier s'ornait de touches blanches. Les garçons l'appelaient la machine « à coup de poing » parce qu'ils n'obtenaient le ticket qu'après avoir assommé d'un coup de poing le dernier levier ! Même si son travail s'en trouvait simplifié, Juliette ne relâchait pas sa vigilance : elle survenait à l'improviste pour garnir ses enveloppes usagées, gardait un œil sur les serveurs dont certains prenaient plaisir à se mesurer au « coup de poing », bloquant les touches, déréglant la caisse et compliquant ses comptes du soir. La « caisse » restait son domaine.

La machine « à coup de poing » fascinait Antoine. À la sortie de l'école, il tirait sa mère par la main, l'empêchait de monter à l'étage par l'escalier de l'immeuble et lui imposait un arrêt au café. Là, il demandait à André de le hisser sur le comptoir, près de la caisse, pour calculer les multiplications et les additions de ses devoirs du lendemain sous le regard amusé de la caissière qui fredonnait le premier succès de Lucienne Boyer, *Parlez-moi d'amour*.

— Quand je serai grand, j'en aurai une plus belle, disait-il. Elle sera rouge et elle marchera toute seule !

Benjamin s'en désintéressait et attirait sa mère au Jardin des Plantes pour voir les vaches blanches et noires, en fait les zébus, et des bovins sans cornes venus d'Asie. Il vouait une passion aux animaux. En été, lorsque sa grand-mère l'emmenait chez Édouard, il demeurait invisible au moment de repartir aux Bories : Camille le dénichait à l'étable, dans l'enclos des veaux. Benjamin leur parlait dans la langue de son grand-oncle, les appelait par leur nom, connaissait aussi le nom de leur mère.

— C'est Adrien tout craché, disait Camille.

— On en fera un paysan ! lançait Édouard.

Ce n'était pour déplaire ni à Camille ni à Juliette bien que sa mère répétât à l'envie :

— Il a le temps de changer...

Un soir de juin, chaud et lourd, où les clients avaient déserté la salle pour la terrasse, le téléphone sonna. La caissière courut vers la cabine et revint en criant, sans bouger du comptoir, les mains en porte-voix :

— On demande monsieur Soulages ! C'est urgent !

Aurélien qui bavardait avec des amis à une table, se précipita. La communication fut brève. À son retour, il héla sa femme du bas de l'escalier :

— Juliette ! Juliette ! Descends vite...

Elle se dépêcha de le rejoindre.

— Qu'est-ce qui se passe ? dit-elle, essoufflée.

— Ramadier vient d'entrer au gouvernement : nous avons enfin un ministre parmi nos clients, expliqua-t-il.

— Ah bon ! fit-elle.

— C'est tout l'effet que ça te fait ? C'est quand même quelqu'un de chez nous...

Le lendemain, Aurélien acheta tous les journaux et

compara les commentaires sur la formation du premier gouvernement du Front populaire, dirigé par Léon Blum, où trois femmes effectuaient une entrée remarquée. Ramadier apparaissait en fin de liste.

— Il n'est que sous-secrétaire d'État, laissa-t-il tomber, déçu.

— Il finira bien par être ministre ! le persuada André. Mais on le verra moins...

Quelques jours plus tard, un garçon faillit provoquer une grève parmi le personnel. Lecteur assidu des journaux, il accueillit d'un cri de triomphe l'augmentation des salaires et l'adoption de la semaine des quarante heures, décidées par les accords Matignon qui rendaient obligatoires les congés payés. Un matin, avant de prendre son service, il apostropha André :

— Tu as lu ? « Les patrons ont capitulé ! » Au comptoir, on ne se mettra pas au travail tant que le patron ne nous aura pas donné les congés payés.

André, qui ne s'attendait pas à pareille offensive, ne s'était point méfié : Ray Ventura avait beau chanter sur les scènes parisiennes *Tout va très bien Madame la marquise !,* une vague de grèves sans précédent paralysait depuis plusieurs semaines les usines, les fabriques, les magasins. La contestation éclatait « sur le tas », ne durait parfois que quelques heures ou une journée si un accord était signé avec le patron. Chez les garçons de café, les conditions de travail demeuraient si archaïques en ce mois de juin 1936 que la grogne sourdait...

Aurélien qui était remonté au premier pour le départ à l'école des enfants, dévala l'escalier et déboula à l'office où le jeune homme l'attendait, sa tenue pliée sur le bras, l'allure moins bravache qu'à son arrivée car les autres garçons de comptoir s'étaient habillés et préparaient les plateaux.

— La loi, c'est la loi, reconnut Aurélien. Chacun

aura ses congés payés, mais peut-être pas deux semaines cet été...

Le garçon se renfrogna.

— Laisse-moi le temps de me retourner : il faut bien que le café reste ouvert...

— Et l'augmentation ?

— Pas pour le moment, répondit Aurélien du tac au tac.

— Pourtant, on raconte assez dans les journaux que les congés payés profiteront surtout aux bistrots, répliqua-t-il. Qu'est-ce que les patrons vont palper comme argent !

— Chez les loufiats, il y a plus mal lotis que toi et les garçons de la maison. Va donc voir ailleurs comment agissent les patrons : ils ont longtemps puisé à pleines mains dans le tronc des pourboires, les miens le faisaient quand j'avais ton âge...

— Et les quarante heures ?

— Ah ! les quarante heures ! s'écria Aurélien d'un geste théâtral. C'est bon pour les fonctionnaires. Si tu veux être tranquille, entre dans les Postes et demande le guichet d'un bureau : tu sortiras toujours à l'heure... Tu n'as que dix-huit ans : tu ne garniras pas des plateaux toute ta vie ! poursuivit Aurélien, d'un ton paternel. Dans quelques années, tu passeras en salle. Un jour, si tu es sérieux, je te mettrai le pied à l'étrier : j'en ai aidé d'autres...

Le garçon enfila sa tenue et rejoignit le comptoir...

Depuis l'ouverture du nouveau café, se fiant à la bonne image de la maison que les Parisiens colportaient pendant les vacances, des jeunes du pays lui écrivaient, se raccrochant à un voisin de Camille, à un cousin des Enfruts, d'Aunac ou à une connaissance de ses beaux-parents de Laguiole pour solliciter une place avant de monter à Paris. Aucun d'entre eux n'avait poussé ses études au-delà du « certificat » — quand il l'avait décroché —, ne savait tenir le plateau, mais tous quittaient leur famille avec la conviction qu'ils trouveraient du travail chez un bougnat, dans un chantier de charbon ou un café parce qu'ils venaient de l'Aveyron. Aurélien en engageait chaque année pour compenser les départs au régiment ou le passage d'un caviste au comptoir. Combien de fois, posant leur valise sur le seuil du café, lui répétèrent-ils :

— On m'a recommandé de vous dire que je suis de l'Aveyron...

— Et on t'a garanti qu'après avoir appris le métier, tu pourrais t'installer grâce à la « combine du tonton »! ajoutait Aurélien.

Le garçon rougissait, tordait sa casquette neuve entre ses doigts. Au pays, qui ne connaissait pas ce système de connivence entre les gérants, les patrons et les fournisseurs grâce auquel les Aveyronnais réussissaient?

— On essaiera de faire quelque chose de toi! promettait-il.

Imitant le père Cazes le jour de son arrivée à la brasserie Lipp, il lui donnait sa première leçon de bonne conduite, à l'office :

— Si tu as l'intention de mettre de l'argent de côté pour t'établir plus tard, ne t'amuse pas aux courses : tu n'auras jamais un sou devant toi et tu auras toujours les poches percées...

Beaucoup se tenaient à l'écart des hippodromes et des salles de jeu, pressés de voir grossir le montant de leur livret de Caisse d'Épargne ou de leurs économies confiées au marchand de vins, de bières ou de café sur les conseils d'Aurélien qui présentait à ses fournisseurs les plus capables — « le gars qui en vaut la peine ». Au moment de son mariage et de sa première gérance, le garçon quémandait des avis.

— Ne prends pas le Pari mutuel si tu peux t'en passer, ressassait Aurélien. Cela t'évitera des ennuis...

Sois commerçant mais ne lève pas trop le coude au comptoir sinon tu ne deviendras pas vieux... Ne cours pas les femmes, tu mangerais la grenouille. Ce serait dommage que tu perdes ta *payse* : avec elle, tu es sûr de ne pas te tromper et d'être heureux en ménage... Tu verras que ça rapporte d'être aimable et de se serrer la ceinture quand il faut...

Une fois installés, il s'inquiétait de la marche de leurs affaires, heureux de constater qu'il ne s'était pas trompé, glissait une idée. Le négociant en vins le taquinait :

— Tu as manqué ta vocation de marchand de biens...

— Oh ! que non ! répondait-il. Le café, c'est le plus beau métier.

À l'automne 1937, trois ans avant l'échéance prévue, Aurélien remboursa les prêts que lui avaient accordés les fournisseurs pour les travaux du café : il avait hâte de s'en libérer. Juliette, tenaillée tout autant que sa mère et sa belle-mère par la peur de manquer, partageait ce souci :

— S'il arrivait quelque chose...

L'avenir leur donna raison. Déjà, l'heure n'était plus aux bals et aux flonflons de l'été 36 : des clients décriaient la dévaluation du franc, le recours à l'emprunt, les quarante heures qui provoquaient une baisse de production dans les usines, l'audace des ouvriers — ces « salopards en casquette » — qui partaient en tandem vers la mer disputer les plages aux bourgeois.

Bientôt, alimentées par les journaux et la radio, les discussions de comptoir s'appesantirent sur les périls qui menaçaient la France. D'aucuns fanfaronnaient :

— On ne risque rien avec la ligne Maginot !

— Si les Allemands nous attaquent, on les aura comme en 14 ! se vantaient ceux qui n'avaient pas connu la boucherie des tranchées.

Députés et sénateurs s'en alarmaient. L'un d'eux qu'Aurélien tenait en estime, lui confia un soir :

— Les gens ont la mémoire courte... Je n'oublierai jamais ce que j'ai vécu au front... Parlez-en aussi à Ramadier : il a été blessé par des éclats d'obus...

Le café reçut sa visite, un soir neigeux de janvier, peu après sa nomination de ministre dans le cabinet Chautemps. À son arrivée, la salle était presque déserte : les flocons qui tourbillonnaient dans le halo des lampadaires, chassaient les derniers clients.

— Félicitations ! s'écria Aurélien lorsqu'il l'accueillit sur le seuil.

— Du travail, toujours plus de travail ! répondit Ramadier en enlevant son pardessus et son chapeau. Le ministre du Travail ne chôme pas !

Aurélien qui se tenait debout près du ministre, commanda quatre Bonal.

— Pas le Bonal de la Clé de l'Appétit des Chartreux, lui précisa-t-il. Du Bonal de chez nous.

Puis à l'adresse de Ramadier :

— C'est un apéritif maison qui vient du pays. J'espère que vous aimez la gentiane...

Aurélien poussait les garçons à proposer aux clients ce nouvel apéritif fabriqué par un marchand de vins de Rodez, Marius Bonal. Il l'avait découvert chez le fils Enjalbert quelques semaines plus tôt. D'emblée, il avait reconnu le goût, l'amertume, la tonicité de la gentiane d'Aubrac :

— Ça me rappelle le vin de gentiane de ma tante Éléonore. Aux Enfruts, on en vide au moins une bouteille chaque 15 août...

— Tu devrais en prendre : le Bonal ne titre que quinze ou seize degrés.

— Il est un peu rude.

— N'empêche qu'il en expédie à Paris, à Marseille, à Saint-Étienne et même à Tunis où il y a un restaurant de l'Aveyron...

Huit jours plus tard, le café de Camille commençait à servir du Bonal. Le liquoriste ruthénois le livrait par bonbonnes de dix litres que les cavistes mettaient en bouteilles sur lesquelles ils collaient l'étiquette de la maison.

Le ministre et ses collaborateurs claquèrent la langue :

— C'est comme si on buvait la Montagne...

Aurélien était fier de les avoir épatés.

— Et pour le marcillac ? demanda Ramadier avant de piquer sa fourchette dans le jambon. Vous vous déciderez ?

À sa moue, il devina son peu d'enthousiasme.

— J'ai compris : vous n'aimez pas ce vin !

— Jusqu'à présent, je n'ai trouvé que des *raspets* [1]... Les clients ne veulent plus de piquette.

— C'est vrai qu'il est un peu « cathare » même si on le tire des meilleures barriques, convint le ministre. Mais c'est du mansois !

Tout en parlant, il griffonna des adresses au dos d'une carte de visite qu'il tendit à Aurélien.

— Quand vous descendrez au pays, allez voir ces vignerons : ils ont de bons crus...

Aurélien promit de s'y rendre à la fin de l'été, ce qu'il fit un peu avant les vendanges au volant de sa nouvelle Citroën, une traction de quinze chevaux dont les roues soulevaient des nuées de poussière ocre sur les routes. Les recommandations de Ramadier forcèrent l'entrée des caves de quelques paysans madrés de Clairvaux et de Saint-Austremoine. Aurélien leur emboîta le pas à travers les vignes escarpées et goûta les vins dans le tassou d'argent dont ne se séparent jamais les vignerons du Vallon. La pertinence de ses appréciations les sidéra.

1. *Vin acide et piquant.*

— Il s'y connaît le bougre, glissa un vieux, admiratif. Ce n'est pas *un trace de bougnat*[1] !

Aurélien acheta peu, ce qui les surprit aussi.

— Vous ne prenez qu'un barricou? se fâcha l'un d'eux, déçu de s'être tant démené pour ne lui vendre que trente litres.

— Si je suis content, je reviendrai.

— Tous les mêmes, ces Parisiens... On vous aura assez vus...

La veille de son retour à Paris, la radio annonça le rappel à la frontière de l'Est de certaines catégories de réservistes. Ce jour-là, au début de l'après-midi, Aurélien avait prévu de passer chez un vigneron de Clausevignes, près de Nuces. Dès que sa traction pénétra dans la cour, l'homme quitta l'ombre d'un tilleul et coiffa un chapeau de paille pour se précipiter à son devant :

— On mobilise!

Sur le coup, Aurélien devint pâle :

— Vous en êtes sûr?

— Vous n'avez pas pris les informations de Paris? grommela-t-il. Ils l'ont dit à midi sur la TSF.

Aurélien le planta là et partit en trombe à la gendarmerie.

— Nous attendons les instructions, lui dit le brigadier d'une voix rauque, lissant ses moustaches. Les premiers départs sont prévus pour le 24 septembre...

C'était dans deux jours! Alors, il courut au bureau de poste où l'encombrement des lignes l'obligea à attendre pendant une heure avant d'obtenir le numéro du café, et à subir la mauvaise humeur de la téléphoniste qu'il harcelait chaque quart d'heure.

Juliette fut soulagée d'entendre sa voix :

— Enfin, tu appelles!

— Tu as su quelque chose pour moi?

1. *Un piètre bougnat.*

— Rien. À la mairie, on m'a raccroché au nez.
— Tu as essayé du côté des députés ?
— Je n'arrive pas à les joindre.
— Insiste : tu finiras par en avoir un... Demande-lui de se renseigner auprès du ministère... Tu as écouté la radio ?
— Oui...
Il y eut un long silence au cours duquel Aurélien pensa que la communication avait été coupée.
— Allô ? Allô ? s'écria-t-il. Tu es toujours là ?
La voix nouée par l'angoisse, Juliette répondit :
— Ils mobilisent à partir de la classe 16...
À son tour, Aurélien sentit l'inquiétude monter en lui : il appartenait à la classe 1920.
— Rentre vite ! le supplia-t-elle. J'ai peur...

Aurélien échappa au rappel des réservistes.
— Vous êtes plus utile derrière le comptoir de votre café que sur la ligne Maginot à mitonner de bons plats aux officiers ! lui assura un sénateur qui ne cachait pas son horreur des armes.
Quelques jours plus tard, on crut la paix définitivement acquise lorsque Daladier signa avec Hitler les accords de Munich. Mais ce n'était qu'un leurre.
Au fur et à mesure que la tension grandit en Europe, le café se divisa en deux camps — munichois et antimunichois — que de vives discussions opposèrent, détériorant l'ambiance sympathique qui y régnait jusqu'alors. Aurélien le déplora, qui s'efforçait d'apaiser les esprits y compris parmi les garçons, pour la plupart en âge d'être appelés sous les drapeaux en cas de guerre. Un soir, deux d'entre eux en vinrent aux mains, se traitant de fasciste et de bolchevik : il fallut les séparer.
Aux vacances de Pâques, accompagnant les enfants chez leurs grands-parents, Juliette les inscrivit en Aveyron pour la prochaine rentrée scolaire. Elle y

songeait depuis plusieurs mois : le coup de force perpétré par Hitler en Bohême quelques semaines plus tôt, à la mi-mars, emporta sa décision. La guerre rôdait trop autour de la France pour qu'elle ne franchît pas nos frontières.

Camille l'approuva :

— Ils y seront plus à l'abri qu'à Paris...

Benjamin et Léa se réjouirent à l'idée de retrouver les bancs de l'école de Montézic sur lesquels ils avaient appris à lire et à écrire, ainsi que leurs camarades du village. À l'inverse, Antoine se renfrogna le jour où sa mère le présenta au directeur du lycée de Rodez car il comptait suivre ses copains en classe de sixième au lycée Fénelon :

— Je veux rester à Paris.

Juliette ne céda pas.

La guerre tant redoutée éclata. Le 1er septembre 1939, jour de la mobilisation générale, l'affolement gagna le café. Les clients se plaignirent des garçons qui leur prêtaient peu d'attention, ne rendaient pas la bonne monnaie, servaient un Dubonnet à la place d'un Bonal, abandonnaient le plateau sur un coin de table pour filer à la cabine répondre à leurs parents qui s'inquiétaient de leur sort. Jamais, il n'y eut autant de vaisselle cassée ni de prises de bec au comptoir ou à l'office.

À la fin de la journée, Aurélien souffla à Juliette :

— Demain, nous ne serons plus que neuf...

— Neuf? répéta-t-elle, incrédule.

D'ordinaire, le café employait quatorze garçons, deux filles de comptoir et une caissière.

— Et je nous compte parmi les neuf, soupira Aurélien.

— Nous n'y arriverons jamais!

— Il faudra bien...

— Autant fermer avec si peu de personnel.

— Ne dis pas de bêtises...

Juliette n'en dormit pas de la nuit, passant en revue les forces vives du café et imaginant ce qu'ils pourraient leur demander en supplément. « Si nous donnons le tablier noir à un jeune de seize ou dix-sept ans pour tirer le vin et les liqueurs, le caviste nous aidera au comptoir au moment des coups de feu : le second garçon finira de lui apprendre le métier... Les deux filles de comptoir sont capables de servir en salle sous la coupe d'André ; il reste à en trouver deux autres pour les remplacer... Le lendemain, autour du premier café qu'ils prenaient chaque matin à six heures dans la salle à manger, elle exposa à Aurélien son plan de bataille.

— J'ai pensé à mes nièces : Justine doit avoir dix-huit ans, Adeline a un an de moins... On les logera chez nous puisque les chambres des enfants sont libres...

— Tu crois qu'avec la guerre ton frère les laissera venir à Paris ? Il aura trop peur que les Parisiens ne plument ses oies blanches !

— Pourquoi tu te moques de Jules ? Il s'est bien débrouillé à la ferme.

— Sûr qu'il a mis de l'argent de côté : il n'attache pas les chiens avec de la saucisse...

— Justement, rétorqua Juliette. Il nous enverra ses filles par le premier train lorsqu'il réalisera qu'elles lui ramèneront plus en travaillant à Paris qu'au pays. Le temps presse... À midi, je téléphonerai à Laguiole...

Le 15 septembre, au petit matin, les deux sœurs débarquèrent à la gare d'Austerlitz, deux lourdes valises à la main. Aurélien n'eut aucune difficulté à les repérer parmi la foule des voyageurs : elles portaient la même robe d'été, blanche, à petits carreaux, et un tour de cou à fleurs. Juliette n'avait obtenu la permission de leur père que de haute lutte car il les avait placées : Justine à l'auberge du Foirail de Laguiole, Adeline chez un boucher de Lacalin. Afin d'enlever sa décision, elle avait dû satisfaire ses exigences : leur acheter chaque année une paire de draps, douze mouchoirs, du linge de maison pour commencer leur trousseau.

— L'argent coûte tellement à gagner, s'était-il plaint.

Elle avait accepté ces conditions. « C'était son jeu de profiter de la situation : nous avons trop besoin de ses filles. »

Maintenant, attablées à l'office, Justine et Adeline trempaient des tartines de beurre dans un bol de lait chaud, jacassant comme des pies, ce qui amusait leur oncle et leur tante.

— Autour de la gare, il y avait plus de gens qu'un jour de foire à Laguiole, raconta Justine. Et des voitures partout...

— Il y avait autant de monde que de mouches, ajouta sa sœur, la bouche pleine.

Aurélien pouffa de rire.

— Vous n'avez rien mangé d'une semaine ! s'exclama Juliette quand elles engloutirent leur troisième tartine.

— C'est que nous avons pris l'autobus de Rodez qui partait à deux heures, juste après le dîner, expliqua Adeline. Nous n'avons pas soupé dans le train.

— Ta mère ne vous avait rien préparé ? fit Aurélien.

— Elle a dit qu'on se rattraperait au café.

Aurélien monta leurs valises à l'étage.

— Changez-vous et soyez en bas dans dix minutes. Justine au comptoir, Adeline à l'office. On vous donnera torchons et serpillières...

Les deux sœurs se regardèrent puis la cadette demanda à son oncle :

— On fera la sieste cet après-midi ?

— Sûrement pas !

— On n'a pas beaucoup dormi cette nuit, lança Justine.

— Vous vous coucherez plus tôt ce soir ! D'ici là, gardez l'œil ouvert pour ne pas casser trop de vaisselle...

Adeline essuya une larme. Elle avait rêvé de cinéma et de bal.

Longtemps, elles gardèrent une dent contre les patrons qui leur infligeaient les tâches les plus ingrates, ne leur accordaient aucun répit, les traitaient comme n'importe quelles filles arrivées du pays en sabots. « Les parents ont raison : ils ne sont pas mieux que les autres Parisiens... » Puis, elles constatèrent qu'ils s'imposaient de longues journées, et comprirent mieux les dures réalités du métier. À Noël, Juliette leur offrit des mouchoirs brodés et un tablier blanc ; le soir de la Saint-Sylvestre, elle les accompagna au cinéma de la rue de La Huchette qui rejouait *La Grande Illusion* de Jean Renoir. « Finalement, elle n'est pas aussi garce que ça » pensa Justine.

Les fêtes passèrent sans qu'un coup de feu ne fût tiré sur le sol français. Au café, les clients demeuraient soucieux : ils consommaient moins, buvaient le dernier verre tôt dans la soirée, ne parlaient que de pénurie et de stocks tandis que leurs rangs s'éclaircissaient. En milieu de semaine, Aurélien congédiait les garçons à neuf heures et fermait à dix.

— Ce sera autant d'économisé en lumière et en charbon, disait-il à ses nièces en les aidant à renverser les chaises sur les tables.

— Grâce à Dieu, nous n'avons plus de dettes ! répétait Juliette lorsqu'elle établissait les comptes de la journée. Nous aurons mangé notre pain blanc...

XV

Les effets de la guerre se ressentirent avant la débandade de mai 40. Un soir de mars, Candie accourut au café, un journal à la main :

— Vous avez lu? Ça recommence comme en 17 quand on nous rationnait le sucre : il y aura les jours de la pâtisserie, des glaces, de la confiserie...

— Les jours de la viande, de la charcuterie, des abats, continua Juliette.

— Vous le saviez?

— Que trop! répondit Aurélien. Les gens ne s'intéressaient qu'à ça aujourd'hui.

— Dépêchez-vous de faire vos provisions! leur conseilla-t-elle, trempant un sucre dans trois gouttes de calvados — son péché de gourmandise. Je m'y suis mise ce matin...

— Si vite? s'étonna Juliette.

— J'ai été tellement privée de sucre pendant l'autre guerre que je n'ai pas envie de me serrer la ceinture...

— Tu exagères, l'interrompit Aurélien.

— Tu ne te souviens pas? Ah! c'est vrai! tu étais comme papa, tu en prenais si peu que ça ne t'a pas beaucoup manqué... Et toi Juliette, tu étais au pays où on se débrouillait mieux qu'à Paris... Si maman était là, elle te raconterait qu'elle tenait sa réserve fermée à clé... Je suis contente que les enfants soient chez elle : là-bas, ils mangeront toujours...

Puis, sur le seuil de la cuisine avant de les embrasser :

— Je vous aurai prévenus : ne vous laissez pas surprendre !

Juliette s'en soucia dès le lendemain, entassant au fond de ses placards ce qui se conserverait sans dommage pendant quelques mois : le savon, l'huile, le sucre, le chocolat, les pâtes, les lentilles, les haricots secs, les pois cassés, l'alcool à brûler.

— Il était temps que j'y aille, dit-elle à Aurélien. Les rayons des épiceries ne sont plus garnis comme avant : il n'y a presque pas de café, tu devrais en stocker pour le comptoir...

Son fournisseur de la place d'Italie refusa de lui en céder plus qu'à l'habitude.

— Tous les clients seront servis, affirma-t-il.

Aurélien insista mais le fils Blanc resta intraitable :

— De quoi te plains-tu ? Tu as toujours été livré...

— Mais si le café n'arrivait plus ?

— On tiendra quelque temps. Après, il faudra s'en passer... Mais nous n'en sommes pas là...

À son retour, peu rassuré par les paroles du marchand de café, Aurélien recommanda aux garçons d'éviter les gaspillages, surtout aux novices qui remplissaient trop les tasses, mélangea un peu de chicorée au café moulu, mouilla davantage le marc pour ménager ses provisions et servit un petit noir moins fort. Les connaisseurs le remarquèrent :

— Ce sera bientôt de la lavasse !

— Bien joli qu'on en ait encore dans quelques mois, répliqua Aurélien.

— Le carême risque de durer longtemps, ajouta André.

Il ne se trompait guère. En quelques semaines, les événements s'enchaînèrent à une telle cadence que les amateurs de vrai café regrettèrent vite le petit noir de Pâques, à l'arôme discret. À peine le gouvernement venait-il d'instaurer les cartes d'alimentation que les Allemands envahirent le pays. Un mois après avoir franchi la Meuse à Sedan, les Panzer pénétrèrent dans la capitale où ils ne rencontrèrent aucune résistance.

C'était le 14 juin. Un vent de débâcle soufflait sur Paris. Quatre familles avaient quitté l'immeuble, chargées de valises, de voitures d'enfants et de cartons, pour se réfugier dans le Sud. Il ne restait au troisième étage qu'un couple de vieux, patraques et malades.

— Nous ne partirons pas, confièrent-ils à Juliette. À notre âge, ça nous conduirait au cimetière... Vous êtes là, nous ne sommes pas seuls...

Même si elle leur cacha sa peur, Juliette tremblait et n'osait pas s'aventurer de l'autre côté du boulevard.

— Il vaudrait mieux fermer le café et filer au pays, souffla-t-elle à Aurélien.

— Pour être pillés par les Allemands ? tonna-t-il. Et puis c'est trop tard : ils sont partout...

Candie qui avait cherché l'après-midi durant de la paille et du fil de laiton dans les grands magasins, le confirma :

— Ils ont enlevé les panneaux français aux carrefours, et ils occupent les terrasses des Champs-Élysées.

— Tu es folle de sortir seule ! la gourmanda Juliette.

Sa belle-sœur haussa les épaules :

— Il faudra s'habituer à les voir... Toi peut-être plus que moi car ils ne tarderont pas à entrer au café.

Juliette pâlit : elle n'y avait pas songé.

— Nous les servirons comme les autres clients mais ils n'auront pas mieux, dit Aurélien.

— Pourvu qu'il n'y ait pas d'ennuis avec les filles

de la salle ou du comptoir : mon frère m'accablerait de reproches s'ils touchaient à un cheveu de mes nièces...

— J'ai donné des consignes aux garçons.

Bouleversés, ils en auraient oublié le certificat d'études d'Antoine si sa grand-mère n'avait pas appelé au soir du 18 juin.

— Il l'a eu !

— Enfin une bonne nouvelle ! se réjouit Aurélien qui avait pris le combiné des mains de la caissière.

Des vivats couvraient le léger grésillement de la ligne.

— Au café, tout le monde est autour du téléphone, poursuivit-elle. Il est premier du canton de Saint-Amans... Le petit-fils d'Édouard a été reçu aussi... On soupera chez eux : Étiennette veut qu'on les fête tous les deux. Elle a ouvert du pâté et elle a préparé une tarte aux cerises...

Que la guerre semblait loin à Montézic ! Juliette, qui pleurait de joie, aurait payé cher pour être aux côtés de ses enfants autour de la table de l'oncle Édouard. Elle ne sut que dire à son fils, gagnée par l'émotion. Quant à Aurélien, il lui promit un couteau de Laguiole :

— On en achètera un beau quand je reviendrai aux Bories...

— Tu reviens bientôt ?

— ...

Antoine insista.

— Avant que tu n'ailles en pension, promit son père.

Au cours de l'été, l'occupant déferla sur le boulevard : la rue, décorée d'oriflammes rouges à la croix gammée, appartenait désormais aux soldats qui défilaient au pas cadencé dans un bruit de bottes, aux fonctionnaires du Gross Paris installés au Palais

Bourbon, aux officiers ou aux secrétaires de l'ambassade d'Allemagne dont le drapeau flottait non loin de la gare d'Orsay, qui flânaient dans les boutiques. Ils poussèrent un jour la porte du café, remplacèrent sur les banquettes les députés et les sénateurs devenus inutiles après la dissolution des chambres par Pétain.

Face à cette invasion qu'il ne pouvait contenir, quoi qu'il pensât, Aurélien resta digne, encaissa les sourires narquois des nouveaux clients, calma les ardeurs des garçons qui bouillaient de colère et souhaitaient les bouter hors de la salle, essuya les critiques des habitués qu'ulcérait la présence de jeunes hommes en costume gris ou en uniforme constellé de barrettes.

— On vous a réquisitionné ? demandaient-ils en douce.

En guise de réponse, mécontent de lui-même, il esquissait un geste d'impuissance souvent mal interprété.

Aussi, quelques-uns traversèrent-ils le boulevard :

— On ne se sent plus chez nous avec tous ces fridolins, on va ailleurs...

À l'automne, peu d'entre eux reprirent leurs habitudes lorsque les Allemands découvrirent le charme des grandes brasseries et des hôtels luxueux, laissant ainsi place nette au café.

Après le départ des indésirables, les visages se décrispèrent et le café retrouva peu à peu sa quiétude. Pour autant, les soucis ne lâchèrent pas d'une semelle Aurélien et Juliette. Comment assurer la bonne marche d'une maison alors que l'essentiel manquait et que les tracasseries se multipliaient ? Le ravitaillement constituait un casse-tête quotidien, qu'il partageait avec Juliette : il veillait sur les réserves du comptoir, elle sur les provisions de la cuisine.

Juliette qui avait été à bonne école auprès de Camille, menait la vie rude à sa nièce Adeline à qui elle avait confié les fourneaux après le départ de la cuisinière au moment de la débâcle. Rien ne devait se perdre : les jus de viande, les couennes de jambon et les bouts de gras mijoteraient avec un légume, les restes de viande se transformeraient en hachis tandis que les croûtons garniraient une épaisse soupe au fromage sur laquelle on râperait les croûtes de laguiole.

Le matin, elle ne sortait des placards que le strict nécessaire aux deux repas de la journée et partait faire ses courses chez les commerçants du quartier, conservant la haute main sur les tickets, chipotant sur le poids ou la qualité, pestant contre le pain rassis que vendaient les boulangers, échangeant du vin contre du lait, du beurre, un peu de charbon. Au retour, elle décomptait ses bons en attendant l'arrivée de deux vieilles femmes qui quémandaient les débris de pain, les épluchures et les déchets de la cuisine dont elles nourrissaient des lapins dans une cave. De temps à autre, elles en portaient un, ainsi que des poireaux ou un chou cultivés sur un carré de terre au fond d'une impasse. En échange, Juliette leur préparait un verre de vin chaud...

Quant à Aurélien, il tentait de se débrouiller au mieux avec ses fournisseurs pour satisfaire les clients. Le torréfacteur ne livrait plus de vrai café, ou si peu car rare et cher, mais des grains d'orge : les garçons les grillaient eux-mêmes contre le mur de l'arrière-cour afin d'économiser quelques centimes au kilo. Ils utilisaient un grilloir de ferme, cylindre de tôle fixé sur un axe et muni d'une manivelle, que le cousin des Enfruts avait envoyé à Aurélien par l'intermédiaire du marchand de vins.

Certains ne s'habituaient pas à cet ersatz :

— Pouah ! c'est vraiment dégoûtant !

— Si la chicorée ne lui donnait pas un peu de goût, ce serait de la clairette ! reconnaissait Aurélien qui refusait d'en boire.

— C'est ce que les ronds-de-cuir de Pétain appellent le « café national ». À ce train-là, on aura bientôt du café « glandou » !

— Pas si fort, chuchotait Aurélien. Les murs ont peut-être des oreilles.

Depuis l'interdiction de servir des boissons titrant plus de seize degrés, beaucoup se rabattaient sur le vin.

— Il ne nous reste que le rouquin ! se lamentaient-ils. On ne peut même plus se consoler avec un verre de goutte...

La nouvelle réglementation avait dégarni les étagères du café : plus d'eau-de-vie, ni de rhum, ni de pastis marseillais.

Des contrôleurs de la Préfecture, sanglés dans un pardessus gris et coiffés d'un chapeau noir, ne cessaient de vérifier si Aurélien ne détournait pas la loi ; ils fouillaient dans la cave et l'arrière-cour.

— Je ne vends que des apéritifs maison ! leur répétait-il.

Aurélien recevait encore du rivesaltes, du banyuls et du Byrrh grâce au marchand de vins qui le dépannait, ainsi que du Bonal. Pour combien de temps ?

À la fin de l'été, le fils Enjalbert lui avait proposé de cacher sa voiture dans ses entrepôts de Bercy :

— Comme il n'y a plus d'essence, autant que tu la mettes à l'abri. Il paraît que les fridolins aiment les tractions...

Depuis, Aurélien empruntait le métro, bondé à n'importe quelle heure de la journée, ou roulait à bicyclette lorsqu'il se rendait à la Halle aux vins. Une petite remorque, bricolée avec l'aide d'un des garçons, lui permettait à l'occasion de prendre livraison d'un sac d'orge à la brûlerie de la Porte d'Italie et des victuailles arrivées à la poste du quartier ou à la gare d'Austerlitz. Deux fois par mois, Camille expédiait un paquet-poste dans lequel elle entassait des noix, des pommes, des coings, de la pâte de coing, des cabécous secs ; Aurélien enrageait lorsque le guichetier le lui remettait éventré, vidé d'une partie de son contenu. Ce n'était guère mieux avec les colis de Louis Cardaillac qui lui parvenaient par le train : des mains indélicates avaient tailladé le jambon, le lard et la ventrèche, décapité les saucissons et la saucisse. Il se plaignit auprès d'un chef de bureau, à la réception des marchandises, pour s'entendre dire :

— Ne perdez pas votre temps à réclamer : votre colis n'était pas conforme, il y avait trop de poids de charcuterie...

Excédé, Aurélien décida de descendre au pays :

— Je n'engraisserai pas plus longtemps des gens malhonnêtes !

Juliette voulut le dissuader.

— Ils peuvent me contrôler, ricana-t-il. J'ai un laissez-passer pour aller voir Antoine à Rodez.

— Il suffira que tu partes pendant quelques jours pour que nous ayons des ennuis. Il n'y aura que des femmes dans cette grande baraque...

— André couchera au café jusqu'à mon retour.

Après une nuit inconfortable et glaciale, entrecoupée d'un arrêt en gare de Vierzon au passage de la ligne de démarcation et d'une fouille systématique des voyageurs, Aurélien retrouva enfin Rodez. Malgré la neige qui tombait sur la ville, il grimpa les côtes menant jusqu'au pied de la cathédrale. Les vêtements trempés et lourds, il entra au café de l'hôtel Broussy, commanda un bol de lait chaud, se cala l'estomac avec une tranche de pain et de la confiture de prunes. Un régal !

Aurélien choisit un laguiole à corne noire chez Calmels puis se dirigea vers le lycée où le concierge, un mutilé bougon qui traînait une jambe de bois, l'escorta au parloir tout en marmonnant :

— Si vous avez écrit au censeur, ça ira, sinon...

La pièce aux hautes fenêtres grillagées n'était pas chauffée; le gel de la nuit avait dessiné des arabesques sur les carreaux. Au bout d'un moment, après un bruit de sabots, la porte s'ouvrit : Antoine se précipita dans ses bras.

— Pas plus de cinq minutes, grommela le concierge. Ils sont en classe, les maîtres n'aiment pas être dérangés...

Il avait grandi et flottait dans une blouse ample. Ses premiers mots sonnèrent comme un reproche :

— Tu en as mis du temps pour venir... Oh ! mon laguiole...

Antoine le déplia, le replia, fit claquer la lame, le soupesa.

— Il te plaît ?

— Oh oui !... Tu m'emmènes avec toi ?

— C'est trop dangereux : il y a plein d'Allemands dans Paris.

Alors, Antoine se jeta contre son père, éclata en sanglots :

— Tu ne comprends pas que c'est la prison ? On mange mal, on a froid, on reste enfermé le dimanche...

Aurélien sentit son corps trembler; il caressa ses cheveux :

— Tu es pourtant mieux ici qu'à Paris.

— Heureusement, j'ai le colis de grand-mère le vendredi...

Déjà, le boiteux pressait l'écolier de retourner en cours.

— Ça fait dix minutes... J'ai pas le droit de...

Dans l'entrebâillement de la porte, Antoine cria à son père :

— J'ai de bonnes notes : grand-mère te le dira. Je lui amènerai mon carnet à Noël...

Le cœur gros, indifférent à la bise qui lui cinglait le visage, Aurélien marcha à pas comptés vers l'arrêt des autobus, devant le palais de justice. Il attendit une heure sur l'un des sièges en bois de la guimbarde d'Espalion, ressassant les paroles de son fils : « On mange mal, on a froid... »

À Espalion, il eut juste le temps d'avaler une assiettée de soupe et un morceau de fourme dans une auberge sombre et enfumée, face aux anciennes prisons, car l'autobus de Laguiole pétaradait dans un nuage de fumée noire. C'était vendredi et jour de marché. Aussi, toutes les places étaient-elles occupées par des gens de la campagne venus à la ville pour leurs affaires. On n'y parlait pas un mot de français : chacun s'interpellait dans la langue du pays. « Si les Allemands viennent jusqu'ici, ils ne seront pas déçus ! »

Il crut ne jamais arriver au Cayrol. Une mince pellicule de neige recouvrait la route et gênait le chauffeur qui convia les passagers à quitter leur siège dès la sortie d'Espalion afin de soulager le moteur à gazogène, puis à pousser dans les virages en épingle. Pendant la montée de la côte du Cayrol, Aurélien ne put s'asseoir un instant, tantôt cheminant près de l'autobus, tantôt s'arc-boutant des mains à l'arrière pour lui permettre de mieux grimper, en nage sous l'effort, le visage maculé de suie.

Cardaillac qui patientait dans l'un des cafés du village, en grillant quelques cigarettes, railla sa tenue :

— Tu n'es pas fils de bougnat pour rien. Il ne te manque que le capuchon noir !

De ses yeux furibonds, Aurélien lançait des éclairs de colère.

— Ça dépasse les bornes ! Sans nous, l'autobus ne montait pas. Il devrait nous rembourser...

Tandis que la patronne leur servait un verre de vin, le chauffeur charriait des paquets entre l'autobus et l'arrière-salle du café.

— Garde-toi de dire quelque chose, murmura Cardaillac. Il te le revaudra au retour : je l'ai prévenu que tu descendrais lundi avec deux valises. Il a compris, il sait ce que tu emportes. Tu peux être tranquille : si les gendarmes l'arrêtent pour vérifier l'impériale, il laissera tes bagages de côté...

— Vous avez tout prévu !

— Sauf que j'ai moins de choses à te céder qu'avant...

— J'ai aussi moins de clients.

— Et c'est plus cher, ajouta le paysan qui jouait avec son briquet à essence. On m'en demande tellement... Si je voulais, je vendrais ma charcutaille à un prix bougrement intéressant...

— Soyez raisonnable. Jusqu'à présent, vous n'avez rien perdu à travailler avec moi.

— Je dis pas, reprit Cardaillac. Mais je risque gros...

— Quelqu'un de rusé comme vous ? Allez !

Cardaillac rougit et enfila sa canadienne. Ils sortirent devant l'auberge. Le vent du midi venait de chasser la bise. Le paysan scruta le ciel :

— La neige va fondre mais tu ne partiras que demain matin. Tu ne serais pas chez toi avant la nuit. Tu prendras la carriole, tu me la ramèneras lundi.

Puis à voix basse :

— À la gare, mon cousin Élie t'aidera à porter les valises. Tu te feras moins repérer quand tu passeras au contrôle économique... Il est cheminot, il nettoie les wagons. Tu ne peux pas te tromper : il est grand comme toi, il tète toujours un mégot, il aura un béret et un foulard rouge autour du cou... Tu lui donneras quelque chose, un bout de saucisse pour ses enfants...

Le lendemain, la boue avait remplacé la neige sur les chemins. À trois heures de l'après-midi, Aurélien embrassait sa mère et les enfants.

— Que vous avez de la chance d'être en zone libre ! soupira-t-il avant de raconter, par le menu, leur quotidien au café.

— Ici, on ne sait rien de tout ça, bredouilla Camille une fois qu'il eut achevé son récit.

Comme Noël approchait, Aurélien laissa de l'argent à sa mère.

— C'est en plus du mandat : tu leur achèteras des friandises... Ne t'oublie surtout pas !

— Le planteur de Caïffa n'est pas bien riche : quelques oranges, une ou deux boîtes de dattes. Mais tout est à des prix...

— Vous vous offrirez quelque chose pour Noël, insista-t-il.

Camille le chargea de présents : abattis de canards conservés au sel, figues sèches, châtaignes fumées, du pain et une fouace cuits au four de l'oncle Édouard.

— À Paris, ce sera meilleur ! dit-elle.

Candie et Igor passaient la journée du dimanche au café : Igor qui n'avait pas vendu la moindre sculpture depuis l'automne 39 et acceptait mal de vivre aux crochets de sa femme, se rendait utile au comptoir tandis que Candie déplaçait son atelier dans la salle à manger du premier, la seule pièce de l'étage chauffée en hiver. À peine arrivée, elle croulait sous le travail car les demoiselles de la maison la pressaient de tailler un chemisier dans un dessus de lit en coton ou une jupe-culotte dans un rideau de cretonne à fleurs, de raccourcir au genou et de resserrer à la taille une robe que leur mère portait avant-guerre, de rafraîchir un bibi à plumes pour aller au cinéma. Elles lui reconnaissaient des doigts de fée.

— D'une nappe en toile cirée, tu ferais sûrement une robe chic ! plaisantaient-elles.

Juliette en profitait également, qui décrocha ses rideaux quand elle ne trouva plus de vêtements à échanger contre des bons.

— C'est dommage, disait-elle. De si beaux tissus !

— Tu es vernie : ce n'est pas de la rayonne ni de

la toile de sac ! rétorquait Candie. Les magasins de gros ne vendent plus que de la fibranne : ça pique, c'est flasque et c'est mou. Il paraît qu'on la fabrique avec les cheveux récupérés par les coiffeurs...

Au fond d'une armoire, soigneusement pliés par sa belle-mère, elle retrouva les premiers rideaux achetés par Camille en 1919 au marché Saint-Pierre.

— Tant pis s'ils sont décolorés, dit-elle. Ils feront le bonheur de mes nièces. Il faut bien que je les habille...

Justine et Adeline dévoraient les magazines qui débordaient de conseils pratiques et d'astuces pour être à la mode en dépit de la pénurie, devenaient coquettes, partaient flâner sur le boulevard et poussaient jusqu'au Quartier latin, brûlant d'impatience de se placer à côté d'une table de zazous au Petit Cluny. Elles enviaient ces filles en jupe courte et col roulé qui fredonnaient des airs de jazz tout en enlaçant des garçons en vestons longs, moustache à l'américaine et cheveux hirsutes.

Adeline qui quémandait sans cesse des recettes auprès de sa tante et de sa mère, se débrouillait bien en cuisine. Un dimanche, elle accommoda de si belle manière des rutabagas qu'elle s'attira les compliments de Candie, pourtant délicate. Elle les avait fait revenir avec des lardons fumés, de l'oignon, du persil, du sel et du poivre avant d'y ajouter un peu de farine et des carottes.

— Je n'aurais jamais cru que ce soit du rutabaga ! s'écria-t-elle.

— Si je l'avais servi cuit à l'eau, tu n'en aurais pas repris, glissa Adeline. En y mettant ce qu'il faut, on arrive à changer le goût.

— C'est autre chose que le topinambour ! compléta-t-elle. Une cliente a voulu me payer un chapeau avec des topinambours. Elle ne me roulera pas une seconde fois. Je n'avais rien pour les relever : il nous en reste encore. La prochaine fois, je demanderai des lentilles...

— Ou un repas à La Tour d'Argent, surenchérit Aurélien. On dit que leur canard au sang est aussi bon qu'avant la guerre.

Les repas animés du dimanche, quoique sobres, constituaient le moment attendu de la semaine, le rayon de soleil qui perçait la grisaille. Les papotages allaient bon train, alimentés par les lettres de Camille ou les nouvelles envoyées par les parents de Justine et Adeline. Rien n'était épargné aux convives : ni le rendement des pruniers aux Bories, ni l'avancement des travaux des champs à Laguiole, ni les maladies des voisins, ni les notes d'Antoine, ni les caprices de Léa le jour de ses dix ans. Ainsi, se sentaient-ils moins coupés de la famille et moins isolés du pays où seul Aurélien se rendait tous les trois mois avec ses valises, la peur au ventre à chaque voyage.

Pascaline et Michel qui les rejoignaient les dimanches de fête, partagèrent une dernière fois leur table le jour de Pâques, avant de quitter Paris pour Mur-de-Barrez.

— Nous partons quelques mois au pays, expliqua Michel. Nous avons besoin de repos...

— Ce sera mieux pour les enfants, ajouta Pascaline.

Un cousin de Michel avait accepté la gérance du café-tabac de l'avenue Kléber; son beau-frère celle du boulevard Sébastopol; ses parents garderaient un œil sur les deux maisons.

— On sera plus tranquille, avouèrent-ils.

La lassitude et la fatigue se lisaient sur leur visage.

— L'administration devient de plus en plus pointilleuse avec les buralistes, lâcha Michel. Elle nous considère un peu comme des fonctionnaires... Le jeu n'en vaut plus la chandelle : les recettes du café ont baissé comme partout, les gens n'achètent presque plus de billets de la Loterie nationale, les fumeurs n'ont droit qu'à quatre paquets de cigarettes dans le mois et le tabac est cher : onze francs les celtiques et les gitanes...

— Un franc de plus qu'un camembert ! compléta Igor qui fumait peu depuis les restrictions.

— Heureusement qu'il y a des rupins avenue Kléber ! reconnut Pascaline. On vend toujours autant de montecristo, de havanes et de upmann...

— Beaucoup de tracasseries pour une petite marge, soupira son mari. La Régie nous ristourne une misère...

— Vous reviendrez à l'automne ? demanda Juliette.

— On verra selon les événements, répondit vaguement sa belle-sœur. Si les affaires pouvaient reprendre...

Mais nul ne savait quand finirait la guerre.

À la fin de l'été 41, après avoir longtemps hésité à solliciter son beau-frère, Igor se proposa comme plongeur au café.

— Je suis prêt à faire n'importe quoi. Si tu n'as rien pour moi, je réparerai un vieux vélo et je m'installerai comme taxi, rue de Lille...

— Tu as des ennuis ? fit Aurélien, surpris par sa démarche. Tu ne vas plus à l'atelier ?

— Les services de Goebbels écument Montparnasse pour nous « inviter » en Allemagne chez des collectionneurs d'art. Jamais je ne m'abaisserai à participer à leur soi-disant « coopération intellectuelle »... À force de tourner en rond au-dessus de la boutique, je deviens fou... Je t'en supplie, sors-moi de là...

Au café, Igor s'improvisa coursier, caviste, caissier, garçon de comptoir, s'épuisant dans le travail afin d'effacer ses désillusions. Pendant l'hiver qui suivit, le plus froid des années de guerre, il se transforma en garçon charbonnier et rendit de fiers services à son beau-frère. Dès octobre, avant les premiers frimas, Aurélien se démena pour trouver du charbon car la ration mensuelle de vingt-cinq kilos ne suffisait pas à garnir les quatre poêles de la maison, moins célèbres que l'imposant poêle installé par Paul Boubal au café de Flore mais tout aussi persuasifs auprès de la clientèle en quête de chaleur.

Le fils Combettes, fournisseur attitré de leur café-charbon de la rue Lécluse, le tira d'embarras :

— J'ai besoin de vin pour mes gars à midi... Tu t'arrangeras avec ton marchand de Bercy : c'est la seule chose qui arrive à peu près normalement... En échange, je te livrerai du charbon... Si un de tes garçons vient donner un coup de main de temps en temps, ce ne sera pas de refus : on manque de bras avec cette fichue guerre...

Un jour par semaine, parfois rejoint par Aurélien, Igor se coltina le chargement et le déchargement du charbon en gare de l'Est et à l'entrepôt de la rue des Vinaigriers, souffrit en silence de douleurs aux épaules et aux reins.

— Je n'oublierai pas ce que tu fais pour moi, avoua Aurélien un après-midi où tous deux trimaient sous un hangar.

Aussi, un soir de juillet 42, un peu avant le couvre-feu de onze heures, lorsque Igor et Candie amenèrent au café une fillette de l'âge de Léa, ne put-il refuser de l'héberger. Candie et la petite se hâtèrent de monter à l'étage par l'escalier principal tandis qu'Igor traversa la salle pour le prévenir. Une fois refermée la porte de la salle à manger, sans lâcher la main de sa protégée, Candie raconta à voix basse :

— Ce qui est arrivé aux Juifs est horrible... Dans la nuit du 16 au 17 juillet, la police française a arrêté des milliers de Juifs étrangers et les a parqués comme du bétail au Vélodrome d'Hiver; on ne les a pas revus, on ne les reverra peut-être jamais. Il y avait des amis d'Igor, nous ne l'avons appris qu'une semaine plus tard... L'autre jour, une femme est entrée à la boutique, avec Éléna...

À ce mot, la fillette aux cheveux blonds tressés la regarda. Le visage grave, suppliant.

— Grâce à un policier qui habitait dans la même maison, elle et sa fille ont pu échapper à la rafle, poursuivit Candie. Elles ont pris des risques en venant à la boutique : la rue de Lille est infestée d'Allemands qui surveillent l'ambassade jour et nuit. Cette pauvre femme cherche à passer la ligne et à rejoindre des amis dans un village de la Haute-Loire. En attendant son départ, elle veut que je m'occupe de sa fille. Nous l'avons depuis huit jours et sa mère ne s'est pas manifestée. Nous ne pouvons pas la garder davantage : c'est trop dangereux. Dans le quartier, tout le monde sait que nous n'avons pas d'enfant; les femmes de l'ambassade viennent souvent à la boutique m'acheter des gants et des chapeaux, elles finiront par s'apercevoir de quelque chose. Pas plus tard qu'avant-hier, je me suis fait remarquer par un officier : il a vu en devanture un chapeau orné de deux coqs rouges, il est entré et il a exigé que je l'enlève sur le champ; il m'a dit que je pouvais être poursuivie pour « acte de résistance à l'occupant »... Je ne sais pas pourquoi il s'est mis ça dans la tête...

— Tu crois qu'elle sera plus en sécurité ici ? coupa Aurélien. Les voisins du dessus sont revenus à l'automne. Je me méfie d'eux, lui est gratte-papier aux impôts, il vocifère contre les étrangers quand je le croise dans l'escalier.

— Tu dois l'emmener à Montézic, dit Igor.

Aurélien n'avait prévu de s'y rendre qu'à la fin du mois d'août.

— Avance ton voyage, insista-t-il. Le plus tôt sera le mieux.

— Il faut lui trouver de faux papiers.

— Je m'en charge, annonça Igor à la stupéfaction générale. Ça prendra au moins une semaine.

Au bord des larmes, Juliette cachait son visage dans ses mains.

— Comment est-ce possible? répétait-elle.

Aurélien marchait à pas lents dans la pièce, plongé dans ses réflexions, échafaudant des plans.

— Hélène Poiret est ta nièce, dit-il soudain à Igor. C'est la fille de ta sœur Tatiana venue à Paris après la première guerre, qui s'y est mariée, qui habitait le 15e arrondissement et dont l'immeuble a été bombardé en juin 40. La famille de son père, qui l'avait recueillie, ne peut plus s'en occuper et te l'a confiée.

S'arrêtant devant la fillette, il se pencha vers elle et murmura, désignant Igor du doigt :

— C'est bien ton oncle Igor?

Quoique intimidée, elle hocha la tête.

— Tu as quel âge? continua-t-il.

Mise en confiance, elle répondit d'une voix claire :

— Onze ans et demi. J'en aurai douze le 16 octobre.

— Je m'en doutais, fit Aurélien. Elle a le même âge que Léa; elles iront en classe ensemble, ça simplifiera les choses.

— Hélène ne pourra pas l'accompagner au catéchisme ni à la messe, observa Juliette. Nous aurons des ennuis.

— J'irai voir le curé. S'il le faut, nous la baptiserons... D'ici là, sa mère reviendra peut-être...

Une partie du mois d'août s'écoula avant qu'Igor ne pût se procurer de fausses cartes d'identité et d'alimentation. Aurélien profita de ces journées d'attente pour fabriquer à Hélène un état civil et un passé. Intelligente, vive, la fillette prit cet exercice pour un jeu et s'y prêta de bonne grâce. Passés les premiers soirs, elle ne récita plus une leçon apprise : elle avait changé de vie.

Avare de paroles et de sourires comme les êtres qui ont vieilli avant l'heure, Hélène intrigua le personnel. Était-elle vraiment une nièce d'Igor? Certes, la fillette l'appelait « oncle Igor » dès qu'elle l'apercevait, mais leur comportement paraissait bizarre. Bien que la curiosité brûlât les lèvres, nul n'osa poser de questions.

Jusqu'à la veille de son départ pour l'Aveyron, ils nourrirent un espoir, si mince fût-il, de revoir sa mère. Mais elle ne revint pas. Au moment des adieux, Juliette lui offrit la plus belle poupée de Léa tandis que Candie garnit son sac de robes taillées dans un vieux coupon.

— Mémé Camille te tricotera des gilets et des chaussettes pour l'hiver, lui promit-elle. Léa te prêtera des affaires...

Au cours du trajet, consciente des dangers qui la guettaient, Hélène tint son rôle à la perfection. Dans le bureau de contrôle de la ligne de démarcation, guérite au toit de tôle surchauffée en cette fin d'été, elle ne se troubla ni devant l'officier allemand ni devant le gendarme français qui l'accablèrent de questions, épluchèrent ses papiers et ceux d'Aurélien, ni lorsqu'on arrêta derrière eux deux enfants portant l'étoile jaune; le regard éteint, elle serra les poings. Le premier geste de Candie avait été d'enfreindre la loi et de découdre l'insigne imposé par Vichy...

— Voilà ton pays! s'écria Aurélien quand l'autobus stoppa sur la place de Saint-Amans-des-Cots.

Il la prit dans ses bras et l'aida à sauter du marchepied puis ils s'éloignèrent sur la route de Montézic, bavardant comme un père et sa fille, s'arrêtant au bord du chemin pour reposer ses jambes fatiguées, caresser le mufle d'une vache qui passait la tête pardessus la clôture, cueillir une fleur dans le fossé.

Camille tomba des nues :

— Tu aurais pu me dire que tu ne venais pas seul.

Antoine et Léa se pendirent au cou de leur père qui s'inquiéta de ne pas voir Benjamin.

— Oh ! je ne peux pas le sortir de chez l'oncle Édouard ; il passe son temps dans les champs ou avec les bêtes...

C'était midi, Camille les régala d'une omelette aux rosés des prés, d'un lapin rôti et d'une salade de laitue.

Rassasiés, les enfants se levèrent de table. Alors, Léa s'empara de la main d'Hélène et l'entraîna au dehors.

— Elles seront bientôt comme deux sœurs, murmura Aurélien.

Quand ils eurent décampé, Camille ferma la porte de la cuisine et s'assit près de son fils :

— Dis-moi franchement, elle est juive...

— Comment as-tu deviné ?

— Sinon tu n'aurais pas pris autant de précautions... Ça ne me gêne pas : je l'aimerai comme les autres.

— Je me doutais bien que je pouvais compter sur toi.

— D'après ce qu'on raconte, ça va mal pour les Juifs, même en zone libre. Mais on n'en parle pas beaucoup : les gens sont fourbes et cherchent à connaître ce que les autres pensent...

Avant de présenter Hélène au maître d'école, Aurélien préféra rencontrer le curé qui abonda dans le sens de Camille et parut en savoir plus.

— Nous avons une famille de Juifs dans la commune : elle se sent de plus en plus menacée même si personne n'a à s'en plaindre ; lui est artiste peintre et n'a jamais causé de tort... Il y a quelques jours, le préfet a fait arrêter plusieurs dizaines de Juifs étrangers qui vivaient dans le département... Ces gens s'imaginent que leur tour va venir et qu'on les chassera du village... La Légion des combattants de Vichy est active dans le pays : le président du district clame partout qu'il obtiendra tôt ou tard l'expulsion de tous les Juifs du canton de Saint-Amans... Il faut être prudent...

Aurélien frissonna, ahuri d'apprendre qu'il régnait dans le pays un tel climat de suspicion.

— Il vaudrait mieux l'éloigner d'ici, conseilla le prêtre.

— C'est facile à dire !

— Des religieuses tiennent une pension de jeunes filles à Mur-de-Barrez. Si vous voulez que je leur écrive...

Enfourchant une bicyclette de son oncle, dont les patins usés lui valurent des chutes au fossé et des égratignures, Aurélien partit à Mur inscrire Léa et Hélène, régla largement la pension du premier trimestre et revint soulagé.

— La supérieure est sévère mais les élèves ne sont pas nombreuses. On s'occupera bien de nos filles. Tant pis si elles ne s'amusent pas tous les jours !

La veille de son retour à Paris, les gamines aidèrent Camille à cuire des farsous au lard et des pets-de-nonne.

— On t'en laissera pour le train, promit Hélène.

Après le souper, dans la pénombre de la cuisine, Aurélien parla longtemps avec sa mère. Quand il monta se coucher, il jeta un œil dans la chambre des filles à travers la porte entrouverte. Un rai de lune éclairait le lit : elles se tenaient la main.

XVI

L'année 43 commença mal. Le jour de l'An, Aurélien ne put se lever, vaincu par la fièvre et la toux ; il resta alité une semaine, ne cessant de vitupérer contre les fonctionnaires qui lui imposaient de ne pas dépasser une température de quinze degrés dans les salles du café et se présentaient à tout moment, munis d'un thermomètre.

— Les garçons se gèlent et les clients s'en vont ! grommelait-il. Quelle bande d'imbéciles !

Un peu avant Noël, le marchand de vins lui avait offert une fiole d'eau-de-vie de prune, ramenée d'Artigues sous le manteau. Sa femme en arrosa copieusement les bols de tisane et lui infligea le supplice des ventouses.

Aurélien était tout juste rétabli quand la mère de Juliette mourut à Laguiole. Ils ne descendirent pas pour l'enterrement : lui n'eut pas le courage de supporter le voyage, elle refusa de partir seule car les Allemands occupaient l'Aveyron depuis le mois de novembre. Justine et Adeline, guère plus rassurées, se rangèrent à l'avis de leur tante et n'écoutèrent pas leur père qui les traita de couardes. Juliette fit célébrer plusieurs messes à Saint-Germain-des-Prés et à Laguiole.

Il y eut ensuite, vers la fin du mois de janvier, la

visite matinale d'un inspecteur des bureaux civils du Gross Paris escorté de deux soldats, arme en bandoulière. L'homme avança jusqu'au comptoir, claqua des talons, enleva son chapeau mou qu'il déposa près de la caisse, dégrafa la ceinture de son manteau de cuir et s'inclina devant Juliette qui reconnut en lui l'un des clients de l'été 40.

— Le mon-de est pé-tit, chè-re ma-da-me, dit-il en détachant les syllabes comme s'il se produisait sur une scène. Vous aviez pensé être débarrassée de nous. Mais nous sommes encore là, à deux pas de chez vous.

— Qu'est-ce que vous voulez? demanda-t-elle sèchement.

— Nous réquisitionnons l'étain des comptoirs de café de Paris...

Son doigt glissa sur le dessus brillant :

— Il a toujours été propre et bien entretenu par vos garçons. Je l'avais remarqué.

Lorsqu'elle esquissa un mouvement vers la porte pour prévenir Aurélien, Juliette entendit un cliquetis dans son dos et se retourna avant d'ouvrir : les soldats s'étaient saisis de leur mitraillette. Le geste la glaça.

— J'appelle le patron, balbutia-t-elle, la main toujours accrochée à la poignée de la porte.

— Ça ne changera rien, répondit l'inspecteur. Le Reich a besoin de votre étain qui sera fondu dans nos usines en Allemagne. Qui sait? on en fabriquera peut-être des couverts dont se servira notre Führer... Vous devriez en être fière, chère madame!

Juliette grimaça de dégoût; les clients qui ne perdaient rien de la conversation, le fixèrent d'un œil mauvais.

Attiré par les éclats de voix, Aurélien dévala l'escalier.

— L'ordre de réquisition est en règle, aboya le fonctionnaire du Gross Paris.

Aurélien le parcourut, puis le lui rendit :

— Ce n'est pas possible. On ne peut pas l'enlever du comptoir.

L'inspecteur tapa du pied et piqua une colère :

— Comment ce n'est pas possible? Vous n'avez pas à discuter. Dans deux jours, nous reviendrons prendre votre dessus en étain. Il vaudrait mieux pour vous qu'il n'ait pas disparu...

Aurélien qui utilisait peu le téléphone depuis l'été précédent et son voyage au pays avec Hélène, fila chez le marchand de vins :

— C'est du vol : le syndicat doit protester.

— On n'a aucun recours, soupira le fils Enjalbert. L'occupant est roi! Les Allemands rafleront tout l'étain qu'ils trouveront... Trois de mes clients ont reçu hier soir la même visite et m'ont appelé; je voulais te téléphoner à la première heure, mais les fridolins ont été plus rapides...

Le marchand de vins se leva d'un bond.

— C'est trop bête, reconnut-il d'un ton rageur. Hier soir, tu aurais pu sauver ton comptoir en y clouant quelques planches...

— On devrait passer la consigne, suggéra Aurélien.

— Mes commis en toucheront un mot, là où ils iront livrer, décida-t-il. Mais je m'en veux pour toi...

— Ce comptoir avait tapé dans l'œil de mes parents lorsqu'ils avaient visité le café avec ton père... J'y tiens beaucoup... Sans le dessus, il ressemblera à un comptoir de boui-boui...

Deux jours plus tard, l'inspecteur revint à l'heure de midi avec deux soldats et un menuisier. Profitant d'un moment d'inattention des Allemands qui vérifiaient le contenu de la caisse à outils, étalé sur une table près de la porte d'entrée, les garçons de salle rejoignirent le comptoir. À leur arrivée, cavistes, serveurs et serveuses cessèrent le travail et prirent place aux côtés du patron derrière les bacs de rinçage des verres, sur deux rangs selon la hiérarchie du café, aussi raides dans leur tenue que s'ils posaient pour un photographe du boulevard. Seule Juliette resta assise à la caisse.

Lorsqu'il découvrit la scène, l'inspecteur hurla des ordres en allemand puis en français. Aussitôt, les soldats accoururent devant le comptoir et pointèrent leurs armes sur eux.

De rage, il brisa un cendrier de porcelaine sur les carreaux puis se planta devant Aurélien.

— Qu'est-ce que vous manigancez ? cria-t-il.

— Vous ne pouvez pas comprendre ce que nous ressentons, dit Aurélien d'une voix ferme.

— Je ne comprends que trop : vous êtes de mauvais Français et vous voulez nous résister.

Comme nul ne bougeait parmi le personnel, il recula d'un pas, imité par les soldats qui ne lâchèrent pas leur doigt de la détente, et fit signe au menuisier d'avancer.

— Dépêche-toi !

De la pointe de la baïonnette, l'un des Allemands lui bourra les côtes, le poussa contre le comptoir. L'ouvrier, requis dans quelque atelier du quartier, s'exécuta à l'aide d'un marteau et d'un ciseau, frappant sans retenue, mutilant l'une des fiertés d'Adrien et de Camille.

« Heureusement que ma mère ne voit pas ce désastre... »

Chaque coup résonna dans la tête d'Aurélien comme les notes lugubres du glas. Longtemps après, ce bruit hanta son sommeil...

Pascaline et Michel rentrèrent à Paris en mars 43 afin d'ouvrir un de ces restaurants communautaires que l'on appela bientôt les « resco » et dans lesquels on accueillait les plus défavorisés des Parisiens. Le dimanche qui suivit leur arrivée, ils téléphonèrent un peu avant midi et se proposèrent de passer vers quatre heures. Aurélien et Candie n'avaient pas vu leur sœur depuis deux ans. Aussi, Juliette demanda-t-elle à Adeline de préparer des beignets.

Pascaline apporta une fouace cuite à Mur avant leur départ, et une bouteille de champagne.

Sur le seuil de la salle, elle poussa un cri :

— Oh ! on vous a pris le dessus du comptoir. Quelle tristesse !

— N'en parle pas à maman, lui recommanda Aurélien. Il vaut mieux qu'elle ne l'apprenne pas.

Réfugiés autour du poêle de la salle à manger, ils bavardèrent jusqu'à la tombée de la nuit, se goinfrant de fouace et de beignets, vidant une seconde bouteille de champagne qu'Aurélien monta de la cave. Elle était terreuse et avait perdu son étiquette.

— Une rescapée que les rats de cave n'ont pas eue et que les Allemands ne boiront pas !

Lorsqu'ils échangèrent des nouvelles des enfants, Pascaline et Michel trouvèrent à Hélène, rencontrée aux Bories à l'occasion de Noël, des traits d'Igor.

— Qu'est-ce qu'elle est belle avec ses fossettes et ses nattes ! souligna Pascaline, déçue de n'avoir que des garçons. Une vraie Russe !

Grisé par le champagne, Igor rit aux éclats...

Le soir, dans leur lit, les pieds collés à une bouillotte brûlante, Aurélien et Juliette papotèrent un moment.

— Je n'en reviens pas qu'ils aient loué une si grande salle et embauché autant de personnel...

— J'ai du mal à y croire, avoua Juliette. Quatre cents ou cinq cents repas à midi et autant le soir !

— Pourtant, tu as entendu comme moi, reprit Aurélien. Quand tu penses que le pain se vend 3,50 francs le kilo si tu as une carte et 22 francs au marché noir, je me demande comment ils gagneront trois sous sur des repas qu'ils doivent vendre entre 8 et 16 francs... Même s'ils se rattrapent sur le nombre...

— Mais tu n'as pas tout entendu ! Pendant que tu étais à la cave, Pascaline m'a dit que l'État les aiderait comme tous les « resco » de Paris, parce qu'ils serviront les gens aux petits revenus...

— Je comprends mieux comment ils s'en sortiront, s'exclama-t-il. Ils auront sûrement des facilités d'approvisionnement... J'espère qu'on ne leur demandera rien en contrepartie...

— Et qu'ils auront moins d'ennuis que nous...

Depuis la réquisition de l'étain du comptoir, la police française harcelait Aurélien qui refusait de fournir des renseignements sur ses clients, observant la même attitude que certains patrons du boulevard. En guise d'avertissement, elle l'avait verbalisé à deux reprises pour avoir dépassé de quelques minutes l'horaire au-delà duquel il n'était plus permis de servir du café ou de l'alcool. Puis, au lendemain de la promulgation de la loi sur le Service du travail obligatoire, l'un de ses sbires s'était empressé d'envoyer dans une usine allemande le caviste embauché au cours de l'été 39.

— Il a vingt et un ans, il doit partir comme les jeunes de sa classe, avait-il jubilé, consultant l'état nominatif du personnel établi par les services de la Main-d'Œuvre. Il y sera mieux employé qu'à soutirer du vin pour saouler les Français.

Le garçon n'avait pu y échapper.

Cette conduite indignait Aurélien :

— Pire que des hyènes ! À leur place, j'aurais honte...

Il sentait le dégoût monter en lui, menaçait à tout bout de champ de fermer et de revenir au pays. La situation empirait de mois en mois : les vérifications d'identité se multipliaient à n'importe quelle heure de la journée, le « café national » devenait infect et les dessous de bock introuvables car leur vente était interdite afin de ménager les stocks de papier, le soufre manquait pour entretenir la futaille, l'eau de Seltz ne pétillait plus dans le verre, le vin subissait à son tour le rationnement, les apéritifs se raréfiaient et le marchand de vins en livrait si peu que les réserves s'épuisaient en deux jours. Craignant d'en être privés, quelques habitués guettaient l'arrivée de leur bouteille favorite et dépensaient en un soir beaucoup plus qu'à l'ordinaire, au risque de rentrer éméchés, d'être arrêtés et de créer de nouveaux ennuis au patron.

Une aube grise de décembre 43, lorsqu'il releva les rideaux du café comme chaque matin à six heures, Aurélien lâcha un juron :

— Les salauds !

Au cours de la nuit, sur le volet roulant de l'entrée, on avait peint une étoile juive au-dessus de ces mots : « Mort aux youpins ». La peinture était encore fraîche.

— Ah ! les cons ! gronda-t-il entre ses dents.

Il rentra précipitamment, prépara un seau et une brosse, frotta pendant une demi-heure puis capitula : le savon était de si mauvaise qualité qu'il n'effaça pas grand-chose. Les garçons du premier service attendaient devant la porte de l'arrière-cour, dans la rue Saint-Dominique. Aussi remonta-t-il le rideau et prétexta-t-il un problème de machinerie pour justifier son retard.

Dans la matinée, il s'en ouvrit à son beau-frère.

— En dehors de nous, personne ne sait pour Hélène, dit Igor.

— C'est peut-être toi qu'on soupçonne d'être juif...

— Moi ?

— Parce que tu portes un nom étranger... Ils peuvent s'imaginer que je te cache... Il y a quelques clients qui ne m'inspirent aucune confiance. Ce soir, tu remarqueras le gars bien mis qui s'installe à la table près du poêle : il lit le journal de Doriot, il a eu longtemps l'insigne de la Légion à la boutonnière, il était là les jours où les Allemands se sont déplacés pour l'étain du comptoir alors qu'il ne vient que le soir ; il donnerait un coup de main à la Milice pour ses sales besognes que je n'en serais pas étonné...

Leur discussion en resta là. À l'heure de la fermeture, tous deux enlevèrent les inscriptions à l'aide d'un chiffon imbibé d'essence de térébenthine que le sculpteur avait dénichée dans un flacon, au fond d'une caisse de son atelier. Aurélien jugea plus prudent de veiller pendant quelques nuits puis relâcha sa vigilance.

Trois mois passèrent et rien ne troubla la vie du café. Puis, un soir de mars 44, vers minuit, un bruit tira Aurélien de son premier sommeil, plus léger depuis l'incident de l'étoile juive. Bruit de verre cassé ? de vitre brisée ? Il n'osa pas réveiller Juliette qui dormait en chien de fusil, s'habilla dans le noir, descendit sans actionner l'interrupteur de la cage d'escalier, guidé par la lueur du réverbère du boulevard.

À peine accéda-t-il au comptoir qu'il sentit une odeur d'essence et de fumée puis entendit un crépitement qui semblait provenir de la salle des billards, proche de l'office.

— Le feu ! cria-t-il. Ils ont mis le feu !

Aurélien se précipita à l'office qu'un mur de flammes séparait en deux, coupant l'accès à l'eau des éviers : la fenêtre de l'arrière-cour claquait au vent alors qu'il se souvenait l'avoir vue fermée au départ des derniers garçons, des tessons de bouteille jonchaient le sol. Puis il courut à la cabine, téléphona aux pompiers, insista un moment avant d'obtenir une voix nasillarde qui promit un camion-pompe d'ici une heure. « D'ici une heure ou jamais... »

Il remonta à l'étage. C'était l'affolement : Juliette et ses nièces charriaient des valises sur le palier.

Aurélien grimpa au second et secoua la porte du gratte-papier des impôts qui l'entrebâilla enfin, bonnet de nuit sur la tête et fusil à la main, grognon :

— C'est pas bientôt fini ce boucan?

— Sortez de là : y'a le feu...

— Y'a le feu? Ça devait bien arriver un jour... À force de recevoir n'importe qui dans votre café...

Avant même qu'il eût terminé sa phrase, Aurélien enfonçait la porte du troisième : le vieux couple, assis au bord du lit, se tenait la main, transi d'effroi.

— Une bombe est tombée près de la maison? demandèrent-ils. Pourtant, il n'y a pas eu d'alerte...

Bientôt, encombrés de valises et rejoints par quelques voisins, ils se trouvèrent rassemblés sur le trottoir, au bas de l'immeuble, le visage écarlate sous l'effet des lueurs de l'incendie. Juliette et les filles sanglotaient; Aurélien regardait le désastre, refoulant ses larmes et sa soif de vengeance, assailli de questions. Qui avait mis le feu? Pourquoi tant de haine à son égard? Que lui reprochait-on? Les surveillait-on? Quelqu'un avait-il réussi à percer le secret d'Hélène?

Ils demeurèrent ainsi jusqu'au départ des pompiers, grelottant de froid, laissant échapper des plaintes de douleur. Au petit matin, il ne restait du café que les murs; le premier étage avait souffert du feu, le second et le troisième avaient pu être préservés. En quelques heures, les flammes avaient tout détruit : le comptoir, les billards, les belles salles avec les banquettes de cuir et les céramiques, les souvenirs, les instants de bonheur, le fruit du labeur d'Adrien et de Camille, leur réussite et l'héritage de leurs enfants. L'*ostal* [1] était à rebâtir...

1. *La maison, la famille et l'ensemble des biens.*

La police ouvrit une enquête qu'elle mena sans zèle. Pendant que Juliette tentait avec ses nièces de récupérer quelques effets dans le fatras du premier, Aurélien répondit à leurs questions et à celles de l'agent d'assurances, mais tut l'affaire de l'étoile juive. Du bout des doigts, un fonctionnaire de police fouilla les cendres et les gravats.

— C'est tellement facile de fabriquer des bouteilles incendiaires, dit-il à Aurélien. Toutes se ressemblent. Les résistants savent faire depuis que les communistes leur ont appris : un peu d'essence, de pétrole et d'acide sulfurique, du papier d'emballage saupoudré de chlorate autour de la bouteille. Pas besoin d'allumette : quand le verre se casse, ça prend feu immédiatement... C'est un coup des résistants...

Aurélien, qui n'en croyait pas un mot, se garda de le contredire, persuadé que l'incendie conserverait longtemps son mystère.

Candie les hébergea au-dessus de la boutique, dans leur trois pièces. Le surlendemain, Justine et Adeline prirent à regret le train de Rodez, le cœur gros parce qu'elles aimaient Paris; Aurélien et Juliette patientèrent une semaine, le temps de régler les formalités avec la compagnie d'assurances.

Des trois fournisseurs, le marchand de vins fut le plus attentif à leur désarroi.

— C'est un coup dur mais nous sommes là pour vous aider, dit-il à Aurélien. Quand la guerre sera finie, les affaires repartiront et tu reconstruiras ton café. Mon père t'aurait dit les mêmes choses.

— Depuis que ça dure, je me demande si la paix viendra...

— Ne désespère pas : la chance reviendra aussi.

Enjalbert remplit deux verres de bordeaux :

— D'ici quelques années, le nouveau Camille sera l'un des plus beaux cafés de Saint-Germain...

Encore sous le choc des événements, Aurélien ne répondit pas.

— On te prêtera l'argent qu'il faut. Tu peux compter sur moi...

Les giboulées arrosèrent leur retour aux Bories, les trempèrent jusqu'aux os au cours des derniers kilomètres qu'ils effectuèrent à pied de Saint-Amans à Montézic où l'oncle Édouard les rencontra fortuitement sur la place et les gronda :

— Si vous aviez averti, je serais venu vous chercher...

— Ma mère ne t'a rien dit ? s'étonna Aurélien.

— Depuis l'incendie du café, elle se perd...

Juliette claquait des dents. Ils se séchèrent devant l'âtre, burent un bol de vin chaud puis Édouard attela la jument et les conduisit aux Bories.

— Mais vous êtes déjà là ? s'exclama Camille.

Les cernes des yeux trahissaient la fatigue, les rides du visage se creusaient davantage.

— Heureusement que vous êtes là... J'ai eu tellement peur... J'ai fait brûler un cierge à l'église pour remercier le Ciel de vous avoir épargnés... Quand j'y pense...

Après le départ de son frère, elle disparut à la salle à manger et revint avec une photo du café. Le cliché commençait à jaunir.

— C'était devant la terrasse, le matin de l'ouverture de la maison en octobre 19, raconta-t-elle à Juliette. Pendant des années, nous avions mis de l'argent de côté pour l'acheter... J'en avais tant rêvé que j'avais du mal à y croire quand nous avons engagé les garçons... Je n'ai plus que cette photo... Quel malheur !

Elle pleura longtemps comme si leur arrivée libérait les flots de larmes qui la soulageaient d'un poids devenu insupportable.

— Avec ton père, nous avons passé notre vie à le gagner à la sueur de notre front, dit-elle à Aurélien. Tu le reconstruiras ?

— Oui. Sûrement...

— J'espère bien. Vous êtes jeunes... Les Soulages n'ont jamais marché à reculons. On ne comprendrait pas que tu tires le rideau sur des ruines...

Si le moindre doute subsistait encore dans son esprit, sa mère venait de le balayer.

Après le souper, les yeux rougis, Camille lança d'un air décidé :

— On ne va pas passer son temps à se lamenter. Nous avons mieux à faire : les enfants arrivent dans deux jours pour les vacances de Pâques et je n'ai presque plus de provisions... À leur âge, ils ont de l'appétit et il ne faut pas leur en promettre. Quand ils viennent, je « monte » la grande marmite de la soupe.

Le lendemain, Aurélien ramena de chez l'oncle un poulet, un lapin, des œufs, des haricots secs, une miche de pain. Au jardin de Camille, il cueillit une poignée de pointes de choux qu'il assaisonnerait avec du mauvais vinaigre et de l'huile de noix.

— Les premiers *tanous* [1] ! Le printemps n'est pas loin...

Aurélien essaya de combler le vide qu'il ressentait, de chasser l'amertume qui le tourmentait la nuit ou parfois en plein après-midi. Comment y résister ? Les scènes de l'incendie ne le quittaient pas. Dans ses cauchemars, elles se mêlaient aux jours heureux et à la vie foisonnante du café, à l'effervescence politique d'avant-guerre qui avait façonné la réputation de la maison. Pourquoi la guerre et le feu avaient-ils brisé net leur vie ?

Ravis d'échapper pendant deux semaines à la discipline et au rata de la pension, les enfants égayèrent Les Bories, surtout les filles car Benjamin fila au village le jour même de son arrivée :

1. *Pointes de raves ou de choux mangés en salade au printemps.*

— Le cousin doit labourer !

Grâce à Léa qui se comportait avec elle comme une sœur, Hélène semblait baigner dans l'insouciance, même si elle se préoccupait de sa mère que nul n'avait revue, notamment le soir à l'heure de s'endormir quand Juliette les embrassait.

— Elle ne t'oublie pas, la rassurait-elle. Elle sait que tu es bien chez nous...

Le tragique sort du café toucha plus Antoine que son frère et sa sœur. Un après-midi printanier où ils s'enfoncèrent sur le chemin des bois de la Truyère, il parla d'avenir avec son père.

— Je n'ai pas changé d'avis : j'ai toujours envie d'apprendre le métier... J'irai ailleurs comme toi. Ce sera peut-être mieux.

— Un jour, tu reprendras le café ?

— Je n'ai que dix-sept ans, j'ai le temps d'y réfléchir...

Aurélien comprit son hésitation.

— Il te plaisait ?

— Je le regretterai parce que nous y avons de bons souvenirs...

— Tu vas quand même passer ton bac ?

— Sauf si la guerre se termine cet été, répondit Antoine. Je n'en peux plus de moisir dans ce lycée. Il me tarde de remonter à Paris...

— D'ici que les Allemands s'en aillent, tu auras le temps d'avoir ton bachot !

Il fallut s'habituer à une nouvelle vie, trop calme certains jours, moins contraignante, bien que les effets de l'Occupation se fissent sentir à Montézic. Juliette employa une partie de ses journées à confectionner des vêtements : elle réussit à tailler, pour les filles, des jupes droites dans de la toile de jute et des corsages dans des draps à la lisière usée qu'elle cousit à la vieille machine Singer d'Étiennette, aida Camille à défaire des gilets devenus trop petits et à en tricoter d'autres, retoucha pour elle des robes et des jupes de sa belle-mère, ajusta à la taille d'Aurélien la garde-robe de son père. Lasse de se tordre les chevilles au creux des ornières avec ses chaussures parisiennes à semelles de liège « compensées », Juliette puisa dans les boîtes de Camille et y trouva son bonheur. Par chance, toutes deux avaient la même pointure. À la messe du dimanche, les femmes de Montézic la jalousèrent, condamnées aux chaussures à semelles de bois articulées du cordonnier dont les clous blessaient les pieds.

Aurélien passa ses après-midi à refendre du bois sur les pentes proches des Bories où des arbres, abattus l'hiver précédent par un bûcheron de Saint-Gervais, attendaient d'être débités. À manier la masse et les coins d'acier ainsi que le lui avait appris son père, il rentrait éreinté, les mains crevassées et en sang, s'écroulant de sommeil après le repas.

— Tu es comme les Parisiens : tu n'as pas beaucoup forcé dans ta vie, persifla un voisin d'Édouard qui ne manquait pas de vérifier chaque jour si la besogne avançait.

Lui et d'autres, y compris au sein de la famille, s'escrimaient à savoir comment il occuperait désormais son temps. Il répondait à dessein :

— Je n'ai plus besoin de travailler, j'ai gagné assez d'argent !

Ils en étaient persuadés car de nombreux bougnats, hôteliers et cafetiers quittaient Paris à l'âge de quarante-cinq ou cinquante ans pour se retirer au pays, fortune en poche. Que son café ait brûlé ne modifiait en rien leur conviction :

— En plus de ce qu'il a ramassé dans son caboulot, l'assurance lui versera un joli paquet !

Les préoccupait plutôt la manière dont il utiliserait son argent. Achèterait-il de la terre ? D'aucuns le pensaient :

— Ce sera pour Benjamin, le gamin veut être paysan.

Un dimanche, à la sortie de la messe, lorsqu'il retrouva au café son oncle, son cousin et quelques hommes du village, Édouard lui posa la question sans détours :

— Tu ne cherches pas une ferme à ton fiston ?

— Rien ne presse, il est jeune, on verra plus tard...

Édouard vida son verre de rouge, essuya les lèvres d'un revers de main.

— Tu as tort de pas t'y intéresser, dit-il, approuvé du chef par ses voisins. À la fin de la guerre, il y aura des terres à vendre dans le pays : des hommes ont été tués en 40, d'autres sont prisonniers en Allemagne depuis quatre ans et personne ne sait s'ils reviendront, les femmes et les vieux ne feront pas marcher longtemps certaines fermes.

Comme Aurélien campait sur ses positions, il insista :

— Si tu laisses passer les occasions, tu paieras la terre trop cher parce que les gros portefeuilles du marché noir y mettront le prix. On t'aura averti...

Aurélien régla sa tournée et rentra aux Bories.

Leurs réactions l'agaçaient. Il n'avait ni l'intention de disputer les fermes aux magnats du Ravitaillement général ni de joindre sa voix à celles des Parisiens qui poussaient les enchères dès que le moindre arpent se libérait ; il songeait à d'autres placements mais ses projets demeuraient nébuleux, tiraillé entre ses désirs et les paroles de son père un soir d'été, sous les frênes :

— Pour les anciens, la vraie richesse c'est la terre. Ils se moquent de l'argent des banques, ils n'ont pas confiance. Si un employé leur demande ce qu'ils veulent faire de leurs billets, ils se dépêchent de les reprendre et d'agrandir l'*ostal*... Aussi fortuné que tu sois à Paris, avec les plus grands hôtels ou les plus belles maisons sur les boulevards, tu ne seras considéré au pays que si tu possèdes des prés, des champs, des devèzes, une montagne. Pour les avoir, tu débourseras deux fois plus que les gens d'ici. Tu n'y changeras rien : tu es parisien, c'est le jeu... Mais dis-toi que la terre, on l'achète avec le cœur, pas avec des sous...

Le 20 août, se repliant vers l'est, les Allemands de la garnison de Rueyres, dont les canons défendaient l'usine électrique et les barrages de la Truyère, capitulèrent. Leur reddition fut accueillie avec soulagement.

— On pourra enfin sortir! s'écria Aurélien qui brûlait d'envie de voir ses cousins des Enfruts.

Quelques jours plus tard, un dimanche soir, lorsqu'ils apprirent la libération de Paris, les Parisiens de Montézic improvisèrent un bal au café; on entassa les tables et les chaises dans un coin de la salle tandis qu'un accordéoniste et un *cabrettaïre* entraînaient le village dans une série de bourrées.

— C'est mieux que de danser sur le plancher d'une grange, les portes fermées, à la lueur des chandelles et dans la poussière du foin! glissa Antoine, qui fréquentait depuis le début des vacances les bals clandestins de Montézic et se débrouillait bien aux bras des filles de son âge.

Le patron du café avait mis en perce un barricou de vin du Fel et les femmes avaient cuit des fouaces en rassemblant leurs réserves de farine. On but et on mangea. Dans l'euphorie, Antoine annonça qu'il ne reviendrait pas au lycée à la rentrée :

— C'est décidé, je pars à Paris.

— Et ton bac? tonna Aurélien.

— Les diplômes ne servent à rien dans notre métier.

— Tu t'en vas sans savoir si on te prendra comme caviste dans un café ou une brasserie?

— Tu connais suffisamment de monde dans les bistrots pour me trouver une place.

— Tout de même, à un an du bac... Tu es vraiment cabochard...

— Grand-mère m'a dit que tu étais aussi têtu !

Aurélien promit d'en toucher un mot au marchand de vins s'il le rencontrait en se rendant chez ses cousins.

— Fais vite ! le supplia Antoine. Les Américains sont à Paris. Je ne voudrais pas manquer ça.

Le lendemain, son père expédia un télégramme au fils Enjalbert et attendit la réponse avant d'affronter à vélo la cinquantaine de kilomètres qui séparaient Les Bories des Enfruts.

— Il est encore là pour deux jours !

À l'aube, après avoir vérifié sa provision de rustines et fixé son baluchon sur le porte-bagages, Aurélien entreprit le voyage, plein d'entrain, sifflant l'air de *La Java bleue*. Le départ de l'occupant, qui l'avait ragaillardi, ouvrait de nouveaux horizons. Paris libéré, les affaires ne tarderaient pas à reprendre. L'agent d'assurances ne lui avait-il pas affirmé que le premier remboursement de ses dommages serait effectué avant la fin de l'année ? Après quelques mois de repos forcé, Aurélien débordait d'énergie pour se lancer dans les travaux du café et retrouver sa place sur le boulevard.

En cours de route, il s'arrêta souvent, grappilla des mûres dans les ronciers d'une haie, se reposa à l'ombre d'un hêtre, flâna tant et si bien qu'il traversa le bourg de Laguiole à midi sonné. Après le casse-croûte, tandis qu'il s'approchait des burons, il ralentit l'allure pour mieux profiter du paysage. Au loin, sur une montagne, il repéra à leur pic trois hommes en train d'arracher des racines de gentiane. À l'entrée du pâturage, il posa pied à terre, abandonna sa bicyclette contre un muret de pierres et marcha vers eux.

Les *gentianaïres,* un genou replié sur le manche en bois du pic, les mains agrippées à la poignée, le saluèrent du bout des lèvres. Près d'eux, étendues sur une toile, s'amoncelaient les racines qui séchaient au soleil.

— Je peux en couper une rondelle ? demanda Aurélien. J'ai une de ces soifs !

— Ouais ! répondit le plus âgé après avoir recraché le bout de racine qu'il mastiquait.

Il ouvrit son laguiole et découpa une fine tranche sous le collet de la plante, qu'il suça et mâcha.

— Ça va mieux, dit-il au bout d'un moment. J'avais le gosier sec avec cette chaleur... Pour qui vous les ramassez ?

— Un marchand de Laguiole, marmonna l'un d'eux, ruisselant de sueur sous l'effort.

— Qu'est-ce qu'il en fait ?

— Ce qu'il veut, grommela-t-il. Du moment qu'il nous paye...

Aurélien ne s'obstina pas, remercia et reprit sa route.

À l'embranchement des routes de Curières et de Saint-Urcize, une idée germa dans son esprit puis chemina entre la croix des Trois-Évêques et Artigues. Tout à ses pensées, Aurélien oublia la canicule, les douleurs lancinantes dans les mollets, et pédala d'un seul trait jusqu'à la maison du marchand de vins, pressé d'arriver.

— Tu vas aussi vite que René Vietto ! le taquina le fils Enjalbert qui assistait avant-guerre aux courses de Puteaux et d'Auteuil.

Aurélien s'effondra sur une chaise, incapable d'articuler un mot, avala deux verres d'eau, s'épongea le front, massa ses muscles et lança lorsqu'il eut retrouvé son souffle :

— Si tu es d'accord, on s'associe et on monte une distillerie de gentiane !

— Qu'est-ce que tu racontes ? Le soleil t'a tapé sur la tête !

— Non, non, je t'assure. Au lieu d'acheter de la terre comme les Parisiens, j'investirai dans une affaire au pays.

— Les concurrents ne manquent pas en Auvergne...

— Et en Aubrac ? riposta Aurélien du tac au tac.

— Il y a déjà Marius Bonal.

— Mais il ne consomme pas toutes les racines qu'on récolte sur les montagnes ! J'aimerais fabriquer de l'eau-de-vie de gentiane, distiller les fraises et les myrtilles des bois... Je suis persuadé que ces liqueurs de l'Aubrac se vendraient à Paris dans les bougnats et les cafés tenus par des gens de chez nous, surtout si les clients sont du pays... J'en connais beaucoup qui seront contents de les voir trôner sur un comptoir : quand la vie t'a déraciné, tu apprécies de retrouver ailleurs un peu de ton pays. Avec une bonne réclame, l'Aubrac pourrait autant que l'Auvergne !

Cette discussion animée les occupa jusqu'au coucher du soleil. L'épouse du marchand de vins hésita à les interrompre puis finit par les appeler pour le repas :

— Vous n'êtes pas raisonnables, ce sera froid ou brûlé.

Aurélien avait faim, il dévora une assiettée d'aligot.

— On ne s'en lasse jamais ! s'exclama-t-il.

— Il aurait été meilleur si j'avais eu de bonnes pommes de terre, reconnut madame Enjalbert.

Ils bavardèrent tard.

— Ton idée n'est peut-être pas mauvaise, reconnut le marchand de vins. Laisse-moi y réfléchir...

Aurélien sourit :

— Ne prends pas autant de temps qu'il en faut à la gentiane pour fleurir !

— Qu'est-ce que tu racontes ? Le soleil t'a tapé sur la tête !

— Non, non, j'ai assez. Au lieu d'acheter de la terre comme les Parisiens, j'investirai dans une affaire au pays.

— Les concurrents ne manquent pas en Auvergne.

— Et en Aubrac ? riposta Aurélien du tac au tac.

— Il y a déjà [illegible].

— Alors ils ne conservent pas toutes les racines qu'on récolte sur les montagnes ? Je vais fabriquer de l'eau-de-vie de gentiane, distiller les fruits [illegible]

[illegible]

— [illegible] Aurélien, après [illegible] patron d'un café-tabac de l'Ave-

XVII

L'automne dispersa la famille. Les filles changèrent de pension et quittèrent Mur-de-Barrez pour le lycée de Rodez. Candie voulait reprendre Hélène à Paris mais Léa s'y opposa :

— Tant que sa mère n'est pas revenue, elle reste avec moi !

Encouragé par le vent de liberté qui soufflait sur le pays et dans la maison, Benjamin obtint de son père l'autorisation de s'inscrire à la ferme-école de La Roque, à Rodez, où il apprendrait l'art et la manière d'élever des vaches.

— Ne me dis pas à Noël que c'est trop dur et que tu ne t'y plais plus, le prévint Aurélien qui refusait de lui passer ses caprices.

— J'ai l'habitude du travail des champs et des étables, répliqua-t-il. J'en sais autant que certains fils de paysans...

Jusqu'au début du mois de novembre, Antoine piaffa avec une impatience de cheval fougueux, pesta contre le marchand de vins qui tardait à honorer sa promesse. La lettre tant attendue parvint aux Bories le lendemain de la Toussaint.

— Prépare tes valises ! s'écria Aurélien après l'avoir parcourue. Le patron d'un café-tabac de l'avenue Victor-Hugo souhaite te voir avant huit jours. Il est de Laguiole.

Antoine sauta de joie.

— Tâche de bien te tenir et ne t'amuse pas à trafiquer les boîtes de cigares comme certains garçons, lui recommanda-t-il. Sinon tu retourneras au lycée.

— Ne remplis pas trop souvent le tassou à la barrique, insista Camille. Il y a assez de poivrots chez les cavistes.

L'avertissement tempéra d'autant plus son enthousiasme que le patron, un homme ventripotent à la voix grasse, en rajouta :

— L'hiver dernier, j'ai renvoyé un garçon qui falsifiait les tickets de tabac ; la semaine dernière, j'en ai pincé un qui me volait des cigarettes anglaises et américaines... Maintenant, c'est la porte à la moindre gaffe ! Quand on est dans les beaux quartiers, on a un renom à défendre.

Aurélien ne put qu'acquiescer.

— Il y a eu tellement de trafic pendant la guerre qu'il faudra faire le ménage si nous tenons à conserver notre réputation, continua-t-il. On en parlera sûrement au syndicat des tabacs. C'est encore tôt pour relancer le banquet d'hiver mais j'espère qu'on se réunira cet été au pays pour le banquetou. Avec ma femme, depuis que nous sommes mariés, nous n'en avons manqué aucun... Nous sortons peu dans l'année : un samedi à l'amicale chez Delbor ou Vianey, un dimanche avec les tabacs... Au dernier banquet d'hiver, j'avais rencontré votre beau-frère de l'avenue Kléber. C'était au Bourget, en 39 ; le ministre des Finances Paul Reynaud présidait le repas. L'un de nos adhérents l'avait comme client, à deux pas d'ici...

Il commanda du chablis.

— Nous n'avons plus grand-chose, déplora-t-il quand le garçon déposa les verres. Du vin blanc, des vins algériens, peu d'apéritifs, encore moins de café... Ça risque d'être long avant que les choses ne s'arrangent...

Aurélien ne le savait que trop, confronté à de nombreux tracas pour le chantier du café. De toutes parts, on lui rabâchait que les différents corps de métier du bâtiment manquaient de matériaux et de main-d'œuvre. Hélas ! il en avait eu confirmation par l'architecte de l'ancien Camille. Dès que la compagnie d'assurances avait fixé le montant de ses indemnités, à la fin du mois d'octobre, Aurélien lui avait demandé d'esquisser les plans :

— Je veux le même café mais en plus beau !

Il avait d'autant plus hâte de les découvrir qu'il lui avait adressé des croquis pour l'aider. Aussi, écourta-t-il sa conversation avec le patron d'Antoine et fila-t-il rue Oudinot chez l'architecte qu'il faillit ne pas reconnaître. Ils ne s'étaient pas revus depuis quinze ans. Urbain Passeval cachait de maigres joues sous une barbe poivre et sel comme ses cheveux ; la guerre l'avait voûté.

L'architecte essaya de le convaincre de transformer les lieux en drugstore ou en pub.

— C'est très à la mode depuis que les Américains ont débarqué, affirma-t-il. Les drugstores qui viennent d'ouvrir, ne désemplissent pas. Il n'y en a pas encore à Saint-Germain...

— Vous me voyez vendre des cornets de frites et du coca-cola ? rétorqua Aurélien, d'un air rigolard. Franchement non !

— Les pubs ne vous tentent pas davantage ? Vous devriez en parler avec votre marchand de bières... C'est aussi dans le vent...

— Restons-en au bon vieux café...

Passeval n'insista pas : il gardait en mémoire l'opiniâtreté avec laquelle Aurélien avait défendu ses idées lors de l'aménagement de l'ancien bazar. Ils passèrent la fin de la matinée à examiner les différents projets, avalèrent un sandwich et une bière au comptoir du café des Ministères, puis se rendirent sur le boulevard derrière les palissades de bois qui masquaient les murs noircis par le feu. Là, au milieu des gravats, munis de quelques photos de l'ancien Camille, ils discutèrent de chaque détail.

— Plus de billards ! décréta Aurélien. On gagnera de la place... Une table d'hôte les remplacera. Avant-guerre, quand les assiettes de Camille attiraient beaucoup de clients au moment des repas de midi et du soir, les habitués me reprochaient de ne pas pouvoir se retrouver au calme dans une salle... Ils seront satisfaits...

— Vous croyez ? fit Passeval qui lui préférait une salle de jeux.

— C'est plus important que vous ne l'imaginez pour l'ambiance d'une maison...

À la nuit tombée, de la disposition de l'office à la décoration des murs en passant par l'emplacement des comptoirs et la taille des vitres, rien n'avait échappé à leur perspicacité.

Aurélien promit à Passeval de revenir après les fêtes de Noël :

— Quand vous aurez mis de l'ordre dans nos gribouillis, nous y verrons plus clair !

Le soir même, n'y tenant plus, il montra ses croquis à Candie et Igor, fier de la tournure que prenait le café. Ils se couchèrent tard ; il dormit peu et se rendit à la première heure chez le marchand de vins. Une partie de la nuit, il avait songé à leur projet de distillerie.

Dans son bureau attenant aux quais, le fils Enjalbert finissait de transmettre ses consignes aux livreurs. Ils partagèrent un bol de café et des croissants qu'Aurélien avait achetés en venant, rue de Lille. Il n'attendit pas d'avoir satisfait sa curiosité sur le futur café et posa sans détours la question qui lui brûlait les lèvres :

— Tu t'es décidé pour la distillerie ?

À sa grande surprise, Enjalbert hocha la tête, bascula sur son fauteuil, alluma un cigare.

— J'ai assez de bâtiments à Artigues, ils seront vite aménagés...

Aurélien ne cacha pas sa joie.

— Sauf si tu réussis à ouvrir le Camille dans six mois, ce dont je doute, je compte sur toi pour surveiller l'arrachage des racines de gentiane et la fabrication des premières liqueurs, poursuivit-il.

— Même si l'architecte terminait les plans d'ici deux mois, je ne pense pas que le Camille pourrait être prêt avant un an, reconnut Aurélien.

— C'est bien mon avis, confirma le fils Enjalbert.

— Il y aura de tels chantiers dans Paris que c'est déjà la course aux entrepreneurs ! Aucun n'est disponible avant le courant de l'année prochaine...

Le marchand de vins écrasa son cigare dans un cendrier et se servit un autre café.

— À la distillerie, il te faudra avoir l'œil partout. Je ne descendrai pas chaque semaine... Pour la mise en route, ce serait mieux si tu prévoyais d'habiter à Saint-Chély ou à Aubrac.

Pressentant qu'il serait réticent à quitter Les Bories, il ajouta :

— Tu as du temps devant toi. On ne commencera pas avant la fin de l'été ou l'automne. D'ici là, tu apprendras le métier...

— Ça ne me fait pas peur !

— Tu seras obligé de plonger les mains dans le cambouis des alambics !

— N'oublie pas que j'ai été garçon-charbonnier chez mon père !

Il avait une telle revanche à prendre sur les mauvais coups de la vie qu'il se sentait capable de surmonter tous les obstacles. Une phrase de sa mère martelait sa tête : « Les Soulages n'ont jamais marché à reculons... »

Après avoir déjeuné dans un « pied de cochon », près de l'église Saint-Eustache, où ils avaient leurs habitudes, Aurélien reprit sa voiture qui sommeillait derrière les chais sous des housses et accepta la provision d'essence que le fils Enjalbert s'était procurée auprès de l'intendance des FFI contre une feuillette de vin de Bordeaux.

— Tu en auras assez jusqu'à Clermont-Ferrand. Là-bas, un ami te dépannera : c'est un marchand de vins qui m'expédie du saint-pourçain. Voilà son adresse...

À Clermont-Ferrand, dans un atelier proche de l'usine Michelin, l'attendrait aussi le patron de la maison Guillaume, réputée avant-guerre pour ses alambics ambulants qui sillonnaient en hiver les routes du Massif central. Il lui expliquerait le fonctionnement des chaudières de cuivre et des serpentins, lui fournirait des notices et des plans.

— Ne lui en dis pas trop, conseilla Enjalbert. Nos concurrents le sauront bien assez tôt...

Quittant Bercy, il roula lentement à travers Paris, surpris de tenir à nouveau un volant et de goûter au plaisir longtemps défendu de circuler en toute tranquillité. Aux terrasses des cafés, une jeunesse insouciante musardait au soleil. Sur les trottoirs, les femmes ne marchaient plus la tête dans les nuages par crainte d'une attaque aérienne ; elles flânaient et souriaient, cheveux au vent, élégantes en socquettes blanches et robes à fleurs.

À Chaudes-Aigues, une tempête de neige l'obligea à coucher à l'hôtel. Il ne rentra que le lendemain, à l'heure du souper. Après le repas, sa mère éteignit la lampe de la cuisine, rechargea l'âtre et le soumit à un feu roulant de questions sur la famille, les affaires, le café. Vive et gaie comme aux meilleurs jours.

De Paris, Aurélien revint différent. Non sans émotion, Juliette le retrouva tel qu'elle l'avait connu avant la guerre : mordant, ouvert, audacieux. À tout moment, en plein repas ou avant de s'endormir, il s'enflammait pour ses projets et ne parlait désormais que d'avenir : le passé semblait oublié, ou enfoui au plus profond de sa mémoire. Après tant de mois difficiles et alors que la guerre n'était pas terminée, Juliette était heureuse de ce revirement qui l'aiderait aussi à tirer un trait sur leurs déboires.

Aurélien occupa le mois de décembre à suivre Gaston Ravanel, un bouilleur de Saint-Amans-des-Cots et son alambic Guillaume. L'homme, jovial, rougeaud, bichonnait sa machine avec autant de précautions qu'un mécanicien de train auquel il ressemblait avec son veston noir, ses gros brodequins et sa casquette grise ; de ses mains larges et puissantes, il en astiquait les cuivres chaque matin avant d'allumer le foyer. Gaston n'avait pas son pareil pour distiller la verveine et le thé d'Aubrac, évitant de donner « trop de feu » à l'eau-de-vie afin de préserver les arômes des plantes.

Sur les places de la Viadène battues par le vent et la pluie, à peine abrité par un auvent de tôle, Aurélien partagea son travail et son casse-croûte de midi, prêta main-forte pour les manœuvres, refendit le bois, nettoya la chaudière, renouvela les réserves d'eau aux fontaines où il devait casser la glace certains matins avant d'y plonger son seau, besogna sans rechigner malgré l'onglée et les tours de rein. Une fois gagnée sa confiance, Ravanel le familiarisa avec l'échelle des degrés, lui confia de temps à autre la distillation des barriques de prunes à la stupéfaction des clients, intrigués par sa présence et inquiets quant au résultat. Le dernier jour, Aurélien le persuada de les conseiller pour le démarrage de la fabrique ; le soir même, fou de joie, il télégraphia à son associé.

En quête de recettes traditionnelles, Aurélien mit à contribution sa mère, sa femme, sa tante Étiennette, ses cousins des Enfruts et jusqu'au curé de Montézic, connu au-delà de la paroisse pour ses liqueurs. Le brave ecclésiastique se refusa à lui communiquer ses secrets mais lui prêta un livre rare sur la gentiane qui n'était jamais sorti de son presbytère. Aurélien potassa cet ouvrage et confronta ce qu'il y apprenait avec ses connaissances. Il voulait tout savoir avant l'été afin de ne pas se laisser abuser par les *gentianaïres.*

Au fil des mois, le projet prit corps. Le marchand de vins y jetait de plus en plus d'ardeur, conscient de l'enjeu pour son commerce. Chaque fois qu'Aurélien montait à Paris rencontrer l'architecte du café, Enjalbert lui annonçait de bonnes nouvelles : tantôt il avait arraché de haute lutte des conditions préférentielles à la maison Guillaume en échange d'une mention sur les étiquettes; tantôt il avait obtenu d'un entrepreneur d'Espalion d'exécuter les travaux de l'atelier avant le mois d'octobre. Autour du poêle à charbon de son bureau, tous deux se livraient à de longues discussions sur les goûts des clients, l'opportunité d'utiliser des racines sèches ou fraîches, le degré d'alcool des fabrications à mettre au point, le dessin de l'étiquette, la marque. Ils en oubliaient souvent l'heure!

Les travaux du café avancèrent moins vite malgré sa fougue et sa détermination. Il batailla contre la compagnie d'assurances qui renâclait à régler son dû, et l'architecte qui repoussait sans cesse l'achèvement des plans.

— À ce train-là, le café n'ouvrira que dans cinq ans! tonna-t-il un jour dans son bureau.

Passeval termina son travail au printemps mais, pour autant, il ne fut pas au bout de ses peines : beaucoup de corporations ne pouvaient assumer les commandes, croulant sous les demandes à l'instar des fabricants de dessus en étain chargés de rhabiller les comptoirs parisiens défigurés par les Allemands, ou incapables de s'approvisionner dans un pays désorganisé par la guerre. Aurélien dut se résoudre à remplacer les mosaïques murales par des boiseries. Certains jours, il bouillait de colère...

À l'Ascension alors que débutait enfin l'enlèvement des gravats du café, Aurélien et Juliette achetèrent sur un coup de cœur une maison à Aubrac, voisine de la demeure des gardes forestiers et si souvent convoitée.

— La maison dont je rêvais! raconta-t-il à sa mère, le soir où ils la visitèrent. Des murs de basalte, des pierres d'angle en granit, une charpente qui est une coque de navire, une toiture de lauzes en écailles de poisson que les tempêtes ne décorneront pas...

— Vous viendrez habiter avec nous cet hiver, continua Juliette. À votre âge, vous n'allez pas rester seule aux Bories.

— Qu'est-ce que j'ai fait jusqu'à présent? protesta-t-elle. Je me suis débrouillée sans personne.

Rien n'y fit. Elle refusa de quitter sa maison.

Ils s'installèrent à Aubrac au cours des premiers jours du mois d'août, garnirent la maison de meubles commandés à un ébéniste de Saint-Geniez-d'Olt, répliques des tables de ferme, armoires, lits d'angle en noyer, buffets sculptés et vaisseliers qu'Aurélien avait admirés au cours de son enfance dans la famille.

— Pourquoi tu t'embarrasses de ces vieilleries? s'écria Candie le soir de son arrivée, quelques jours avant le 15 août.

— Des vieilleries? maugréa Aurélien. C'est tout neuf!

— C'est lourd et démodé, dit-elle. Tu aurais pu acheter mieux à Paris et tu aurais eu le temps de bien choisir depuis que tu viens...

— Vous n'allez pas vous disputer! les gourmanda Juliette.

— Oh que non ! fit Candie. Il y a plus important dans la vie...

À ces mots, son visage s'assombrit.

Juliette l'interrogea du regard.

— Pas maintenant, murmura-t-elle avant de céder aux appels de Léa et d'Hélène qui jouaient à la marelle sur la place.

Au repas, elle ne laissa rien paraître et continua à taquiner son frère. Une fois les enfants couchés, elle avoua d'une voix triste :

— La mère d'Hélène est revenue...

— C'est une bonne nouvelle ! se réjouit Aurélien.

Sa sœur ne put poursuivre, secouée par des sanglots.

— Elle est malade ? Elle a besoin d'argent ? s'inquiéta Juliette.

— Elle est revenue des camps de la mort, dit Igor.

Cette révélation les consterna. Grâce aux journaux et à la radio, depuis l'entrée des troupes soviétiques à Auschwitz en janvier, ils n'ignoraient plus le sort réservé aux Juifs déportés par le Reich.

— On a du mal à croire ce qui s'est passé, reconnut Juliette. On ne sait peut-être pas tout...

— L'armée anglaise l'a libérée au mois d'avril et la Croix-Rouge l'a rapatriée en France, reprit Igor. C'est un miracle qu'elle en soit sortie vivante et que le typhus l'ait épargnée... Un jour de juin, elle a poussé la porte de la boutique. Candie ne l'a pas reconnue et m'a appelé. C'était un squelette...

— Je ne pourrais pas oublier ses joues creuses, son crâne rasé, ses doigts déformés, son regard de bête traquée... J'en ai eu des cauchemars pendant plusieurs nuits. Il valait mieux que sa fille ne la voie pas dans cet état ; elle en aurait été horrifiée. Depuis, elle a repris le dessus.

— Hélène remonte avec vous ? demanda Aurélien.

— Il tarde à sa mère de la retrouver, répondit Igor.

Il fallut préparer les filles à la séparation. Candie

s'en chargea, qui les emmena un après-midi en promenade à travers les drailles et les sous-bois d'où elles revinrent au coucher du soleil avec une provision de feuilles de thé d'Aubrac, les premières myrtilles et les yeux rougis d'avoir pleuré...

Le jour où il les conduisit aux Bories, Aurélien offrit à Hélène un couteau de femme élégant et racé, laguiole de corne blonde qu'il lui fit choisir chez Calmels.

— Qu'est-ce qu'ils sont beaux ! s'extasia-t-elle, le nez collé à la devanture de la boutique, éblouie par les présentoirs qui mêlaient des modèles en corne à de splendides pièces d'ivoire. J'aime bien le manche qui se termine par une bottine...

Aurélien entra et l'acheta.

— Il te plaît ?

— Je le préfère à celui d'Antoine...

Elle embrassa Aurélien et serra le couteau contre son cœur :

— C'est comme si je prenais avec moi un peu de ton pays. Je le garderai toujours pour penser à vous...

Léa raccompagna son amie à la gare de Rodez. Penchée à la vitre du compartiment alors que la locomotive s'éloignait du quai, Hélène lui cria :

— L'été prochain, on ramassera des myrtilles et on en fera de la confiture pour Mémé Camille.

La réponse de Léa se fondit au bruit de la machine.

L'ouverture de la distillerie d'Artigues provoqua des remous sur l'Aubrac car, parmi les Aveyronnais de Paris, nul ne s'était risqué ou n'avait voulu jusqu'alors placer son argent ailleurs que dans la terre et la pierre.

— *De que ven cercar aïci*[1] *?* clamèrent quelques vieux. *Es pas prou fort per demorar a Paris*[2] *!*

1. *Qu'est-ce qu'il vient chercher ici ?*
2. *Il n'est pas assez fort pour rester à Paris !*

— S'il veut jouer au gros, il payera la gentiane plus cher que les autres ou ses gars iront ailleurs, avaient menacé des propriétaires de montagnes au moment de l'arrachage.

Les méchancetés glissèrent sur Aurélien qui préféra consacrer ses journées et son énergie aux essais de fabrication. En ce début d'automne, l'alambic l'attendait dans l'ancienne grange-étable des Enjalbert, vaste bâtiment de pierre grise à double entrée que les ouvriers avaient mis six mois à transformer. L'atelier de distillation en occupait la moitié, les pieds posés sur les galets de l'étable, la tête dans la grange : il avait fallu supprimer une partie du plancher supérieur afin de loger l'alambic trop haut pour un plafond aussi bas. Dans l'autre moitié de l'étable, les maçons avaient aménagé deux caves : l'une pour le vieillissement de l'eau-de-vie, l'autre chauffée par un poêle pour la fermentation des racines coupées en fines lamelles. Pendant l'été, Aurélien avait acheté sur place des racines fraîches et choisi des racines sèches parmi la récolte de l'année précédente chez un négociant du Puy-en-Velay. Pour les avoir triées et entreposées sur des clayettes à la grange, ses mains étaient devenues aussi rugueuses qu'une écorce, colorées de jaune mêlé de brun. Il ne restait plus qu'à allumer la chaudière.

Lorsqu'il se retrouva seul devant cette belle machine, Aurélien ne sut comment s'y prendre sans gâcher ses provisions. N'hésitant pas une seconde, il partit à Saint-Amans chercher Ravanel qui se fit prier mais accepta de l'aider en découvrant son installation.

— C'est une sacrée mécanique ! dit-il en se grattant la tête.

Le bouilleur passa une semaine à Artigues et ne s'en retourna qu'une fois assuré qu'il se débrouillerait sans lui.

Malgré ses conseils, Aurélien tâtonna avant de parvenir à un alcool qui ne fût point trop fort et respectât le goût de la gentiane. Les deux hommes qu'il avait engagés dans les hameaux proches d'Artigues, un ramasseur de gentiane et un ancien commis de son associé, colportèrent des rumeurs :

— *I conneis pas res a far de gota! Manjara lo cuol de las calças*[1] *!*

Aurélien mit un point d'honneur à réussir et ne compta pas les heures, travaillant tard à la lueur des lampes, même le dimanche, interrompant ses essais pour partir trois ou quatre jours à Paris sur le chantier du café. Chaque soir, Juliette préparait son panier : des charcuteries, de la fourme et une gamelle qu'il ferait réchauffer sur le poêle de la cave. Par temps de neige ou d'épais brouillard, il ne rentrait pas de plusieurs jours, s'installant dans la maison des Enjalbert dont il avait la clé et où le rejoignait parfois Juliette.

À la Toussaint, lorsqu'il descendit au pays, le marchand de vins trouva l'eau-de-vie trop rude.

— C'est encore du feu ! dit-il. Si tu ne tombes pas en dessous de cinquante degrés, nous n'aurons pas d'amateurs...

Il se remit à l'ouvrage et y parvint peu avant Noël.

Alors, il en éprouva une immense fierté.

Les premiers frimas privèrent Juliette de sortie sur les drailles. Seule une partie de la journée, elle se plongea dans les livres que lui envoya Candie, des romans mal imprimés pendant la guerre et bradés par les bouquinistes. Bientôt, elle s'en lassa et apprit à manier le crochet dans les pages pratiques de *Marie-Claire.*

Elle regretta la compagnie de Camille, les heures passées près du feu à ressasser leurs années pari-

1. *Il n'y connaît pas rien à la goutte! Il y mangera le cul des pantalons!*

siennes, à ravauder, à tricoter. Gagnée par l'ennui, elle suggéra à Aurélien de convier les cousins des Enfruts le jour de l'An :

— Ça pourrait décider ta mère à venir chez nous quelques jours, elle n'a pas vu ses neveux depuis si longtemps...

Camille accepta aussitôt et, au matin du 1er janvier alors qu'elle aidait Juliette à mettre le couvert, elle lui avoua :

— C'est dommage que vous n'ayez pas invité ceux d'Aunac...

— On le fera l'été prochain.

— Depuis qu'on le dit...

Le soir même, baignant dans le bonheur des retrouvailles, elle pressa son fils de réunir les Soulages.

— J'aimerais bien les connaître tous avant de mourir. Dépêche-toi avant que ce soit trop tard...

— Ce sera pour le 15 août, promit-il.

Juliette se chargea d'organiser la fête. À la fonte de la dernière neige, à la mi-avril, elle écrivit aux Soulages dont les cousins des Enfruts et d'Aunac lui fournirent l'adresse.

— Ils sont aussi nombreux que les étoiles du ciel ! soupira-t-elle lorsqu'elle eut achevé les envois.

Huit jours plus tard, le facteur ramenait les premières réponses et quelques lettres qui n'avaient pas trouvé de destinataire.

— On sera combien ? s'inquiéta Aurélien au fur et à mesure que la liste s'allongeait.

— Quatre-vingts ou peut-être cent !

— La remise sera juste assez grande...

Aux beaux jours de mai, lorsque son mari retourna à Paris pour la réception des travaux, elle l'accompagna :

— J'en profiterai pour inviter tes sœurs, tes oncles, tes tantes, tes cousins et tes cousines.

En fait, elle était impatiente de découvrir le nouveau café.

À la sortie du métro Solférino, dès qu'elle l'aperçut en haut des escaliers, elle poussa un oh! de surprise :

— C'est notre Camille?

Déçue, elle se tourna vers Aurélien.

— Il ne ressemble plus à notre maison...

Le lambrequin était pourtant d'une couleur approchante, et les lettres peintes de la même manière.

Cette impression se confirma à l'entrée puis au fur et à mesure que ses pas résonnèrent dans les salles.

— Tu as choisi de jolis comptoirs, dit-elle.

Puis, avec nostalgie :

— Je préférais nos glaces et nos mosaïques...

Le moindre détail de l'ancien Camille était tellement gravé dans sa mémoire qu'elle ne pouvait s'en détacher.

Partageant l'avis de son mari, elle reconnaissait que le café était beau, miroirs, boiseries, cuivres et étains brillant de mille feux sous les lampes, mais trop neuf...

Pas plus que Juliette, Aurélien ne s'y sentait chez lui. En dépit de tous ses efforts pour leur redonner vie, les lieux n'avaient plus d'âme comme si l'incendie l'avait aussi détruite. Ce n'étaient pas l'odeur du café frais et le brouhaha des clients qui remplaceraient la patine du temps.

Au mois de février, tandis que l'intérieur se dessinait, il en avait eu le pressentiment et proposé à sa femme de mettre le fonds en gérance :

— Ça me sera difficile de m'occuper de la distillerie et du café... À Artigues, ce n'est pas le moment de baisser les bras si nous ne voulons pas gaspiller notre argent... Je suis sûr qu'Enjalbert nous trouvera un homme de confiance, un gars de chez nous...

Elle avait accepté, ne se voyant pas diriger seule cette maison; Camille s'était fait aussi une raison :

— Ce sera pour Antoine quand il aura du métier...

Maintenant qu'elle visitait leur appartement

rénové, Juliette ne regrettait pas leur décision. Le nouveau Camille ouvrirait sans eux le 1er juin...

Absorbés par leur métier, les Soulages se fréquentaient peu à Paris en cours d'année, tandis que l'Occupation avait distendu les liens. Aussi, accueillirent-ils Juliette à bras ouverts, notamment les sœurs cadettes d'Adrien, Clémence et Alice, qu'elle avait perdues de vue depuis son mariage.

— Je n'ai pas embrassé Camille depuis la mort de mon pauvre frère, confessa Alice d'un air penaud. Compte sur nous le 15 août : nous passons l'été à Saint-Côme avant de partir sur la côte...

— Nous serons là aussi, ajouta Clémence. Avec Germain, nous descendons à Saint-Geniez pour la Saint-Jean.

Marie, la cousine des Enfruts qui la reçut dans leur dancing des boulevards, manifesta autant d'enthousiasme.

— Ça tombe bien : nous fermons, chaque année, trois semaines en août. Une fête à Aubrac, c'est sacré !

Son mari, Honoré, un homme cultivé qui se piquait de musique et de chanson, insista pour qu'elle revienne un soir avec Aurélien.

— Vous écouterez le chanteur arménien que j'ai engagé l'autre jour. Il s'appelle Charles Aznavour...

De café en brasserie, de restaurant en hôtel et en dancing, une semaine s'écoula avant qu'elle ait pu rencontrer la famille.

— C'est l'empire des Soulages ! dit-elle à Aurélien, admirative. Les jumeaux de Clémence possèdent un restaurant et trois cafés ; les enfants d'Alice sont dans l'hôtellerie ; Pascaline et Michel ont deux cafés-tabacs, une brasserie et un restaurant ; Marie a aussi un café... Nous sommes les seuls à avoir abandonné...

— Tu oublies la relève ! protesta-t-il. Antoine a bien l'intention de s'établir d'ici quelques années...

Juliette avait tout prévu sauf la panne de courant. Au matin du 15 août, un orage les priva d'électricité. Aurélien courut à Espalion acheter une provision de chandelles.

— C'est pour une procession à Notre-Dame? demanda la vieille dame du magasin.

— Si vous voulez, répondit Aurélien, amusé.

Léa et Hélène les fixèrent sur les tables qu'elles avaient décorées de fleurs des champs.

À la pluie, succéda la brume. Vers midi, on ne distinguait plus le toit de la tour des Anglais. Les femmes qui s'étaient déplacées en robe d'été, grelottèrent et s'agglutinèrent autour de l'âtre ; Juliette prêta ses gilets, ses châles.

Un apéritif de gentiane réchauffa les invités. Aussi, les cafetiers taquinèrent-ils Aurélien qui allait de l'un à l'autre pour servir :

— Tu imites Marius Bonal ?

— J'espère que vous aurez mes bouteilles sur le comptoir le jour où je passerai chez vous, répondit-il.

Une clameur salua l'entrée d'un lourd chaudron porté par deux hommes montés du buron de La Sistre, bâti en contrebas du village. Antoine se leva aussitôt pour aider à préparer l'aligot.

Les pommes de terre avaient cuit dans ce récipient de fonte où mijotait d'ordinaire la pâtée des porcs élevés au buron. Il ne restait plus qu'à les écraser, à y ajouter du lard fondu, de la tomme, des gousses d'ail avant d'assaisonner et de tourner le tout avec une spatule de bois. Antoine s'y essaya après que les buronniers eurent commencé à remuer à feu doux sur un réchaud à charbon. Quand l'aligot fila, les convives applaudirent.

Vers cinq heures, après la fouace, le café et le petit verre d'eau-de-vie de gentiane d'Aurélien, les musiciens grimpèrent sur une table et on dansa des bourrées jusqu'à la nuit.

— Ce n'est plus de nos âges ! dit Camille à ses belles-sœurs qu'elle ne quitta pas de la journée.

Malgré des douleurs aux hanches qui l'obligeaient à s'appuyer sur une canne, elle se déplaça d'une table à l'autre pour bavarder avec ses cousins. Après les derniers départs, d'un ton radieux, elle annonça à Aurélien :

— La prochaine fois, on se retrouvera chez les cousins d'Aunac. Je leur ai recommandé de ne pas trop attendre...

Un matin de janvier 1948, n'ayant pas de nouvelles de sa tante depuis quelques jours, le fils d'Édouard poussa jusqu'aux Bories, força un volet, cassa un carreau et découvrit Camille endormie du sommeil de l'au-delà. Elle reposait dans son lit, les mains jointes, gardée par son chien qui hurlait à la mort.

XVIII

Au printemps, Aurélien décida de vendre le café.

— Pourquoi le garder ? dit-il au marchand de vins. Antoine ne le reprendra pas... Je le comprends, ce n'est plus notre Camille...

Enjalbert chercha à l'en dissuader :

— Quelque chose me dit que Saint-Germain s'apprête à vivre sa grande époque. On ne me parle que du Flore depuis l'été dernier et plus de Montparnasse... Tu ne veux pas changer d'avis ?

— C'est bien réfléchi...

Quelques semaines plus tard, son associé avait déjà reçu six propositions. Aurélien écarta les farfelus et les nouveaux riches aux poches remplies d'argent du marché noir qui ne connaissaient rien au métier, pour discuter plus sérieusement au début de l'été avec un cafetier de Loubejac, village du Carladez cantalien.

— Je l'ai comme client depuis quinze ans, lui affirma Enjalbert. Aucun fournisseur ne se plaint de lui : il a toujours réglé ses dettes, il mène bien sa barque. Jamais un coup tordu. On lui prêterait les yeux fermés ! Ce sera sa troisième affaire si vous vous entendez...

Ils signèrent à la fin du mois de juillet chez le notaire, un petit-cousin des Enjalbert installé à Asnières, qui défendait les intérêts de nombreux limonadiers aveyronnais. Ce jour-là, Aurélien acheta un trois pièces dans un immeuble de la rue Marbeuf, qui lui avait plu au premier coup d'œil.

— Il nous fallait quelque chose à Paris, expliqua-t-il à Juliette, au retour. J'aurai à y aller pour la distillerie... Tu m'accompagneras... Ça servira aussi aux enfants...

Elle en fut ravie :

— Désormais, je ne passerai plus l'hiver à entretenir le feu et à regarder la neige tomber derrière les vitres !

Au premier jour des vacances de Noël, Benjamin et Léa rejoignirent leur mère à Paris. Au bas de la rue Marbeuf, près des Champs-Élysées, Léa posa un regard d'envie sur les robes des boutiques. Après des années de pénurie, la mode imposait de nouveaux tissus et coloris.

— J'ai l'air mal fagotée avec mes nippes grises, se fâcha-t-elle. Hélène se moquera de moi...

— Demain, je t'habillerai comme une Parisienne ! l'assura Juliette.

Depuis qu'elle avait retrouvé sa mère, Hélène revenait chaque été à Aubrac passer une partie des grandes vacances. Lorsqu'elle repartait, elle arrachait à son amie la promesse de monter à Noël ou à Pâques, mais Léa n'avait pu s'y rendre jusqu'alors. Aussi, toutes deux guettaient-elles ce moment avec impatience...

Juliette offrit à sa fille une robe bleu roi dont le plissé convenait à merveille à sa taille de guêpe. Elle lui allait tellement bien qu'elle la porta aussi le jour où Antoine invita sa fiancée. Claire avait dix-neuf ans mais ses coquetteries la rangeaient parmi les jeunes femmes : elle se maquillait, bouclait et teintait ses cheveux.

Aucun détail n'échappa à Léa, surtout pas ses mains gantées et soignées. « Elle ne doit pas frotter les parquets ni laver les salles de bains ! » Léa savait par son frère que les parents de Claire, tous deux originaires d'Espalion, tenaient l'hôtel de l'Aveyron à l'angle de la rue Blanche et de la rue de Calais, à quelques centaines de mètres de la place Pigalle. « Elle a sûrement la vie facile... »

— Nous nous sommes rencontrés aux Barreaux Verts, un bal de la rue de Lappe, avait confié Antoine à son père.

— Elle danse la bourrée aussi bien que toi ?

— Mieux ! Au Balajo, un autre dancing de la rue de Lappe, elle m'a appris la java, le tango, la valse, le charleston, la rumba... Quand on a commencé à se fréquenter, elle allait au bal tous les samedis soir et les dimanches.

— Ses parents lui permettaient de sortir seule ?

— Dans le quartier de Clichy, les filles n'ont pas froid aux yeux !

Au cours du repas, Claire raconta par le menu ce qui l'amusait à la réception : le champagne des rendez-vous galants, le parfum des femmes chic qui flottait dans les couloirs, le pourboire de quelque rupin ou dame connue qui préférait emprunter la porte de service. Léa et Benjamin n'en perdirent pas une miette.

— N'allez pas vous imaginer que nous avons un hôtel de passe, s'empressa-t-elle d'ajouter. Depuis deux ans, nous recevons des Anglais et des Américains. Nous avons eu des officiers parmi nos clients, au moment de la Libération : ils se sont plu et reviennent avec leur femme. Pour eux, Paris sera toujours Pigalle !...

— Vous parlez anglais ? demanda Juliette.

— Je l'apprends dans un cours privé depuis trois mois... Mes parents veulent m'envoyer six mois en Angleterre. J'hésite à partir : Antoine me manquera...

Ils échangèrent un regard tendre, elle chercha sa main.

— Mon père a raison de me pousser à y aller. On ne tient plus un hôtel comme autrefois...

Aurélien maria Antoine l'été de ses cinquante ans, l'année du départ d'Hélène pour Tel-Aviv où elle s'installait avec sa mère. Les parents de Claire souhaitaient la plus belle noce pour leur unique fille : les deux familles réunirent cent cinquante convives à l'hôtel Berthier d'Espalion, après la messe célébrée dans l'église de grès rouge et chantée par une manécanterie de Paris en tournée dans le Massif central.

Rien ne manqua au repas du soir. On mangea autant que dans les noces d'avant-guerre, et les garçons firent sensation lorsqu'ils nouèrent une bavette blanche autour du cou des invités avant de servir une montagne d'écrevisses. La mise en scène épata le frère de Juliette qui mariait Adeline et Justine le samedi d'après.

— C'est la première fois que je vois ça, confia-t-il à Aurélien. Chez nous, ce sera plus familial : mon portefeuille n'est pas aussi épais que le tien... Mes filles n'épousent que des loufiats ; elles n'ont pas le nid garni comme ton fils...

— S'ils sont vaillants et sérieux, tes gendres réussiront comme les autres.

— Elles auraient pu choisir un paysan, reprit-il, déçu. Mais elles n'en voulaient pas ! Quand les filles ont goûté à la ville, elles n'ont plus envie de se salir avec le fumier des étables... J'ai mal au cœur de les voir partir et quitter la terre mais je les comprends : l'argent est facile à gagner à Paris alors qu'on peine tant dans les fermes...

— Tu exagères, coupa Aurélien. Par tes filles, tu devrais savoir que les journées sont longues et dures chez les bougnats...

— Je ne dis pas, mais ça rapporte plus que d'élever des vaches. Dans le cortège de la noce de mes filles, il n'y aura pas autant de Panhard et de limousines... Paris crèvera nos campagnes. Les filles s'en vont dans les bistrots, les garçons dans le charbon ou le café ; il ne restera que des vieux tontons et des maisons fermées, il y aura assez de terres...

— Tu vas vendre ?

Les joues empourprées, le frère de Juliette s'emporta :

— *Miladiou* ! Risque pas ! Pour engraisser un Parisien...

Il sortit son paquet de gris, commença à rouler une cigarette et ajouta à voix basse :

— Benjamin ne t'a rien dit ?

— Non.

— Puisque personne ne reprendra la ferme, il m'a demandé si je la lui louerais à la Saint-Jean.

Aurélien en fut abasourdi.

— Il ne tardera pas à t'en toucher un mot, affirma-t-il en rangeant son briquet de poche. S'il veut acheter de bonnes bêtes et monter un troupeau, il lui faudra de l'argent...

— J'ai peur qu'il fasse une bêtise, tiqua Aurélien. Beaucoup de gens se plaignent des cours.

— Un service en vaut un autre : tu donneras la main à mes filles dans leurs affaires, et j'aiderai Benjamin.

Leurs mains claquèrent comme s'ils concluaient un marché.

Quelques jours plus tard, au retour d'un rendez-vous à Rodez, à la Chambre d'agriculture, Aurélien eut une discussion avec son fils.

— Tu as bien réfléchi ? dit-il d'un air soucieux. Tout va mal : des burons ferment, le fromage se vend cent francs de moins au kilo que l'an dernier mais le prix des estives a été multiplié par dix depuis 1940...

— De qui tu le tiens ?

— De deux techniciens que j'ai rencontrés, ce matin, à Rodez.

— Tu t'intéresses à l'agriculture maintenant? ironisa Benjamin.

— Ils ne te conseillent pas de louer une ferme sur la Montagne, poursuivit Aurélien. Ils pensent que l'élevage des vaches d'Aubrac n'a aucun avenir...

— Qu'est-ce qu'ils en savent? s'insurgea Benjamin. Ces gratte-papier ne voient pas plus loin que le clocher de la cathédrale de Rodez!

— Je peux encore te trouver une place à Paris. Rien n'est perdu, tu n'as que vingt et un ans.

— Je préfère gagner moins et être heureux au grand air.

À l'inverse, Léa brûlait d'envie de vivre à Paris comme sa tante Candie et sa belle-sœur Claire, de profiter enfin de ses années de jeunesse qu'elle estimait bien ternes jusqu'alors, d'apprendre les nouvelles danses dans les caves de Saint-Germain. Les quelques jours passés dans leur pied-à-terre de la rue Marbeuf avaient suffi à la convaincre que son destin s'y trouvait.

À l'automne 53, elle annonça ses fiançailles avec Marc, un ingénieur en aéronautique. Au mois d'août suivant, ils se mariaient sous les vieilles voûtes romanes de l'église d'Aubrac.

Aurélien devait se souvenir longtemps de cette journée de fête à laquelle Léa avait convié Hélène. L'avant-veille du mariage, à son arrivée, il ne put s'empêcher de songer à la fillette aux tresses blondes qu'il avait amenée aux Bories, douze ans plus tôt. Hélène avait coupé ses cheveux; c'était une belle jeune femme qui riait de ses jolies fossettes et semblait avoir oublié les malheurs de son enfance. Tout au moins, Aurélien le pensait-il. Car, le soir même, à la fin du repas, elle lui en fournit la preuve contraire. Alors que les conversations allaient bon train sur les détails de la noce, elle se leva et se tourna vers lui :

— C'est une invitation de l'État d'Israël...

Alors, les bavardages cessèrent et la tablée fixa son regard sur l'enveloppe mystérieuse.

Tandis qu'il en découvrait le contenu, des pleurs coulèrent sur ses joues.

Debout, à ses côtés, Hélène posa une main sur son épaule et parla à sa place :

— Le gouvernement d'Israël a décidé de lui attribuer la médaille des Justes... Comme tous ceux qui ont secouru des Juifs en France et ailleurs pendant la guerre, Aurélien aura son nom gravé au pied d'un arbre qui sera planté dans l'allée des Justes au mémorial de la déportation à Jérusalem...

Ému au point d'en trembler, Aurélien parvint à dire :

— Juliette, Léa, Candie, Igor, Antoine, Benjamin et surtout Mémé Camille méritent autant que moi cette médaille et cet arbre... Nous t'avons aimée comme quelqu'un de notre famille mais nous n'avons rien fait d'extraordinaire...

— Si vous ne m'aviez pas cachée, je n'aurais pas échappé aux camps de la mort et je ne serais peut-être pas avec vous ce soir, répondit Hélène. Il y en a tellement qui ne sont pas revenus... À vous tous, je dois la vie...

Puis, refoulant les larmes qui montaient aussi dans sa gorge, elle ajouta :

— Promettez-moi de venir l'année prochaine planter votre arbre à Yad Vashem... Avec Juliette, bien sûr, et Léa...

Les yeux mouillés, Aurélien et Juliette hochèrent la tête.

Elle les serra dans ses bras.

À l'automne, Léa ouvrit une boutique au marché aux puces de Saint-Ouen, encouragée par sa mère qui vouait une passion aux vieux meubles et aux bibelots anciens. Dès que l'hiver ramenait ses parents à Paris,

Léa l'emmenait à bord de sa Peugeot 201 en Normandie où elles achetaient des commodes, des armoires de mariage sculptées de colombes, et des bonnetières.

Pendant que sa femme furetait dans les fermes normandes ou aidait Léa à son magasin, Aurélien se démenait comme un beau diable pour imposer ses liqueurs sur les comptoirs parisiens. Plus à l'aise avec ses clients que devant l'alambic où le remplaçait un homme de confiance, il rentrait rue Marbeuf tard le soir après une longue tournée, s'excusant de ses absences auprès de Juliette :

— On me reçoit si bien que je ne peux pas y passer en coup de vent !

Il avait plaisir à revoir des patrons qu'il avait connus loufiats à la brasserie Lipp ou au café, à évoquer les années d'avant-guerre, à repérer les gérants capables de diriger une affaire plus importante et à qui son ami le marchand de vins accorderait sa confiance.

Après une semaine chargée en rendez-vous dans les cafés et les brasseries, Aurélien assistait encore à un banquet d'amicale le samedi soir et le dimanche à midi.

— Notre maison doit être représentée : les grandes marques de boissons n'en manquent pas un, expliquait-il à sa femme.

Tant de liens d'affaires unissaient les grossistes en charbon, les torréfacteurs, les négociants en vins, les brasseurs, les liquoristes aux responsables d'amicales que tous honoraient leurs invitations. Comme la plupart d'entre eux, Aurélien et son associé dotaient de lots la tombola tirée à la fin du repas avant le bal, offraient l'apéritif au début du banquet.

Juliette l'accompagnait lorsque se réunissaient les amicales de Saint-Chély, de Laguiole et de Montézic à l'hôtel Lutécia, dans les salons Delbor ou Vianey. Ils s'y rendaient déjà avant-guerre, lui en smoking porté une fois l'an, elle en luxueuse robe du soir et parée de bijoux pour ne pas être moins remarquée que les dames de la table d'honneur. Avec le renouveau des activités amicalistes, à la fin des années 40, Aurélien avait repris ses habitudes et retenait une table dans ces trois banquets, y conviant les amis et la famille. Seule Candie refusait d'y venir, échaudée par une soirée d'avant-guerre pendant laquelle les conversations ne s'étaient intéressées qu'aux mérites comparés des filles et des garçons de salle.

— Il n'y a que des « bistrots » à ces repas ! regrettait-elle. Je n'ai pas envie de dîner au milieu de cinq cents personnes ni d'écouter des conversations d'affaires. C'est trop chic et trop cher ! Ce n'est pas notre monde...

— S'il n'y avait pas de « bistrots » dans les amicales, beaucoup disparaîtraient, lui opposait Aurélien.

Antoine était le plus assidu à ces banquets, entraîné par Claire qui ne quittait pas la piste de danse avant trois heures du matin.

— Ils peuvent valser jusqu'au bout de la nuit, claironnait Léa. Ils n'ont aucun souci d'argent...

Elle n'en avait pas davantage !

Antoine et Claire se seraient plaints de leur situation financière que nul ne les aurait pris au sérieux ; beaucoup enviaient le rang que l'hôtel de l'Aveyron occupait désormais. Quelques mois après son mariage, Antoine avait réussi à convaincre ses beaux-parents d'entreprendre des travaux de rénovation.

— Certaines chambres sont tellement défraîchies que j'ai honte de les louer, avait-il avoué à son beau-père. Les clients qui ont de l'humour ne se gênent pas pour me dire : « On se croirait dans les piaules de l'hôtel du Nord au canal Saint-Martin ! » Même s'ils forcent la dose, ils n'ont tort qu'à moitié.

— On avait prévu des travaux en 39, s'était excusé le beau-père, mais on a préféré attendre avec la guerre.

Après maintes palabres, grâce à l'appui de sa femme, Antoine avait obtenu la réfection des quarante-cinq chambres et de l'office, la construction d'un ascenseur, l'aménagement d'un salon-bar au rez-de-chaussée près de la réception. Plus confortable et avenant, l'hôtel attirait une clientèle croissante d'étrangers qu'accueillaient depuis peu deux réceptionnistes bilingues.

— Tu es le plus heureux ! lui répétait Aurélien. Tu n'as pas de dettes et ton affaire tourne bien. Que veux-tu de plus ?

— Les rênes de la maison !

— Patiente un peu : tu les auras un jour...

— Dieu sait quand ! Le beau-père n'est pas pressé : ce n'est pas demain que j'aurai les coudées franches...

Afin d'échapper à sa tutelle et à l'atmosphère feutrée de l'hôtel qui lui pesaient l'une et l'autre, Antoine songeait de plus en plus à prendre un café ; la vie foisonnante du comptoir lui manquait trop. Deux jours après la naissance de leur premier enfant, Rémy, alors que Juliette et Aurélien s'étaient déplacés pour le voir, il s'en ouvrit à son père en le raccompagnant à l'entrée de la clinique.

— Je t'invite chez Lipp : on y sera mieux ! proposa Aurélien.

C'était une matinée douce du printemps 56. Depuis la rue, avant de pénétrer dans la terrasse couverte, ils devinèrent la silhouette de monsieur Cazes qui se trouvait posté à l'entrée de la brasserie.

— Enfin tu m'amènes ton fils ! s'écria-t-il. Depuis le temps...

Aurélien remarqua le ruban rouge qui ornait la boutonnière de sa veste. Le rêve des grands patrons de café...

Du regard, Marcellin Cazes balaya la salle puis leur glissa :

— Je vais vous placer à la « baignoire » sur les banquettes, près de cette jeune femme sous les faïences. C'est presque une *payse.* Elle est née dans le Lot, elle écrit des romans...

Ils s'installèrent près de Françoise Sagan, qui ressemblait à une gamine avec ses cheveux mi-longs et son pull gris à col roulé, puis commandèrent des harengs fumés et une choucroute.

— J'ai envie d'un café, confia Antoine à son père. Pas d'un petit bar-tabac mais d'une belle « limonade ».

— L'hôtel ne te suffit pas ?

— Comme toi, je suis né derrière un comptoir...

— Tu vas me reprocher d'avoir vendu, glissa Aurélien. Pourtant, il m'avait semblé comprendre...

La réponse tarda ; Antoine cherchait ses mots.

— Ne regrette rien : je préfère Montmartre à Saint-Germain, finit-il par dire. François Enjalbert, le fils de ton associé, m'y a indiqué deux affaires, rue Caulaincourt et rue Lepic. Je dois les visiter...

— Claire est d'accord ?

— Elle n'est au courant de rien.

Antoine vida son verre de bordeaux puis soupira :

— Je ne compte pas sur elle pour m'aider. Depuis un an, elle ne s'occupe plus de l'hôtel et passe ses journées au cinéma, dans les magasins, sur les quais... Ce n'est pas une femme de la trempe des bougnates comme Mémé Camille.

Huit jours plus tard, trépignant d'impatience, Antoine annonçait la nouvelle à son père :

— C'est rue Lepic, à deux pas du Moulin de la Galette ! Le café ne paye pas de mine mais il est bien placé...

Cette ancienne épicerie-buvette appartenait à une vieille dame qui prenait sa retraite et n'avait rien changé au décor : les carreaux à damier étaient usés, la moleskine des banquettes défraîchie, le comptoir en chêne tailladé. Affiches et photos jaunies, dessins malhabiles et tableaux aux couleurs criardes tapissaient les murs badigeonnés au lait de chaux, à l'éclat terni par le noir de fumée. Après quelques travaux, le café retrouverait un charme suranné, tant prisé des nostalgiques de la Belle Époque.

À l'autre bout de la ligne, Aurélien laissa éclater sa joie :

— Ta grand-mère aurait été fière, ta mère qui t'écoute en pleure déjà... Tu as ce qu'il faut pour l'acheter ?

— Si tu pouvais m'en avancer une partie, j'emprunterais moins aux fournisseurs...

— Ton beau-père fonce aussi ?

— Avec ce qu'il me prête, il ne se ruinera pas ! Claire n'a rien fait pour le persuader que c'était une bonne affaire. Elle prétend que je ne serai pas à l'hôtel quand on aura besoin de moi. Pourtant, le café est à trois minutes à pied...

— Elle changera d'avis... Tu l'appelles comment ?

— Le Petit Aubrac ! Comme vous au Camille avant la guerre, je servirai les produits de l'Aubrac chez nous...

— Si tu en trouves, reprit Aurélien, d'une voix triste. C'est la fin des burons : il n'y aura bientôt plus de fourme... Cet été, quand tu descendras pour son mariage, Benjamin t'en causera sûrement... L'avenir des paysans n'est pas rose... Il aurait dû m'écouter...

Le cadet des enfants Soulages s'accrochait à la terre d'Aubrac, insensible aux sirènes de la ville.

— Mes grands-parents y ont nourri une famille ; j'y ferai ma vie, tonnait-il lorsque son père le suppliait de changer de cap.

Alors que beaucoup renonçaient, Benjamin s'obstinait par fierté et conviction. La vente des veaux de l'année aux foires d'automne, son seul revenu, couvrait à peine le fermage et le loyer de l'estive d'une partie du troupeau qui passait cinq mois sur une montagne avec les bêtes de deux fermes voisines. Sans l'aide de son oncle qui lui prêtait main-forte lors des gros travaux et lui évitait de payer un journalier, il n'aurait pas eu un sou en poche.

Que faire, sur ces pâturages d'altitude, sinon élever des vaches d'Aubrac ? Ce qui paraissait logique depuis des siècles, l'était de moins en moins : les tracteurs remplaçaient les bœufs de travail, les propriétaires de montagnes préféraient engraisser des bêtes sur leurs estives que de fabriquer du fromage dans les burons. La vache d'Aubrac perdait ses raisons d'être. Benjamin en était conscient mais refusait de croire à sa disparition. Les soirs de foire de Laguiole, déçu par les cours, il en parlait avec son oncle afin de se persuader qu'il ne se trompait pas de chemin.

— Pour tenir le coup dans ce pays, il faut y être né, lui affirmait-il. La loi vaut autant pour les hommes que pour les bêtes. Si on remplace les aubrac par d'autres vaches, toutes claqueront...

— Pas si vite !

— Les hivers où il n'y aura pas beaucoup de foin à la grange, elles crèveront alors que nos vaches se « referont » au printemps.

Son futur beau-père partageait son point de vue. Ce paysan de Curières, dont la ferme vivotait, avait longtemps désespéré marier sa fille LætICIA.

— Elle veut rester à la terre, racontait-il, mais aucun garçon ne veut s'embarrasser de terres ! Si elle acceptait de partir à Paris, comme ses frères, elle serait casée sous huit jours...

Lætitia aimait trop la nature et les bêtes pour se morfondre des journées entières au comptoir ou à la caisse d'une salle enfumée de café, bien qu'elle se comportât comme une maîtresse femme à la maison ou sur les champs de foire. Elle savait atteler une paire de bœufs, labourer, faucher, soigner le bétail, délivrer les vaches au moment des vêlages. Au contact d'un monde rude qui imposait aux femmes des tâches d'hommes, elle surprenait par sa féminité, ses gestes délicats, sa voix douce et chaude, l'étincelle de ses prunelles bleues, qui avaient séduit Benjamin.

Ils s'étaient rencontrés un soir d'été, à la fête de Curières, sur la place du village. Ils avaient dansé une partie de la soirée ; ils s'étaient revus à Laguiole le jour de la fête et de la foire du 8 août, puis chaque dimanche dans les bals des alentours. Ils s'étaient plu...

Son père avait dicté des conditions.

— Si tu l'épouses, tu te maries avec ma terre et mon troupeau... Depuis la naissance de Lætica, nous avons le premier prix pour les doublonnes au concours cantonal de la race : j'espère que tu sauras conserver notre place...

Une tâche difficile l'attendait, qui ne le rebutait pas.

Deux enfants naquirent encore chez Antoine et Claire : une fille, Élise, le 1er juin 1958, jour de l'investiture du général de Gaulle à la présidence du Conseil ; un garçon, Quentin, le 11 mai 1968, au cours de la première nuit des barricades au Quartier Latin. Au fur et à mesure qu'ils grandirent, Claire commença à leur tracer un avenir. Tour à tour, elle imagina ses garçons ingénieurs, avocats, notaires, médecins, pharmaciens, dentistes ou pilotes d'avion, sa fille créatrice de haute couture, agrégée de lettres, normalienne ou romancière à succès comme Françoise Sagan. N'ayant que ce sujet de conversation, faute de s'intéresser aux affaires d'Antoine et aux réalités de la vie, elle en pimentait plus que de raison les déjeuners du dimanche à Paris et les repas d'été à Aubrac.

Ses propos exaspéraient Aurélien quand elle dénigrait le métier de limonadier devant un parterre fourni de patrons de bars-tabacs, de brasseries et de restaurants, amis, beaux-frères, belles-sœurs ou cousins réunis à l'ombre de la tour des Anglais d'Aubrac chaque 15 août.

— L'hôtel et le café, c'est fini ! Je ne veux pas que mes enfants les reprennent : ils peuvent faire mieux que rincer des verres au comptoir, porter le plateau en salle ou poireauter à une réception d'hôtel pendant quinze ou seize heures d'affilée. Nous vendrons lorsqu'ils auront une situation... S'ils poussent leurs études, vous verrez qu'ils réussiront mieux que nous !

Parmi les invités, quelques femmes pensaient comme elle mais n'osaient pas le dire : elles caressaient aussi un espoir de brillante carrière pour leurs rejetons, ailleurs que dans l'univers des cafés-hôtels-restaurants. Malgré tout, aux oreilles de beaucoup, ses paroles sonnaient comme une injure.

Antoine essayait de modérer son jugement mais elle continuait sa charge de plus belle :

— Les enfants ne te voient jamais : tu es toujours fourré dans ton café ! Ce n'est pas une vie...

À force de le répéter, elle finit par en persuader son entourage à l'exception de son mari et de ses beaux-parents.

— Tu peux raconter les pires bêtises sur la limonade que nous ne changerons pas d'avis, lui asséna Aurélien un soir de 15 août. Le café reste le plus beau des métiers...

À la longue, les mots glissèrent sur lui.

Dès lors, Aurélien se résigna à voir le sillon ouvert par son père bientôt se refermer...

Épilogue

Vingt ans plus tard, un soir de mai à l'heure du dîner, Aurélien reçoit la visite de son petit-fils, Quentin, accompagné d'une jeune femme menue et à l'allure décidée, aux pommettes rosies par l'air des montagnes.

— Céline, dit-il simplement. Nous nous marierons cet été...

Sportif, aimant le risque, Quentin est pilote de ligne. Il a les cheveux bruns, des yeux roux comme les Soulages. Précédant ses questions, il éclaire Aurélien :

— Céline est la fille d'Hélène... Nous nous sommes rencontrés à New York, il y a un an et demi... Tante Léa m'avait donné son adresse pour que je lui remette son cadeau d'anniversaire... Voilà...

— Si je m'attendais à ça !

Aurélien, qui à quatre-vingt-quatorze ans marche sans canne, les embrasse tous les deux.

— Maman m'a si souvent parlé de vous que j'ai l'impression de déjà vous connaître, lui confie Céline.

Aurélien n'est pas au bout de ses surprises car, après le repas, Quentin l'entreprend sur leurs projets :

— Un café est à vendre à Bercy dans la rue de l'Aubrac où se construit l'*Oustal* des Aveyronnais... Nous voudrions l'acheter...

— Tu n'aimes plus ton métier de pilote?

— J'ai envie de vivre autre chose...

— Mais tu ne connais rien à la limonade!

— J'apprendrai! Chaque jour, je t'appellerai pour te raconter ce que j'ai fait, et tu me diras si je me défends bien.

— Tout a changé. N'oublie pas que je suis né avec le siècle!

— Tu as toujours tes entrées dans le monde des cafés...

— Qu'en pense ton père?

— Nous n'avons rien dit à personne. Nous voulions que tu sois le premier car on l'appellera le café de Camille.

— Le café de Camille, répète Aurélien, le regard embué par les larmes. Je ne m'imaginais pas que tu quitterais un jour ton métier! Tu es sûr de ne pas te tromper?

— Je n'ai jamais oublié ce que tu me disais à la veillée : « Quand la tempête se lève sur la Montagne et que tu ne sais pas où tu vas, avant que tes traces ne soient effacées par la tourmente, reviens sur tes pas pour retrouver ton chemin ». À force de courir le monde, je ne savais plus quelle direction je devais prendre... Avec Céline, nous y avons beaucoup réfléchi. Elle ouvrira un salon de thé et je m'occuperai du café... Un café qui aura l'âme du Camille avec des siphons bleus sur les étagères, des chaises Thonet et des tables des années 30...

— Et un comptoir en étain!

Quentin sourit devant l'enthousiasme de son grand-père :

— Je serais tellement heureux de retrouver un comptoir comme le tien. Il reste un fabricant à Paris, rue de Charonne : on lui demandera un devis...

— Ce comptoir, je te l'offre! Je me suis réveillé tant de fois sur le souvenir du dessus d'étain que les

Allemands arrachaient à notre café... Mais le comptoir ne fait pas tout ! Ton père saura te trouver des garçons sérieux et compétents, je te présenterai aux fournisseurs...

Son regard croise celui de Quentin qui revoit, à cet instant, la photo de famille derrière le comptoir. Comme en juin 1930...

Après un long silence, Aurélien glisse, d'une voix changée :

— Je ne veux pas mourir avant d'avoir servi le premier verre dans le nouveau Camille. Ce sera l'un des derniers bonheurs de ma vie... Après...

Après, Adrien, Camille et Juliette l'attendent...

Les Soulages

— Jean-Joseph (1802-1873) et Marie-Jeanne (1810-1839),

Paysans au village d'Aunac près de Condom-d'Aubrac,

Jean-Joseph scieur de long en Catalogne pendant vingt hivers.

Cinq enfants dont Louis.

— Louis (1839-1889) et Eugénie (1848-1900),

Porteur d'eau à Paris pendant 6 ans, Louis épouse à son retour de campagne la fille d'un paysan des Enfruts, près de Saint-Chély d'Aubrac, Eugénie, dont il reprend la ferme.

Neuf enfants :

— Pierre-Jean (1864) qui lui succède à la ferme des Enfruts et épouse Éléonore dont il a deux enfants, Louis et Marie ;

— Adrien (1865) ;

— Augustin (1867), colon dans la pampa argentine, marié à une Indienne, Chochola ;

— Raymond (1868), colon en Algérie ; épouse une Berbère et fait souche en Algérie ;

— Clarisse (1870), religieuse ;

— Jean-Baptiste (1871), missionnaire en Chine ;

— Clémence (1874), fille de salle dans un café de Paris, mariée en 1898 à Germain, garçon-charbonnier à Paris, monté de Saint-Côme-d'Olt ; débuts dans une gérance de bougnat à Asnières puis carrière dans un café-tabac ;

— Alice (1875), fille de salle dans un café de Paris, mariée en 1898 à Gabriel, garçon-charbonnier à Paris, monté de Saint-Côme et frère de Germain ; débuts dans une gérance de bougnat à Vincennes puis carrière dans l'hôtellerie ;

— Félix (1885), garçon de café à Paris, marié en août 1914 à Marguerite, fille d'un patron de café de la place de la Madeleine à Paris, originaire de Condom-d'Aubrac ; tué au front au cours de la guerre en 1915 ;

— Adrien (1865-1929) et Camille (1870-1948),

Adrien : monté à Paris en mai 1889, porteur d'eau et garçon de bain impasse de La Poissonnerie puis garçon-charbonnier dans un chantier de la rue des Vinaigriers, à la Gare de l'Est.

Camille : montée à Paris à 17 ans, fille de comptoir dans un café-billard du boulevard Beaumarchais.

Après leur mariage en août 1891 à Montézic, Adrien et Camille prennent la gérance d'une boutique de vins-bois-charbons rue de la Victoire, dans le quartier de la Chaussée-d'Antin (1891-1896), achètent un bougnat rue Lécluse près de la place Clichy en 1897 puis un café sur le boulevard Saint-Germain en 1919, qui devient le café de Camille et qu'ils cèdent à leur fils Aurélien en 1925 pour se retirer au pays.

Trois enfants :

— Candie (1896), mariée à un sculpteur russe (Igor) en 1921 à Paris ; ouvre une boutique de chapeaux et de gants de Millau en 1919, rue de Lille ;

— Pascaline (1898), fille de salle dans un café du boulevard des Italiens puis dans un café Dupont des Halles ; mariée à Montézic en 1924 avec Michel, fils d'un patron de café-tabac du boulevard Sébastopol, originaire de Mur-de-Barrez ; débuts dans la gérance d'un café-tabac de l'avenue Kléber, puis associés aux affaires de la famille de Michel ;

— Aurélien (1900) ;

— Aurélien (1900) et Juliette (1902-1985),

Aurélien : garçon de café sur le boulevard Hausmann puis à la brasserie Lipp.

Juliette : montée de Laguiole à vingt ans en 1922, cuisinière chez Lipp.

Après leur mariage célébré en août 1924 à Montézic,

Aurélien et Juliette secondent Adrien et Camille pendant un an au café de Camille puis prennent la direction de la maison qu'ils agrandissent et transforment en café à la mode en 1930. Le café est détruit par un incendie en 1944 : Aurélien et Juliette se réfugient à Montézic. En 1945, Aurélien reconstruit le café, le met en gérance en 1946 puis le revend après la mort de sa mère en 1948 ; il s'associe avec l'un de ses anciens fournisseurs, un marchand de vins de Bercy, pour ouvrir une distillerie de gentiane au village d'Artigues près d'Aubrac ; il partage alors sa vie entre l'Aubrac et Paris.

Trois enfants :

— Antoine (1927) ;

— Benjamin (1929), qui loue à son oncle de Laguiole la ferme de ses grands-parents maternels et élève des vaches d'Aubrac ; il épouse, en 1956, Lætitia, fille d'un paysan de Curières dont il reprend la ferme ;

— Léa (1931), mariée à Marc, ingénieur en aéronautique ; ouvre une boutique d'antiquités au marché aux puces de Saint-Ouen ;

— Antoine (1927) et Claire (1929),

Antoine : garçon de café dans un café-tabac de l'avenue Victor-Hugo ; marié à Espalion en 1950 à Claire, fille d'hôteliers de la rue Blanche à Paris, originaires d'Espalion ;

Antoine reprend l'hôtel de ses beaux-parents et achète en 1956 un café à Montmartre, rue Lepic.

Trois enfants :

— Rémy (1956), notaire ;

— Élise (1958), architecte, décoratrice ;

— Quentin (1968) ;

— Quentin (1968) et Céline (1970),

Quentin abandonne son métier de pilote de ligne pour acheter un café dans la rue de l'Aubrac, qui devient le nouveau café de Camille ; il épouse, à Aubrac, une herboriste, Céline, dont la mère (Hélène) a été sauvée de la déportation des Juifs par son grand-père Aurélien, pendant la guerre.

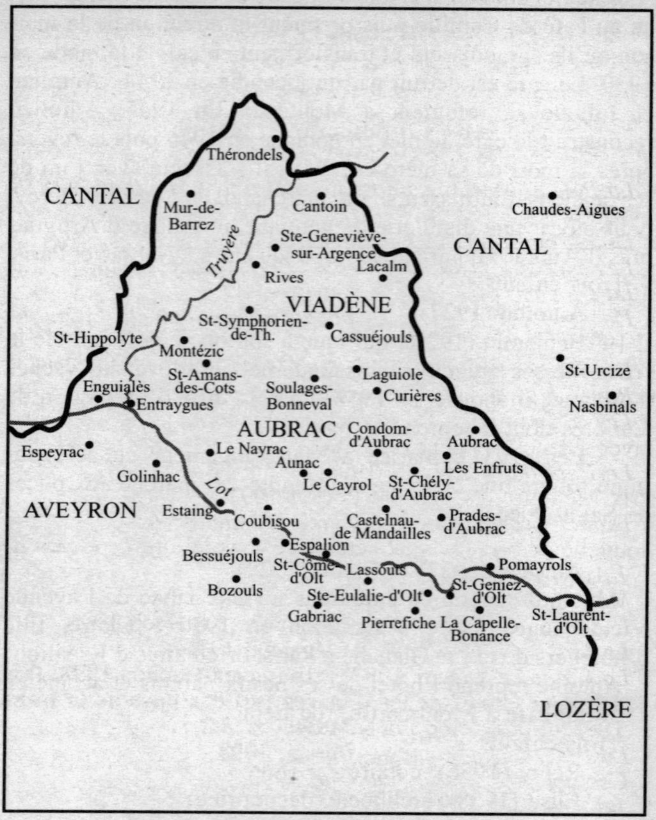

L'Aubrac d'Adrien et de Camille

De Daniel Crozes

Aux Éditions du Rouergue

- *La Bête noire. L'aventure du rail en Aveyron depuis 1858,* 1986.
- *Douze métiers, treize coutumes*, 1987.
- *Les Feux de la liberté (1789-1793)*, roman, 1988.
- *La Cloche volée (1793)*, roman, 1989.
- *De corne et d'acier. L'épopée du couteau de Laguiole*, 1990.
- *Les Neiges rouges de l'an II (1793-1794)*, roman, 1991.
- *Raymond Lacombe. Un combat pour la terre*, 1992.
- *Les Aveyronnais. L'esprit des conquérants,* (avec Danielle Magne), 1993.
- *Le Pain blanc*, roman, 1994. Prix Mémoire d'Oc 1994. Pocket 1997.
- *Daniel Crozes vous guide en Aveyron*, 1994; nouvelle édition revue et actualisée sous le titre *Le Guide de l'Aveyron*, 2000.
- *Métiers de tradition, coutumes en fête,* 1995.
- *L'Année des treize lunes*, almanach perpétuel, 1996.
- *Le Laguiole. Une lame de légende*, 1996.
- *La Gantière*, roman, 1997. Prix Lucien-Gachon 1998. Prix des Inter CE (Comités d'entreprise) des Pays de la Loire 1998. Le Livre de Poche 1999.
- *La Fille de La Ramière*, roman, 1998.
- *Ces objets qui nous habitent*, 1999.
- *Julie*, roman, 1999.
- *La Montagne sacrée*, 2000.
- *Le Bal des gueules noires*, 2001. Prix du Salon d'Hermillon en Savoie, 2002.
- *Ces gens du beau monde*, 2002.

Aux Éditions Pour le Pays d'Oc

- *La Révolution en Ségala. Un district de l'Aveyron de 1789 à 1799,* 1986 et 1987.

Composition réalisée par EURONUMÉRIQUE

Imprimé en France sur Presse Offset par

BRODARD & TAUPIN

GROUPE CPI

La Flèche (Sarthe).
N° d'imprimeur : 18371 – Dépôt légal Éditeur 31193-04/2003
Édition 01
LIBRAIRIE GÉNÉRALE FRANÇAISE - 43, quai de Grenelle - 75015 Paris.
ISBN : 2 - 253 - 15476 - 8

31/5476/2